Adriana Popescu
MISFITS
Wir gegen die Welt

ADRIANA POPESCU

MISFITS ACADEMY

WIR GEGEN DIE WELT

cbj

Der Verlag behält sich die Verwertung des urheberrechtlich geschützten Inhalts dieses Werkes für Zwecke des Text- und Data-Minings nach § 44b UrhG ausdrücklich vor. Jegliche unbefugte Nutzung ist hiermit ausgeschlossen.

Penguin Random House Verlagsgruppe
FSC® N001967

1. Auflage 2024
© 2024 cbj Kinder- und Jugendbuchverlag
in der Penguin Random House Verlagsgruppe GmbH,
Neumarkter Straße 28, 81673 München
Alle Rechte vorbehalten
Umschlagkonzeption: Carolin Liepins, München
unter Verwendung eines Fotos von © Shutterstock
(Runrun2; Eshma; Igillustrator)
MP · Herstellung: AnG
Satz und Reproduktion: GGP Media GmbH, Pößneck
Druck: GGP Media GmbH, Pößneck
ISBN 978-3-570-16727-4
Printed in Germany

www.cbj-verlag.de

F̈ür alle *Misfits* da draussen,
die Freund*innen in Büchern finden.
Das hier ist für euch.

DIE WELT DER SKILLZ

Seit Generationen werden manche Menschen mit einer besonderen Anlage geboren, sie besitzen das sogenannte Skill-Gen. Aber selbst, wenn man das Skill-Gen hat, weiß niemand, welche Fähigkeit daraus entspringt, da diese sich erst zwischen dem 10.–13. Lebensjahr entwickelt.

Welche Ausformung der Skill im Laufe des Erwachsenwerdens eines Menschen annimmt, ist unterschiedlich und hat viel mit der Gefühlsentwicklung desjenigen zu tun. So hat June z. B., die immer schon vermutete, dass ihre Eltern sie über ihre Herkunft belügen, die Fähigkeit entwickelt, Gedanken zu lesen. Jeder Mensch bekommt letzten Endes den Skill, den er sich unbewusst am meisten wünscht. Gerade für diejenigen Jugendlichen, die einen Skill entwickeln, der auch zerstörerisch sein kann, ist das schwer zu akzeptieren.

Damit alle jugendlichen Skill-Träger ihre Fähigkeiten annehmen, verstehen und zu kontrollieren lernen, besuchen sie ab dem Zeitpunkt, an dem sie zutage treten, spezielle weiterführende Schulen: internationale Academys, die alle auf Inseln angesiedelt sind, um den Studenten den nötigen Spielraum zu geben, bis sie keine potenzielle Gefahr mehr für sich und andere sind.

Ziel ist es, dass alle lernen ihre Fähigkeiten zum Wohl der Allgemeinheit einzusetzen.

Teenager, die plötzlich mentale Superkräfte haben, nutzen diese aber natürlich auch gerne mal ganz anders. Doch auch für diese Fälle ist vorgesorgt und die Schulbehörde schickt solche Delinquenten auf die darauf spezialisierte Misfits Academy auf Guernsey.

PROLOG

Erst war da – ganz kurz – die Stille vor dem großen Knall, dieser eine Moment, in dem die Welt den Atem anhält, als wüsste sie schon, was passieren wird.

Dann folgten das Chaos, die Panik und der Lärm, die in den Ohren dröhnten und die man nicht mehr vergisst. Niemals.

Genau diese perfekt orchestrierte Katastrophe, mit der niemand gerechnet hat und von der niemand Zeuge werden wollte, flimmert inzwischen über TV-Bildschirme auf der ganzen Welt, und sekündlich kommen neue Zuschauer dazu. Dank der sozialen Medien verbreitet sich die Nachricht wie ein Lauffeuer.

Niemand will hinsehen und doch kann niemand wegsehen.

Die ersten Reporter vor Ort fangen an zu kommentieren, die Mikrofone fest umklammert, die Blicke in die Kamera gerichtet, in der Hoffnung, die Übertragung funktioniert noch. Es mag die Kombination von Schocks und Adrenalinschub sein, die sie weiter funktionieren lässt.

»*Aktuell wissen wir nicht, was mit dem Königspaar ist,*

aber die Explosion war heftig und noch immer flüchten Menschen in vollkommener Panik vom Ort des Anschlags.«

Das Mikrofon in der Hand des Journalisten beginnt nun doch zu zittern, Menschen drängen die Straße entlang, in alle Richtungen, vorbei an den Kameras und den Reportern, von denen nicht alle so gefasst sind. Die Schreie werden in die Wohnzimmer des gesamten Königreichs übertragen, während der Rest der Welt noch immer den Atem anhält.

»Die Explosion ereignete sich, als die Kutsche der Royals auf den Kensington Palace zufuhr und die Parade schon fast ihr Ende erreicht hatte.« Der Reporter blinzelt einen Moment, den leeren Blick direkt in die Kamera gerichtet. *»Wir wissen noch nicht, wie viele Opfer es gibt und ob sich das Königspaar unter den Toten befindet.«*

In dem Chaos im Hintergrund lässt sich die Kutsche erahnen, zumindest das, was noch davon übrig ist. Sicherheitsmänner sind zu sehen, mit gezückten Waffen, und der Reporter, der noch immer die Stellung hält und die Nation über die schreckliche Situation informiert, während die meisten seiner Kollegen schon geflüchtet sind.

»Der Kronprinz befand sich nicht in der Kutsche, wie wir sehen konnten. Seine Frau und er waren nicht in der Nähe der Explosion.« Er spricht zu laut, brüllt die Worte förmlich ins Mikro, vermutlich um das Dröhnen in seinen eigenen Ohren zu übertönen. Auch wenn es zu diesem Zeitpunkt noch niemand aussprechen mag, handelt es sich bei dem Kronprinzen vielleicht in diesem Moment schon um den neuen König.

»Es gab ausreichend Sicherheitspersonal, wir haben die Scharfschützen auf den Dächern gesehen und wie bei jeder

Veranstaltung der Royals wurde auch im Vorfeld die Route gesichert und genau abgesucht. Gestern und heute haben wir Spürhunde dabei beobachten können. Es ist mir unverständlich, wie solch ein Anschlag passieren konnte.«

Während der unter Schock stehende Reporter in die Kamera spricht, wird in Downing Street Nummer zehn gerade panisch die Rede von Premierminister Lawrence vorbereitet und die Sicherheitsvorkehrungen im ganzen Land werden verschärft. Menschen in den U-Bahn-Stationen bleiben stehen und starren auf die Bildschirme, die immer und immer wieder dieselben Bilder ohne Ton abspielen, Angst und Verunsicherung breiten sich rasend schnell in den Adern Londons aus, schwappen über das Königreich und bis hinüber aufs europäische Festland, dann weiter bis nach Down Under und in die Vereinigen Staaten, wo alle TV-Programme für eine Sondersendung unterbrochen werden.

Erste Staatsmänner und -frauen geben ihre Statements zur aktuellen Lage ab, während alle darauf warten, wer sich zu dem Anschlag bekennen wird.

Der MI6 wertet bereits die Bilder aus, auf der Suche nach Verdächtigen, dem Sprengsatz und einem Motiv. Nur eines steht schon fest: Der Moment des Anschlags war nicht zufällig gewählt und hatte nur ein Ziel – Angst und Unsicherheit im Land zu schüren.

Und das ist gelungen.

KAPITEL 1

TAYLOR

Die Schritte kommen näher, schnell und gezielt.

Sie wissen, wo ich bin, und werden mich finden. Fast automatisch greife ich mir an das Handgelenk, aber von meinem Armband aus Skill-Steel fehlt jede Spur.

Ein Blick über die Schulter, in die Dunkelheit, dorthin, woher die Schritte kommen. Das Adrenalin rauscht in meinen Ohren, gepusht durch die Panik, die es begleitet, und ich weiß, was zu tun ist: *Nichts wie weg.* Eine meiner leichtesten Übungen.

Ich konzentriere mich auf den Ort, an dem ich mich sicher fühle, wo ich Freunde gefunden und viel gelernt habe.

Die Misfits Academy.

Die altehrwürdigen Hallen der Schule, das abgenutzte Parkett in den Schulfluren, das Grün der Wände, das Tuscheln der Schüler.

Es flackert, der Wind will nach mir greifen, als sich ein vertrautes Gesicht in mein Bewusstsein drängt.

Die eisgrauen Augen, das geheimnisvolle Grinsen und die dunklen Haare, die ihm tief in die Stirn hängen, als Schutzschild gegen die Blicke der Welt.

Dylan.

Dylan, der etwas sagt …

Aber ich kann es nicht hören, und bevor ich fragen kann, was er meint, löst er sich langsam in hohen Flammen auf.

Es tut mir leid. Es tut mir leid, dass ich nicht zurückgekommen bin. Ich will es ihm so dringend sagen, er muss wissen, dass ich ihn nicht einfach so zurückgelassen habe.

Zu diesem Schuldgefühl gesellt sich jetzt auch noch dieser Schmerz in meinem Kopf, als würden alle Nervenenden rebellieren. Sofort verschwindet der Wind, nimmt das Kribbeln auf meiner Haut und das Gefühl, gleich auf dem Sprung zu sein, mit, und hinterlässt stattdessen eine Art Lähmung, die jeden klaren Gedanken unmöglich macht. Ich sacke zusammen, lehne mich erschöpft an die Wand und höre wieder die unaufhaltsam näher kommenden Schritte, kann Stimmen vernehmen, und ich weiß, sie werden mich finden, mich schnappen.

»Da ist sie!«

Es hat keinen Sinn, sich zu wehren, der Griff an meiner Schulter ist fest, und ich hebe schnell die Hände, bevor mein Mitschüler mir wehtun kann. »Ich ergebe mich!«

Doch der blöde Kerl kann es nicht lassen und will seinen Triumph auskosten.

»Weit bist du ja wirklich nicht gekommen.« Er baut sich vor mir auf und leuchtet mir mit einer Taschenlampe direkt ins Gesicht, ein selbstzufriedenes Grinsen auf den Lippen.

»Hör auf damit, Simon. Sie hat sich ergeben, verdammt noch mal.« Ivy taucht neben ihm auf und verpasst ihm einen Schlag gegen die Schulter, woraufhin Simon mich endlich loslässt.

»Schon gut, schon gut. Mr Morgan hat gesagt, die Skill-Übung soll sich wie eine echte Verfolgungsjagd anfühlen. Wenn Taylor das nicht abkann, ist das nicht mein Problem.«

Statt ihm weiter zuzuhören, geht Ivy vor mir in die Hocke und sieht mich besorgt an. »Alles okay?«

»Ja, ich war nur ... alles gut.«

Auch wenn es sich *überhaupt nicht gut* anfühlt. Seit den Vorfällen in der Academy, und dem Brand, bei dem Dylan verschwand, ist mir keine einzige Teleportation mehr gelungen.

Ivy hält mir die Hand entgegen und hilft mir zurück auf meine wackligen Beine, denen ich noch immer nicht so recht trauen will.

»Das wird schon wieder. War ja auch viel los in letzter Zeit.«

Sie möchte nett sein, ohne mich zu bemitleiden, aber Simon lacht nur laut und schüttelt den Kopf. »Alles Ausreden. Wir haben dich in Rekordzeit geschnappt, das gibt Extra-Punkte für unser Team.« Damit deutet er den Gang entlang zurück zum Ausgang, wo der Rest der Klasse bei Mr Morgan, unserem Lehrer für Skill-Verteidigung, auf uns und den Ausgang dieser Übungseinheit wartet. Er glaubt aus mir unerklärlichen Gründen noch immer an mich und daran, dass ich meinen Skill bald wieder ohne Probleme nutzen kann.

»Wieso hast du dich nicht irgendwohin teleportiert?« Ivys geflüsterte Frage streut Salz in die Wunde, denn außer Mr Morgan weiß niemand, wie groß das Problem mit meinem Skill wirklich ist.

Und so zucke ich als Antwort nur die Schultern, weil ich ehrlich gesagt sonst keine darauf habe. Ist ja nicht so, als hätte ich es nicht immer wieder versucht.

Heute.

Gestern.

Und jeden einzelnen Tag davor.

Aber mein Skill ist weg, seit jenem Tag, an dem ich Dylan in dem unterirdischen, brennenden Labor zurückgelassen habe.

KAPITEL 2

DYLAN

Science Museum, South Kensington, London

Der aufkommende Schmerz wandert schleichend durch seinen Körper, eher wie ein unaufhaltsames Gefühl von Unwohlsein, das man nach einer unruhigen Nacht oder zu fettigem Essen verspürt.

Er wird es nicht sofort bemerken.

Mich nicht bemerken.

»Bleibt bitte alle zusammen!«

Die Lehrerin trägt eine Brille, die auf den ersten Blick vielleicht wie ein normales Modell aussieht, aber laut meinen Informationen hat sie einen Hang zu teuren Designerstücken. Es wundert mich kein bisschen, dass sie sich für das neue, schicke Science Museum entschieden hat, und die aufgeregt glänzenden Augen ihrer Schüler, die ihr alle wie kleine Lemminge folgen, bestätigen, dass sie damit eine gute Wahl getroffen hat.

Ich lese die Beschreibung neben dem Schaukasten mit einem Astronauten-Raumanzug, der genau so aussieht, wie man sie aus TV-Serien und Kinofilmen kennt. Mit dem kleinen Unterschied, dass dieses Exemplar tatsächlich schon mal im All getragen wurde, und zwar von Helen Sharman 1991, als sie acht Tage auf der Weltallstation *Mir* verbrachte.

»Helen Sharman war die erste Person aus dem Vereinigten Königreich, die an einem Weltraumflug teilnahm.«

Eine Information, die die Schüler und Schülerinnen auch einfach an der kleinen Plakette ablesen könnten, aber stattdessen von der bebrillten Lehrerin vorgetragen wird. Sofort fliegen Hände in die Höhe und ich verkneife mir ein Grinsen.

»Ja, Todd?«

Ein Junge, der kaum älter als zwölf sein kann, sieht fast etwas enttäuscht zum Raumanzug vor uns.

»Miss Jesper, wieso war der erste Astronaut von hier denn ausgerechnet eine Frau?«

Oh Todd, du musst noch viel lernen.

Miss Jesper sieht ihn einen Moment durch ihre Brille an und atmet tief ein, bevor sie antwortet: »Weil Helen Sharman die Beste war.«

»Aber sie ist eine Frau!«

Kurzes Gelächter in der Gruppe, die um ihn herum steht, aber ein warnender Blick von Miss Jesper reicht, um sie sofort verstummen zu lassen.

»Sie war die beste Wahl.«

Todd will widersprechen, überlegt es sich aber anders, und ich richte meine Aufmerksamkeit wieder auf den Jungen hinter ihm. Sein Name ist Kevin Fletcher, er ist dreizehn Jahre alt und weiß nicht, dass es Gebote von fast fünf Millionen Pfund für seinen Skill gibt. Und das aus drei verschiedenen Ländern. Vermutlich wird der Preis noch um einiges ansteigen, wenn bekannt wird, dass wir seinen Skill endlich haben. Zu meinem Glück trägt er ein Skill-Armband, das für den ahnungslosen Betrachter nur wie ein schickes Schmuckstück an seinem Handgelenk aussieht.

Zur Sicherheit ziehe ich mein kleines Notizbuch aus der Jackentasche und werfe einen Blick auf das Foto, das neben allen anderen ordentlich notierten Informationen auf der Seite klebt.

Wenn Kevin morgen aufwacht, wird er sich nicht mehr an viele Dinge erinnern. Weder an seinen Klassenkameraden Todd, der ein ziemlicher Klugscheißer zu sein scheint, noch an seine Lehrerin Miss Jesper. Und ganz sicher nicht daran, jemals ein Skillz gewesen zu sein.

Als die Schülergruppe in den Raum mit den nächsten Exponaten aufbrechen will, konzentriere ich mich auf Kevin, der noch immer begeistert den Raumanzug studiert. Es gibt genug Organe, die ich kraft meines Skills beschädigen könnte. Gebrochene Rippen sind meine Spezialität. Aber nichts davon würde hier und jetzt Sinn ergeben, sondern nur die Aufmerksamkeit auf mich lenken. Und genau das will ich verhindern.

Zu meinem Glück scheint Kevin eher der Typ Einzelgänger zu sein, denn während seine Mitschüler weiterziehen, bleibt er etwas zurück, betrachtet noch immer den Raumanzug und ein trauriges Lächeln erscheint auf seinen Lippen. Mein Magen zieht sich kurz zusammen, als ich die Einsamkeit in seinem Blick bemerke.

Jetzt nicht schwach werden, reiß dich zusammen, verdammt noch mal.

Hier ist kein Platz für Mitgefühl oder plötzlich auftretende Gewissensbisse. Stattdessen atme ich kurz durch und konzentriere meinen Skill auf ihn. Sofort greift er sich an die Brust, dort, wo sein Solarplexus liegt, verzieht kurz das Gesicht und schüttelt den Kopf, sieht sich um, aber die anderen sind schon längst weitergegangen, hängen an Miss Jespers Lippen, während sie über Raumfahrt spricht.

Kurz erhöhe ich den Schmerz, Kevin krümmt sich leicht, lehnt sich schwer atmend an die Wand und lässt seinen Blick panisch durch den Raum wandern, bis er findet, was er sucht. Das Schild mit den universellen Symbolen, die verraten, wo sich die Toilette befindet. Hastig eilt er in genau diese Richtung, und ich warte einen kurzen Moment, bevor ich mich ebenfalls in Bewegung setze und ihm folge.

Unbemerkt, wie ich hoffe. Denn in den letzten Wochen bin ich zu einem echten Profi geworden. Tauche in der Menge unter, beherrsche einen unschuldigen Gesichtsausdruck und verschwinde, bevor ich überhaupt auffallen kann. Wer hätte gedacht, dass die Jahre mit meinem Vater mich zu einem perfekten Mitarbeiter der *Future-Skill-Clinic* machen würden?

Kevin stößt die Tür auf und stürzt zu den Waschbecken, wo er sich abstützt, Schweiß auf der Stirn. Schnell dreht er den Wasserhahn auf, spritzt sich etwas Wasser ins Gesicht und schließt gerade die Augen, als ich hinter ihn trete und einen möglichst besorgten Ton in meine Frage lege: »Alles in Ordnung?«

Jetzt muss ich mein Gewissen, auch den letzten kleinen Rest, einfach ausschalten. Kevin dreht sich zu mir, mustert mich einen kurzen Moment und schüttelt dann den Kopf.

»Ich habe schlimme Magenkrämpfe.«
Er deutet auf seinen Bauch.
»Blinddarm?«
»Ich weiß es nicht.«
Kevin atmet schwer, dabei halte ich den Schmerz in einem erträglichen Rahmen, will es nicht übertreiben. Er soll sich nur unwohl fühlen und nicht kollabieren. Zumindest noch nicht.
»Soll ich Hilfe holen?«
Die Besorgnis in meiner Stimme überrascht mich, immerhin bin ich es, der für seine Schmerzen verantwortlich ist.
»Ich bin mit meiner Schulklasse hier, wenn Sie meine Lehrerin –«
Nur kurz lasse ich den Schmerz noch mal aufflammen, sehe, wie er zusammenzuckt und seine Knie nachgeben. Mit nur einem Schritt bin ich bei ihm, greife nach seinem Arm und halte ihn fest.
»Okay, langsam, langsam. Vielleicht solltest du dich setzen.«
Ohne auf seine Antwort zu warten, schubse ich die nächste Kabinentür auf und bugsiere ihn hinein, wo er sich auf den runtergeklappten Klositz sinken lässt.
»Vielleicht habe ich was Falsches gegessen oder so.«
Es ist die leise Panik in seiner Stimme, die mich berührt, die Angst, dass gerade etwas mit ihm passiert, das er nicht versteht, oder auch davor, dass jemand herausfindet, *was* er ist.
Nämlich Millionen Pfund wert, wenn ich Dr. Flare glauben will.

»Entspann dich. Es ist sicher nichts Wildes.«

»Könnten Sie meiner Lehrerin sagen, dass ich –«

Bevor er weiterreden kann, lege ich ihm die Hand auf die Schulter und lächele ihn beruhigend an.

»Keine Sorge, es ist gleich vorbei.«

Während ich das sage, drückt mein Skill ihm genau die Nervenenden zu, die ihn in eine Bewusstlosigkeit schicken. Bevor Kevin überhaupt verstehen kann, dass auch ich ein Skillz bin, fallen seine Augenlider zu, sein Körper entspannt sich augenblicklich und er sackt gegen die Wand.

Kevin Fletcher ist bereit.

Ich gehe vor ihm in die Hocke und betrachte sein unschuldiges, vollkommen entspanntes und ahnungsloses Gesicht. Genau so wird er auch wieder aufwachen – und sich an nichts von den heutigen Geschehnissen erinnern.

Aus reiner Neugier greife ich in seine Jackentasche und ziehe sein Handy und seinen Geldbeutel hervor, klappe ihn auf und schaue mir den Inhalt etwas genauer an. Er ist Schüler an der Skillz-Academy auf Islay in Schottland.

»Mr Pollack.« Ihre Stimme lässt mich erschrocken zusammenfahren, dabei sollte ich mich inzwischen daran gewöhnt haben. Als ich mich umdrehe, steht Dr. Flare mit verschränkten Armen und einem kritischen Blick, den sie auf mich gerichtet hält, vor mir. Die Tatsache, dass sie – unter anderem – einfach so durch Wände gehen kann, macht mich noch immer nervös. »Was machen Sie denn noch hier?«

»Ein paar Informationen sammeln.« Damit halte ich ihr Geldbeutel und Handy entgegen, die sie annimmt und dann zur Tür deutet.

»Verschwinden Sie besser, bevor Sie noch auffallen. Ab hier übernehmen wir.«

»Wie immer.«

Mein Job ist hiermit getan, und ich will schon an ihr vorbei, als Dr. Diane Flare nach meiner Schulter greift und sie sanft drückt.

»Sehr gut gemacht, Dylan. Ich bin stolz auf dich.«

Ihr sonst makelloses Gesicht weist als einzigen Makel eine Narbe direkt an ihrer Wange in der Form einer kleinen Flamme auf – wie passend, wenn man ihren Nachnamen bedenkt. Jedes Mal bleibt mein Blick daran hängen, als wäre diese Flammennarbe eine Erinnerung an etwas, das in einem dichten Nebel liegt. Und jedes Mal, wenn ich sie ansehe, ist da das nicht greifbare Gefühl, als müsste ich mich erinnern. Nur tue ich das nicht.

»Und jetzt verschwinde.«

KAPITEL 3

FIONN

June sitzt weit über die Tastatur ihres Laptops gebeugt, die dicken Kopfhörer auf ihren Ohren blocken mein Klopfen ebenso ab, wie alle anderen Geräusche der Außenwelt.

Ich muss bei dem Anblick lächeln. Wenn June so versunken in ihre Arbeit ist, vergisst sie den Rest der Academy schnell, also klopfe ich etwas lauter gegen den Türrahmen, in dem ich stehe, aber sie reagiert nicht, und so sehe ich mich gezwungen, weiter ins Zimmer zu kommen.

»June?«

Je näher ich komme, desto lauter höre ich die Musik, die aus den Kopfhörern dröhnt und Junes Aufmerksamkeit verschluckt hat. So sanft wie möglich berühre ich ihre Schulter, was sie zusammenzucken lässt und mir einen überrascht-erbosten Blick einträgt. Schnell hebe ich die Hände und zucke entschuldigend die Schultern.

»Ich wollte dich nicht erschrecken!«

»*Was?*«

Sie kann mich noch immer nicht hören, und ich deute auf die Kopfhörer, die sie sich nun endlich von den Ohren zieht.

»Fionn, du hast mir fast einen Herzinfarkt verpasst!« Als müsse sie das unterstreichen, greift sie sich an die Brust und schüttelt langsam den Kopf, während ich neben ihr in die Hocke gehe.

»Das war nicht meine Absicht. Aber du warst so versunken in das hier …« Damit deute ich auf den Bildschirm ihres Laptops und erkenne darauf eine Art Datenbank, die nichts mit unserem Unterrichtsstoff zu tun zu haben scheint, und ich verstehe sehr schnell, wobei ich meine Freundin gerade ertappt habe. »Du hast dich in das Skillz-Register der Londoner Skill-Inspection gehackt?«

Sofort klappt June ihren Laptop zu, bevor ich mehr erkennen kann, und wirft einen panischen Blick in Richtung Zimmertür, die ich offen gelassen habe.

»Willst du es vielleicht noch lauter rumbrüllen?«

»Sorry. Ich wusste nicht, dass du gerade rumschnüffelst.«

»Ich *recherchiere*.«

Junes Mantra. Sie *recherchiert*, das ist ihre heimliche Leidenschaft, passend zu ihrem Skill, an den ich mich längst gewöhnt habe, weswegen ich sie inzwischen fast entspannt meine Gedanken lesen lasse.

Alle, bis auf diesen einen, den ich so tief wie möglich in mir verborgen halte. Genauso verborgen wie die Phiole, die mir meine Mutter gegeben hatte und von der ich niemandem etwas erzählt habe. Auch nicht June. Was auch jetzt wieder für Magenkrämpfe sorgt. Und die jedes Mal ein bisschen schlimmer werden, je mehr Zeit verstreicht, in der ich meine Freunde nicht einweihe.

Um nicht daran denken zu müssen, stehe ich auf und gehe zur Tür, die ich leise schließe, und wende mich dann wieder June zu. Ihr mit Skill-Steel verkleidetes Zimmer an der Academy hat so seine Vorteile. Es sorgt nämlich für jede Menge Privatsphäre und davon hatte ich in den letzten Monaten nicht so viel. Entweder sind mir Mr Morgans Schatten gefolgt oder aber irgendwelche Gerüchte über meine Familie. Womit wir wieder beim Thema wären. »Hast du was rausgefunden?«

Enttäuscht schüttelt sie den Kopf. »Dein Vater ist immer noch nicht aufgetaucht und der Name deiner Mutter fällt nirgends.«

Das hatte ich zwar nicht gemeint, aber ich nicke trotzdem.

»Aber es sind schon wieder ein paar New-Skillz geschnappt worden.«

»Lass mich raten, es wurde irgendein Laden überfallen, in Häuser eingebrochen oder Autos wurden geklaut?«

»Ja, zu allen Punkten.« Trotzdem sieht June nicht so aus, als wäre das ihre größte Sorge, winkt mich näher und öffnet wieder ihren Laptop. Eine Aufforderung, der ich nur zu gerne folge. »Es gibt allerdings neues Videomaterial zum Anschlag auf das Königspaar vor einigen Monaten.«

Selbst hier auf Guernsey waren die Menschen schockiert von dem Attentat gewesen und in einer Art Panik gefangen. Selbst Geschäfte, die nur Tee oder Kuchen verkaufen, haben seitdem Securityleute eingestellt. Neue Kundschaft wird misstrauisch beäugt und wir Misfits sind ungern gesehene Gäste.

Jetzt schleicht sich ein mulmiges Gefühl in meinen Magen. »Sag mir nicht, dass Skillz dahinterstecken.«

June atmet schwer aus und deutet auf den Monitor, wo sie, ohne hinzuschauen, ein anderes Fenster öffnet und mir den Blick auf den Ermittlungsbericht ermöglicht. Automatisch beuge ich mich über ihre Schulter und überfliege den Text, der sicher nicht nur von der Skill-Inspection, sondern auch vom MI6 als vertraulich klassifiziert worden ist.

»Wie zum Teufel bist du da rangekommen?«

»Fionn Flare, hast du etwa Zweifel an meinen Fähigkeiten?«

Schnell drehe ich mich zu ihr und küsse sanft ihre Wange. »Niemals. Du beeindruckst mich nur jedes Mal aufs Neue.«

»Gut zu wissen, dass du dich nicht in mein Aussehen verliebt hast.«

»Nicht ausschließlich. Ich habe mich vor allem in deine Fähigkeit, jedes Geheimnis aufzudecken, verliebt.« *Jedes, nur bitte nicht meines.*

»Der Anschlag an sich war von einer Terrorgruppe organisiert, die haben sich inzwischen auch dazu bekannt, wie wir wissen, aber sie haben eigentlich nichts mit uns Skillz zu tun.«

»Eigentlich?«

»Auf dem neuen Videomaterial sieht man nun allerdings einen Mann, der kurz vor der Explosion in die Hände klatscht, woraufhin die Explosion vor der Kutsche passiert. Genau dieser Mann taucht in etlichen der Videos auf, und sie zeigen aus verschiedenen Perspektiven immer das gleiche Bild. *Er klatscht, etwas explodiert.*«

»Ein Skillz?«

»Ja. Sie halten es für wahrscheinlich, dass die Mitglieder der Terrorgruppe sich einige Fähigkeiten gekauft haben und dann …« Sie deutet auf den Text, der auch Bilder von dem Chaos und der zerstörten Kutsche der Royals enthält. »Der König kann von Glück reden, dass er mit dem Leben davongekommen ist.«

Auch wenn er sich noch immer nicht gänzlich erholt hat, so erging es ihm und seiner Frau deutlich besser als den gut dreißig Menschen, die sich in unmittelbarer Nähe der Explosion befunden haben.

»Das ist nicht gut. Das liefert doch nur den Leuten Nahrung, die ohnehin gegen uns Skillz hetzen.« Die Stimmung hatte sich in den Monaten vor dem Anschlag ohnehin schon verschärft.

»Sag das deiner Mutter.«

Ich schließe die Augen, weil ich weiß, dass June recht hat. Meine Mutter, Dr. Diane Flare, und ihr genialer Plan, Geld mit den Fähigkeiten von uns Skillz zu machen, entwickelt sich zunehmend zu einem riesigen Problem. Junes Hand legt sich an meine Wange und sie zieht mein Gesicht noch näher zu sich heran, bis ich ihre Lippen zuerst auf meinen, dann auf meiner Wange und schließlich an meinem Ohr spüre.

»Du kannst nichts dafür, Fionn.«

»Vielleicht hätte ich mehr tun können, wenn –«

»Deine Mutter kann jederzeit aufhören. Es ist nicht deine Schuld.«

Wieso fühlt es sich dann so an? Vielleicht hätte ich es verhindern können, wenn ich mit ihr gegangen wäre? Wenn ich deutlicher an ihre Vernunft appelliert hätte.

»Fionn, seit Monaten sehe ich dabei zu, wie du mit diesem zentnerschweren schlechten Gewissen auf den Schultern rumläufst.«

»Sie ist *meine Mutter*.« Die wider aller Wahrscheinlichkeit den verheerenden Brand in ihrem unterirdischen Skill-Labor überlebt hat, bei dem Dylan verschwand, und die Jeremy fast in den Selbstmord getrieben hat, als sie ihm als einem der Ersten seinen Skill nahm, um ihn weiterverkaufen zu können. Aber trotz alldem ist sie noch immer meine Mum.

»Sie ist vor allem eine erwachsene Frau, die selber entscheidet, an wen sie welche Skills verkauft.«

»Du meinst: an eine Terrororganisation?«

»An die Höchstbietenden.«

Es fällt mir noch immer schwer, meine Mutter mit all diesen Überfällen und Vorkommnissen in Zusammenhang zu bringen, bei denen offensichtlich New-Skillz beteiligt waren. Ich hatte stets die Hoffnung, sie würde zur Vernunft kommen oder sich zumindest genau überlegen, an *wen* sie verkauft.

»Aber zumindest wird nun wohl nach ihr gefahndet«, fügt June hinzu und tippt einige Dinge in ihren Laptop. Sofort öffne ich meine Augen wieder. »Es gibt einen streng vertraulichen Ordner, der mit deinem Familiennamen gelabled ist. Aber ich konnte mich noch nicht reinhacken.« Sie bemerkt, wie sich Enttäuschung in meinen Gesichtsausdruck schleichen will, und reckt entschlossen das Kinn. »*Noch* nicht, Fionn. Ich bleibe dran.«

Wenn es jemand schafft, dann ohne Zweifel June, denn sie verfügt nicht nur über das nötige Know-how, sondern auch über den Ehrgeiz. Aufgeben ist für sie keine Option – auch deswegen habe ich mich in sie verliebt. Ein kurzes Lächeln stiehlt sich auf ihre Lippen. »Es gibt auch gute Neuigkeiten. Ich habe vielleicht was bezüglich Dylan rausgefunden.«

Sofort ist da dieses Leuchten in ihren Augen und ich lehne mich ein bisschen nach vorne, weil es ansteckend wirkt. Seit dem Zwischenfall mit meiner Mum haben wir nicht aufgehört, nach Dylan zu suchen.

»Er gilt als vermisst, nicht verstorben, wie du weißt.« Ein Umstand, der vor allem unsere Freundin Taylor jeden Tag mit frischer Hoffnung versorgt, und ich nicke, während June weiterspricht. »Und sie haben seine Akte wieder in den Ordner der aktiven Skillz verschoben. Die Datei wurde erst letzte Nacht bearbeitet.«

»Er ist also wirklich noch da draußen.«

Mit jedem Tag, jeder Woche und jedem Monat ohne handfeste Beweise für sein Überleben war es schwerer geworden, darauf zu hoffen.

»Zumindest scheinen sie inzwischen zu glauben, dass er noch am Leben ist.«

»Oder sie *wissen* es.«

June legt den Kopf etwas schief, ihre Augen funkeln fast stolz, während sie mich ansieht. »Fionn, du klingst ja schon fast so misstrauisch wie ich.«

Sie trägt ihre Skill-Steel-Mütze nicht, was sie in ihrem Zimmer auch nicht muss, und ich weiß, dass sie meine Gedanken lesen kann, wenn sie will. Aber seit unserem etwas holprigen Start haben wir uns vorgenommen, die wichtigen Dinge auszusprechen. Also frage ich: »Ist das ein Kompliment?«

Junes Lächeln wächst und sie zuckt fast gelangweilt die Schulter. Noch immer kann ich es kaum glauben, dass June mich nah genug an sich rangelassen hat, um zu sehen, dass meine Gefühle für sie echt sind.

»Fischst du etwa nach Komplimenten, Flare?«

»Ah! Ein bisschen Grundmisstrauen ist geblieben, wie ich sehen kann.«

Mein Scherz führt bei ihr zu zusammengezogenen Augenbrauen, als sie nun langsam den Kopf schüttelt. »Nicht, wenn es um dich geht.«

»Das weiß ich.«

»Ich habe noch nie einem Menschen so sehr vertraut wie dir, Fionn.«

Plötzlich ist da dieser kurze stechende Schmerz in meiner Brust, weil ich vielleicht doch eine unbedeutende Kleinigkeit vor ihr versteckt halte. Zu genau weiß ich, wie enttäuscht und verletzt sie wäre, wenn ich ihr erzähle, dass ich die Phiole mit einem Skill-Replikat meiner Mutter behalten habe. Ich hätte es vor Monaten beichten sollen, aber ich weiß nicht, wie, und je mehr Zeit vergeht, desto schwerer ist es, die Wahrheit zu sagen. Damit sie meinen wahren Gedanken nicht auf die Schliche kommen kann, schließe ich die Lücke zwischen unseren Lippen und küsse sie sanft, halte sie fest und hoffe, sie so von der Echtheit meiner Gefühle zu überzeugen – und dabei von meinen Gedanken fernzuhalten.

»Nehmt euch doch ein Zimmer.«

Taylors amüsierte Stimme unterbricht uns mitten im Kuss, und June ist es, die sich zuerst löst, die Nähe zwischen uns aber nicht aufgibt. Wir drehen uns zur Tür, wo Taylor und Ivy stehen und breit grinsend zu uns sehen.

»Genau genommen haben wir das ja schon.«

»Vielleicht solltet ihr anfangen, eine Socke an die Türklinke zu hängen, wenn ihr eure Ruhe wollt.«

Mit einem Augenzwinkern geht Taylor auf ihre Zimmerseite zu, wo sie sich erschöpft auf das Bett fallen lässt. Ivy schließt derweil die Tür und verschränkt die Arme vor der Brust.

Ich ahne, dass es Probleme gab. Mal wieder. »Ist was passiert?«

Doch bevor Taylor uns ihre Version der Geschehnisse berichten kann, funkt Ivy dazwischen, die ernst von Taylor zu uns sieht.

»Sie konnte sich nicht teleportieren und dieser blöde Simon hat sich wie der letzte Vollidiot benommen!«

»Also wie immer?« Mein Kommentar bringt mir einen genervten Blick von Ivy ein, und ich hebe entschuldigend die Hände, während June Taylor im Blick behält.

»Was ist denn genau passiert?«

Taylor zögert, vielleicht weil es ihr peinlich ist, vielleicht weil sie die Wahrheit über ihre Gefühle lieber für sich behält, auch wenn wir alle sie ohnehin schon kennen und bestens verstehen können.

»Dylan.« Jedes Mal ist es sein Name, den sie als Erklärung vorbringt, wenn es um ihre Probleme beim Teleportieren geht. Und jedes Mal bricht es mir ein bisschen das Herz. »Ich denk an ihn und dann blockieren meine Gedanken. Es ist, als wäre da eine Mauer, die uns trennt und mich zugleich an Ort und Stelle hält.«

Sie fährt sich über das Gesicht, als könnte sie so auch alle unangenehmen Gedanken und Gefühle wegwischen. Jetzt erst löst sich June von mir und geht zu ihrer Mitbewohnerin und Freundin, nimmt neben ihr Platz und legt ihr die Hand auf die Schulter.

»Das tut mir leid, Taylor. Aber er ist noch da draußen. Ich habe mich ins Archiv gehackt und es gibt dort Hinweise darauf.«

Jetzt zieht Taylor die Augenbrauen nach oben und feuert einen warnenden Blick in Richtung June, die sofort den Kopf schüttelt. »Keine Sorge, sie erwischen mich nicht. Ich weiß, was ich tue! Nur sind diese Hinweise nicht das Einzige, was ich entdeckt habe.«

June erhebt sich wieder und steuert ihren Platz vor dem Schreibtisch an, wo sie ihre Finger über die Tastatur fliegen lässt, schneller, als ich es selbst von ihr gewohnt bin.

»Es gibt wohl immer mehr Anzeichen dafür, dass das Attentat auf das Königspaar von Skillz verübt wurde.«

»Klar. Noch bevor *überhaupt* irgendwas klar war, hieß es doch sofort, es wären Skillz gewesen.« Ivy schnaubt verächtlich und verschränkt die Arme. »Sie wollen nur die ohnehin schon schlechte Stimmung gegen uns schüren.«

»Na ja, meine Recherche hat ergeben, dass besondere Fähigkeiten für den Anschlag genutzt wurden. Allerdings tauchen die Namen der Attentäter in keinem Skillz-Archiv auf.« June unterbricht das Tippen und sieht fast etwas stolz zu uns. »Weltweit, wie ich anmerken will.«

»Soll heißen?«

»Es waren keine Skillz. Es waren Terroristen mit gekauften Fähigkeiten.« Auch wenn sie sich Mühe gibt, keinen Vorwurf mitschwingen zu lassen, so höre ich ihn doch heraus. Es ist meine Mutter, die Skills an Verbrecher verkauft und der die bedrohliche Stimmung gegenüber uns Skillz egal ist. Ganz automatisch spannen sich meine Schultern an, und ich merke, wie ich die Hitze auf meiner Haut spüre, auch wenn niemand etwas sagt, so höre ich dennoch bereits das Flüstern auf den Fluren.

»Aber es gibt Überwachungsvideos von dem Attentat.« June spricht weiter, lenkt die Aufmerksamkeit von mir zurück auf ihren Monitor.

»Das gibt es doch schon eine Weile, es ging sogar durch die Presse.«

»Aber offensichtlich existiert noch unveröffentlichtes Material.« Fast aufgeregt tippt sie weiter, ihre Finger treffen zielsicher immer die richtigen Tasten, als müsse sie keine Sekunde darüber nachdenken.

Wir sehen zu ihr, wie sie mit dem Mauszeiger auf einen Button klickt und das Video abspielt, wenn auch sehr unscharf und in Schwarz-Weiß, ohne Ton.

Sofort rücken wir noch enger zusammen, stehen Schulter an Schulter hinter June und werfen einen Blick auf das, was June im Internet, genauer gesagt in den heiligen Archiven der Skill-Inspection, gefunden hat.

Zu sehen ist ein uns inzwischen vertrautes Bild. Das Material mit der Route der Kutsche wurde ausreichend oft gezeigt, jeder weiß genau, wo die Explosion passiert ist, und auch wenn wir den genauen Zeitpunkt kennen, zucken wir jedes Mal zusammen, wenn es dann passiert.

Ohne Ton, ohne den Jubel und den Applaus der Menschenmenge fühlt sich diese Szene dennoch fremd an, als wäre sie gar nicht echt. Wir sehen, wie die Kutsche sich unaufhaltsam dem Kensington Palace nähert, und Taylor rückt näher zu uns, als könnten wir verhindern, was gleich auf dem Bildschirm geschehen wird. Ivy sieht genau dann weg, als die Explosion erfolgt und June die Pausentaste betätigt.

»*Hier!* Dieser Typ hier klatscht genau vor dem Moment, in dem die Kutsche explodiert.« June deutet auf einen Typen, der nicht älter als dreißig sein kann und grinsend auf dem Standbild erscheint. »Sein Name ist Samuel Kent. Ich habe alles zu ihm recherchiert. Weder bei ihm noch bei einer anderen Person aus seiner Familie ist je ein Skill-Gen nachgewiesen worden.«

Sie spult kurz zurück und wieder klatscht er breit grinsend, wie so viele der Zuschauer. Doch nachdem Panik und Chaos ausbrechen, ist er der Einzige, dessen Gesichtsausdruck sich nicht schlagartig wandelt. Sein Grinsen bleibt unverändert, er bleibt unberührt von alldem stehen, betrachtet die Szene zufrieden, dreht sich dann in aller Ruhe um und geht mit selbstsicheren Schritten davon, während alle anderen um ihr Leben rennen.

»Aber er kann das doch nicht alleine gewesen –«

Die Tür hinter uns wird geöffnet, und sofort fahren Taylor, Ivy und ich herum, bilden einen menschlichen Schutzschild vor June und dem Laptop, um neugierige Blicke zu verhindern, aber es ist nur Eric, der im Türrahmen auftaucht.

»Hier seid ihr, und ich warte in der Cafeteria auf euch …« Sein Blick huscht von mir zu den anderen, weil er sofort merkt, dass etwas nicht stimmt, auch wenn er auf eigenen Wunsch ein Skill-Steel-Armband trägt. Seit einigen Wochen setzt er seine besondere Begabung, mit der er nicht nur die Gefühle anderer Menschen lesen, sondern auch manipulieren kann, nur noch in Mr Morgans Kurs ein. Schnell schließt er die Tür hinter sich und kommt weiter ins Zimmer.

»Was ist passiert?«

Doch bevor ich ihm erklären kann, was er verpasst hat, zieht June wieder unsere Aufmerksamkeit auf sich.

»Ach du Scheiße!«

Sie haut lautstark auf eine Taste, und Eric kommt zu uns, sodass wir nun alle gebannt auf das pausierende Video der Überwachungskamera starren. June hat ein weiteres Gesicht in der Menge entdeckt, das ihre Aufmerksamkeit erregt hat und das ich dort niemals erwartet hätte. Wie bei Samuel Kent, erkenne ich auch im Gesicht des Mannes, den June nun heranzoomt, keine Panik oder Hektik.

Ich beuge mich weit nach vorne, betrachte den großen Mann, der in einem schwarzen Mantel und mit stoischem Blick dasteht. Auch wenn das Bild sicher keine HD-Auflösung bietet und das Standbild etwas unscharf ist, erkenne ich ihn sofort, wie auch all meine Freunde.

Das markante Kinn, der perfekt gestutzte Bart und die klaren Augen, in denen ich immer Verständnis gefunden habe.

»Das kann nicht sein.«

Doch es gibt keinen Zweifel daran, wessen Gesicht da den Bildschirm erfüllt, als June noch etwas näher ranzoomt und mein Herz noch tiefer sinkt.

»*Professor Sculder.*«

KAPITEL 4

DYLAN

Die Gänsehaut begleitet mich wie ein treuer Freund bei jedem Schritt, auch wenn die Handwerker und Techniker ihr Bestes tun, um uns vergessen zu lassen, was für ein Ort das hier vor einer Weile noch war. Es riecht nach frischer Farbe und frischem Holz, über unseren Köpfen werden neue Stromkabel installiert, Mineralwolle zum Dämmen liegt auf dem Boden neben zahlreichen Werkzeugen, und obwohl alles eher an eine Baustelle erinnert, kommen uns immer wieder Mitarbeiter in weißen, sterilen Kitteln entgegen. Dazwischen begegnen uns die Handwerker, die alle eine gewisse Leere im Blick haben, als wüssten sie am Ende des Arbeitstages nicht mehr so recht, was sie eigentlich getan haben.

Und das ist auch besser so.

Dr. Diane Flare geht neben mir her, nickt den Mitarbeitern lächelnd zu und weiß genau, dass ihr die Blicke der Menschen folgen, wenn sie den Flur entlangschreitet. Ich dagegen sehe neben ihr vermutlich wie ein dahergelaufener Typ aus, der nicht so recht ins Bild passen mag, als hätte sie mich irgendwo aufgegabelt.

Nur wo?

»Haben Sie sich keinen besseren Ort für Ihre Firma aussuchen können?« Ich deute auf alles um uns herum, das triste Mauerwerk dieser ehemaligen Irrenanstalt, in dem vielleicht noch immer Erinnerungen stecken, an das, was in diesem Gebäude alles passiert ist. Doch Dr. Flare lächelt nur unschuldig, so wie immer.

»Manchmal kann man sich die Dinge nicht aussuchen, Dylan. Unsere Geldgeber haben uns hier ein kleines Paradies zur Verfügung gestellt.«

Ein Paradies für sie und ihre Forschung, die von zahlungskräftigen Kunden finanziert wird. Manche Türen, an denen wir vorbeikommen, haben kreisrunde kleine Fenster in der Mitte, die einen flüchtigen Blick ins Innere des Raumes ermöglichen. Nicht immer gefällt mir, was ich dort sehe.

»Wieso so nachdenklich?« Dr. Flare hakt sich bei mir unter, als wären wir beste Freunde oder so was, und ich bekämpfe den Impuls, mich ihrer Nähe sofort zu entziehen.

»Ich frage mich nur manchmal, wieso mir manche Erinnerungen fehlen.«

Sie zieht ihre Augenbrauen zusammen und sieht mich abwartend an, ob ich noch mehr sage, aber ich wüsste nicht, was. Sanft tätschelt sie meinen Arm.

»Darüber haben wir doch schon gesprochen. Du bist ein sehr starker Skillz, Dylan. Zu deinem eigenen Schutz haben wir einige Erinnerungen auslöschen müssen. Nur so kannst du dein volles Potenzial ausschöpfen.«

Zu meinem eigenen Schutz. Zu gerne würde ich wissen wollen, wer entschieden hat, welche Erinnerungen mir bleiben dürfen und welche nicht.

Flare sieht mich mitfühlend an und tätschelt meinen Arm. »Mach dir nicht so viele Sorgen. Es war kein guter Ort, an dem du vorher warst. Aber hier geht es dir doch hervorragend oder nicht?« Ihr Blick wird weicher, fast liebevoll. Ihre Schritte verlangsamen sich, bis wir schließlich stehen bleiben. »Und jetzt passe ich auf dich auf.«

Sie passt auf mich auf. Das weckt ein gutes und erstaunlich warmes Gefühl in meinem Inneren. Auch wenn ein Teil davon merkwürdig dunkel und diffus bleibt, als wäre eine Nebelwand zwischen mir und einem Teil meiner Vergangenheit, die ich nicht durchbrechen kann. Und vielleicht auch nicht soll, weil mir nicht gefallen könnte, was ich dort finden werde.

»Vertraust du mir, Dylan?«

Eine gute Frage. Ich will instinktiv nicken, muss aber hier an diesem Ort, zwischen den massiven Steinmauern einer 1848 erbauten ehemaligen psychiatrischen Anstalt außerhalb Londons, erst einmal innerlich Anlauf nehmen, um das auch überzeugend rüberzubringen.

»Selbstverständlich vertraue ich Ihnen, Dr. Flare.« *Auch wenn Sie hier gerade eine hochmoderne, aber irgendwie nach außen getarnte Forschungseinrichtung entstehen lassen ...*

»Diane, nicht Dr. Flare.« Sie drückt meinen Arm und lächelt etwas breiter, was ihr Gesichter jünger wirken lässt und nicht so verbissen wie sonst. Nur die Narbe in ihrem Gesicht passt nicht so ganz zu ihrem sonst perfekten Aussehen. »Auch dank dir machen wir große Fortschritte und bald dürfen wir die neue Forschungsstation hier eröffnen. Du hast uns da einen sehr spannenden jungen Skillz beschafft.« Sie setzt sich wieder in Bewegung, zieht mich mit sich und steuert eine der neuen Stahltüren an, die erst kürzlich installiert wurden und so gar nicht zu dem Look der ehemaligen Anstalt passen wollen. Ohne dabei die Tasten an der Eingabefläche zu berühren, tippt sie einen streng geheimen Code ein. Sofort klicken die Türen schwungvoll auf, als hätten sie nur auf unser Eintreten gewartet und ein weiß gekachelter Flur erstreckt sich meterlang vor uns.

»Willst du den Skillz näher kennenlernen?«

Unsicherheit zieht in meinen Körper ein und ich zucke die Schultern, aber Diane nickt nur in Richtung Flur. »Er könnte unsere Arbeit unheimlich erleichtern.«

Als würde sie mein Zögern bemerken, macht sie den ersten Schritt über die Schwelle und hält mir dann die Hand entgegen. »Nur keine Angst, Dylan. Es wird Zeit für die Zukunft.«

KAPITEL 5

TAYLOR

Auch nachdem wir das Video mehrere Male angeschaut haben, können wir nicht verstehen, was wir da gesehen haben. Fionns Enttäuschung und Wut wird durch die steigende Raumtemperatur deutlich spürbar, da er seinen Feuer-Skill nicht immer ganz im Griff hat. June versucht ihn zu beruhigen, aber er schüttelt nur den Kopf und beginnt nervös auf und ab zu gehen.

»Das macht gar keinen Sinn. Professor Sculder würde bei so was doch niemals mitmachen.«

Seit dem Verschwinden von Fionns Eltern ist der Direktor der Academy als Vormund eingesprungen und kümmert sich seitdem um ihn. Verständlich also, dass dieses Video Fionn ziemlich aus der Bahn wirft. Aber auch ich sitze in einer Art Schockstarre zwischen Eric und Ivy auf meinem Bett und versuche eine Erklärung für Professor Sculders Anwesenheit am Ort des Anschlags zu finden.

»Professor Sculder war in letzter Zeit immer mal wieder für ein paar Tage abwesend, angeblich auf Tagungen. Aber er würde so was doch nie tun.« Erics Worte klingen so voller Zweifel, dass nicht mal er sie wirklich zu glauben scheint.

»Professor Sculder hat eine Vergangenheit als Fox Boy. Er war mit deinem Vater in einer Clique, wer weiß, vielleicht haben wir uns alle in ihm getäuscht und er arbeitet noch immer mit deinem Dad zusammen.« Ivy, die grundsätzlich niemandem so schnell traut, bringt die Argumente auf den Tisch, die wir alle nicht wahrhaben wollen.

»Ziehen wir jetzt auch noch meinen Vater mit rein, ja?« Fionn funkelt Ivy böse an, auch wenn er seinen Vater sonst selten verteidigt.

June ist es schließlich, die eine Eskalation zu verhindern weiß. »Unsinn! Ich habe seine Gedanken gelesen! Und niemals habe ich auch nur irgendwas Verdächtiges mitgekriegt. Nie!« Sie verschränkt die Arme, ihr Blick ist entschlossen, und ich weiß, dass sie nicht lügen würde. Nicht, wenn es um so was geht.

»Ich bin dafür, dass wir ihn einfach damit konfrontieren!«

Fionn will schon zur Tür, als June ihm in den Weg tritt. »Und wie wollen wir ihm erklären, dass wir das Video gesehen habe? Meine komplette Recherche würde auffliegen und das würde jede Menge Staub aufwirbeln. Vom Ärger, der mir dann droht, ganz zu schweigen.«

Das lässt Fionn zumindest kurz zögern, aber die Funken, die zwischen seinen Fingern hin und her fliegen, machen nur zu deutlich, wie es in seinem Inneren aussieht. »Was schlägst du stattdessen vor?«

June zuckt nur die Schultern, weil auch sie verunsichert ist. Für gewöhnlich vertraut sie auf ihren Gedankenlese-Skill und die Ergebnisse ihrer eigenen Recherche, aber diesmal scheint auch sie ratlos. Bisher war es leicht, Professor

Sculder zu vertrauen, er war immer auf unserer Seite, und ich hatte das Gefühl, dass er einer von uns ist.

»Was, wenn das Video ein Fake ist? Inzwischen ist so was doch leicht machbar.« Ivy, die Professor Sculder vielleicht vertraut hat, aber nie ein ausgesprochener Fan war, erhebt sich von meinem Bett und geht zu der Pflanze am Fensterbrett, wo sie mit ihren Fingern über die Blätter fährt, als würde sie ein Haustier streicheln.

»Ich habe das Video geprüft. Es ist echt. Leider.« June deutet auf den Laptop, der mit so ziemlich jeder Software ausgestattet ist, auch mit solcher, die man offiziell gar nicht kaufen kann. Aber June ist eben June, und wenn es darum geht, ihre Recherchen durchzuführen, überspringt selbst sie hier und da die Grenzen der Legalität.

»Was für eine Motivation hätte Professor Sculder denn, mit diesen Terroristen gemeinsame Sache zu machen?« Fionn fährt sich durch die Haare und schließt die Augen. Er kämpft mit sich und seinen Emotionen, was immer bedeutet, hier könnte jeden Moment etwas in Flammen aufgehen.

»Leute, ich glaube, wir bekommen Besuch!« Ivy deutet aus dem Fenster in den Innenhof der Academy und wir eilen alle neben sie, um einen Blick auf die dunklen Autos ohne Nummernschilder zu erhaschen.

»Was zum Henker will die Skill-Inspection hier?«

Mehrere Männer in schwarzen Anzügen steigen aus den Autos, sie sehen aus wie die Typen, die mich damals am Venice Beach aufgegabelt haben. Ihre entschlossenen Gesichter lassen nichts Gutes erahnen. Sie öffnen die Tür des letzten Wagens und Mr McAllister steigt aus, richtet erst mal seinen Anzug und sieht sich dann einen Moment um. Sein Blick wandert an der Mauer der Academy nach oben, bis er unser Fenster findet, wo wir alle sofort in Deckung gehen, auch wenn ich sicher bin, dass er uns entdeckt hat.

Auf Fionns Stirn bilden sich nachdenkliche Falten und er spricht das aus, was wir alle denken. »Shit, das sieht nach richtig Ärger aus.«

June, die bereits wieder aufgestanden ist, wirft einen Blick auf ihren Schreibtisch, der in den letzten Wochen und Monaten so was wie die Zentrale unserer Suchaktion nach Dylan und Fionns Mutter geworden ist.

»Die Frage lautet nur: Ärger für wen?«

KAPITEL 6

ERIC

June wird immer blasser, während sie ihren Laptop vom Strom nimmt, in eine Tasche stopft und hinter ihre Klamotten in den Schrank legt. »Ich habe keine Spuren hinterlassen und war aus allen Programmen raus, bevor sie mich hätten bemerken können.«

Niemand ist so vorsichtig und unschlagbar beim Recherchieren wie June, das wissen wir alle, und so schüttele ich den Kopf und deute in Richtung Tür. »Mein Tipp ist: *Professor Sculder*. Immerhin hat die Skill-Inspection das Video sicherlich auch gesehen.«

»Stehen wir hier nicht dumm rum, finden wir es heraus!« Fionn führt unseren kleinen Trupp an, als wir in den Flur treten und anschließend die Treppen nach unten in Richtung Eingangsbereich eilen.

Taylor, die dicht neben mir geht, wirkt außer Atem, und ich greife schnell nach ihrer Hand, die ich kurz drücke; ein Versuch, ihr Mut zu machen oder ihr zumindest ein bisschen die Panik zu nehmen. Denn mit dem Skill-Steel-Armband kann ich meine Fähigkeit, Emotionen zu beeinflussen, nicht nutzen, also muss ich andere Möglichkeiten finden. Zumindest bekomme ich ein Lächeln zurück, wenn auch kein besonders überzeugendes.

Kaum haben wir die letzte Stufe erreicht, betreten Mr McAllister und die Anzugmänner das Gebäude, sehen sich kurz um, bevor sie ihre Schritte zielsicher in die Richtung Direktorat lenken. Sie bemerken nicht mal, dass wir ihnen folgen, so zielstrebig sind sie, und ich ahne, dass ich mit meiner Vermutung Recht behalten werde.

Einige der anderen Schüler beobachten irritiert die Männer, denn es ist nicht gerade üblich, dass die Skill-Inspection in unserer Academy einfällt – schon gar nicht in Begleitung vom Leiter der Schulbehörde persönlich. Nicht mal dann, wenn ein Misfit mal wieder Mist gebaut hat. Für gewöhnlich regelt Professor Sculder das dann intern.

»Was ist denn hier los?« Miss Baker, die Sekretärin, die wie immer an ihrem Schreibtisch vor Professor Sculders Büro sitzt, sieht überrascht aus, als die Entourage eintritt.

»Bleiben Sie ruhig sitzen, Miss Baker, wir wollen zu Professor Sculder.«

»Mr McAllister. Haben Sie denn einen Termin?«

»Nein. Dieser Besuch ist leider sehr kurzfristig geplant worden.« Er deutet zur Bürotür, aber Miss Baker schüttelt den Kopf.

»Tut mir leid, er ist gerade in einer Besprechung!«

Doch davon lässt sich hier niemand aufhalten. Mr McAllister klopft nicht mal an, öffnet ohne Vorwarnung die Tür und betritt das Büro, in dem ich Professor Sculder und Mr Morgan gemeinsam mit Dr. Gibson sitzen sehe.

»Gentlemen ... oh Mr McAllister.« Professor Sculder erhebt sich lächelnd, bis sich eine Spur Irritation in seinen Blick schleicht, als sein Vorgesetzter mit den Männern das Büro betritt. »Kann ich Ihnen behilflich sein?«

»Dominic, es tut mir leid, hier so reinplatzen zu müssen, aber ich komme mit schlechten Nachrichten.«

»Ist etwas passiert?«

Mr McAllister räuspert sich, sein Unbehagen ist deutlich spürbar. »Professor Dominic Sculder, wir sind hier, um Sie mitzunehmen. Wir haben Grund zur Annahme, dass Sie an einem Terroranschlag beteiligt waren.«

Professor Sculder sieht von Mr McAllister zu Mr Morgan, der ebenso irritiert wirkt, wie alle anderen. »Außerdem sind Sie zusätzlich mit sofortiger Wirkung vom Amt des Schulleiters der Misfits Academy enthoben.« Dieser Teil scheint Mr McAllister besonders schwerzufallen, kann er seinem Kollegen dabei doch kaum in die Augen sehen.

Mr Morgan erhebt sich und mit ihm seine Schatten, die ihn begleiten, wo auch immer er ist, aber Professor Sculder bedeutet seinem Freund, sich zurückzuhalten.

»Darf ich fragen, was genau mir vorgeworfen wird?«

»Das würde ich gerne an einem anderen Ort besprechen.« Damit meint er *ohne Zuschauer, ohne diese Schüler* und nach einem Blick zu Mr Morgan sicher auch *ohne ihn und seinen Skill.*

Professor Sculder nickt nachdenklich und sieht schließlich zu Mr Morgan. »Lucas, du übernimmst in meiner Abwesenheit die Leitung, bis ich zurück bin.«

Mr Morgan will etwas erwidern, als Mr McAllister den Kopf schüttelt. »Das wird nicht nötig sein, Mr Sculder.«

»Sie meinen *Professor* Sculder!« Alle Köpfe wenden sich

in unsere Richtung, weil Fionn Mr McAllister korrigiert hat. Erst jetzt bemerkt auch Professor Sculder, dass wir hier im Schlepptau aufgetaucht sind. Sofort wird sein Blick etwas weicher, als er von uns zu Fionn sieht.

»Was macht ihr denn hier? Habt ihr nicht etwas anderes zu tun?« Obwohl er lächelt, entgeht mir die Warnung nicht, dass es besser wäre, wenn wir uns zurückziehen würden. Doch niemand von uns denkt daran, auch nur einen Schritt von hier wegzugehen. Schon gar nicht Fionn, der sich jetzt an all den Männern vorbeidrückt, die sofort zurückweichen, weil die Hitze, die von ihm ausgeht, sie überrascht.

»Sie können Professor Sculder nicht einfach so mitnehmen!« Funken fliegen zwischen Fionns Fingern, und dann ist da eine Flamme, wenn auch klein, die grell leuchtet und die Männer weiter zurückweichen lässt. Selbst jetzt, nachdem er das Video gesehen hat, glaubt er noch immer an unseren Direktor.

»Fionn, hör auf damit! Du bringst dich nur in Schwierigkeiten!«

Professor Sculders Worte sorgen zumindest dafür, dass die Flamme unter Kontrolle bleibt, aber Fionns Blick ist wütend auf die Männer und Mr McAllister gerichtet.

»Was wird Professor Sculder denn vorgeworfen?« Ohne eine Antwort wird Fionn sich nicht beruhigen, dabei kennen wir sie schon längst, haben das Video gesehen und ich sehe die Bilder noch immer vor meinem inneren Auge. Neben mir zieht June ihre Mütze langsam vom Kopf und lässt sie unter ihren Pullover verschwinden.

Du willst Professor Sculders Gedanken lesen?

Sie nickt, ohne mich anzusehen, hält ihren Blick stur auf unseren Schulleiter gerichtet.

Mr McAllister räuspert sich schließlich und zuckt die Schultern, nicht bereit, seinen schicken Anzug in Flammen aufgehen zu lassen. »Wir haben Grund zu der Annahme, dass Professor Sculder in terroristische Handlungen der sogenannten *New-Skillz-Bewegung* verstrickt ist. Aus diesem Grund muss ich ihn bitten, uns zu begleiten.«

Professor Sculder wirkt von dieser Anschuldigung unbeeindruckt, doch Dr. Gibson, die bisher nur stumme Zuschauerin war, entfährt ein lautes Lachen. »Das ist eine lächerliche Anschuldigung!«

»Mag sein, Ma'am, aber ich sehe mich gezwungen zu reagieren. Es ist nur eine Frage der Zeit, bis dieser Vorfall es in die Medien schafft.« Mr McAllister zieht sehr langsam einen gefalteten Zettel aus der Brusttasche seines dunklen Jacketts und reicht ihn an Fionn vorbei zu Professor Sculder, der das Papier wortlos annimmt. June, die noch immer nur auf Professor Sculder fokussiert ist, zieht nachdenklich die Augenbrauen zusammen, und ich würde so gerne wissen, was sie gerade denkt. Oder besser gesagt: *was Professor Sculder gerade denkt.*

»Ich werde selbstverständlich mitkommen und meine Unschuld beweisen. Aber es gibt wahrlich keinen Grund, diese Academy in meiner Abwesenheit zu schließen, Peter.«

Die Academy schließen? Ich sehe zu Taylor, die das eben Gesagte ebenfalls nicht glauben kann und mit offenem Mund dasteht.

»Tut uns leid, Dominic, ich habe alles versucht, wurde aber überstimmt. Du weißt, dass wir uns schlechte Presse im Moment nicht leisten können.« Kurz sieht er zu Fionn, bevor er weiterspricht. »Wir Skillz haben uns in letzter Zeit nicht gerade viele Freunde unter den übrigen Menschen gemacht und die Skepsis wächst. Seitdem nicht nur Multi-Skillz, sondern auch New-Skillz aufgetaucht sind, haben wir alle Hände voll damit zu tun, die Öffentlichkeit zu beruhigen.«

»Was geschieht mit meinen Schülern?«

»Alle hier ansässigen Schüler werden auf andere Academys verteilt.«

Jetzt ist es Taylor, die meine Hand drückt, weil meine Panik so deutlich zu spüren ist, dass kein Skill nötig ist, um das zu erkennen.

Wir werden also aufgeteilt.

KAPITEL 7

FIONN

Sie verzichten auf Skill-Steel-Handschellen, als sie Professor Sculder durch das Schulgebäude in Richtung Innenhof führen, was er nur Mr McAllister zu verdanken hat, der neben uns hergeht.

»Ich verspreche dir eine schnelle Aufklärung, aber wir müssen im Moment demonstrieren, dass wir jedes Indiz sehr ernst nehmen.« Er sieht Professor Sculder entschuldigend an. »Bevor die anderen auf die Idee kommen und es selber übernehmen wollen.«

»Wer sind die anderen?«

Während die Skill-Inspektoren ein gutes Stück hinter uns gehen, lasse ich Professor Sculder und Mr McAllister nicht aus den Augen und folge ihnen im Gleichschritt.

»Ich würde mal so weit gehen und sagen: die britische Regierung. Es ist die Rede von verschärften Gesetzen für Skillz.«

»Wieso?«, kann ich es mir nicht verkneifen zu fragen.

Mr McAllister bleibt kurz stehen, sein knallharter Blick trifft mich wie ein rechter Schwinger. »Frag das deine Mutter, die gefährliche Skillz an verschiedene Terrororganisationen verkauft!«

Mum verkauft also tatsächlich Skills an Verbrecher. Und mir hat sie zum Abschied einen ganz besonderen dagelassen, den ich samt Kapsel noch immer versteckt halte. Mein Herz schlägt mir ohnehin schon die ganze Zeit bis zum Hals, aber jetzt verliere ich kurz die Kontrolle, und das Feuer in meiner Hand, das bisher nicht größer als die Flamme eines Feuerzeugs war, explodiert in einer Stichflamme, die Mr McAllister zurückweichen lässt.

»Fionn!« Es ist Professor Sculders strenge Stimme, die mich durchatmen lässt. »Behalte einen kühlen Kopf, verdammt noch mal.«

»Entschuldigung, ich war nur …« *Überrascht.* Meine Mutter, die irgendwo da draußen ist, setzt ihren Plan also eiskalt weiter in die Tat um, ignoriert dabei, dass sie uns echten Skillz damit nur schadet.

Professor Sculder sieht zu Mr McAllister, als wir die Autos im Innenhof erreicht haben. »Kriege ich einige Minuten mit Fionn alleine?« Mr McAllister will schon ablehnen. »Bitte, Peter.«

Schließlich nickt Mr McAllister und bedeutet seinen Männern, schon mal einzusteigen, bevor sein Blick mich streift und jede Freundlichkeit daraus verschwindet.

»Nur ein paar Minuten.«

Wir warten, bis er in einen der Wagen gestiegen ist, bevor ich mich zu Professor Sculder drehe, der für meinen Geschmack noch immer viel zu entspannt wirkt.

»Waren Sie an diesem Anschlag beteiligt?«

Professor Sculder sieht nicht zu mir, macht keine Anstalten zu antworten, und ich werde immer ungeduldiger, weil ich es einfach aus seinem Mund hören will.

»Frag doch June, sie hat vorhin meine Gedanken gelesen, nicht wahr?«

»Ich will es aber von Ihnen hören.«

»Was denkst du, Fionn?«

Mein Herz mag die Antwort kennen, aber mein Verstand kann nicht vergessen, was ich gesehen habe. »Ich weiß eben nicht, was ich denken soll. Wir haben das Video gesehen.«

Jetzt dreht er sich ganz zu mir, die Augenbrauen fragend nach oben gezogen, aber ich zucke nur die Schultern. »Die haben auf jeden Fall Beweise gegen Sie, Professor.«

»Ein Video, ja?«

»Sie sind deutlich am Tatort zu erkennen. Wenn Sie mir einen Grund nennen können, versuche ich es zu verstehen, aber so?«

»Sie haben ein Video. Das überrascht mich nicht.« Er atmet schwer aus und sieht mich ernst an. »Ich bin unschuldig und werde das beweisen. Aber du, Fionn, du musst einen kühlen Kopf bewahren. Sie warten nur darauf, dass wir Skillz ihnen jetzt Gründe liefern, ihre Gesetze gegen uns zu verschärfen. Was auch immer sie mit dir und den anderen vorhaben, ihr müsst auf der Hut sein!«

Ein ziemlich großer Kloß breitet sich in meinem Hals aus, drückt bedrohlich auf den Kehlkopf, aber ich nicke und sehe plötzlich in einem sehr wilden Kurzfilm all meine Momente an dieser Academy als Kopfkino. *Mein erstes Treffen mit Professor Sculder, die unzähligen Male in seinem Büro, die Strenge, die über Jahre einer großen Milde mir gegenüber gewichen ist.*

»Ich will nichts von einem Feuer oder Verbrennungen deiner neuen Mitschüler hören, hast du verstanden?« Professor Sculder holt mich und meine Gedanken wieder in die Gegenwart und ich nicke, versuche, seinem Blick standzuhalten.

»Ja, Sir.«

Professor Sculder hat immer an mich geglaubt, auch als mein Vater mich belächelt hat und ich nicht wusste, was ich mit meinem Skill überhaupt anfangen sollte. Wenn ich ehrlich bin, hat *er* mehr an mich geglaubt, als mein Vater es je getan hat. Vollkommen egal, wer uns sehen kann, ich schlinge meine Arme um ihn und drücke ihn fest an mich.

Zu meiner Überraschung erwidert er die Umarmung.

»Du bist ein feiner Kerl, Fionn Flare. Lass dir da draußen ja nichts anderes einreden.« Ich nicke, komme mir wie ein kleiner Junge vor, der nicht alleine sein will, und wünschte, ich könnte die Zeit anhalten oder zumindest verlangsamen. »Pass auf die anderen auf, hörst du?« Dann lässt er mich los und zwinkert mir zu, auch wenn sein Lächeln traurig bleibt. »Wir sehen uns wieder.«

Dieser Mann, der hier vor mir steht, kann nicht der gleiche Mann sein, der mitten in London an einem Terroranschlag auf die Royals beteiligt gewesen sein soll. Und ich werde ganz sicher nicht aufgeben, bevor ich nicht weiß, was wirklich an dem Tag passiert ist. Ein kurzes Nicken, dann dreht er sich abrupt um und steigt ohne weitere Abschiedsworte in eines der schwarzen Autos, dessen Tür sofort geschlossen wird.

Ich balle meine Hände zu Fäusten, ersticke meine Flamme und sehe zu, wie die Autos in einer geordneten Kolonne mit perfektem Abstand vom Hof und schließlich durch das eiserne Tor mit dem Schulwappen fahren.

»Mach dir keine Sorgen um ihn, wir holen ihn da schon wieder raus.« Mr Morgan und seine Schatten treten neben mich, bevor er mir die Hand auf die Schulter legt.

»Sie wollen die Academy für immer schließen, nicht wahr? Darum geht es hier wirklich, oder?«

»Ich befürchte, das ist ein Teil ihres Plans, ja.«

»Aber wieso?«

»Genau das gilt es herauszufinden.«

Erst jetzt finde ich den Mut, mich zu ihm herumzudrehen. »Was wird aus uns Misfits?« Wenn jemand immer die ungeschönte Wahrheit ausgesprochen hat, dann ist das Mr Morgan, der blumige Umschreibungen für überflüssig hält und mich auch jetzt nicht enttäuscht.

»Sie werden die Elite-Skillz auf Elite-Academys bringen und alle anderen dahin abschieben, wo gerade Platz ist.«

»Großartig.« Dann kann ich mir meine Zukunft ja schon ausmalen.

»Ich werde versuchen, euch im Auge zu behalten. Mehr kann ich im Moment nicht anbieten, weil sie die Dinge ohne unser Mitspracherecht entscheiden.«

»Wann müssen wir weg?«

Er spürt, dass ich vor dieser Antwort am meisten Angst habe, denn es bedeutet nicht nur einen Abschied von dieser Academy, die in den letzten Jahren mein Zuhause geworden ist, sondern auch von meinen Freunden – und von June.

»Morgen.«

»*So schnell?*«

»Sie wollen keine Zeit verlieren. Einige Eltern werden ihre Kinder heute schon holen lassen.«

»Ich nehme an, mein Vater taucht nicht einfach so aus seinem Versteck auf, um mich abzuholen.« Und ehrlich gesagt, würde ich das auch nicht wollen.

Mr Morgan drückt meine Schulter. »Wir geben nicht auf, Fionn. Die Misfits Academy wird wieder öffnen und dann holen wir euch zurück. Das verspreche ich dir.«

»Wie können Sie da so sicher sein?«

Mr Morgans Lächeln wird breiter, so wie ich es an ihm kenne, wenn er uns in seinem Kurs vor eine neue Herausforderung stellt.

»Weil das hier mein Zuhause ist und ich es niemals kampflos aufgeben werde.« Er lehnt sich zu mir. »Und du auch nicht.«

KAPITEL 8

DYLAN

»Kevin Fletcher stammt aus einer reinen Elite-Skillz-Familie, und wenn man ihn betrachtet, dann erkennt man all seine Vorfahren in seinen Gesichtszügen. Die Strenge seines Vaters in den erstaunlich dünnen Lippen, die Gutherzigkeit seiner Mutter in den warmen braunen Augen.«

Dr. Flare referiert so frei über den Jungen, der festgeschnallt auf einem der Behandlungsstühle sitzt, als wäre er nicht anwesend oder zumindest nicht bei Bewusstsein, dabei sind seine soeben erwähnten warmen braunen Augen gerade panisch aufgerissen auf uns gerichtet.

»Mr Fletcher, ich muss sagen, es ist mir eine Ehre, Sie hier in meinem bescheidenen Labor empfangen zu dürfen.«

Eine kleine Untertreibung, denn bescheiden ist hier in diesem nagelneuen Labor rein gar nichts, und das weiß sie auch genau.

»Was wollen Sie von mir?«

Eine Frage, die er in den letzten Minuten bereits einige Male wiederholt hat, und langsam, aber sicher klingt es immer weinerlicher. Ich stehe seitlich hinter Dr. Flare und beobachte die Szene mit wachsendem Unbehagen.

»Machen Sie sich keine Sorgen, Ihnen wird nichts passieren.«

Vermutlich fragt er sich, wieso er dann gefesselt auf diesem Behandlungsstuhl sitzt, aber mit solchen Details hält sich Dr. Flare schon lange nicht mehr auf. Sie wendet sich zu mir, ihrem unfreiwilligen Publikum im ebenfalls weißen Kittel, den sie mir an der Tür gereicht hat.

»Sie reden immer so viel. Manchmal denke ich, es wäre leichter, sie einfach zu betäuben und mir ihre langweiligen Fragen zu ersparen.« Dabei klingt ihre Stimme amüsiert, ihre Lippen sind zu einem Lächeln verzogen und ihre Augen funkeln voller Vorfreude. »Du wirst Zeuge, wie wir uns einen sehr spannenden Skill sichern, Dylan.«

Ein Skill, der ein Vermögen wert ist und um den sich einige zahlungskräftige Kunden reißen werden. Denn wenn ich inzwischen etwas verstanden habe, dann, dass Dr. Flare sich nicht mit mittelmäßigen Skills abgibt. Es muss schon ein waschechter Elite-Skill der Extraklasse sein, damit sie mich losschickt, um ihn »zu besorgen«. Dieser hier scheint ganz nach ihrem Geschmack, das verraten ihre Augen, als sie sich wieder zu Kevin wendet, der versucht, sich von den eng angebrachten Lederriemen um seine Hand- und Fußgelenke und seinen Kopf zu befreien.

»Wer sind Sie und was wollen Sie von mir?« Er klingt so, als würde er nun wirklich gleich weinen, und etwas in mir regt sich, will sich aufbäumen, aber ich ersticke das Mitgefühl, bevor es sich ausbreiten kann.

»Oh, wie unhöflich von mir. Mein Name ist Dr. Diane Flare.« Dann deutet sie auf mich. »Das ist mein Mitarbeiter Mr Pollack, aber den kennen Sie ja schon.«

Weil ich nicht weiß, was ich sonst tun soll, winke ich etwas ungelenk. Kevins Blick wandert zu mir, und ich weiß, dass er sich an mich erinnert, an unser Treffen in der Besuchertoilette des Museums. Denn noch hat er all seine Erinnerungen; erst nachdem das Skill-Gen in einem komplizierten Prozedere isoliert und schließlich entnommen wurde, werden die Skillz an Zoe weitergereicht, und sie kümmert sich in aller Ruhe um die Erinnerungen der »Spender«.

»Sie befinden sich in der Future-Skill-Clinic etwas außerhalb von London.«

»*Future-Skill-Clinic?*«

Er versteht nicht, wie er hergekommen ist, er versteht nicht, was hier mit ihm gemacht wird, und das muss furchtbar sein. *Alles* an dieser Situation fühlt sich falsch an. Bisher habe ich nur geholfen, Skillz aufzuspüren und außer Gefecht zu setzen, was danach kommt, war immer allein Dr. Flares Angelegenheit. Ich habe es für mich einfach ausgeblendet, was mir aber zunehmend schwerer fällt. Die Vorstellung, dass dies hier seine letzte Erinnerung sein wird, an zwei Fremde, die ihm Angst machen, und nicht etwa eine an seine Freunde von der Academy oder seine Familie, das ist nicht richtig.

»Machen Sie sich keine Sorgen, Mr Fletcher. Wir sind nur an Ihrem Skill interessiert.«

Doch genau das scheint ihm Sorgen zu machen, denn seine Herzrate steigert sich enorm, der angeschlossene Monitor neben ihm explodiert schier vor Gepiepe, während der Junge versucht, die Schnallen an seinen Handgelenken zu öffnen.

»*Nein!* Bitte, nein! Tun Sie mir das nicht an. Nehmen Sie mir nicht meinen Skill weg.«

Die Panik in seiner Stimme ist so herzzerreißend, dass ich mir sicher bin, sie nie mehr zu vergessen.

Dr. Flare lächelt zufrieden. »Wirklich beeindruckend, Mr Fletcher. Ich habe Ihnen gar nicht gesagt, dass ich Ihnen den Skill wegnehme.«

Die Zukunft. Kevin kann die Zukunft sehen. Selbst wenn ungewiss ist, *wie weit* er wirklich in die uns unbekannte Zukunft sehen kann, wird Dr. Flare das sicher auch noch rauskriegen.

»Ihr Skill wird ein Bestseller, das kann ich Ihnen versprechen, Mr Fletcher.«

Doch das beruhigt ihn kein Stück, der Monitor gibt in immer kürzeren Intervallen ein hektisches Piepen von sich und ich rücke etwas näher an Dr. Flare heran. Wenn Kevin uns hier wegstirbt, hat niemand etwas davon.

»Sie machen einen großen Fehler, Dr. Flare. Ich kann sehen, was mit Ihnen passiert.«

Dr. Flare scheint nicht beeindruckt oder gar verunsichert, sie nickt nur wissend, als hätte sie so was schon tausend Mal gehört. »Sie werden so erfinderisch, wenn sie verzweifelt sind. Manche bieten sogar ihre begabteren Geschwister an, manche ihre Eltern. Alles nur, um ihren Skill zu behalten. Wirklich ein netter Versuch, Kevin.«

»Ich meine es ernst, es wird nicht gut für Sie enden. Dieses ganze Multi-Skills-Ding, das funktioniert nicht! Glauben Sie mir!«

Multi-Skills. Woher weiß er davon? Immerhin gibt es noch nicht viele Menschen, die darüber verfügen, und die wenigen halten sich bedeckt. Es kann sich nicht rumgesprochen haben. Oder doch? Während sich mein Puls dem von Kevin anpassen will, bleibt Dr. Flare cool.

»Nun, wenn deine Prognose stimmt, werde ich das ja bald herausfinden, nicht wahr?« Ohne den Blick von Kevin zu nehmen, greift sie neben sich und zieht zwei blaue Latexhandschuhe aus dem Spender, der auf einem Rollkasten steht. »Es wird nur kurz wehtun.« Das zumindest kann sie garantieren, denn ihre Methode, das Skill-Gen zu isolieren, hat sich rasend weiterentwickelt, und es gelingt ihr inzwischen um einiges schneller. Darauf ist sie besonders stolz, auch wenn der Weg dahin wohl holprig war. Kevin aber gibt nicht auf, sieht ihr direkt in die Augen, seine Stimme flehend, aber nicht mehr so weinerlich.

»Bitte, Sie verstehen nicht, es wird nicht gut ausgehen *für Sie*.«

»Kevin, als Frau in diesem Berufszweig habe ich solche Warnungen schon so oft gehört. Von meinem Mann, meinen Kollegen, meinem Sohn. Und sieh mich an!« Sie greift nach der Spritze, die sie bereits vorbereitet hat, und lächelt Kevin dabei unberührt an. »Ich habe alles unter Kontrolle. Meine Arbeit, meine Klinik, meine Forschungen. Alles.«

»Aber nicht mehr lange, wenn Sie nicht aufpassen! Sie werden die Kontrolle verlieren!«

»Du beginnst mich zu langweilen, Kevin.«

Sein Blick wandert zu der Spritze, dann schießt er zu mir und trifft mich mit einer Wucht, die mich kurz zusammenzucken lässt.

»Dylan! Du musst mir glauben! Taylor ist in Gefahr!«

Taylor. Als würde jemand an einer verschlossenen Tür rütteln, schlägt der Name in meinem Schädel ein.

»Sie und June, sie werden … June wird sterben, wenn du nicht –«

Heftiger als nötig rammt Flare die Nadel in seinen Oberarm, was ihn sofort verstummen lässt, und kaum ist das Betäubungsmittel injiziert, kommen ihm die Worte nur noch langsam und zäh über die Lippen, während er darum kämpft, die Augen offen zu halten und bei Bewusstsein zu bleiben.

»Sie wird sterben, Dylan. June wird … sterben.«

June. Ein Name wie ein Sommertag, ein warmes Gefühl. Doch bevor er mehr sagen kann, sinkt er in einen traumlosen Schlaf, und Flare atmet erleichtert auf, während mir das Atmen auf einmal gar nicht mehr so leichtfällt.

»Sie reden immer so viel, wenn die Verzweiflung sie erwischt, das finde ich ein wenig ermüdend.«

Seine Worte hallen noch immer in meinem Kopf wider. Ich muss schlucken und sehe von Kevins entspanntem Gesicht zu Flare.

»Was, wenn er nicht gelogen hat?«

Meine Frage ist nicht unberechtigt, aber Flare schüttelt den Kopf. »Ich habe so was in der Vergangenheit zu oft erlebt und weiß, zu welchen Lügen sie fähig sind. Er hatte Angst, da erzählen die Leute alles, um ihren Hals zu retten.« Sie klingt entschlossen, fast trotzig, was mich ahnen lässt, dass auch sie zumindest einen leisen Zweifel spürt. »Wir werden das Skill-Gen isolieren und entfernen, dann kümmert sich Zoe um ihn und seine Familie.« Mit einer schnellen Bewegung zieht sie sich die Handschuhe von den Fingern und wirft sie in den Mülleimer neben der Tür, wo sie auf mich wartet. Aber noch kann ich mich nicht bewegen, starre Kevin an, der so harmlos aussieht, wie er da liegt.

»Dr. Flare?«

Sie hat die Tür schon geöffnet und wirft mir einen Schulterblick zu, der deutlich macht, dass sie es eilig hat.

»Wer ist Taylor?«

Ein Name, der nicht fremd, aber auch nicht vertraut klingt und der tief in mir drinnen an einer Wunde kratzt, die ich mir nicht erklären kann. Wieder lächelt Dr. Flare.

»Niemand von Bedeutung.«

KAPITEL 9

ERIC

Es ist so ruhig hier, wie ich es noch nie an der Academy erlebt habe. Vor einigen Minuten ist das letzte Auto mit Misfits vom Hof gefahren. Einige werden gleich morgen Früh abgeholt, weil nicht alle Familien so schnell reagieren konnten. Meine Mutter hat mir eine Nachricht geschrieben, dass sie der Schulbehörde vertraut, mich auf eine vergleichbare Academy zu verlegen. Es täte ihr leid, aber sie würde fest an mich denken.

Dabei weiß ich genau, dass es eigentlich mein Vater ist, der kein Interesse daran hat, mich nach Hause zu holen. Nicht, nachdem sich sein Ruf endlich so langsam davon erholt hat, dass sein Sohn irgendwo im Ausland im Jugendknast sitzt. Denn das ist die Version, die er seinen Kumpels aufgetischt hat. Die Vorstellung, dass ihm diese Lüge lieber ist, als zuzugeben, dass er nicht nur einen Skillz-Sohn, sondern auch noch eine Skillz-Ehefrau hat, sagt alles über meinen Vater aus, was man wissen muss.

»Dein Zeug packt sich nicht von alleine, Eric.«

Fionn, den ich schon die ganze Zeit hinter mir herumwuseln höre, durchbricht meine Gedanken, aber ich kann mich nicht dazu aufraffen, meine Sachen zusammenzusuchen und mich von diesem Zimmer zu verabschieden. Wir hätten noch mindestens zwei Jahre hier verbringen sollen und dann unseren Abschluss machen. Dann wäre ich auch in den Staaten volljährig und könnte mein Leben nach meinem freien und eigenen Willen planen. Langsam drehe ich mich zu Fionn um, der vor einem gepackten Koffer und einem Rucksack steht, die Hände in die Hüften gestemmt, den Blick kritisch auf den Inhalt seines Koffers gerichtet.

»Du kannst es ja kaum abwarten, von hier zu verschwinden.«

Er sieht nur kurz zu mir, schüttelt knapp den Kopf, und ich weiß, dass mein Vorwurf an ihm abprallt. »Ich werde mich an unserem letzten Abend sicher nicht mit dir streiten, Eric.«

»Ich wette, Mr Morgan wird dafür sorgen, dass du auf eine gute Academy kommst.« Wir wissen noch nicht, wohin sie uns bringen werden und wer zusammenbleiben darf. Aber man muss kein Genie sein, um zu wissen, dass jemand mit dem Nachnamen Flare bessere Chancen auf eine gute Academy hat als ein Junge namens Catalano.

»Geht es dir besser, wenn du deinen Frust an mir auslässt? Dann los.« Er löst sich von seinem Gepäck und kommt auf mich zu, breitet die Arme aus und sieht mich abwartend an. Dabei will ich mich gar nicht mit ihm streiten, nur weiß ich einfach nicht, wohin mit all dem Frust, den ich deutlicher als alles andere spüre.

»Schrei mich an, wenn du willst.«

Fionn bietet sich als Zielscheibe an, aber ich will nicht. Während es mir immer leichtfällt, andere aufzubauen, versage ich bei meinen eigenen Gefühlen, die sich gerade in einer Abwärtsspirale befinden.

»Das wäre eine schöne letzte Erinnerung an mich, oder?«

»Ich habe so viele Erinnerungen an dich, Eric.«

»Und doch wirst du mich da draußen vergessen, dir neue Freunde suchen, und das war's dann.« Keines der Worte glaube ich wirklich, aber es fällt mir leichter, sie auszusprechen, als Fionn zu sagen, wie sehr er mir fehlen wird. Wie sehr ich ihn jetzt schon vermisse, obwohl er ja noch vor mir steht und mich unverändert ansieht. »In einer normalen Welt hättest du dich doch niemals mit mir angefreundet.«

Fionn legt den Kopf ein bisschen schief, sagt aber noch immer nichts und so spreche ich weiter. »Du wärst mit deinen coolen Kumpels durch London gezogen, während ich daheim in Mississippi immer der Freak geblieben wäre! Und weißt du was, vielleicht wäre das besser gewesen, weil ich dann nämlich nie erfahren hätte, was Freundschaft bedeutet, und müsste es ab morgen nicht so sehr vermissen!« Die letzten Worte brülle ich ihm entgegen, dabei flutet Erleichterung meinen Körper, weil ich meine Enttäuschung nicht länger verdränge und endlich alles rauslasse. »Weil du der beste Freund bist, den ich jemals haben werde, und weil dich zu vermissen richtig beschissen wird. Und wäre diese Welt fair, dann würdest du bleiben!«

»Ich hasse das.« Fionn ist mit nur zwei Schritten bei mir, schlingt die Arme um mich, und erst will ich ihn wegschubsen, aber er lässt mich nicht los. »Du wirst mir auch fehlen, Eric.«

»Ich habe außer euch keine Familie.« Es rutscht mir nur so raus, auch wenn ich vorhin mit meiner Mutter Textnachrichten ausgetauscht habe. Das hat sich eher ein bisschen wie ChatGPT angefühlt. Alle Emotionen wurden rausgefiltert, es gab nur ein paar Worte, die mich trösten sollten.

»Es könnte schlimmer sein. Deine Mutter könnte eine durchgeknallte Soziopathin und dein Vater ein größenwahnsinniger Arzt sein.«

Obwohl ich nicht lachen will, tue ich es trotzdem und lege endlich meine Arme um seinen Hals. »Ich hätte nie gedacht, dass wir hier mal wegmüssen. Nicht so schnell, nicht so plötzlich.«

Doch bevor Fionn etwas sagen kann, unterbricht ein lautes Klopfen an der Tür unsere Umarmung, und wir sehen beide zur Tür, durch die June, Taylor und Ivy kommen. Sie haben ihre Taschen dabei und zerren eine Matratze hinter sich her in unser Zimmer.

»Kommen wir ungelegen?«

Schnell schüttele ich den Kopf. »Kein bisschen.« Mein Arm liegt noch immer um Fionns Schulter, seiner um meine. Genau so will ich uns in Erinnerung behalten.

Taylor und Ivy lassen die Matratze in der Mitte des Zimmers fallen und grinsen zufrieden. »Perfekt. Wir dachten, die letzte Nacht hier sollten wir gemeinsam verbringen. Wenn das für euch okay ist.«

Außer uns sind nur noch eine Handvoll Schüler und einige Lehrer hier. Niemand wird heute kontrollieren, wer in welchem Zimmer schläft, und niemand will heute Nacht alleine sein. Nicht mal Ivy, die auf die Matratze am Boden deutet.

»Ich habe mein Zeug mitgebracht, weil ich mein Bett nicht teile.« Wir nicken alle, weil wir Ivys Geschichte kennen und ihre Grenzen akzeptieren. Taylor sieht zu mir, und ich weiß, was sie fragen will, bevor sie es tut.

»Du kannst gerne mit mir in einem Bett schlafen.«

»Du bist ein Schatz.«

In diesem Zimmer befinden sich fast alle Menschen, die mir etwas bedeuten, und obwohl morgen schon all das auseinanderbrechen wird, reden wir uns ein, dass zumindest diese letzte gemeinsame Nacht uns für immer zusammenschweißen wird.

»Ihr werdet mir fehlen.« Meine Stimme verrät meine Gefühle, aber diesmal ist es mir egal, weil wir alle das Gleiche fühlen, sodass ich mich nicht mal bemühe, ihre Emotionen zu beeinflussen und zu verbessern. Es hat lange gedauert, bis ich verstanden habe, dass ich manchmal die Menschen um mich herum fühlen lassen muss, was sie gerade fühlen. Und sei es Unsicherheit, Angst und Schmerz. Weil Erinnerungen aus Gefühlen entstehen und ich sie nicht verfälschen will.

»Ich wette mit euch, früher als wir denken, werden wir wieder hier sitzen, alle zusammen und über den ganzen Mist lachen.« Taylor gibt sich Mühe, uns an diese Utopie glauben zu lassen.

»Die Misfits Academy wird immer unser Zuhause bleiben. Komme, was wolle!« Dabei klingt Fionn so entschlossen, dass ich zustimmend nicke.

»Komme was wolle!«

KAPITEL 10

FIONN

Sie weint und ich will sie nie mehr loslassen.

»Der Bus zur Fähre wartet nicht ewig, Flare.«

Mr Morgan sieht zum wiederholten Male auf die Uhr, aber ich will noch nicht gehen. Auch Eric, der sich gerade von Ivy und Taylor verabschiedet, ist noch nicht bereit. Einige Misfits wurden vorhin von ihren Eltern abgeholt, andere warten noch auf ihren Bus, und niemand sieht gerade so richtig glücklich aus.

»Du rufst mich an, wenn du angekommen bist, ja?«

Ich nicke und schüttele dabei doch irgendwie gleichzeitig den Kopf. Noch habe ich keine Ahnung, wohin mich mein Bus gleich führen wird, ich weiß nur, dass es keine Elite Academy sein wird.

»Zum dritten Mal, ja, ich rufe dich an.«

»Und du achtest auf Eric, ihn nimmt das alles sehr mit.«

»Na klar, Ma'am.«

June nickt, kämpft seit dem Aufwachen mit den Tränen, hält sie aber noch ganz gut in Schach. »Und du passt unterwegs auch auf dich selbst auf, ja?«

»Wenn ich dazu komme, mache ich das.«

Sie löst sich weiter aus der Umarmung, bringt zu viel Abstand zwischen uns, und ich spüre den schweren Klumpen in meinem Magen, der wie Teig immer mehr und mehr aufgeht. Wenn ich jetzt nicht sage, was ich denke, verpasse ich den Moment, und das würde ich mir nicht verzeihen.

»Verlieb dich ja nicht in einen sexy Elite-Skillz da oben, ja?« Das ist nicht unbedingt das, was ich mir die ganze Nacht über zurechtgelegt habe, aber es sind zu viele Zuschauer um uns herum, als dass ich wirklich sagen könnte, was ich fühle. So unauffällig wie möglich schiebe ich June die Mütze aus der Stirn und lehne dann meine gegen ihre, schließe die Augen und hoffe, dass es funktioniert und sie meine Gedanken lesen kann. Wenn auch nicht alle, denn einen halte ich hinter all meinen Gefühlen für sie versteckt, was mir nicht gerade leichtfällt.

Du wirst mir fehlen, June Betty Clarke.

»Du mir auch, Fionn Flare.«

Danke, dass du all meine Launen und Spinnereien ausgehalten und dich trotzdem in mich verliebt hast.

»Gern geschehen.«

Und danke, dass ich mich bei dir nie wie ein Misfit gefühlt habe.

Sie streichelt meine Hand, drückt mir schnell einen Kuss auf die Lippen.

»Danke für genau das Gleiche.«

Und entschuldige, wenn ich nicht immer ehrlich zu dir war, aber manche Gedanken ...

»Flare!«

Mr Morgans Stimme unterbricht meine Gedanken, bevor ich zu viel verraten oder sie doch mit June teilen kann, weshalb ich mich sofort von ihr löse und schnell ein Lächeln aufsetze. Irgendwann werde ich ihr davon erzählen, aber im Moment bleibt es noch mein Geheimnis, dass ich eine Phiole mit einem Skill-Replikat besitze. Zumindest so lange, bis ich entscheide, was ich damit anstellen will.

Mr Morgan tritt neben uns, seine Hand legt sich auf meine Schulter und er schiebt mich bestimmt in Richtung Bus. »Es ist ja kein Abschied für immer, Lundy ist nicht aus der Welt.«

Lundy. Eine winzige Insel mit einer Academy für Skillz, die sonst wohl niemand haben will.

Wieso rast die Zeit immer gerade dann, wenn ich mehr davon brauche?

June wischt sich die Tränen von der Wange und schenkt mir ein schwaches Lächeln. »Wir sehen uns wieder, Flare.«

Das zumindest klingt wie ein Versprechen, das mir Mut macht, und so nehme ich ihr Gesicht in meine Hände und präge mir ihr Lächeln so gut wie möglich ein, bevor ich mich zu ihr beuge und sie sanft küsse. Was würde ich für Taylors Skill geben, damit ich mich immer zu June teleportieren könnte, wenn ich sie zu sehr vermisse. So wie June den Kuss erwidert, hat sie ganz ähnliche Gedanken.

Erst das ungeduldige Hupen des Busses zwingt mich dazu, mich endgültig von ihr zu lösen, auch wenn ich das genaue Gegenteil will.

»Bis bald, Clarke.« Frech zwinkere ich ihr zu, in der Hoffnung, diesen Abschied etwas leichter zu machen. Dann drehe ich mich zu Taylor, die neben Ivy steht, und ziehe sie in eine Umarmung.

Denn dank Mr Morgans beherztem Einsatz bleiben Taylor

und June zusammen, sie werden auf die Isle of Skye versetzt, wo es private Tutoren für die einzelnen Schüler geben soll. Ivy mit ihrem Pflanzen-Skill landet auf Madeira, der sogenannten Blumeninsel, auf der sich eine Academy der friedlichen Art befindet. So zumindest hat Mr Morgan sich ausgedrückt. Sosehr ich mich für June und die anderen freue, ein wenig Neid bleibt, denn meine Zukunft sieht anders aus, auch wenn wir bisher keine genauen Infos bekommen haben, was uns auf Lundy erwartet. Nicht mal Mr Morgan weiß das, weil die Academy wohl ziemlich neu ist. Er hat alles versucht, aber unsere Skills zählen nicht als Elite-Skills und sind weder besonders genug, noch begeistern sie irgendwelche Entscheidungsträger. Dass mir eine unsichere Zukunft bevorsteht, verrät vor allem Mr Morgans sorgenvoller Blick, wann immer er ihn auf mich richtet.

Taylor drückt mich fest an sich und flüstert mir leise zu. »Ich passe auf sie auf, versprochen.«

Dann drücke ich Ivy, die sich mit tränenverhangenen Augen verabschiedet, und gehe zu Eric, der an der Tür des Minibusses auf mich wartet, seine heute dunkelbraunen Haare hängen ihm tief in die Stirn bis über die Augen, auch um seine Gefühle dahinter verstecken zu können. Mr Morgan nickt uns aufmunternd zu, und ich wünschte, er würde einfach mitkommen. Einen Verbündeten wie ihn könnte ich überall gut gebrauchen.

»Viel Glück, Jungs.« Ob Glück uns wohl reichen wird?

»Danke, Sir.«

Anders als Eric drehe ich mich nicht mehr um, als der Bus sich in Bewegung setzt und durch das Tor fährt, wo ich einen Blick auf das Wappen der Misfits Academy erhasche und der Fuchs darauf meinen Blick zu erwidern scheint. Ich spüre, wie mein Hals enger wird, aber ich werde sicher nicht aufgeben und halte mich an Mr Morgans Worten fest.

Weil das hier mein Zuhause ist und ich es niemals kampflos aufgeben werde.

KAPITEL 11

DYLAN

Es sind schöne Augen, solche, die lächeln können, und mir wird warm ums Herz. Sie sehen mich an, fordern mich auf, etwas zu sagen, aber ich weiß nicht, was und wieso. Ich weiß nur, dass mir die Augen gefallen, und ich wünsche mir, zu wissen, zu welchem Gesicht sie wohl gehören. Doch Worte wollen mir nicht über die Lippen kommen und dabei möchte ich so gerne mehr über sie erfahren ...

Da reißt mich das Klingeln des Handys unbarmherzig aus dem Traum und somit auch aus dem Schlaf. Ich taste hastig nach dem Telefon auf dem Nachttisch neben dem Bett, während ich versuche, mir den Schlaf, so gut es geht, aus den Augen zu reiben, obwohl die Müdigkeit mich fest umklammert hält.

»Hallo?« Meine Stimme klingt matt, die Rückkehr in die Realität fällt mir nach dem Traum schwer.

»Dylan.« Ihre Stimme hingegen klingt glockenklar und so, als hätte sie mindestens schon einen Kaffee intus.

»Dr. Flare.«

Eigentlich hatte ich erwartet, dass ihre Anrufe irgendwann von einer Assistentin übernommen werden, aber noch immer nimmt sie sich persönlich die Zeit, mich anzurufen und mir einen neuen Auftrag zu erteilen.

»Ich hoffe, ich habe dich nicht etwa geweckt.« Dabei weiß sie ganz genau, dass sie das getan hat, also gehe ich nicht weiter darauf ein, was sie wohl auch nicht erwartet hat, denn sie spricht schnell weiter. »Deinen letzten Auftrag hast du mit Bravour erledigt.«

»Danke schön.«

»Ich hätte eine neue Aufgabe für dich.«

Meistens lässt sie mir eine Woche, um mich zu erholen. Immerhin habe ich gerade erst Kevin für sie beschafft. Kevin, dessen letzte Worte mir noch immer in Erinnerung sind, auch wenn ich versuche, nicht mehr daran zu denken. Seine deutliche Warnung, die Panik in seinem Blick, das kann ich nicht vergessen.

»Hörst du mir zu?« Dr. Flare klingt etwas ungehalten, sodass ich wieder den Kopf schüttele, das ungute Gefühl vertreibe und mich auf das Gespräch konzentriere.

»Natürlich.«

»Gut. Wir haben den Tipp bekommen, wo sich ein sehr spannender Elite-Skillz befindet, und wenn wir dessen Fähigkeit erst haben, können wir bald international expandieren.« Sie spricht immer von *wir* oder *uns*, als hätte ich wirklich Ahnung von dem, was sie da tut, oder könnte es beeinflussen. Nichts davon ist der Fall und dennoch vermittelt sie mir erfolgreich das Gefühl, ich wäre ein wichtiger Teil ihres Teams.

»Was ist das für ein Skill?«

»Darüber kann ich nicht am Telefon mit dir sprechen. Ich schlage vor, wir lassen dir auf dem üblichen Weg alle nötigen Infos zukommen und dann machst du dich an die Arbeit.« Kein Vorschlag, vielmehr ein Auftrag und ich nicke, auch wenn Dr. Flare es nicht sehen kann.

»Okay.«

Eine kurze Pause, und ich will schon auflegen, als sie noch etwas zu sagen hat. »Ich weiß, dass du dir Sorgen um Kevin machst. Aber ich kann dir versichern, es geht ihm gut. Er ist bereits wieder auf dem Weg zu seiner Familie. Zoe und ihr Team haben sich erfolgreich um alles gekümmert.«

Sie ahnt wohl, dass Kevins Worte etwas in mir in Gang gesetzt haben. Zum Beispiel einen Traum von schönen Mädchenaugen.

»Was wir tun, ist vielleicht auf den ersten Blick nicht unbedingt moralisch korrekt, aber wir tun nichts Falsches, Dylan.«

»Ansichtssache.«

»Wir werden den Skillz eine bessere Zukunft ermöglichen.«

»Kevin hat das anders gesehen.«

Sie lacht, als hätte ich einen wahnsinnig guten Witz gemacht. »Dylan, ich arbeite seit Jahren mit Skillz wie ihm. Verzweiflung lässt uns die verrücktesten Dinge sagen und tun, aber ich weiß es, auch dank der Forschung meines Mannes, besser.«

Darauf erwidere ich nichts, weil ich nicht widersprechen kann. Manche Skillz leiden tatsächlich unter ihren Fähigkeiten.

»Bis wann brauchen Sie den neuen Skill?« Sie akzeptiert meinen Themenwechsel ohne Kommentar, worüber ich froh bin.

»Diesmal wird es etwas aufwendiger, wir müssen dich möglichst unbemerkt an eine Academy schmuggeln, vermutlich wirst du eine Woche brauchen. Falsche Identität inklusive.«

»Verstehe.«

»Bleib unauffällig und wir kümmern uns um den Rest, okay?«

Unauffällig, das kann ich. Immerhin bin ich auch bis hierher durchgekommen.

»Können Sie mir schon einen Namen geben?« Denn ein bisschen Vorlaufzeit brauche ich schließlich für meine Recherche. An diesen Academys sind sicherlich viele Schüler, viele neue Gesichter und Skills.

»Nein. Alle wichtigen Infos bekommst du noch. Aber denk daran, keine zu engen Freundschaften zu schließen, ja?«

Kurz schließe ich die Augen, lehne meinen Kopf gegen die Wand hinter meinem Bett und spüre wieder dieses unangenehme Gefühl von Einsamkeit, das ich nie so recht abschütteln kann. Als würde etwas oder jemand fehlen, als sollte ich nicht alleine sein. Es will sich gerade in meiner Brust festkrallen, als wieder Dianes Stimme am anderen Ende der Leitung ertönt.

»Sei schüchtern, bleib für dich und halte Abstand.«

»Okay.«

»Dylan, du bist inzwischen so wertvoll für unsere Klinik, du musst dich an die Regeln halten, hast du verstanden?«

»Habe ich.«

Sie betont das immer wieder mit Nachdruck, als hätte ich es beim ersten Mal nicht richtig verstanden oder wäre nicht in der Lage, mich an Absprachen zu halten. Dabei habe ich in den letzten Wochen und Monaten bewiesen, dass ich genau das kann. Dank mir hat sie unzählige Skills in ihr Angebot aufnehmen können. Im Gegenzug stehe ich unter ihrem besonderen Schutz, was mir genug Geld, eine kleine Wohnung und weniger Sorgen einbringt.

Und einige Fragen, auf die ich einfach keine Antworten finde, egal wie sehr ich versuche, mich zu erinnern.

»Gut. Dann tank noch etwas Kraft, ich melde mich wieder mit den letzten Anweisungen.«

Sie legt auf, bevor ich mich verabschieden kann, und wie immer nach einem solchen Anruf fühle ich mich merkwürdig leer. Sie tut so, als wäre ich ihr wichtig und doch lässt sie mich am ausgestreckten Arm verhungern mit meinen Fragen, beantwortet nur die, auf die sie Lust hat. Ich wollte nach dieser Taylor fragen und was Kevin damit gemeint haben könnte, dass jemand stirbt, eine Julia … nein … June. Aber Dr. Flare würde mir ja doch nicht antworten. Ein Kapitel meines Lebens hat sie mir nehmen lassen und behauptet, es wäre nur zu meinem eigenen Schutz. Zuerst habe ich es geglaubt, aber nun bin ich mir nicht mehr so sicher.

Ich lasse mich in die bequeme Matratze sinken und schließe die Augen, suche nach dem letzten Traum von diesem Mädchen, das sich immer häufiger in mein Unterbewusstsein schleichen will. Puzzlestücke eines Gesichts, das mir vage bekannt vorkommt und ich dennoch nicht zuordnen kann.

Trotzdem freue ich mich immer wieder, wenn sie in meinen Träumen auftaucht.

KAPITEL 12

TAYLOR

Die Wellen sind hoch, die Fähre wird wild hin und her geschaukelt und ich vermisse Professor Sculder – und seinen Wetter-Skill – schon jetzt, dabei sind wir noch nicht mal auf unserer neuen Academy angekommen.

»Wenn das so weitergeht, kotze ich noch das ganze Deck voll.« June versucht ihren Blick auf den Horizont zu konzentrieren, wo sie unser Ziel vermutet und das Meer den Himmel berührt. Ihre Hände halten die Reling fest umklammert, und sie atmet tief und regelmäßig, aber die leicht grünliche Färbung ihres Gesichts lässt erahnen, wie sie sich fühlt.

»Wir haben es nicht mehr weit.« Nicht, dass ich irgendeine Ahnung hätte, immerhin hält sich ein hartnäckiger Nebel, der alles verschluckt, sodass ich nur hoffen kann, der Captain des Schiffs weiß, wohin wir fahren müssen.

»Ob die Jungs schon angekommen sind?«

June ist mit den Gedanken noch immer bei Fionn, auch wenn ich mein Bestes gebe, um sie abzulenken, denn nach dem Abschied von den Jungs war die Stimmung ziemlich gedrückt. Nun greife ich in meinen Rucksack und ziehe einen kleinen Reiseführer hervor. Es ist ein ziemlich dünnes Büchlein, aber Lundy ist nun mal nicht nur recht klein, sondern auch keine wirkliche Touristenattraktion. Fast könnte man den Eindruck bekommen, dass man dort gar nicht so scharf darauf ist, Fremde auf der Insel zu begrüßen. Es gibt nur einen Ort und einige Sehenswürdigkeiten, die aber im Reiseführer schlicht und ohne große Begeisterung beschrieben werden. Trotzdem wollte Mr Morgan mir diesen Reiseführer unbedingt als Abschiedsgeschenk mitgeben. Natürlich habe ich verstanden, wieso er ausgerechnet *mir* einen Führer von Lundy geschenkt hat. Schließlich hofft er, dass ich meinen Skill irgendwann wieder nutzen kann, und dann schadet es sicher nicht zu wissen, wo ich Fionn und Eric finden werde.

»Sie haben es zumindest nicht so weit wie wir beide.« Ich tippe auf die Karte ganz hinten im Reiseführer und erkenne nicht nur Guernsey, sondern auch die winzige Insel namens Lundy, auf der Eric und Fionn inzwischen schon angekommen sein müssen. »Und wir dachten, Guernsey sei klein – die Jungs werden Augen machen. Lundy ist nicht mal fünf Kilometer lang.«

June sieht mir über die Schulter und kann sich ein leises Lachen nicht verkneifen. Mein Plan, sie vom hohen Wellengang abzulenken, funktioniert also. »Eine reine Jungs-Academy auf so einer kleinen Insel? Wer hat sich das denn ausgedacht? Skye ist zumindest achtzig Kilometer lang.«

»Und wunderschön!« Sanft stupse ich sie an und deute auf den Anblick, der wie aus dem Nichts vor uns aufgetaucht ist. Als hätten wir eine Nebelwand durchbrochen und wären jetzt auf der anderen Seite unter klarem Himmel angekommen. Skye empfängt uns grün und frisch, der Nebel nichts weiter als eine verblassende Erinnerung und die Abendsonne taucht alles in satte Farben.

»Das sieht wirklich hübsch aus.«

Möwengeschrei empfängt uns, ein deutliches Zeichen dafür, dass wir näher an der Küste sind, als ich vermutet hatte. Raue Felsen, an denen sich die Wellen brechen, gehen in satte grüne Hügel und Berge über, und ich wünschte, Ivy könnte das sehen. Ich bin mir sicher, es würde ihr gefallen.

»Vielleicht wird das hier gar nicht so schrecklich, wie wir denken.« Ein weiterer Versuch, June ein bisschen aufzuheitern, aber ich ahne, dass kein Panorama der Welt sie über die Sehnsucht nach den Jungs hinwegtrösten kann. Trotzdem hake ich mich bei ihr unter und versuche mich an einem Lächeln. »Es ist nur vorübergehend.«

»Ich weiß. Es fühlt sich trotzdem falsch an. Sie sollten bei uns sein.« Jetzt sieht sie zu mir. »Auch Dylan.«

»Mr Morgan vermutet, genau das wollen sie verhindern. Unsere kleine neugierige Gruppe aufsplitten und unsere Recherchen so ausbremsen.«

»Ich werde niemals aufhören, nach Dylan zu suchen.«

June drückt meinen Arm, und ich weiß, dass ich mich immer auf ihre Unterstützung verlassen kann. Vielleicht haben sie es wirklich geschafft, unsere Gruppe zu trennen, aber sie haben keine Ahnung, wie stur ich sein kann. Und solange June bei mir ist, kann nichts passieren. Mir fällt es schwer zu glauben, dass wir letzte Nacht noch auf Guernsey waren und jetzt schon ein neues Kapitel beginnen werden.

Die Fähre legt sicher am Steg an und die Passagiere begeben sich auf den Weg zurück an Land, was zumindest

June nicht schnell genug gehen kann. Angeblich sollen wir am Hafen abgeholt und dann zu unserer neuen Academy gebracht werden. Allerdings erwartet uns kein Empfangskomitee, sondern nur ein junger Mann in einer schicken Schuluniform, der mit einem Pappschild gelangweilt neben einem Food Truck steht und sich suchend zwischen den ankommenden Passagieren umsieht. Auf dem Schild hat er mit Edding das Wort *MISFITS* geschrieben.

June rückt ihre Mütze zurecht und strafft die Schultern, als sie zielstrebig auf ihn zugeht und ich ihr folge. Er bemerkt uns erst so richtig, als wir direkt vor ihm zum Stehen kommen.

»Hi.« Er mustert uns von oben herab, unsicher ob wir wirklich die sind, die er abholen soll. Aber June deutet auf sein Schild. »Wir sind die Misfits. Ich bin June, das ist Taylor.« Noch immer wirkt er nicht besonders überzeugt, und ich spiele kurz mit dem Gedanken, ihm meinen Ausweis unter die Nase zu halten, aber dann zuckt er die Schultern, faltet das Pappschild zusammen und wirft es achtlos in den Mülleimer, der zum Food Truck gehört.

»Dann können wir ja los.«

Keine Vorstellung, kein Name, nur ein arroganter Schnösel in der schicken Uniform einer Elite Academy. June und ich tauschen einen irritierten Blick und folgen dem Typen in Richtung Parkplatz, wo wir einen Wagen vermuten, der uns zu unserer neuen Schule bringt, aber der blonde Schönling lenkt seine Schritte in Richtung Ausfahrt, an allen wartenden Autos vorbei.

»Ist es sehr weit bis zur Academy?« Denn auch wenn ich nicht gerade viel Gepäck dabeihabe, wünsche ich mir keinen Fußmarsch über die halbe Insel. Der Typ wirft mir ein amüsiertes Lächeln zu.

»Nur ein kleiner Spaziergang. Wobei es für dich und deinen Skill ja kein Problem darstellen dürfte – obwohl, der zickt wohl gerade, nicht wahr, Taylor?« Jetzt zwinkert er mir auch noch frech zu und ich sehe mich schnell um. Wir sind hier nicht alleine, sind umgeben von einigen Nicht-Skillz, darauf würde ich wetten, und dennoch spricht er mehr oder weniger offen über unsere Fähigkeiten.

»Findest du nicht, es wäre höflich, wenn du uns zumindest deinen Namen verraten würdest?« June stellt ihre Tasche genervt ab und stützt die Hände in die Hüften, denkt offensichtlich nicht daran, dem Typen einfach blind zu vertrauen. Er geht einige Schritte weiter, bis ihm auffällt, dass wir ihm nicht folgen. Langsam dreht er sich zu uns um und ich nutze die Gelegenheit, ihn etwas genauer zu betrachten. Er hat volle Lippen, die er nun zu einem süffisanten Lächeln verzogen hat, und seine dunkelblonden Haare haben durch den Küstenwind eine ziemlich wilde Frisur angenommen.

»Ihr könnt mir folgen oder ihr versucht euer Glück per Anhalter.« Er ist recht groß, was es ihm bestens ermöglicht, auf uns herabzuschauen, uns wissen zu lassen, dass wir nur Misfits sind. Was er davon hält, hat die Entsorgung des Pappschildes deutlich genug gemacht. Trotzdem ist da etwas im Blick seiner braunen Augen, das mich nicht glauben lässt, dass dieser Kerl ein verzogenes Arschloch ist. Und wie es scheint, behalte ich recht, denn er kommt wieder ein paar Meter auf uns zu.

»Okay, okay. Ich heiße Neo Quick und soll euren Abholdienst spielen. Können wir jetzt weiter oder braucht ihr auch noch meine Blutgruppe?«

»Das nicht, aber ein paar Fragen hätten wir dennoch.« June schaltet sofort in ihren Recherchemodus und Neo zieht nun amüsiert eine Augenbraue nach oben.

»Und die wären?«

»Wie lange bist du schon an dieser Academy? Wo kommst du her? Was ist dein Skill?«

Ihre Fragenattacke wehrt Neo mit einem Lächeln und verschränkten Armen ab. »Soll ich sie chronologisch beantworten oder bleibt mir die Reihenfolge überlassen?«

»Ganz wie du magst.« Junes kühles Lächeln soll ihn auf Abstand halten und für mich als Zuschauerin ist die ganze Szene spannender, als ich zugeben will.

»Kennst du denn nicht schon alle Antworten? Hast du nicht schon längst meine Gedanken gelesen, Clarke?«

Abwartend zieht er eine Augenbraue nach oben und Junes Hand zuckt kurz, als wollte sie wirklich ihre Mütze abnehmen, entscheidet sich aber doch dagegen. Wir kennen die Regeln an dieser neuen Academy noch nicht und direkt mit einem miesen ersten Eindruck wollen wir auch nicht aufschlagen. Nicht, dass Neo sich Mühe gibt, uns besonders freundlich willkommen zu heißen.

»Ich nutze meinen Skill nicht in der Öffentlichkeit.«

»Wie pflichtbewusst von dir, Clarke.«

»Aber da du so gut über uns und unsere Skills informiert bist, kannst du uns ja auch gleich deinen verraten.«

Neos Mundwinkel zucken zu einem frechen Grinsen, das ihm leider wahnsinnig gut zu Gesicht steht, bevor er die Schultern hebt. »Würde ich gerne, darf ich aber nicht. Nicht außerhalb der Academy.« Er macht einen Schritt zur Seite und deutet auf einen kleinen Wagen, der eher an eine Sardinenbüchse als ein Auto erinnert. »Aber wenn ihr so wahnsinnig neugierig seid, könnte ihr ja endlich einsteigen und wir führen das Gespräch an der Academy weiter.«

»Hast du denn einen Führerschein?«

Neo sieht June stumm an, sie hält seinem Blick stand, und ich bekomme den Eindruck, es handele sich um ein Starrduell, bei dem die Person verliert, die zuerst wegsieht.

»Du bist wahnsinnig neugierig, hat dir das schon mal jemand gesagt?«

»Nein, du bist der Erste.«

Neo greift sich gespielt gerührt an die Brust. »Ich fühle mich gleich ganz besonders. Aber wenn du dich damit wohler fühlst, kannst du auch gerne laufen. Es sind nur knapp sechs Kilometer.« Damit öffnet Neo die Autotür und wirft mir einen Blick und ein Lächeln zu. »Taylor, wenn du bitte vorne sitzen würdest, deine Freundin macht mir nämlich Angst.«

Und so wie June jetzt grinst, war das auch genau ihre Absicht.

KAPITEL 13

ERIC

Es gibt keine Zimmer, alle rund achtzig Schüler schlafen in einem gemeinsamen Schlafsaal mit Stockbetten, dünnen Matratzen und kratzigen Decken. Keine Poster an den Wänden, keine persönlichen Sachen, der Anblick erinnert mich an eine Kaserne auf einem Militärstützpunkt, dabei handelt es sich hier um den Schlafbereich unserer neuen Academy.

Der Academy, auf der ich mit Fionn gelandet bin und von der ich vorher noch nie etwas gehört habe. Mein Herz schlägt mir bis zum Hals und das so unnötig laut, dass alle checken werden, wie nervös ich bin. Aber zumindest sind wir zusammen hier gelandet, und jetzt gehe ich neben Fionn und hinter einem Mr Walker her, der dunkle Boots zu schwarzen Hosen und einem schwarzen Pullover trägt. Auch wenn seine Haare schon grau sind, macht er auf mich den Eindruck, er könnte jederzeit spontan bei den Marines einspringen, wenn sie Unterstützung brauchen. Sein einziges Handicap scheint sein linkes Knie zu sein, das er nicht vernünftig belasten kann und daher auf einen Gehstock angewiesen ist.

»All eure Sachen sind in eurem Spind.«

Wobei *Handicap* es nicht treffend beschreibt, denn er führt uns mit schnellen Schritten durch den Schlafsaal, deutet nur knapp auf die Metallspinde, die in Reihe und Glied an der Wand stehen, als wären auch sie Kadetten an dieser Academy. Mr Walker hat seine grauen Haare kurz geschoren, was einige Narben an seinem Nacken und Hinterkopf sichtbar macht, und sofort frage ich mich, wie er sich die wohl zugezogen hat? Sein linkes Knie scheint steif zu sein, und der dunkle Stock, den er als Unterstützung nutzt, hat einen hellen Griff, den er mit seiner behandschuhten Hand fest umklammert hält. Mr Walker hat es eilig, diese Führung durch die Academy zu beenden, aber Fionn hat eine Frage. »Sind unsere Sachen denn schon angekommen?«

Mr Walkers Schritte werden endlich langsamer, dann dreht er sich derart abrupt zu uns um, dass ich erschrocken einen Schritt zurückweiche. So schnell bewegt sich doch kein Mensch.

»Alles, was Sie brauchen werden, befindet sich bereits in Ihren Spinden. Natürlich auch Skill-Steel, aber das kennen Sie ja, Mr Flare.«

»Ich meinte unsere persönlichen Dinge.«

»Die bekommen Sie nach Ihrem Abschluss wieder. Wir behalten Handys, Laptops, Tablets und andere technische Geräte erst mal ein.«

»Mr Walker, ich glaube –«

»Muss ich mich wiederholen, Mr Flare?« Eine leise Drohung schwingt in seinen Worten mit und Fionn, der von der ganzen Sache hier ebenso überfordert ist, wie ich es bin, schüttelt nur den Kopf und erntet dafür ein kurzes, kühles Lächeln von Mr Walker. »Hätte mich auch überrascht, immerhin gelten Sie als Wunderkind. Ist ja klar, bei den Eltern.«

»*Wunderkind?*«

Fionn wechselt einen Blick mit mir, aber ich kann nur die Schultern zucken. Mein bester Freund ist vieles, aber ob der Begriff *Wunderkind* ihn treffend beschreibt, daran hege ich so meine Zweifel.

»Man munkelt, Sie haben mit Ihrem Skill mal ein ganzes Büro abgefackelt.«

»Korrekt. Aber dafür habe ich mich bereits mehrmals entschuldigt.«

Deswegen ist er damals bei den Misfits gelandet, aber Mr Walker will davon nichts hören und schüttelt entschlossen den Kopf, kommt näher auf Fionn zu, der kurz zuckt, aber nicht zurückweicht.

»Lächerlich, dass man Sie dafür bestraft hat. Beim ersten Mal den eigenen Skill schon so effizient einsetzen zu können, das spricht für die Wucht Ihrer Fähigkeit. Und jeder, der Ihnen etwas anderes erzählen will, ist ein verweichlichter Vollidiot. So wie dieser Professor Sculder.«

Falls ich gedacht habe, dass ein Schlafsaal mit anderen Jungs und kratzige Bettdecken hier mein größtes Problem werden würden, habe ich mich gewaltig getäuscht. Mr Walkers Blick wandert von Fionn zu mir, und die Gänsehaut, die wie eine langbeinige Spinne über meinen Rücken krabbelt, lässt mich kurz erschaudern.

»Keine Sorge, Mr Catalano, aus Ihrem Skill holen wir auch noch das Maximum heraus.« Mit dem Gehstock schlägt er mir blitzschnell gegen die Schulter, wieder vollzieht sich seine Bewegung so schnell, dass ich sie nicht kommen sehe. »Zeigt eure Armbänder.«

Ich will Fionn gerade einen Blick zuwerfen, als Mr Walker den Gehstock an mein Kinn hebt, schneller als das menschliche Auge es hätte bemerken können, und mich dadurch zwingt, ihn und nicht meinen Freund anzusehen. »Brauchen Sie zur Ausführung meines Befehls etwa erst die Erlaubnis von Mr Flare?«

»Nein, *Sir*.«

Schnell strecke ich meinen Arm aus und ziehe meinen Pullover etwas zurück, lege das Skill-Steel-Armband frei. Aus dem Augenwinkel bemerke ich, dass Fionn es mir gleichtut. Mr Walker zieht seinen Schlüsselbund hervor und löst unsere Armbänder nacheinander und steckt sie in die Hosentasche.

»An dieser Academy regulieren wir Ihre Skills nicht mit solchem Unsinn. Sie sind hier, um den Umgang mit den Fähigkeiten zu lernen, zu perfektionieren. Ich erwarte, dass Sie zu jeder Tages- und Nachtzeit wissen, was Sie zu tun haben. Verstanden?«

Der Stock, der noch immer unter meinem Kinn ruht, erschwert mein Nicken, aber Mr Walker versteht es trotzdem und lässt den Gehstock erst mal wieder sinken.

»Ich erwarte außerdem, dass Sie sich hier anpassen. Meine Jungs werden es Ihnen schwer machen, keine Frage, aber Sie werden sich schnell einleben. Die Jungs halten nur nichts von Weicheiern.«

Falls mir das irgendwie Mut machen soll, irrt er sich, denn gerade spüre ich nicht nur das Anrauschen meiner

Panik, sondern auch Fionns, nur lässt er es sich nicht ganz so offensichtlich anmerken. Sein Lächeln wirkt fast etwas arrogant, als er Mr Walker zunickt.

»Wunderkind, Sir.«

Mr Walker zieht eine Augenbraue so weit nach oben, dass sie fast mit seinem Haaransatz verschmilzt.

»Wie bitte?«

»Wunderkind, nicht Weichei. Und wir werden es *Ihren* Jungs auch nicht so leichtmachen.«

Muss er ihn wirklich provozieren? Kann er nicht einfach nur nicken und sich an Mr Morgans Worte erinnern? Wir sollen uns unauffällig benehmen und nicht schon an unserem ersten Tag für Ärger sorgen. Doch zu meiner Überraschung wächst das Grinsen auf Mr Walkers vernarbtem Gesicht weiter an, bis er laut loslacht, den Kopf in den Nacken legt und mit dem Gehstock auf den Boden tippt.

»Ich glaube, wir werden sehr viel Spaß zusammen haben, meine Herren.«

Nur bin ich mir da gerade gar nicht so sicher.

KAPITEL 14

TAYLOR

Die Academy ist riesig, und alles sieht so aus, als wäre extra für uns noch mal feucht durchgewischt worden. Das edle Holzparkett unter unseren Füßen, die gerahmten Bilder der Skillz, die schon an dieser Schule waren, und uns, gekleidet in ihre schicken Uniformen, alle neugierig mustern – das alles wirkt fremd auf mich. Im Vergleich zur Misfits Academy wirkt das hier, als hätten die Universitäten Yale und Harvard ihre Konkurrenz beigelegt und eine große gemeinsame Academy gegründet.

Der Campus ist großzügig angelegt, viel Grün, mächtige Bäume, in deren Schatten Schüler sitzen, dazu einige Geschäfte des täglichen Lebens und sogar eine Apotheke habe ich bei unserem Rundgang entdeckt. Hier bekommt man schnell das Gefühl, sich hinter den massiven Mauern einer kleinen Stadt voller Skillz zu befinden, die sich nicht verstecken oder verleugnen müssen. Nein, hier ist das alles völlig normal. Dennoch fällt mir das Atmen hinter den hohen Steinmauern, die diese Elite Academy umgeben, irgendwie schwerer. Geschützt sollen wir uns bestimmt fühlen, das wurde uns direkt bei unserer Ankunft gesagt, denn hier würden wir Gleichgesinnte finden und müssten uns keine Sorgen um das machen, was jenseits der Mauern passiert. Dort, wo die Stimmung gegenüber Skillz wie uns immer aggressiver wird.

Neo, der seine Aufgabe als Tourguide nicht so richtig ernst nimmt, deutet hier und da auf Dinge, Türen oder Bilder und spult emotionslos alle möglichen Fakten ab. June und ich folgen ihm und versuchen, den Informationsschwall irgendwie zu verarbeiten.

»Ihr werdet in den verschiedenen Kursen alles lernen, was wichtig ist. Skill-Biologie bei Mrs Fisher, Sozialkunde bei Mr Trystan, Skill-Verteidigung bei Professorin Anderson.«

Bisher klingt alles vertraut. Die Klassenräume hingegen erinnern eher an Vorlesungsräume einer Universität. Hier ist alles größer, schicker und eine Spur exklusiver.

»Und dann kriegt ihr einen Tutor zugeteilt, der eure ganz persönliche Einmaligkeit, die unweigerlich mit eurem Skill verbunden ist, schärft. Das zumindest predigen sie immer.«

»Wie läuft das ab?«

Neo bleibt am Fuße der Treppe im Hauptgebäude der Academy stehen und zwingt die anderen Schüler dazu, ihm auszuweichen, wenn sie nach oben wollen.

»Ich nehme an, so ähnlich wie bei eurer alten Academy.« Er klingt gelangweilt, und je mehr Zeit wir mit ihm verbringen, desto genervter werde ich von seinem Verhalten. »Ihr werdet da doch sicher Unterricht gehabt haben oder hat man euch dort nur zu Sozialstunden verdonnert?«

»Ich meinte diesen Einzelunterricht.« June bleibt erstaunlich kühl, auch wenn mir die roten Flecken an ihrem

Hals nicht entgehen, die immer dann auftauchen, wenn sie sich schrecklich aufregt, es sich aber nicht anmerken lassen will. Neo und sie, das steht fest, werden keine Best Buddys mehr.

»Ach so. Na ja, erst mal wird gecheckt, wie eure Skills genau funktionieren.« Damit wirft er mir einen kurzen Blick zu. »Also wenn sie denn funktionieren.«

Jetzt bin ich es, die sich zusammenreißen muss. Mein Gesicht fühlt sich unnatürlich warm an und ich will ihm schon etwas entgegenschleudern, als eine kleine Frau mit rötlichem Haar neben Neo tritt, die so aussieht, als hätte sie hier etwas zu sagen. Sofort verändert sich Neos Gesichtsausdruck, wird weicher und freundlicher, er schaltet seinen Charme wie auf Knopfdruck ein, und ich frage mich, ob das vielleicht *sein* Skill ist. Vom arroganten Pfau zum Charmebolzen in weniger als zwei Sekunden.

»Professorin Anderson, wir wollten gerade zu Ihnen.«

Wollten wir das?

»Das sind Taylor und June, ich habe den beiden bereits den Campus und ein bisschen was von den Unterrichtsräumen gezeigt.«

Professorin Anderson sieht Neo einen kurzen Moment nachdenklich an, bevor sie sich endlich uns zuwendet und die Hand ausstreckt. »Miss Clarke, Miss Jones, wir freuen uns sehr, Sie an unserer Academy willkommen zu heißen.« Dabei lächelt sie freundlich und zum ersten Mal an diesem Tag habe ich den Eindruck, hier nicht gänzlich unerwünscht zu sein. »Neo Quick hat sich sogar freiwillig bereit erklärt, Sie beide abzuholen und herumzuführen.«

Freiwillig? Es wirkte eher so, als hätte man ihn unter Androhung sehr schmerzhafter Folter dazu gezwungen. Jetzt nickt er höflich und hält die Hände hinter dem Rücken verschränkt, was ihn irgendwie größer erscheinen lässt.

»Mir ist bewusst, dass eure Verlegung ein ziemlicher Schock gewesen sein muss. Mr Morgan hat mich ins Bild gesetzt und darum gebeten, ein Auge auf Sie zu halten.«

»Mr Morgan?« Wie sehr ich mir wünschte, er wäre jetzt hier bei uns.

»Ja, wir sind alte Bekannte.« Dabei lächelt sie so, als wären sie irgendwann mal mehr gewesen als nur alte Bekannte. »Neo wird euch zu euren Zimmern führen, und morgen schauen wir dann, dass ihr passende Uniformen bekommt. Lasst euch Zeit beim Ankommen. Wir sehen uns im Unterricht.« Damit will sie schon weiter, als ihr noch etwas einfällt und sie mich ansieht. »Miss Clarke, ich würde mich gerne morgen direkt mal mit Ihnen zusammensetzen und über unseren Einzelunterricht sprechen.«

Neos Augen werden größer und kurz klappt sein Mund auf, aber er sagt nichts, und June nickt freundlich, die roten Flecken an ihrem Hals verblassen zusehends.

»Ich freue mich darauf.«

»Wunderbar. Dann kommt mal in aller Ruhe an.«

Sie berührt sanft meine Schulter und geht weiter, wobei Neo ihr mit den Blicken folgt, bevor er wieder zu uns sieht.

»*Wow.*«

»Was denn?«

»Professorin Anderson gibt schon lange keinen Einzelunterricht mehr. Sie ist die Direktorin hier und hat keine Zeit für so etwas.«

»*Okay?*«

»Du musst ja echt 'ne große Nummer sein, Miss Clarke.«

June deutet eine knappe Verbeugung an und schenkt Neo dann ein breites Lächeln, während ich neben ihr gefühlt immer kleiner werde und mich eher wie eine Mogelpackung fühle. Denn meine letzte Teleportation liegt gefühlte Ewigkeiten zurück. Vielleicht gehöre ich gar nicht an eine *Elite*-Academy. Während June also die große Nummer ist, weiß ich nicht mal, ob ich meinen Skill überhaupt je wieder werde nutzen können. June spürt meine Zweifel und legt aufmunternd den Arm um meine Schulter.

»Miss Jones hier ist übrigens ebenfalls eine richtig große Nummer.«

Neo, dessen Blick unverändert neugierig zwischen uns hin- und herwandert, nickt sehr langsam und ein Lächeln kehrt auf seine vollen Lippen zurück. »Daran hege ich nicht den geringsten Zweifel.« Dann deutet er die Treppe hinter sich nach oben. »Wollt ihr eure Zimmer sehen? Ich habe euer Gepäck schon mal hinbringen lassen.«

»Gerne.« Ein Wort nur, das aber all ihre Vorbehalte gegenüber unserem Tourguide deutlich werden lässt. June traut ihm kein Stück und ich kann es ihr auch nicht übel nehmen. Denn auch ohne ihr grundsätzliches Misstrauen, das sie bei jedem Schritt begleitet, strahlt Neo etwas Undurchsichtiges aus, das schwer zu greifen ist. Jetzt nimmt er zwei Schritte auf einmal, hat es plötzlich sehr eilig und wir folgen ihm gehorsam, wenn auch nicht ganz so schnell.

»Sag mal, wieso hast du dich freiwillig gemeldet, wenn du gar keine Lust hast, uns hier alles zu zeigen?«

Junes Frage trifft offenbar einen Punkt, denn Neo kommt aus dem Tritt, verpasst die letzte Stufe und kann sich nur mit einem beherzten Griff nach dem Treppengeländer abfangen.

»Gibt Extrapunkte im Zeugnis.«

Das ist eine so deutlich zu durchschauende Lüge, dass ich fast lachen will.

»Du bist ein mieser Lügner«, kontert June.

Er hat nicht nur seine Schritte wieder unter Kontrolle, sondern auch seine Stimme, als er sich zu uns umdreht. »Verrät dir das dein Super-Skill, ja?«

»Wenn du glaubst, dass ich dafür meinen Skill brauche, hast du dich gewaltig geirrt.«

Neo starrt auf June herab, die einige Stufen unter ihm an meiner Seite zum Stehen gekommen ist.

»Ach ja? Was weißt du denn noch alles so?«

Er fordert sie also wirklich heraus. Keine so gute Idee. June ignoriert meinen warnenden Blick und konzentriert sich nun auf Neo, der sie fast überheblich anlächelt.

»Du suchst irgendwas.«

»Wie philosophisch.«

June geht auf seinen sarkastischen Kommentar nicht ein.

»Und du glaubst, du musst allen einen Schritt voraus sein. Also versuchst du, so viel wie möglich in Erfahrung zu bringen, weil du sowieso niemandem vertraust. Aber eigentlich hast du nur Angst, nirgends dazuzugehören, also tust du so, als würdest du das ohnehin nicht wollen. Dann kannst du behaupten, es wäre deine freie Entscheidung.«

Sie macht einige Stufen gut, und Neo zuckt kurz, weicht aber auch dann nicht zurück, als sie direkt auf der Stufe unter ihm stehen bleibt. »Du bist eigentlich nur wahnsinnig einsam und versteckst dich hinter dieser steinernen Fassade, die es locker mit dem Gemäuer dieser Academy aufnehmen kann.« Sie legt den Kopf ein bisschen schief. »Also wie nah bin ich dran an der Wahrheit?«

Neo sieht sie ernst an, aber in seinen Augen tobt ein Sturm, den er nicht vor uns verheimlichen kann, auch wenn er das gerne würde, dann schluckt er hart und erkämpft sich sein Grinsen zurück.

»*Eiskalt* daneben, Clarke. Das üben wir noch mal.« Abrupt dreht er sich um und biegt nach links ab, ohne sich darum zu scheren, ob wir nachkommen.

Ich schließe zu June auf. »Woher wusstest du das alles?«

Ihre Augen funkeln aufgeregt, als sie sich zu mir dreht. »War *eiskalt* geraten.« Ihre Neugier ist zurück. »Aber ich glaube, Neo ist sogar noch spannender, als ich vermutet habe.«

KAPITEL 15

FIONN

Ein Schwapp wässriger Soße landet auf dem massiven Klumpen Kartoffelbrei auf meinem Teller, und bevor ich etwas sagen kann, werde ich weitergeschoben und kann mir einen eingeschweißten Pudding vom Tablett nehmen.

»Nicht so trödeln, die anderen wollen auch was essen.«

Keine Ahnung, ob die Aufforderung mir gilt, aber ich fühle mich von dem jungen Mann angesprochen, der an der Seite der Essenausgabe steht und das ganze Prozedere überwacht. Der wortkarge Mann wurde uns als Mr Cooper vorgestellt. Seine Haare sind in einem strengen Kurzhaarschnitt gehalten, das Gesicht ist kantig, die Augen dunkel, aber wachsam. Ein bisschen erinnert er mich an Mr Morgan, nur fehlt die Wärme, die bei unserem ehemaligen Lehrer doch immer auch Teil seiner Strenge ist. Allgemein empfinde ich hier auf Lundy alles als kühler, selbst die Temperatur im Speisesaal.

Eric, der direkt vor mir in der Schlange steht, wirft mir einen Blick über die Schulter zu. »Auf einer Skala von eins bis zehn, wie sehr vermisst du die Misfits?«

»Solide fünfzehn.«

Doch das Essen scheint nicht unser einziges Problem zu sein, denn jetzt müssen wir auch noch einen Platz im Essenssaal ergattern. Überall sitzen bereits Gruppen zusammen, die uns genau beobachten und deren feindselige Blicke gleich klarmachen, dass es an ihrem Tisch schon mal keinen freien Platz für uns gibt. Weiter hinten entdecke ich einen fast leeren Tisch und deute Eric an, er solle mir folgen, was er auch tut – ganz dicht hinter mir.

Nichts hier erinnert auch nur annähernd an das, was wir von der Academy auf Guernsey gewohnt sind. Nichts außer dem Getuschel, sobald wir die Tische passieren. Hier und da wird gelacht, und ich wette, wir sind der Grund dafür. Aber ich drehe mich nicht um, reagiere nicht, sondern gehe so ruhig wie möglich an allen vorbei, unser Ziel fest im Blick. Bis ich plötzlich auf etwas Glattes trete, den Halt verliere, nach vorne schlittere und beim Versuch, irgendwie das Gleichgewicht zu halten, gnadenlos scheitere und samt Essens-Tablett spektakulär zu Boden gehe. Die Soße und der Kartoffelbrei landen zum Teil in meinem Gesicht, zum Teil auf meinem Pullover. Als ich versuche, mich unter dem lauten Gelächter der anderen Schüler wieder aufzurichten, spüre ich seltsamerweise glattes Eis unter meinen Händen.

Eric, der nicht auf die unerwartete Eisscholle mitten im Speisesaal getreten ist, steht unversehrt hinter mir und reicht mir jetzt die Hand, seine Haarspitzen färben sich langsam heller und ich schüttele nur knapp den Kopf, lasse meinen Blick über die Gesichter der lachenden Jungs wandern. Da niemand hier ein Armband trägt, ist dieser plötzliche Kälteeinbruch kein Zufall. An einem Jungen mit weißblondem Haar und hellblauen Augen bleibt mein Blick schließlich hängen. Das Grinsen auf seinem fast unnatürlich blassen Gesicht ist kühl und überheblich. Meine Haut prickelt unter der Hitze, als ich kleine Flammen zwischen meinen Finger entstehen lasse. Unter der Hitze meiner Flammen schmilzt das Eis, bis nur eine siffige Pfütze mit all den Essensresten zurückbleibt und ich ohne Rutschgefahr wieder aufstehen kann.

»Flare, dein Name ist Programm, wie ich sehen kann.« Mr Cooper taucht hinter mir auf, einen Mopp in der einen, einen Eimer in der anderen Hand und einen genervten Ausdruck auf dem Gesicht.

»Hier war plötzlich Eis und ich bin darauf ausgerutscht.« Damit wische ich mir den Rest des Kartoffelbreis vom Kinn und höre noch immer hier und da unterdrücktes Lachen. *Nur nicht aufregen*, ich kann hier nicht alles abfackeln, das wäre kein besonders guter Einstand.

»Und jetzt ist da eine Pfütze.« Mr Cooper drückt mir den Mopp in die Hand, kein Lächeln, nur ein strenger Blick. »Die wischen Sie jetzt auf, Mr Flare.«

»Aber ich war das nicht!«

»Das war kein Anfang einer Diskussion, sondern eine Aufforderung.«

»Sir, ich habe –«

»Ich weiß schon, Sie sind es gewohnt, dass so etwas das Personal erledigt.« Sein Blick wandert zu Eric, der mit seinem Tablett noch immer hinter mir steht. »Soll vielleicht Mr Catalano hinter Ihnen aufräumen?«

Wieder ertönt Gelächter, weil wir noch immer im Fokus der Aufmerksamkeit stehen. Ich sehe, wie Erics Haare sich rötlich färben, und schüttele nur knapp den Kopf.

»Nein, Sir. Das kann ich ganz gut alleine.« Damit tunke ich den Mopp in das trübe Wasser im Eimer und mache mich unter den Blicken aller anderen an die Arbeit.

»Mr Catalano, Sie können ruhig mit dem Essen anfangen. Oder brauchen Sie dafür auch Flares Erlaubnis?«

Wenn eine Kantine voller Jungs einen auslacht, dann trifft einen das immer, und ich kenne Eric gut genug, um zu wissen, wie sehr er sich jetzt und hier gerade schämt. Sicher nicht für mich oder unsere Freundschaft, sondern wegen der Beleidigung. Und dass nicht nur ich sein Unbehagen spüren kann, sondern es dank seiner wilden Locken auch für alle sichtbar ist, macht es umso schlimmer.

Mr Cooper grinst ihn an, zupft kurz an einer Locke, die Eric tief in die Stirn hängt, und sagt: »Sie werden doch jetzt nicht anfangen zu weinen, Catalano? *Husch, husch*, viel Zeit zum Essen bleibt Ihnen ohnehin nicht mehr.« Mr Cooper wirft einen Blick auf seine Uhr und bedeutet Eric, er solle sich endlich in Bewegung setzen, was dieser auch tut. Ich wische den Boden mit etwas mehr Wut als nötig und kleine Funken sprühen dabei um mich herum. Mr Cooper verschränkt die Arme vor der Brust und lässt mich keine Sekunde aus den Augen. »Sie machen das ja richtig gut, hätte ich Ihnen gar nicht zugetraut.«

»Ich stecke eben voller Überraschungen.«

»Das bleibt abzuwarten.«

Eine weitere Provokation, auf die ich nicht eingehen werde, sondern stattdessen den Mopp ausdrücke, kurz zu dem blonden Jungen schaue, der sein Glas hebt und mir aus der Ferne zuprostet.

»Wer ist denn dieser nette Zeitgenosse da drüben?«

Mr Cooper folgt meinem Blick und grinst dann kurz.

»Das ist Zayne Nieves. Frostiger Typ, Jahrgangsbester.«

Meine Vermutung ist also korrekt, Zayne hat die Eisfläche für mich als Stolperfalle entstehen lassen.

»Quasi mein Gegenstück.« Ich reiche Mr Cooper den Mopp zurück und schiebe den Eimer mit dem Fuß in seine Richtung, er macht allerdings keine Anstalten eins von beidem anzunehmen.

»Kann man so sagen. Er ist schon seit einigen Monaten hier.«

»Soll mich das irgendwie beeindrucken?«

»Nein. Das soll Sie nur warnen, Mr Flare.«

»Und wer warnt ihn?« Deutlich nicke ich in Zaynes Richtung, damit nicht nur Mr Cooper, sondern auch alle anderen wissen, über wen ich spreche. »Immerhin war ich zwei Jahre an der Misfits Academy.«

»Wo Sie nicht in der Lage waren, Ihren Skill zu kontrollieren, weil Catalano Ihnen ständig den Hintern hinterhergetragen hat.«

Mr Coopers Grinsen ärgert mich, aber ich werde mich nicht dazu hinreißen lassen, mir das anmerken zu lassen. Sie sollen nicht am ersten Tag schon mitbekommen, welche Knöpfe sie bei mir drücken müssen, um eine bestimmte Reaktion hervorzurufen.

»Und wer hat Zayne den Hintern hinterhergetragen? Sie oder Mr Walker?«

Mr Coopers Augen funkeln, als hätte ich einen wunden Punkt bei ihm getroffen und seine freie Hand ballt sich zur Faust. Und mir fällt plötzlich das Atmen schwer, sodass ich schnell versuche, tief einzuatmen, aber aus irgendeinem

Grund verschwindet dadurch nur noch mehr Sauerstoff aus meinen Lungen. Ich greife mir an die Brust, die sich zu eng anfühlt, doch egal, wie sehr ich mich auch anstrenge, es kommt kein Sauerstoff nach. Mein Kopf fühlt sich leicht an, meine Knie wollen nachgeben, und ich sehe zu Mr Cooper, der grinsend vor mir steht. All die Gespräche und das Gelächter sind verstummt, nichts ist mehr zu hören, nur noch das dumpfe Klopfen in meinem Kopf. Ich sacke auf die Knie und Mr Cooper geht direkt vor mir in die Hocke. Mein Sichtfeld wird enger und enger, als ob Schatten sich in mein Blickfeld schleichen.

»Mr Cooper!«

Die laute Stimme hallt durch meinen Kopf und vertreibt für den Moment den Schmerz – und dann ist da plötzlich wieder Sauerstoff, der meine Lungen flutet, und ich schnappe hastig danach, schließe kurz die Augen und konzentriere mich ausschließlich auf meine Atmung. Schritte ertönen hinter mir, dann sind sie neben mir und die Stimme ist noch immer laut.

»Gibt es hier irgendein Problem?«

Mr Walkers Gehstock tippt mehrere Male gegen den Blecheimer und ich hebe den Blick, sehe Mr Coopers Gesicht, aus dem sein Grinsen verschwunden ist.

»Nein, Sir, keine Probleme. Es wurde nur etwas Essen verschüttet.«

Mr Walker sieht zu mir runter, spricht aber weiter mit Mr Cooper.

»Alle Schüler sollten jetzt schon beim Essen sein.«

»Mr Flare hat –«

»Mr Flare wird *jetzt* essen.«

Mein Stichwort, ich kämpfe mich zurück auf die Füße. Noch immer fühlt sich das Atmen merkwürdig an, als hätte ich es kurzzeitig verlernt, und mein Kopf ist immer noch ein bisschen leichter als der Rest. Mit dem Mopp in der Hand will ich nach dem Eimer greifen, aber Mr Walker schüttelt den Kopf.

»Lassen Sie das stehen, Mr Cooper wird das wegräumen. Nicht wahr?«

Aber Mr Cooper sieht nicht so aus, als wäre er davon begeistert, schon gar nicht, weil an manchen Tischen leise gelacht wird. Als sein Blick mich trifft, meine ich wieder kurz unter Atemnot zu leiden, aber das ist nur Einbildung. Schließlich greift er nach dem Stiel des Wischmopps, wobei ich darauf achte, dass unsere Finger sich berühren, woraufhin er kurz zusammenzuckt, weil die Hitze meiner Haut ihn überrascht.

»Dann wäre das hier ja geklärt.« Mr Walker bleibt bei mir stehen, bis Mr Cooper samt Mopp und Eimer verschwunden ist. »Nehmen Sie das nicht zu persönlich, er macht es den Neuankömmlingen gerne etwas schwer.« Kurzes Schulterklopfen, dann geht er langsam und auf den Gehstock gestützt weiter durch die Tischreihen.

Bevor das nächste Chaos ausbrechen kann, gehe ich zu Eric, der nur wenige Meter entfernt an einem Tisch ganz hinten Platz genommen hat und mich besorgt ansieht.

»Alles okay?«

Ich nicke, auch wenn ich mir nicht sicher bin, ob das die Wahrheit ist. Eric reicht mir jetzt seinen Teller mit dem Kartoffelpüree rüber.

»Der blonde Typ ist schon mal kein Fan von mir.«

Wir setzen uns mit dem Rücken zur Wand an den Tisch und ich deute auf den Teller vor mir. »Das musst du nicht machen, Eric. Es ist dein Essen.«

»Mir ist der Appetit vergangen.«

Doch das muss Eric gar nicht erst erklären, denn seine Haare verraten es nur zu deutlich.

KAPITEL 16

TAYLOR

»Kein Skill-Steel.«

Die Tür ist aus ganz normalem Holz und damit auch kein Hindernis für mich oder June oder sonst jemanden mit einem so besonderen Skill. Wobei an dieser Academy alle besondere Fähigkeiten haben, wir sind hier nichts Außergewöhnliches.

June, die neben mir auf den Flur getreten ist, zuckt die Schultern. »Sie haben nicht mal Angst, dass du abhaust oder ich ihre Gedanken lese.« June darf ihre Mütze auf dem Zimmer abnehmen, obwohl es keinen Skill-Steel-Schutz besitzt. Aber das ist auch das Einzige, was an diesem Ort fehlt. Alle haben Einzelzimmer, was mich noch immer überrascht. June hingegen sieht traurig aus, als sie sich gegen den Türrahmen ihres Zimmers lehnt. Aber ich ahne, dass ihre Stimmung nichts mit der Ausstattung dieser Schule zu tun hat.

»Hat Fionn sich inzwischen gemeldet?«, frage ich, auch wenn mir klar ist, dass June dann nicht so besorgt wirken würde. Ihr gehen wohl so langsam die Erklärungsversuche für Fionns Schweigen aus. Er hatte versprochen, sich zu melden, sobald sie heil auf Lundy angekommen wären.

»Es ist schon klar, dass er da erst mal viel um die Ohren hat, aber er antwortet auch nicht auf meine Nachrichten und ich lande immer direkt bei seiner Mailbox.«

»Er wird bestimmt noch anrufen.« Das sage ich immer und immer wieder, weil auch ich es glauben will. Wenn Fionn und Eric bei ihrer Überfahrt etwas passiert sein sollte, dann hätte man uns doch sicher informiert.

»Ich weiß. Es ist albern, aber ich habe Fionn und Eric die letzten Jahre immer um mich gehabt. Sie waren nie wirklich weit weg und ich wusste immer, dass ich mich auf sie verlassen kann.« Schnell sieht June zu mir. »Ich kann mich auch auf dich verlassen, aber …«

»Ich verstehe schon.«

June, die von ihrer Familie angelogen und dann abgeschoben wurde, die nicht so schnell Vertrauen aufbaut und in der Misfits Academy endlich ihren Platz gefunden hat, muss jetzt mehr oder weniger wieder bei null anfangen.

»Ich traue hier niemandem außer dir.«

Da geht es ihr wie mir. Auch wenn hier alle wirklich sehr nett sind – Neo vielleicht mal ausgenommen –, so sind wir eben doch die Neuen, die erst mal irgendwo Anschluss finden müssen und die ohne Uniform so fehl am Platz aussehen, wie typische Misfits.

»Hier sind alle irgendwie strange.«

»Das habe ich gehört.«

Erschrocken drehen wir uns um und erkennen Neo, der lässig an der Wand gegenüber lehnt, aber nicht lächelt. Wir haben ihn nicht kommen sehen oder hören und so wissen wir auch nicht, wie lange er da schon steht und was er alles mitgekriegt hat. Sofort schaltet June auf Abwehrmodus, inklusive verschränkter Arme, und tritt vor mich, als müsse sie mich beschützen. »Und? Ist auch kein Geheimnis. Wir kennen dich ja nicht mal.«

Wenn er uns so ansieht, wird mir ganz anders, als würde er in mich hineinschauen und dort etwas entdecken, was ich nicht teilen will. Schon gar nicht mit einem Fremden. Er weiß ohnehin schon viel mehr über uns als wir über ihn.

»Ich würde an eurer Stelle hier auch niemandem trauen.« Er stößt sich von der Wand ab und kommt auf uns zu, wobei June keinen Meter zurückweicht. Selbst dann nicht, als er direkt vor ihr stehen bleibt. »Darf ich mal durch?« Obwohl er es ganz ruhig sagt, höre ich die Drohung in seiner Stimme, die June nun dazu bewegt, zur Seite zu treten. Neo geht an uns vorbei zur Zimmertür neben meiner und öffnet sie.

»Du wohnst hier?« Es rutscht mir einfach so raus und zumindest zucken seine Mundwinkel zu einem kurzen Lächeln.

»Habt ihr gedacht, sie sperren mich nachts irgendwo in den Keller, oder wie?«

»Nein. Ich dachte nur … ich meine … hier wohnen die Schülerinnen.«

Neo sieht zu mir rüber, sein Lächeln diesmal breiter. »Da muss ich dich enttäuschen. Hier gibt es keine Trennung der Geschlechter.«

Okay. Noch eine Veränderung gegenüber der Misfits Academy.

»Wenn das so ist. Hallo, Nachbar.«

Kurz verrutscht sein Lächeln, wenn auch nur für den Bruchteil einer Sekunde, bevor er sich fängt und mir die Hand hinhält. »Hallo, Nachbarin.«

Junes Blick brennt in meinem Rücken wie eine Warnung, aber ich nehme Neos Hand an, seine Haut ist rau und warm und er hält meine Hand einen Moment zu lange fest.

»Falls ich mal Zucker brauche, klopfe ich einfach, ja?«

Hat er mir gerade zugezwinkert? Junes Räuspern erinnert mich daran, dass ich noch immer seine Hand in meiner halte, und ich lasse sie sofort los. Neos Lächeln bleibt davon unbeeindruckt, als er ohne weiteren Kommentar in seinem Zimmer verschwindet.

June tritt direkt neben mich und sieht von mir zur inzwischen geschlossenen Tür. Ihre Stimme ist leise, damit Neo uns in seinem Zimmer nicht hören kann. »Okay. *Was* bitte war das?«

»Er war nur höflich.«

»Ich weiß aber nicht, ob er *deine* Höflichkeit verdient hat!«

»June, wir werden hier eine kleine Weile verbringen müssen, bis Professor Sculder uns wieder rausholt.« Eine Hoffnung, die ihr sehr wichtig ist, wie ich weiß. »Und wenn wir bis dahin vielleicht ein paar Infos einsammeln können, schadet das sicher nicht.«

»Und was für Infos sollen das sein?«

»Keine Ahnung. Zum Beispiel, wie die Lehrkräfte hier so ticken, wer die Coolen und wer die Nerds sind und ob jemand von irgendwoher einen gewissen Dylan kennt.«

Junes Blick wird wieder etwas weicher und sie nickt, weil sie ganz genau weiß, dass ich recht habe. Doch bevor sie etwas sagen kann, ertönt lautes Handyklingeln aus ihrem Zimmer, das meinem gegenüberliegt. Ich kann ihre Aufregung fast spüren, als sie lospurtet und mich einfach auf dem Flur stehen lässt, wo ich aber nicht lange alleine bleibe, weil sich Neos Tür wieder öffnet und er den Kopf rausstreckt.

»Deine Freundin ist ganz schön misstrauisch, kann das sein?«

Hat er unser Gespräch tatsächlich belauscht?

»Schon mal was von Privatsphäre gehört?«

»Ist mir ein vertrautes Konzept. Allerdings bespricht man private Themen selten auf dem Flur direkt vor meiner Zimmertür, wenn man will, dass es geheim bleibt.« Er lehnt sich gegen den Türrahmen und verschränkt die Arme vor der Brust. »Also, wer ist dieser Dylan?«

Eine Frage, auf die es viele verschiedene Antworten gibt, und ich weiß gerade nicht so genau, welche Wahrheit ich ihm auftischen soll.

»Mein Freund.« *Und noch so viel mehr.*

»Ah. Verstehe. Natürlich ist jemand wie du vergeben. Alles andere hätte mich auch gewundert.«

»Jemand wie ich?«

»Ja. Jemand wie du. Clever, hübsch, eine Elite-Skillz noch dazu.«

»Du kennst mich nicht gut genug, um zu wissen, ob ich clever bin, Neo.«

Das trifft ihn unerwartet, denn sein charmantes Lächeln entgleitet ihm, und es vergehen einige Sekunden, bis er seine Fassung zurückgewinnt, doch dann startet er direkt einen zweiten Versuch.

»Ein Umstand, der sich leicht ändern lässt.«

»Ach ja?«

»Natürlich. Verrate mir deine Lieblingsfarbe!«

Das ist albern. Aber gerade ist mir albern lieber als einsam und so gebe ich nach.

»Ich mag Rot ganz gerne.«

»Siehst du und schon habe ich dich ein bisschen besser kennengelernt.«

Möglich, dass er mir gerade das erste Lachen seit Tagen entlockt, während ich den Kopf schüttele.

Er beugt sich etwas zu mir und sagt leise: »Ist das etwa auch noch ein echtes Lächeln, Miss Jones?«

»Möglich. Aber du schuldest mir eine Info über dich, Mr Quick.«

Neos Blick wird etwas sanfter, als er mein Gesicht mustert. »Okay, ich bin süchtig nach den Big Red Kaugummis. Aber verrate das niemandem. Es macht mich nur erpressbar.«

Ein freches Augenzwinkern folgt und ich hebe meine Hand zum Schwur. »Dein Geheimnis ist bei mir sicher.«

»Ich glaube, wir werden richtig gute Nachbarn, Taylor.«

»Wie kommst du darauf?«

Bevor er antwortet, sieht er erst den Flur entlang, checkt, ob wir auch wirklich alleine sind und niemand unser Gespräch hören kann, bevor er seinen Blick wieder zu mir wandern lässt.

»Zum einen bewachst du nun mein Geheimnis und zum anderen ist Rot auch *meine* Lieblingsfarbe.«

KAPITEL 17

FIONN

»Es ist ganz okay hier.« Das Handy halte ich fest ans Ohr gedrückt, als wäre June mir dann näher, und lehne mich mit dem Rücken gegen die Wand im Innenhof der Academy. Hier sollte man nämlich immer mit einer Überraschung rechnen, ganz besonders von hinten. Aber davon erzähle ich June nichts, sie würde sich nur unnötig Sorgen machen und ehrlich gesagt reicht es schon, wenn Eric das tut. »Und bei euch Mädels?«

Ich spiele das Thema einfach an sie zurück, wenn auch flüsternd, denn ich hätte mein Handy eigentlich abgeben sollen. Woran ich aber nicht mal im Traum denke, wie sonst soll ich mit June in Kontakt bleiben?

»Ach, hier ist alles gut. Sehr schick und sehr edel.«

»Elite-Academy eben.«

Ein Blick auf das triste graue Gebäude vor mir erinnert mich daran, dass ich nicht nur auf einer ganz anderen Insel gelandet bin, sondern auch daran, dass niemand hier meinen Skill für besonders wertvoll hält. Fast automatisch greife ich in meine Hosentasche und betaste die Phiole zwischen meinen Fingern. Natürlich habe ich sie mitgenommen, wage aber nicht, sie hier unbeaufsichtigt in den mir zugeteilten Spind zu legen.

»Du fehlst.« Das sage ich nicht nur so, sondern weil June jeden Ort heller und schöner macht. Und wärmer, denn der frische Wind, der auf meiner Zunge salzig schmeckt, pfeift einem hier ordentlich um die Ohren und es fühlt sich alles kälter an als auf Guernsey. Selbst an den Tagen, an denen Professor Sculders miese Laune sein Wetter-Skill beeinflusste.

»Ich vermisse dich auch. Taylor kann es sicher schon bald nicht mehr hören.«

»Du redest also über mich, ja?« Meine Finger sind kalt und ich nehme das Smartphone in die andere Hand, lasse dafür sogar die Phiole los, zupfe den Kragen meiner Jacke etwas höher und stelle mir Junes Lächeln vor.

»Ab und an.«

Der Wind nimmt zu und ich sollte zurück in den Schlafsaal, bevor sie bemerken, dass ich mich rausgeschlichen habe.

»Geht es dir wirklich gut, Fionn? Du klingst so weit weg.«

»Ich *bin* weit weg.« Mein Versuch, ihre Sorge zu zerstreuen, scheitert offenbar, denn ich höre sie am anderen Ende der Leitung schwer ausatmen, und so lege ich schnell nach. »Mach dir keine Sorgen, mir geht es gut. Hier ist alles okay.«

Doch als genau in diesem Moment drei Gestalten auf den Innenhof zu mir nach draußen treten und ich die blonden Haare erkenne, weiß ich, dass es eine faustdicke Lüge war. Mein Griff um das Handy wird unbewusst fester.

»Ich muss wieder rein, sonst gibt es Ärger.«

»Aber –«

»Ich melde mich wieder.« Schnell lege ich auf, aber da haben Zayne und seine Jungs mich schon entdeckt und kommen auf mich zu. Das Handy schiebe ich in die Jackentasche und lockere meine Finger. Doch es wird immer kälter, je näher Zayne kommt.

»Sieh einer an, da hat wohl jemand vergessen, sein Handy abzugeben.« Knapp vor mir kommt er zum Stehen und grinst breit, als hätte er mich bei einer illegalen Aktion und nicht nur einem Telefonat mit meiner Freundin erwischt. »Wenn Mr Walker davon erfährt, wird er nicht besonders begeistert sein. Das riecht nach Strafarbeit.«

Seine Kumpels nicken zustimmend und verkneifen sich ein Grinsen.

»Dann müsste es aber erst mal jemand Mr Walker stecken und du machst auf mich nicht den Eindruck, ein Denunziant zu sein.«

Zaynes Hände ballen sich zu Fäusten, die Kühle nimmt merklich zu und ich lasse sofort Funken zwischen meinen Fingern springen, die genug Wärme erzeugen, um die Kälte auf Abstand zu halten.

»Ich mag dich nicht.«

Ist nicht so, als hätte ich das nicht schon bemerkt. Immerhin war er bisher alles andere als freundlich. Wir sind noch keinen Tag hier und er hat mich bereits als seinen persönlichen Intimfeind ausgesucht.

»Danke für die Info.«

»Wenn ich will, hältst du es keine Woche an unserer Academy aus.«

»Weil du hier das Sagen hast?«

»Genau.«

»Weiß Mr Walker davon? Denn er glaubt, das Sagen an der Schule zu haben.« Zayne macht einen Schritt auf mich zu, zuckt aber zurück, als ich die Flamme in meiner Hand größer werden, aber nicht außer Kontrolle geraten lasse. »Vorsicht, nicht dass du dir noch die Finger verbrennst.«

»An dir?«

Er hebt beide Arme und der Frost erobert blitzschnell den Boden zu meinen Füßen, bevor er die Wand hinter mir nach oben kriecht. Die plötzliche Eiseskälte lässt kurz meine Hände erzittern. Meine Flamme flackert, geht aber nicht aus und Zayne legt nach, lässt aus dem Frost Schnee werden und mich frösteln. Doch wenn er denkt, dass er mich so beeindrucken kann, muss ich ihn enttäuschen. Statt aufzugeben, denke ich an June, Taylor und Ivy, an unsere Misfits Academy und sogar an Professor Sculder. Dazwischen lasse ich für einen kurzen Moment zu, auch meine Mutter zu vermissen. Prompt wird die Flamme in meiner Hand größer, verfärbt sich zu einem hellen Blau, bevor sie fast weiß wird und die Hitze nicht nur den Schnee schmelzen, sondern auch die Jungs zurückweichen lässt.

»Was zum Teufel …«

Einer von Zaynes Kumpels hebt die Hände schützend vor sein Gesicht, als ich einen Schritt auf die Gruppe zumache, dabei die Flamme von meiner linken in meine rechte Hand wandern lasse – was bei der Kälte mehr Anstrengung kostet, als ich zugeben will.

»Nur damit die Sache klar ist: Ich will keinen Ärger mit euch oder sonst jemandem. Eric und ich wollen nur unsere Ruhe, okay?«

Doch Zayne hält meinen Blick und ich spüre, wie sehr es mich anstrengt, die Flamme in diesem Zustand zu halten, wenn ich zugleich gegen seine Kälte ankämpfen muss. Die Tatsache, dass es bei jedem meiner Schritte unter meinen Schuhen knirscht, macht deutlich, dass Zayne seinen Skill ebenfalls bestens beherrscht. Meine Füße sind eiskalt und ich weiß, wem ich das zu verdanken habe.

»Du bist nichts weiter als ein kleines Tischfeuerwerk, Flare.«

Meine Zehen werden taub, der nächste Schritt fällt mir schwer, aber ich werde nicht aufgeben. Nicht schon am ersten Tag.

»Und du bist ein arrogantes Arschloch.«

Das entlockt ihm zumindest ein kurzes Lachen, bevor er wieder ernst wird und seine hellen Augen wie Eiskristalle funkeln. Die Kälte lähmt jetzt auch meine Gedanken, die Flamme zuckt, wird kleiner, ich spüre, wie mir die Hitze entgleitet.

»*Gentlemen!*«

Die Stimme dröhnt wie aus einem Lautsprecher über den kleinen Innenhof vor dem Schlafsaal, und sofort lässt Zayne die Arme sinken, nimmt die Kälte mit und ich schließe meine Hand, ersticke die Flamme und atme schwer durch.

Mr Walkers Schritte klingen durch das Geräusch seines Gehstocks besonders gewichtig, als er nun näher kommt und uns wütend ansieht.

»Würden Sie mich bitte aufklären, was das hier eben sollte?«

Sein Blick wandert von Zayne zu mir, dann zurück zu

meinem Gegenüber, den er nicht nur länger kennt als mich, sondern sicher auch mehr mag.

Zayne zuckt die Schultern und deutet lässig auf mich. »Mr Flare wollte mir nur mal kurz seinen Skill demonstrieren.«

Was zumindest nur zum Teil wahr ist, was Mr Walker offensichtlich auch weiß, denn er klopft mit seinem Gehstock heftig auf den noch immer halb gefrorenen Boden.

»Und Sie haben es ihm gleichgetan?«

Zayne wird ihm von meinem Handy erzählen, mich der einzigen Möglichkeit, mit June in Kontakt zu treten, berauben.

Aber stattdessen weicht er Mr Walkers Blick aus und nickt nur langsam, fast ehrerbietig, und ich springe ihm zur Seite, dankbar dass er mich zumindest noch nicht verraten hat.

»Wir haben uns nur besser kennengelernt, Sir.«

Doch das lässt der Lehrer mir nicht einfach so durchgehen und richtet seine Aufmerksamkeit nun auf mich.

»Oh, das habe ich gesehen. Vielleicht können Sie Ihre Skills außerhalb meines Unterrichts etwas besser unter Verschluss halten? Wir sind nicht an Aufmerksamkeit von außen interessiert.« Blitzschnell hebt er den Stock bis an mein Gesicht und drückt ihn fester als nötig in meine Wange. »Sicherlich schwer vorstellbar für einen *Flare*.« Meinen Namen spricht er aus, als hätte er dabei einen sehr bitteren Geschmack auf der Zunge, und sein Blick wirkt nicht gerade, als sei er mir wohlgesonnen. »Hier haben *auch Sie* sich verdammt noch mal an meine Spielregeln zu halten!«

So langsam verstehe ich, dass ich hier auf Lundy nicht nur keine Fans, sondern vielleicht sogar echte Feinde habe.

KAPITEL 18

ERIC

»Willst du oben oder unten schlafen?«

Fionn lehnt sich an das uns zugeteilte Stockbett und versucht dabei, so locker zu klingen, als wären wir hier nur in einer Art Ferienlager. Aber hier werden ganz sicher keine Marshmallows über dem offenen Feuer gegrillt. Denn wenn ich mich umsehe, entdecke ich nur andere Jungs, die in kleinen Gruppen an anderen Betten stehen und sich flüsternd unterhalten. Immer wieder wandern ihre Blicke zu uns, nicht immer sind diese freundlich und ich wende mich wieder Fionn zu.

»Was ist da draußen passiert?«

Als er zurückgekommen ist, hat es nach verbranntem Holz gerochen, und ich kenne Fionns Skill lange genug, um zu wissen, was das bedeutet.

»Nichts. Wir haben uns nur unterhalten.« Er schenkt mir ein typisches Fionn-Grinsen. »Ich soll dich von June grüßen.«

June. Wie sehr vermisse ich sie und wie sehr hatte ich mich an sie gewöhnt und wie sehr hat sie auch Fionn gutgetan.

»Also, oben oder unten?«

»Unten.« Dann ist der Fall nicht so tief, wenn sie mich heute Nacht aus dem Bett werfen. Denn ich rechne fast sekündlich mit einer Skill-Attacke.

»Mach dir keine Sorgen, Eric. Wir kriegen das hier schon zusammen hin.« Fionn legt mir einen Arm um die Schulter und lächelt so, wie er es auch auf Guernsey gemacht hat, als alles in Ordnung war. Kurz fühlt es sich wieder an wie daheim und ich erwidere sein Lächeln sogar. »Wir sind Misfits. Und die kriegt man nicht so schnell unter, nicht nach dem, was wir gemeinsam erlebt haben.«

Misfits. Ein Begriff, der bisher immer eine Art Label für uns Außenseiter war, Ausdruck für einen Makel, der aber nun aus Fionns Mund klingt, als wäre er eine Auszeichnung. Dank derer uns das alles nichts anhaben kann, auch wenn ich genau weiß, dass das nicht so einfach wird, wie er es jetzt klingen lässt. Aber mit Fionn – und seinem Skill – an meiner Seite werde ich das schon schaffen.

»Ihr zwei seid wirklich süß zusammen.«

Die Stimme klingt kühl und sofort sinkt die Temperatur im Schlafsaal spürbar. Fionn nimmt seinen Arm aber nicht von meiner Schulter, dreht sich nur zu dem Typen, der an unsere Betten getreten ist. Blonde Haare, blasse Haut, kalte Augen und ein Lächeln so kühl wie ein Eisbad in der Arktis. Fionn, der das komplette Gegenteil davon ist, lächelt freundlich, aber sein Blick bleibt hart.

»Nur keinen Neid.«

Der blonde Kerl lacht kurz, sieht uns genauer an und meine Finger werden sofort eiskalt.

»Ich wusste, dass du witzig bist, Flare, nachdem ich deine Slapstick-Einlage beim Abendessen gesehen habe.«

»Freut mich, wenn ich dich unterhalten konnte, Zayne.« Fionn macht einen Schritt auf ihn zu und reicht ihm die Hand. »Ich glaube, wir hatten keinen guten Start. Also noch mal von vorne. Ich bin Fionn Flare, das ist Eric Catalano.«

Doch Zayne denkt nicht mal daran, die ausgestreckte Hand zu nehmen, sondern verschränkt demonstrativ die Arme vor der Brust.

»Jeder weiß, wer du bist, Flare.«

Kein Wunder, der Nachname Flare ist den meisten Skillz ein Begriff und in den letzten Monaten haben sich noch mehr Gerüchte um Fionns Familie gerankt. Im Moment dürfte er nicht den besten Ruf genießen und nicht die größte Fangemeinde haben.

»Dann können wir uns ja vielleicht endlich auf vernünftige Umgangsformen einigen.«

Ein Vorschlag, den Zayne nicht in Betracht zieht, stattdessen einen Schritt von Fionn wegmacht und ihn abschätzig ansieht. Feine Eiskristalle legen sich auf den Ärmel seines Pullovers.

»Wenn du glaubst, dass du hier einfach reinmarschieren kannst und erwarten, dass wir dir Zucker in den Arsch blasen, weil dein Vater eine große Nummer ist, dann hast du dich geirrt, klar?«

»Mein Vater. Schon klar.«

Fionns Dad, der selbst jetzt noch einen so großen Schatten wirft, dass Fionn sich ihm scheinbar nicht entziehen kann. Dabei ist Dr. Flare komplett von der Bildfläche verschwunden und hat darüber hinaus auch noch seinen Skill verloren. Was sich aber noch nicht rumgesprochen hat, weil niemand diese Information freiwillig teilen würde.

»Hier bist du ein Niemand.« Zayne lässt den Blick seiner hellblauen Augen zu mir wandern. »Aber du solltest mal überlegen, ob du dir nicht neue Freunde suchen willst, Catalano.«

»Nein danke.« Ich spreche es aus, ohne auch nur eine Sekunde darüber nachdenken zu müssen.

Zayne mustert mich eingehend, als würde er sich alles an mir genau einprägen müssen, dann schüttelt er enttäuscht den Kopf. »Sag nicht, ich hätte dich nicht gewarnt. Bei uns hättest du eine Chance hier zu überleben.«

»Das schaffen wir auch ganz ohne deine Hilfe.«

Woher Fionn die Gewissheit nimmt, die seine Worte verströmen, weiß ich nicht, denn ein Blick durch diesen Schlafsaal und in die Gesichter unserer Mitschüler, die uns alle beobachten, verrät mir nur zu deutlich, dass wir hier weder erwünscht noch beliebt sind.

»Das werden wir dann ja sehen.« Zayne klopft mir auf die Schulter, so etwas wie Freundlichkeit kehrt in seinen Blick zurück. »Das Angebot steht. Falls du es irgendwann satthast, in Flares Schatten zu stehen, komm rüber.«

»Wer sagt denn, dass ich im Schatten stehe?«

Zayne sieht mich an und ich glaube kurz, er bricht gleich in schallendes Gelächter aus, dabei macht er nicht gerade den Eindruck, als würde er viel lachen.

»Alles an deiner Körperhaltung, deiner Frisur und der Tatsache, dass du ihm freiwillig dein Essen gibst.«

Er hat wirklich eine gute Beobachtungsgabe und es wurmt mich ein bisschen, dass er den Finger so treffsicher in die Wunde legt. Kurz sehe ich mich um, bemerke, dass auch andere Jungs uns beobachten und sich eine Meinung zu uns bilden. Sofort nehme ich eine aufrechtere Haltung an, strecke die Brust raus und sehe Zayne direkt in die Augen. »Dann kennst du mich aber schlecht.«

»Genau genommen kenne ich dich gar nicht.« Wieder ist da ein Lächeln auf seinem Gesicht, sodass ich mich traue und nach seinen Emotionen taste. Ich stelle erstaunt fest, dass es ehrlich gemeint ist. »Das wird sich in der kommenden Zeit sicher ändern lassen.«

Fionn, der noch immer dicht neben mir steht, verpasst mir einen sanften Schubser, den Zayne nicht bemerkt und ich für den Moment ignoriere. Zu beschäftigt bin ich damit, seit Wochen zum ersten Mal wieder meinen Skill zu benutzen. Zayne mag Fionn nicht, das spüre ich deutlich, genau genommen nehme ich Abscheu wahr. Allerdings nicht, wenn es um mich geht, da finde ich ehrliches Interesse.

»Komm einfach vorbei und sag Hallo.« Damit deutet er über den schmalen Gang rüber auf die andere Seite, wo sein Bett steht und seine Kumpels auf seine Rückkehr warten. Bevor ich allerdings antworten kann, macht Fionn einen bedrohlichen Schritt auf Zayne zu.

»War schön, dich kennengelernt zu haben, Nieves.«

Zayne aber sieht direkt an Fionn vorbei zu mir.

»Bis dann, Eric.« Einfach so dreht er sich um und geht zurück auf seine Seite des Schlafsaals, nimmt die Kälte mit und lässt Eiskristalle auf meinem Pullover zurück.

»Ein wirklich stranger Typ.«

Da muss ich Fionn recht geben. Nur habe ich mich noch nicht entschieden, ob das was Gutes oder Schlechtes ist.

KAPITEL 19

DYLAN

Es ist eine braune Mappe, wie jedes Mal. Und wie jedes Mal, wenn ich über diese inzwischen fast fertigen Gänge gehe, begleitet mich eine Gänsehaut bei jedem Schritt, die ich einfach nicht abschütteln kann.

»Hi, Dylan.« Zoe kommt mir entgegen und begrüßt mich mit einem freundlichen Lächeln. Sie sieht mich immer so an, als wüsste sie ein bisschen mehr als ich, was dazu führt, dass ich mich in ihrer Nähe merkwürdig unwohl fühle. Sie deutet auf die Mappe in meinen Händen. »Neuer Auftrag?«

»Jap.«

»Sehr gut. Die Nachfrage nach unseren Produkten wird immer größer und ich sehe mich schon bald in der Sonne Floridas sitzen.« Sie lässt die Augenbrauen wackeln.

»Wieso Florida?«

»Gute Investoren. Einige Politiker wünschen sich eine Niederlassung der Future-Skill-Clinic in den Staaten, das würde die Liefer- und Wartezeit verringern. Immerhin haben wir dort viele Kunden.«

Sie sieht zufrieden mit sich aus und ich frage mich, ob sie jemals ein schlechtes Gewissen hat. Ob sie auch manchmal schweißgebadet in ihrem Bett aufwacht, weil ein zusammenhangloser Traum sie durcheinanderbringt. Wieder deutet sie auf meine Mappe.

»Viel Erfolg beim nächsten Auftrag.«

Damit geht sie weiter und ich sehe ihr hinterher. In ihrem weißen Kittel passt sie perfekt in diese Umgebung, obwohl sie nicht älter ist als ich.

»Ist es so leichter?« Meine Frage trifft sie von hinten, und sie bleibt stehen, zögert, bevor sie sich umdreht und ihre dunklen Augen meine finden.

»Was meinst du?«

»*Investoren, Aufträge, Produkte, Kunden.*«

Sie weiß nicht, was ich meine, und kommt wieder näher, als hätte sie mich nur akustisch nicht verstanden.

»Wie bitte?«

»Ich meine, das sind keine Produkte, sondern Skill-Gene, die wir stehlen und an zwielichtige Organisationen verkaufen.« So deutlich hat das hier noch niemand ausgesprochen, dabei wissen die meisten, was wir wirklich machen. Zoe legt den Kopf etwas schief, lässt mich aber nicht aus den Augen.

»*Wow*, June wäre wirklich stolz auf dich.«

June. Wie ein Blitz schießt für den Bruchteil einer Sekunde eine Erinnerung durch meinen Kopf und damit verbunden die an ein Gesicht, eine Mütze, neugierige Augen, ein freches Lächeln.

»June?«

Zoe wirkt kurz ertappt, grinst es dann aber schnell wieder weg und winkt ab, als wäre das eben keine große Sache gewesen. »Eine alte Freundin. Ich wette, du würdest sie mögen.«

»Stell sie mir doch mal vor.«

Doch statt mein Grinsen zu erwidern, wird ihres blasser, bis es schließlich verschwindet und sie den Kopf schüttelt.

»Das ist keine so gute Idee.«

»Wieso? Ich dachte, sie würde mich mögen.«

»Vertrau mir, Dylan, es ist besser, wenn wir unter uns bleiben. Nicht jeder versteht, warum wir das hier tun.«

Ehrlich gesagt verstehe ich auch nicht, warum wir das hier machen. Manchmal fühlt es sich an, als wäre ich es Dr. Flare schuldig, weil ich dank ihrer einen Ort habe, an den ich gehöre, statt irgendwo da draußen ganz alleine zu sein.

»Manchmal fehlen sie mir.« Zoe steht inzwischen so dicht bei mir, dass ich glaube, etwas in ihren Augen schimmern zu sehen, was sie sonst gut verborgen hält.

»Wer fehlt dir?«

»Die Misfits.« Noch nie habe ich sie so traurig erlebt, aber so schnell wie dieser Moment gekommen ist, verschwindet er auch wieder, Zoe flüchtet zurück hinter ihre Schutzmauer und legt mir die Hand auf die Schulter. »Vergiss es, Dylan. Manchmal rede ich Unsinn.« Sie tippt sich an die Schläfe. »Sehr viel los hier oben.«

»Weil du all die fremden Erinnerungen behältst?«

Ihr Mund klappt auf, fast so, als wolle sie antworten, aber dann bleibt sie lieber stumm und klopft mir auf die Schulter. »Du bist ein schlaues Kerlchen. Ich weiß schon, wieso Dr. Flare dich behalten hat.« Sie tippt auf die Mappe. »Viel Erfolg damit.«

Bevor ich noch etwas sagen oder sie besser durchschauen kann, dreht sie sich schnell weg und eilt über den Flur davon.

June. Taylor. Namen, die mir nichts sagen, mir nichts bedeuten und die doch mit einer solchen Entschlossenheit bleiben, als würden sie irgendwie zu mir gehören.

»Dylan.« Wie aus dem Nichts taucht Dr. Flare neben mir auf, hat einen ihrer zahlreichen Skills dafür benutzt, und mustert mich nachdenklich. »Ist alles okay?«

Sie lächelt, sieht dabei aber sehr müde aus und ich ahne, dass nicht nur ich eine miese Nacht hatte. So habe ich Diane Flare noch nie erlebt, das Lächeln blass, in ihrem Blick ein Schatten und die Bewegungen merkwürdig fahrig.

»Besprechen wir das lieber in meinem Büro.« Eine klare Aufforderung, die sie dadurch unterstreicht, dass sie sich bei mir unterhakt und uns in Richtung ihres Büros führt. Wieder ist da dieses ungute Gefühl, als ob etwas nicht stimmt. Wann immer ich sie in ihrer Klinik besuchte, hat sie gestrahlt, war voller Zuversicht und Tatendrang. Jetzt möchte ich ihr am liebsten einen Kaffee anbieten, so erledigt sieht sie aus, als sie die schwere Skill-Steel-Tür zu ihrem Büro hinter uns schließt. Erst jetzt atmet sie auf, aber von der entspannten und selbstsicheren Dr. Diane Flare fehlt noch immer jede Spur.

»Dylan, wir müssen ab jetzt sehr vorsichtig sein.«

»Das müssen wir doch immer.«

Sie lächelt etwas mehr, aber nicht überzeugend, geht auf ihren großen Schreibtisch zu, auf dem außer einem gerahmten Bild eines jungen Mannes und ihrem Computer inklusive Tastatur nichts zu finden ist. Immer ist er aufgeräumt und sauber, als wäre er nur ein Requisit, das unterstreichen soll, wie wichtig sie in dieser Klinik ist. Bevor sie auf ihrem schwarzen Bürostuhl Platz nimmt, hebt sie die

Hand und das Türschloss hinter mir schnappt ganz ohne Berührung zu. *Telekinese*, nur einer ihrer Skills.

»Wir haben ein paar neue Feinde dazubekommen. Oder werden das zumindest bald.«

»Wir erwerben uns doch ständig neue Feinde, so wie andere Sticker für ihr Sammelalbum. Seit dem Anschlag auf das Königspaar hat sich Ihre Klinik keine Freunde mehr gemacht.«

Doch wie immer, wenn wir auf dieses Thema zu sprechen kommen, schüttelt sie den Kopf, als hätten wir damit nichts zu tun. *Kunden, Produkte, Investoren.* Dank dieser Label vergessen hier wohl einige, dass es immer noch Menschen und Skillz sind, mit denen wir Geschäfte machen. Um ihr zu demonstrieren, dass wir uns da nicht einig werden, verschränke ich die Arme vor der Brust und nehme nicht auf einem der Stühle vor ihrem Schreibtisch Platz, sondern bleibe in der Nähe der Tür stehen, die Mappe noch immer in der Hand. Dr. Flares Augen verengen sich, ihr Blick auf mir wird schwerer.

»Mir gefällt dein Ton nicht, Dylan.«

»Und mir gefällt das Fehlen Ihres Gewissens nicht.«

Eine ganze Zeit lang dachte ich, es wäre okay, was die Klinik macht, aber mit jedem verkauften Skill, mit jeder Schlagzeile in der Zeitung und mit jeder Demo gegen Skillz da draußen wachsen meine Zweifel.

Ohne Vorwarnung steht sie auf, den Blick noch immer starr auf mir, und die Mappe fliegt durch den Raum, als hätte sie mir jemand aus der Hand geschlagen. Ich weiß, was sie tun wird, und hebe reflexartig beide Hände vor mich, was bei Flare zu einem schmerzverzerrten Gesicht führt und sie sofort wieder in ihren Stuhl sinkt. Dabei habe ich nur kurz nach ihrem Herzen gegriffen.

»Hör auf, Dylan. Du weißt, dass du mich nicht töten kannst.«

Niemand kann sie töten. Weil sie sich auch diesen einmaligen Skill geschnappt hat, den sie nicht verkauft, sondern für sich ganz alleine behalten hat. *Unsterblichkeit.*

»Ich will Sie gar nicht töten, Diane.«

Sie atmet einige Male tief durch, erholt sich von dem kurzen, aber heftigen Schmerz in ihrer Brust, und ich lasse die Hände wieder fallen. Nicht aber meinen Argwohn.

»Ich habe eine sehr spezielle Aufgabe für dich.« Wie schnell sie das Thema wechselt, als wären wir nicht gerade fast aufeinander losgegangen. Als ich mich nach der Mappe und ihrem Inhalt bücken will, schüttelt sie erneut den Kopf. »Vergiss das. Es ist eine neue Aufgabe.«

Aber ich sehe keine neue Mappe, keine neuen Informationen, und sie deutet fast schüchtern auf einen der Stühle vor ihrem Schreibtisch. »Bitte.«

Ihre Stimme bricht wie zu dünnes Eis und ich gebe nach, bleibe aber vorsichtig, behalte meinen Skill direkt an der Oberfläche und griffbereit. Doch nichts passiert, auch dann nicht, als ich Platz nehme.

»Ich kann niemandem mehr vertrauen.« Ihr Blick wird ernst, als sie mich direkt ansieht. »Niemandem außer dir.«

Bisher war ich mir ehrlich gesagt nicht mal sicher, ob sie mir überhaupt vertraut, und die Szene eben hat dieses Gefühl eher bestätigt. Die meisten Informationen, die ich bekommen habe, fühlten sich sehr gefiltert an und ich habe mich damit arrangiert, auch wenn es mir nicht gepasst hat.

Jetzt ist da eine Offenheit in ihrem Blick, die ich bisher vermisst habe. Möglich, dass ich mich deswegen etwas entspanne und mich zurücklehne.

»Ich bitte dich diesmal um deine Hilfe, aber nicht als Chefin dieser Klinik.« Sie öffnet eine Schublade, ohne den Blickkontakt zu unterbrechen, und zieht eine andere Mappe hervor. Diese ist rot und beim Anblick des *Vertraulich*-Aufdrucks richten sich die Härchen an meinen Armen auf. Dr. Flare schiebt sie über den blitzblanken Schreibtisch zu mir rüber. »Das hier, das alles, bleibt unter uns, nicht wahr?« Eine Frage, die eine deutliche Warnung beinhaltet, und ich nicke. Es ist nicht so, als hätte ich einen Freundeskreis, mit dem ich meinen Job nach Feierabend bei einem Bier im Pub besprechen könnte. »Es handelt sich um eine persönliche Bitte.«

Jetzt greife ich nach der Mappe und schlage sie vorsichtig auf, als wüsste ich nicht, was für ein Inhalt mich erwartet, doch die Infos sehen aus wie immer. Der einzige Unterschied ist, dass es sich diesmal nicht um nur einen Skillz handelt, sondern direkt um zwei. Auf den beigelegten Fotos sehe ich Gesichter, die mir fremd sind, aber ähnlich jung wie meines.

»*Misfits?*« An dem Wort im Dossier bleibe ich hängen, weil Zoe das Wort vorhin benutzt hat und es irgendwo in den Untiefen meines Gedächtnisses eine Glocke läuten lässt.

Flare hadert mit sich, mit mir und diesem Gespräch, doch dann gibt sie sich einen Ruck.

»Du warst einer von ihnen.«

KAPITEL 20

TAYLOR

Die Bluse kratzt am Hals, weil mir der Kragen ein bisschen zu eng ist, und der Rock aus schwerer Wolle ist so seltsam steif. Auch nach einer Woche in dieser Uniform fühlt sie sich noch immer unangenehm fremd an. Als hätte ich meine Identität abgegeben, um jetzt ausschließlich eine Schülerin dieser Academy zu sein.

Ein Blick zu June, die neben mir in diesem Vorlesungssaal sitzt, erinnert mich daran, dass auch ihre Anpassung seit heute Morgen komplett abgeschlossen ist. Verschwunden das Logo mit dem Fuchs auf ihrer Skill-Steel-Mütze, ersetzt durch die Krähe, die zu dieser Elite-Academy gehört. Sie ist natürlich noch immer meine June, aber ich muss mich an den Anblick, sie in dieser Uniform zu sehen, erst noch gewöhnen.

»Du starrst schon wieder.«

Zumindest lächelt sie ein bisschen, aber die tiefen Augenringe stehen in Kontrast dazu. June schläft schlecht, weil Fionn sich nach dem ersten Telefonat nicht mehr gemeldet hat und sie ihn auch nicht erreichen konnte. *Ich* schlafe schlecht, weil meine Gedanken sich immer dann, wenn ich keine Ablenkung finde, um Dylan drehen. Sobald ich also alleine in meinem neuen Zimmer liege, füllt es sich mit all den Erinnerungen, die ich an Dylan habe, und sobald ich die Augen schließe, sehe ich ihn so klar vor mir, als wäre er nicht nur in meinem Traum, sondern wirklich bei mir.

»Miss Jones!«

Professorin Anderson, die vorne neben dem Pult lehnt, sieht lächelnd zu mir nach oben, wo ich neben June in der vorletzten Reihe sitze. Nur ein Schüler hat seinen Platz noch weiter hinten, nämlich Neo, der sich jetzt so weit nach vorne lehnt, dass ich seine Körperwärme fast spüren kann.

»Oh, oh, das riecht nach Ärger.«

Aber ich ignoriere sein Flüstern und konzentriere mich auf Professorin Anderson, die mich abwartend ansieht, als sollte ich auf eine Frage antworten – eine, die ich mal wieder verpasst habe. Ihr Blick wird etwas strenger, als ich nur ahnungslos die Schultern zucke.

»Ich verstehe, dass die Umstellung durch den Wechsel an unsere Academy nicht gerade leicht sein dürfte, aber ich erwarte dennoch, dass Sie in meinem Unterricht zuhören, wenn Sie schon nicht aktiv daran teilnehmen.«

»Entschuldigen Sie, ich bin nur ...« *Mal wieder in Gedanken.* Aber wie soll ich erklären, was ich bin, wenn ich es selbst nicht mal weiß? Mein Skill fühlt sich unendlich weit weg an, und egal, wie sehr ich mich auch strecke, ich erwische ihn nicht mehr. Je mehr Tage verstreichen, an denen mir keine Teleportation gelingt, desto kleiner und mehr fehl am Platz fühle ich mich.

»Ist der Typ da Dylan?« Neos Stimme ist mit einem Mal so nah, dass ich fast erschrecke. Sein Kopf ist neben meinem aufgetaucht, so weit hat er sich nach vorne gebeugt. Er deutet auf das Polaroid, das auf der Innenklappe meines Ordners klebt und das einzige Foto von Dylan ist, das ich habe.

»Was geht dich das an?«

»Ich bin nur ein besorgter Nachbar.«

Ich drehe mich zu ihm, will ihm meinen Frust, der sich seit Wochen angestaut hat, ins Gesicht brüllen und werde doch nur von einem ehrlichen Blick empfangen, mit dem ich nicht gerechnet habe und der mir die Wut aus den Segeln nimmt. Auch sein Lächeln, sonst gerne mal überheblich, ist diesmal anders, mitfühlend. »Ja, das ist er.«

Er nickt und ich meine etwas in seinen Augen zu entdecken, das mir irgendwie vertraut vorkommt, als wüsste er, wie ich mich fühle, weil er ähnliche Erfahrungen gemacht hat.

Doch bevor ich fragen kann, schiebt June ihn bestimmt zurück auf seinen Platz in der letzten Reihe. »Wir kommen dann ab hier ohne dich klar, danke, Herr besorgter Nachbar.«

Neo hebt abwehrend die Hände, aber die Spur eines Lächelns bleibt. »Ich wollte mich nicht einmischen.«

»Dann misch dich auch nicht ein und kümmere dich um deinen eigenen Mist!« June funkelt ihn so lange an, bis Neo sich wieder ganz in seinen Stuhl zurücklehnt und seine Aufmerksamkeit auf Professorin Anderson richtet, die schwer durchatmet und sich nun an die ganze Klasse richtet.

»Natürlich weiß ich, dass es für Sie alle eine Umstellung sein muss. Immerhin haben Ihre Eltern Sie hier angemeldet, um den besten Umgang mit Ihren Skills zu erlernen.«

Professorin Anderson atmet schwer aus. Wenn ich sie genauer betrachte, nehme ich auch an ihr eine gewisse Abgeschlagenheit wahr. »Zu Ihrer Sicherheit werden wir jetzt aber das genaue Gegenteil machen und Ihnen beibringen, eher unter dem Radar zu bleiben.«

Unruhe breitet sich unter den Schülern aus. June sieht zu mir, als wüsste ich, wovon Professorin Anderson spricht, aber ich kann auch nur die Schultern zucken und so ist es Neo, der sich wieder zu uns nach vorne beugt und antwortet. »Ich wette, sie spielt auf das Attentat in Italien an.«

Da ich keine Ahnung habe, wovon er spricht, sehe ich zu ihm. »Welches Attentat?«

»Auf dem Platz vor dem Petersdom in Rom heute? Es wurden einige Skillz geschnappt, die den Anschlag geplant hatten. New-Skillz.« Neos Blick wird dunkler, als er den Kopf schüttelt. »Die versauen uns echt noch den ganzen Spaß am Leben.«

June neben mir rutscht schon unruhig auf ihrem Stuhl hin und her, ihre Neugier ist geweckt, und sie sehnt sich nach ihrem Laptop, der Möglichkeit, mehr über die neuesten Entwicklungen in Erfahrung zu bringen, aber da wird sie sich noch etwas gedulden müssen, denn Professorin Anderson klärt uns nun über den weiteren Verlauf ihrer Maßnahmen auf.

»Die üblichen Unterrichtsfächer werden ganz normal weiterlaufen, lediglich alle Skill-bezogenen Fächer werden sich etwas verändern. Es ist wichtig, gerade jetzt nicht weiter aufzufallen. Daher bitte ich Sie eindringlich, auch auf dem Campus vom Einsatz Ihrer Fähigkeiten keinen Gebrauch zu machen. Zumindest bis auf Weiteres.«

Neo hebt die Hand in die Höhe und bekommt dafür Professorin Andersons Aufmerksamkeit, die ihm zunickt.

»Wieso sollten wir das tun? Ich meine, wenn wir nicht mal an einer Elite-Skillz-Academy wir selbst sein dürfen, wo dann?«

Einige Schüler nicken zustimmend, andere zögern, sehen sich unsicher um, und noch habe ich mich nicht entschieden, zu welcher Seite ich gehöre. Professorin Anderson lehnt sich gegen das Pult vor der Tafel und sieht nachdenklich in die Runde. »Wissen Sie, Mr Quick, manchmal ist es besser, wenn man nicht mit der Tür ins Haus fällt.«

»Schon klar, aber es gibt bereits so viele Regeln und Gesetze, die nur uns Skillz betreffen, und nun klingt es ganz so, als dürften wir bald gar nicht mehr existieren.«

Stille. Alle sehen zu Professorin Anderson, warten auf ihre Antwort oder zumindest ein Lächeln, das uns wissen lässt, wie maßlos Neo mit seiner Zukunftsvision übertreibt, aber sie bleibt stumm.

»Die wollen uns loswerden, oder?« June spricht aus, was uns allen durch den Kopf geht, und endlich rührt sich Professorin Anderson, auch wenn ihr Kopfschütteln halbherzig wirkt.

»Nein, niemand will uns loswerden.« Eine Lüge, die ihr wohl so leicht über die Lippen geht, weil sie es selbst so gerne glauben möchte. »Aber mit den aktuellen Entwicklungen und dem vermehrten Auftauchen der New-Skillz wären wir alle gut beraten, vorsichtig zu sein. Da sich nicht all Ihre Fähigkeiten immer gut kontrollieren lassen und manche ungewollt durch Reize von außen ausgelöst werden, ist es wichtig, dass wir lernen, wie wir uns anpassen.«

Neo hinter mir steht auf, verschränkt die Arme vor der Brust und starrt Professorin Anderson von seiner Position aus quasi in Grund und Boden. »Was, wenn ich mich gar nicht anpassen will?«

»Dann sehe ich mich leider gezwungen, Ihnen ein Skill-Steel-Armband umzulegen, Mr Quick.« Die Warnung ist deutlich und gilt uns allen. Nicht gerade das, was die Schüler hier gewohnt sind, denn zumindest auf dem Campus dieser Academy wurde bisher auf solche Armbänder verzichtet, man durfte sich frei entfalten. Selbst June ist freigestellt, ob und wann sie die Mütze tragen will, und sie ist es jetzt auch, die ebenfalls aufsteht.

»Ich gebe Neo ungerne recht, aber wieso können wir nicht mal an einer extra dafür vorgesehenen Academy nicht mehr lernen, wie wir unseren Skill kontrollieren?«

Eine berechtigte Frage, und Neo hält June die Hand zum High Five hin, was sie aber demonstrativ ignoriert. Eigentlich sind sich die beiden gar nicht so unähnlich.

»Miss Clarke, es geht nicht darum, dass wir es Ihnen nicht mehr beibringen wollen, wir dürfen es nicht mehr. Anordnung von ganz oben.«

»Damit schaffen sich die Skillz-Academys doch selber ab.«

»Ich werde nicht länger mit Ihnen beiden die Maßnahmen der Schule diskutieren, sondern Ihnen Skill-Armbänder anlegen lassen, wenn Sie sich nicht an die Regeln halten, verstanden?«

»Das dürfen Sie gar nicht, Professorin. In den Grundwerten der Academy steht geschrieben, dass –«

Professorin Anderson hebt die Hand und Neo verstummt augenblicklich. Zwar bewegen sich seine Lippen weiter, aber kein Ton kommt heraus, sodass er sich erschrocken an den Hals greift. Ihren Mute-Skill hat Professorin Anderson bisher im Unterricht nur in Ausnahmefällen zum Einsatz gebracht, das haben wir zumindest auf den Fluren aufgeschnappt. Beeindruckend, wie leicht es ihr fällt, Neo seine Stimme zu nehmen. Das erklärt auch, wieso sich die Schüler in ihren Kursen immer zurückhalten und nicht so viel tuscheln. Professorin Anderson schüttelt nachsichtig den Kopf und bedeutet ihm, er solle wieder Platz nehmen. June wechselt einen Blick mit mir und ich schüttele kurz den Kopf, will sie warnen, jetzt besser nicht mehr zu sprechen, aber June hört nicht auf mich.

»Sie wollen uns also einfach verstummen lassen und dann –«

Professorin Andersons Fingerschnippen lässt nun auch Junes Stimme verschwinden, was meine Freundin nur noch wütender macht. Mit Wucht schlägt sie die Faust auf ihren Tisch, aber Professorin Anderson denkt nicht daran, darauf einzugehen, was für noch mehr Frustration bei June sorgt. Sie schnappt ihre Sachen, wirft mir ein entschuldigendes Lächeln zu und marschiert dann gezwungen wortlos an allen anderen vorbei zur Tür und schließlich aus dem Hörsaal.

Professorin Anderson wendet sich uns anderen wieder zu. »Wenn jemand Miss Clarkes Beispiel folgen will, nur zu.«

Doch niemand rührt sich, auch Neo nicht, der nur stumm wieder Platz nimmt und wie ein trotziger Teenager vor sich hin starrt, sogar mein aufmunterndes Lächeln ignoriert er.

»Im Zuge dieser Maßnahme werden auch die Ausflüge nach Portree erst mal eingestellt, was mir sehr leidtut. Aber wir werden das Angebot auf dem Campus stetig erweitern. Ich will kein Skillen irgendwo sehen. Nicht draußen, nicht hier drinnen. Wir werden statt Skill-Verteidigung als neues Fach Skill-Kontrolle einführen.« Die Direktorin lässt ihre Blicke über die Reihen schweifen, hofft, dort Verständnis zu finden, und tatsächlich traut sich niemand mehr, etwas zu sagen, schließlich will keiner Neos Schicksal erleiden und seine Stimme verlieren. Zufrieden nickt Professorin Anderson. »Leider fallen dadurch auch erst mal die Tutorstunden aus, aber sehen Sie es positiv. Mehr Freizeit.«

Die wir dann aber auch nur still und ruhig verbringen dürfen. Schon wieder vorbei die Hoffnung, ein Tutor könnte mir dabei helfen, meinen Skill zurückzubekommen.

Deprimiert sinke ich tiefer in meinen Stuhl, als mir jemand auf die Schulter tippt. Aber mir ist nicht nach dem nächsten Schlagabtausch mit Neo und seiner Besserwisserei. Doch er lässt nicht locker und wiederholt das Tippen.

»Was denn?« Meine Stimme ist ein geflüstertes Zischen, das er aber einmal mehr mit einem Lächeln abwehrt und anhebt etwas zu sagen, bis ihm wieder einfällt, dass Professorin Anderson ihm die Stimme genommen hat. Rasch sucht er einen Stift aus dem Mäppchen und kritzelt etwas auf ein Blatt Papier, das er mir rüberreicht.

»Miss Jones!« Professorin Anderson feuert eine letzte Warnung in meine Richtung und ich lasse den Zettel schnell unter der Bank verschwinden, nicke einsichtig und tue so, als ob meine volle Konzentration ihr und den Ausführungen über die neuen Regeln an der Academy gelte. In Wahrheit lese ich unauffällig die Worte, die Neo mir geschrieben hat.

Suchst du noch einen Tutor? Dann bewerbe ich mich hiermit offiziell auf die Stelle :) Falls ich bis dahin meine Stimme zurückkriege.

KAPITEL 21

FIONN

Es ist zu kalt.

Wir stehen auf dem Innenhof in Reih und Glied, die neuen Boots an meinen Füßen sind auch nach einer Woche noch immer nicht wirklich eingetragen und scheuern schon nach wenigen Schritten an meiner Ferse. Eric, der neben mir steht, sieht übermüdet aus, hält seinen Blick aber stur nach geradeaus gerichtet, wo Mr Walker steht und uns darüber aufklärt, was uns heute erwartet.

Mir ist aufgefallen, dass Eric sehr unruhig schläft und morgens immer so aussieht, als müsste er mindestens drei Tage Schlaf nachholen. Noch haben wir uns nicht an die neue Routine gewöhnt, und in voller Montur im kalten Hof zu stehen wird wohl ohnehin nie die Pole Position unter meinen Lieblingsaktivitäten einnehmen.

Zayne, der nur eine Reihe vor uns steht, dreht seinen Kopf in unsere Richtung, aber sein Blick gleitet über mich hinweg, wandert zu meinem Freund, dem er kurz zuzwinkern, bevor er seine Aufmerksamkeit wieder auf Mr Walker richtet.

Schnell sehe ich zu Eric, der unberührt davon einfach weiter so tut, als wäre er gar nicht wirklich hier. Zayne hat in den letzten Tagen einfach nicht lockergelassen und versucht, Eric davon zu überzeugen, dass er in *seinem* Freundeskreis bestens aufgehoben wäre. In den Essenspausen hält Zayne stets einen Platz für ihn frei, auch wenn Eric sich weigert, die Einladung anzunehmen und stattdessen mit mir am hintersten Tisch sitzt. Trotzdem entgeht mir nicht, dass Eric mit sich zu hadern scheint und sich zusehends unwohl fühlt.

»Habe ich irgendwas verpasst?« Meine geflüsterte Frage erreicht ihn, ich bekomme aber nur ein knappes Schulterzucken. »Eric?«

Der Stock trifft mich in meiner linken Kniekehle, als Mr Walker neben mir auftaucht, obwohl er eben doch noch vor der ganzen Truppe stand. Ich kippe einen Moment zur Seite, als der Schmerz durch mein Bein zuckt, und ich muss mir die Kontrolle über meinen Körper erst zurückerkämpfen.

»Habe ich Ihnen die Erlaubnis erteilt zu reden, Flare?«

»Nein, Sir.«

Ich gebe mir Mühe, Mr Walker nicht anzusehen und Zaynes dämliches Grinsen zu ignorieren. Mr Morgan sagte, ich solle so unauffällig wie möglich bleiben. Dumm nur, dass ich das quasi schon direkt am ersten Tag vermasselt habe.

»Wo war ich, bevor Mr Flare mich unterbrochen hat?«

Zaynes Hand schießt in die Höhe und ich bin nicht mal wirklich überrascht, dass er einer von der Sorte ist, die bei ihren Lehrern einen guten Eindruck machen wollen, während sie Mitschüler mobben.

»Nieves.«

»Sie haben gerade gesagt, dass Sie uns in verschiedene Gruppen einteilen wollen.«

»Korrekt.« Mr Walker hat den Blick noch immer nicht von mir genommen, als würde er nur darauf warten, dass ich mir den nächsten Patzer erlaube. »Wieso machen wir es diesmal nicht ein bisschen anders? Teilen Sie das Team ein, Mr Nieves.«

Großartig. Wirklich großartig. Dann weiß ich schon mal, wer zuletzt gewählt wird.

»Ja, Sir!«

Zayne dreht sich zu uns um, mustert seine Mitschüler, die er schon längst kennt und deren Skills ihm bestens vertraut sein dürften, dann deutet er auf Eric. »Ich wähle Catalano in mein Team.«

Eric sieht sofort zu mir und ich will gerade etwas sagen, einen Schritt vor meinen besten Freund machen, als mich Mr Walkers Gehstock wieder in der Kniekehle trifft, diesmal etwas härter, sodass ich zu Boden sinke.

Mr Walker beugt sich zu mir herunter, sein Gesicht viel zu nah an meinem. »Entweder Sie hören nicht besonders gut zu oder Sie sind schwer von Begriff. *Mr Nieves sucht die Teams aus.* Wenn Sie hier lang genug überleben, wird Ihnen diese Aufgabe auch eines Tages zuteil.«

So bleibt mir nichts anderes übrig, als dabei zuzusehen, wie Eric mit unsicheren Schritten zu Zayne rübergeht, der fröhlich weiter Teams einteilt, ohne dabei meinen Namen zu nennen. Als alle außer mir eingeteilt sind, sehen sie mir dabei zu, wie ich zurück auf die Beine komme und versuche, mir nicht anmerken zu lassen, wie ich mich fühle. Aber die Hitze meiner Haut ist sicher weithin zu spüren, denn ich brauche all meine Willenskraft, um hier nicht einfach irgendwas abzufackeln.

»Flare kann ja als Auswechselspieler ins andere Team.«

Die Funken zwischen meinen Fingern lassen Zayne nur noch breiter grinsen, als er den Arm um Eric legt und ihn etwas zu sich zieht. Was auch immer sein Scheißplan ist, ich werde nicht einfach dabei zusehen.

»Dann wäre das ja geklärt. Erst mal eine Aufwärmrunde, dann sehen wir uns unten am Strand.«

Mr Walker beendet den Morgenappell und überlässt uns den Teams, deren Mitglieder fast alle in einen leichten Trab verfallen und eine Route anstreben, die ich inzwischen kenne und in diesen beschissenen Boots nicht werde ohne Blasen absolvieren können – schon wieder. Doch als ich zu Eric aufschließen will, ist dieser mit Zayne und seinen Kumpels bereits an die Spitze der Gruppe verschwunden.

Ein schmaler hellhäutiger Typ mit kurzen roten Haaren und lauter Sommersprossen im Gesicht taucht neben mir auf.

»Hi. Ich bin Rowan.« Er hält mir im Laufen die Hand entgegen und ich weiß nicht so recht, was ich davon halten soll. Aber ich bin gerade nicht in der Position, mir meine Verbündeten aussuchen zu können, also nehme ich sie an und nenne ihm meinen Namen, auch wenn ich bewusst meinen Nachnamen weglasse.

»Ich weiß, wer du bist. Und ich finde es sehr cool, dass du jetzt bei uns bist.«

»*Okay?*«

So ziemlich die ersten netten Worte in meine Richtung, seitdem ich hier bin, und ich entspanne meine Schultern etwas. Auch weil der Junge an meiner Seite nicht so aussieht, als würde er es darauf abgesehen haben, mich fertigzumachen.

»Zayne ist ein ziemliches Arschloch, das denken eigentlich alle, aber niemand will sich mit ihm anlegen.« Ohne fragen zu müssen, klärt mich Rowan über die Lage hier auf Lundy auf und das, obwohl er schon ordentlich am Keuchen ist. »Er ist der Liebling von Mr Cooper, vor dem solltest du dich in Acht nehmen.«

Das höre ich nicht zum ersten Mal und es langweilt mich inzwischen, weil ich ohnehin versuche, so wenig wie möglich aufzufallen. Wenn ich noch ruhiger werde, stehen die Chancen ganz gut, dass ich mich komplett auflöse.

»Danke für die Warnung.«

Rowans Grinsen wird breiter. »Das ist mein Job.«

Ich verstehe nicht, was er meint, und sehe ihn mir zum ersten Mal etwas genauer an. Er scheint viel zu schmächtig für die Art von Academy, auf der wir uns befinden, denn die anderen Jungs sind nahezu durchweg durchtrainierte große Kerle, die so aussehen, als würden sie jede Kneipenschlägerei oder zumindest die Rugby-Weltmeisterschaft gewinnen können. Rowan ist das genaue Gegenteil, aber trotzdem ist er hier und er sieht auch nicht besonders ängstlich aus. Als er meinen fragenden Blick bemerkt, lacht er kurz, bis er merkt, dass ihn das während des Laufens nur zusätzlich anstrengt.

»Ach so. *Mein Skill.* Ich kann Gefahr erspüren, bevor sie eintritt, und damit alle rechtzeitig warnen. Nicht wahnsinnig beeindruckend, aber es hat mir einen Platz an dieser Academy verschafft.« Was er mich nicht ohne Stolz wissen lässt.

»Und das ist was Gutes?«

»Mein Dad denkt zumindest, hier werde ich zu einem echten Kerl oder so was in der Art. Er war echt aufgeregt, als die Anfrage kam.«

Für gewöhnlich fragen die Familien bei den Academys an und nicht andersrum. Es sei denn, man ist ein Misfit, dann läuft das ganze Prozedere ohnehin anders ab.

»Wer hat denn angefragt?«

»Na die Schulbehörde.«

Sofort muss ich an Mr McAllister denken, wie er Professor Sculder einfach so mitgenommen hat. Aber es ist eine andere Erinnerung an ihn, die mich automatisch an meinen Hals greifen lässt. Die Wunde dort hat er in wenigen Minuten heilen lassen. – Und hat damit das letzte Andenken an meine Mutter verschwinden lassen.

Fast das letzte Andenken. Denn ich habe noch immer die Phiole in meinem Besitz, und auch wenn ich mir immer wieder vornehme, den Inhalt zu zerstören und mich somit der Versuchung zu entziehen, so kann ich mich doch nicht davon trennen. Immer ist da diese Frage: *Welchen Skill hat meine Mutter wohl für mich ausgesucht?*

»Fionn?« Rowan, dessen Gesicht nun fast so rot ist wie sein Haar, sieht mich fragend an, und ich schüttele kurz meinen Kopf und kehre in die Realität zurück.

»Sorry. Was hast du gesagt?«

»Ich habe gefragt, ob du schwimmen kannst.«

Jetzt erst sehe ich mich um und bemerke, dass wir der Gruppe vom Gelände der Academy bis zum Strand gefolgt sind, wo die Wellen wütend an die Felsen der Bucht schlagen. Ein mir vertrauter Anblick, der Geruch des Salzwassers und der Wind, all das erinnert an Guernsey. Nur kommen mir die Jahre dort unendlich weit weg vor. So wie auch June und die anderen. Meine heimlich und spätabends getätigten Anrufe kommen nicht mehr durch, was wohl an dem beschissenen Empfang hier liegen muss. Mir bleibt nur zu hoffen, dass zumindest meine Nachrichten an sie durchgehen.

Am Ufer steht Mr Cooper, der wohl hier auf uns gewartet hat und mir ein distanziertes Lächeln zuwirft. Ich halte Ausschau nach Eric zwischen all den Jungs hier, aber als ich ihn entdecke, steht er mit dem Rücken zu mir, während Zayne auf ihn einredet und dabei immer wieder lacht.

Rowan hat die Arme um seinen schmalen Oberkörper gelegt, weil der frische Wind an unseren Klamotten und der Körperwärme zerrt.

»Ja, ich kann schwimmen. Wieso?«

Rowans Blick verändert sich, wird ernster und sofort verändert sich auch seine Körperhaltung. Der schmächtige Junge wirkt plötzlich so viel erwachsener und er macht einen kleinen Schritt auf mich zu, seine Stimme nur noch ein Flüstern.

»Weil ich spüre, dass sie versuchen werden, dich zu töten.«

KAPITEL 22

NEO

Erst nach dem Ende der Stunde hat mir Professorin Anderson meine Stimme wiedergegeben und ich räuspere mich, weil die Nachwirkung ihres Skills ein sehr trockener Hals ist.

Taylor ist sofort abgehauen, ohne mir eine Antwort auf meine Nachricht zu geben, dabei konnte ich sehen, wie ihre Laune in den Keller gerutscht ist, sobald Professorin Anderson das mit der Tutorstunde erzählt hat.

»Lass ja deine Finger von Taylor!« June taucht so überraschend vor mir im Flur auf, dass ich erst mal einen Schritt zurückweiche.

»Wie ich höre, hast auch du deine Stimme wieder. Was allerdings kein Grund ist, mich anzubrüllen.«

»Ich brülle nicht.«

»Nun, Flüstern kann man das aber auch nicht nennen.«

»Glaub ja nicht, dass ich dir über den Weg traue, Quick!«

»Wieso bist du eigentlich so wahnsinnig misstrauisch? Was habe ich dir denn getan?« Wenn ich an Taylor kommen will, muss ich June erst mal von mir und meinen guten Intentionen überzeugen, so viel ist klar.

»Weil ich grundsätzlich niemandem so leicht vertraue und schon gar nicht jemandem wie dir.«

Ihre Augen verraten erstaunlich wenig über ihre Gefühle, und die trotzig zusammengezogenen Augenbrauen unterstreichen dennoch ausdrücklich, dass sie nicht viel von mir hält, und so muss ich alles auf eine Karte setzen.

»Was muss ich tun, *damit* du mir vertraust?«

Ihr Lachen klingt schrill und wenig echt. Kopfschüttelnd betrachtet sie mich. »Ich kenne dich, Neo Quick.«

Und schon stürzt mein Herz in die Tiefe und klatscht vor uns auf den Parkettboden. So zumindest fühlt es sich an, auch wenn ich die Kontrolle über meine Gesichtsmuskulatur behalte und fleißig weiter lächele. »Das ist merkwürdig, wo du doch eigentlich nichts über mich weißt.«

»Ich habe dich schon mal irgendwo gesehen, da bin ich mir sicher.«

»Das mag daran liegen, dass ich ein Allerweltsgesicht habe.«

Doch June schüttelt den Kopf und kommt langsam auf mich zu, diesmal weiche ich nicht zurück, sondern biete ihr die Stirn.

»Nein, Quick, das hast du ganz sicher nicht. Ich würde dich sofort wiedererkennen.«

»Flirtest du gerade mit mir, Clarke?«

»Taylor hat mir gerade von dem Tutorending erzählt. Was soll der Mist? Halte dich gefälligst von ihr fern, verstanden?«

»Ich zwinge sie zu nichts, das war nur ein Angebot.«

»Sie ist zufällig meine beste Freundin und gerade emotional ziemlich angeschlagen. Das Letzte, was sie braucht, ist ein Typ, der mit ihren Gefühlen spielt.«

»Ich kann dir versichern, das ist nicht meine Absicht.«
Eigentlich bin ich nur an ihrem Skill interessiert und genau deswegen gehe ich jetzt einen Schritt weiter und voll ins Risiko. »Wenn du willst, kannst du meine Gedanken lesen, um zu erfahren, was ich vorhabe.«

Damit hat sie nicht gerechnet. Ein neugieriges Funkeln schleicht sich in ihren Blick und ich weiß, dass dieses Angebot nur zu verlockend ist. Sie wird es annehmen, weil sie immer *alles* wissen will. Auch auf die Gefahr hin, dass sie Ärger kriegen wird, wenn uns jemand hier erwischt, das hat Professorin Anderson sehr deutlich gemacht. Trotzdem nimmt sie die Mütze ab, und fast augenblicklich meine ich, sie an meine Schädeldecke klopfen zu hören. Dabei weiß ich, dass das gar nicht sein kann. So funktioniert ihr Skill nicht, aber viel Zeit bleibt mir dennoch nicht.

Der Trick, um sie von meinen geheimsten Gedanken fernzuhalten, ist simpel, wenn auch nicht einfach umzusetzen. Man braucht Übung, aber die habe ich zum Glück ausreichend, und so halte ich ihrem Blick stand und stelle mir selbst die eine Frage, auf die ich keine Antwort habe.

Wo sind meine Eltern?

Wem sehe ich ähnlich? Mum oder Dad? Wieso wollten sie mich nicht haben und wieso ist es ihnen so leichtgefallen, mich abzuschieben?

Junes Blick verändert sich, wird nachdenklicher und ich versuche mir auszumalen, wie meine Mutter ausgesehen haben könnte. Ist nicht so, als hätte ich nicht schon mal versucht, mithilfe von KI ein Bild erstellen zu lassen, damit ich zumindest einen Anhaltspunkt dafür habe, wen ich da eigentlich vermisse.

Dad war sicher Sportler. Vielleicht hat er Fußball gespielt und war so erfolgreich, dass er sogar für unser Nationalteam aufgelaufen ist. Möglich, dass ich das Ergebnis einer Affäre bin, die ihm geschadet hätte, also hat meine Mutter Geld angenommen und mich abgeschoben. Oder so ähnlich.

Komisch, egal welche Geschichten ich mir auch ausmale, die beiden kommen nie gut weg, sind nie die liebenden Eltern, die sich schweren Herzens von ihrem geliebten Sohn trennen.

June kommt einen Schritt auf mich zu und ich bekämpfe den Impuls, ihr auszuweichen, dabei will ich sie weder in meinem Kopf noch in meinen Gedanken haben.

»Ich komme nicht ran.«

Weil ich sie auf der anderen Seite von dieser einen Frage fernhalte, weil ich mich mit etwas beschäftige, auf das auch ich keine Antwort habe. Damit habe ich eine natürliche Mauer aus Gedanken zwischen ihr und meinen Geheimnissen errichtet. Junes Frustration darüber ist ihr deutlich anzumerken und das lässt mich kurz lächeln.

»Oh nein, ich werde doch nicht etwa gerade deinen Skill geknackt haben.«

»Wie hast du das gemacht?«

Ich kann es ihr nicht verübeln, dass sie es gerne wissen würde, aber ich werde es ihr nicht verraten, denn sonst findet sie womöglich einen Weg, um meine Mauer herum, und dann bin ich aufgeschmissen.

»Das hätte dir dein Tutor sicher beigebracht, aber daraus wird jetzt ja nichts.«

»Du bist ein Arschloch, Quick.«

»Aber eines, das dir beibringen könnte, wie du diesen Trick selbst anwenden kannst, um dich gegen die Flut fremder Gedanken zu wehren.«

Denn vor genau dieser Flut schützt sie sich auch jetzt wieder, indem sie ihre Mütze aufsetzt, als die Tür zum Klassenraum neben uns aufflliegt und eine Schar Schüler ausspuckt. Locker zwanzig Skillz laufen an uns vorbei, ohne uns Beachtung zu schenken, aber wenn June ihre Mütze nicht tragen würde, könnte sie sich vor den Gedanken dieser Schüler nicht schützen und wäre dem Lärm gnadenlos ausgeliefert. Sie sieht noch immer zu mir, hadert und ich weiß, dass ich sie überzeugen kann.

»Wenn du willst, bekommst du das gleiche Angebot wie Taylor und ich bringe dir das bei. Als dein Tutor.«

»Woher weißt du das alles?«

»June, ich bin nicht erst seit gestern ein Skillz. Wenn man nicht auf sich aufpasst, wird es sonst auch niemand tun.« Damit deute ich auf die Wände um uns herum. »Wenn sie dir nicht mal mehr an einer Elite-Academy beibringen, wie du deinen Skill nutzt, dann stimmt irgendwas nicht.«

Da zumindest gibt sie mir recht, denn ich erkenne ein knappes Nicken.

»Wenn du uns verarschst, mache ich dich fertig, Quick.«

Daran habe ich keinen Zweifel und hebe die Arme, ergebe mich schon mal prophylaktisch, lächele sie harmlos an und setze mich langsam in Bewegung.

»Wir sehen uns dann, Clarke.«

Und obwohl ich es nicht tun sollte, freue ich mich darauf.

KAPITEL 23

DYLAN

»Ich verstehe nicht.«

Ich verstehe genau genommen gar nichts mehr. Nichts von dem, was Dr. Flare mir gerade erklärt hat, ergibt Sinn, wirbelt stattdessen nur mein Hirn durcheinander, sodass ich fast glaube, mir wird übel.

»Dylan, ich weiß, das muss alles sehr verwirrend klingen, aber ich kann dir gerade nicht mehr sagen.«

Inzwischen sitze ich nicht mehr, gehe in ihrem Büro auf und ab und massiere mir die Schläfen, in der stillen Hoffnung, die Kopfschmerzen würden sich verziehen, wenn ich das nur lange genug mache.

»Sie können *nie* mehr sagen. Sie verlangen nur *immer* unbedingte Loyalität von mir.« Sie streitet es nicht mal ab, beobachtet mich und gibt mir Zeit, die Informationen zu verarbeiten. Nur stellen sie sich als so schwer verdaulich heraus, dass sie mir wie eine ganze Felswand im Magen liegen. »Immer diese Scheißgeheimnisse. Finden Sie nicht, dass ich langsam, aber sicher mal die Wahrheit verdient habe?«

Dr. Flare sieht von mir zur Tür, als würde sie noch Besuch erwarten und schüttelt dann den Kopf. Ihre Stimme ist leise, als sie weiterspricht. »Wir müssen aufpassen. Diese New-Skillz-Sache, die ist gefährlich.«

Das klingt nicht nach ihr, das klingt nicht mal im Ansatz nach ihr, und ich bleibe stehen, weil sich das hier alles mehr und mehr wie eine Falle anfühlt. »Okay, was ist das für ein schräges Spiel? Erst bringen Sie mich dazu, Ihnen bei Ihren irren Forschungen zu helfen, bezahlen mir eine Wohnung und schenken mir ein neues Leben, klauen mir aber nebenbei Erinnerungen, und jetzt legen Sie eine komplette Kehrtwende hin?«

Sie will aufstehen, aber ich nutze meinen Skill, sorge für Schmerzen in ihren Beinen und sie sinkt zurück, ihr flehender Blick trifft mich.

»Vertrau mir nur noch dieses eine Mal, Dylan!«

»Was soll das, Diane? Ist das ein Test? Geht es wieder um meine Loyalität? Finden Sie nicht, dass ich diese schon ausreichend oft bewiesen habe? Wie viele Skillz habe ich Ihnen in den letzten Monaten verschafft, hm?«

Nicht immer waren die Aktionen ungefährlich, manchmal bin ich nur knapp mit dem Leben davongekommen und niemanden hat das auch nur ansatzweise interessiert. Es ging nur um Nachschub für ihre Future-Skill-Clinic, ihr Baby, ihr ein und alles.

»Dylan, ich weiß, dass das verwirrend klingt, aber ich sage dir die Wahrheit! Für dich ist das hier ein Auftrag wie jeder andere. Du bist mein wichtigster Skill-Finder.«

»Damit Sie Terroristen mit Skills versorgen können.«

Wütend lässt sie ihre flache Hand auf den Schreibtisch knallen und sieht mich verletzt an, als hätte ich ihr eine schallende Ohrfeige verpasst.

»*Nein!* Unsere Klinik hat *nichts* mit dem Attentat auf das Königspaar zu tun. Und auch von allen anderen Anschlägen distanziere ich mich!«

»Sie können sich distanzieren, so viel Sie wollen, es wird immer jemand die Skills, die Sie verkaufen, als Waffe nutzen, egal, was Sie sich einreden!« So offen habe ich ihr noch nie gesagt, was ich von all dem Mist hier halte, immer war da eine leise Stimme in meinem Kopf, die mich gewarnt hat. Aber jetzt schießt das alles aus mir heraus. »Sie haben eine Mitschuld an dem Hass gegen uns Skillz, Diane.«

»Das ist nicht wahr. Wir haben diese Skills nicht verkauft. Wir haben sie nicht mal in unserem Angebot.« Sie klingt verstimmt, sogar ein bisschen trotzig. »Und genau das ist unser Problem. Wie es scheint, beführtet jemand aus unseren Reihen einen Schwarzmarkt mit gefährlichen Fähigkeiten.« Sie fährt sich kurz über das Gesicht, kann die Müdigkeit aber nicht vertreiben. Ganz im Gegenteil, ihr Ausdruck wirkt noch erschöpfter. »Jemand nutzt unsere Forschungen, unsere Methode und versorgt gefährliche Menschen mit gefährlichen Skills.«

»Quasi das, was Sie auch tun.«

»Dünnes Eis, Dylan.«

Mein Herz klopft zu schnell und ich versuche, es und mich zu beruhigen. Sie wird ihre Meinung nicht ändern, keine Einsicht zeigen und so winke ich ab. »Wissen Sie was, Sie können mich mal.« Wenn ich keine Antworten, keine Wahrheiten bekomme, soll sie diese Sache hier alleine durchziehen. Ohne auf ihren Einwand zu warten, gehe ich zur Tür.

»Dylan!«

Ich denke nicht daran, mich umzudrehen, greife sicherheitshalber gedanklich schon mal nach ihren Rippen, nur für den Fall, dass ich mich verteidigen muss. Aber nichts passiert und so wende ich mich schließlich doch zu ihr um. Sie steht neben ihrem Tisch und sieht mich an, Tränen in den Augen. Mitgefühl will sich in meinem Inneren ausbreiten, das ich nur mit sehr viel Selbstbeherrschung verdränge.

»Es war ein Fehler, dir deine Erinnerung zu nehmen.«

»Das fällt Ihnen ja wahnsinnig früh ein.«

»Es tut mir leid.«

»Sie sagten, es sei zu meinem eigenen Schutz passiert!«

Sie nickt, kommt langsam um den Schreibtisch herum auf mich zu. »Du erinnerst dich sicher noch an Kevin, oder?«

Den verzweifelten Jungen, den ich im Museum für sie gefunden habe, mein letzter Auftrag.

»Natürlich.« *Taylor.* Einen Namen, den er mir hingeworfen hat, einer, der geblieben ist. Auch wenn ich kein Gesicht dazu habe, muss ich immer wieder daran denken.

»Ich besitze jetzt seinen Skill.« Sie tippt sich an den Nacken, wo man die kleine Kapsel mit dem Reprodukt-Skill seiner Wahl für sehr viel Geld eingesetzt bekommt. »Ich kenne die Zukunft. Oder zumindest eine Version davon.«

Aber es stellt sich kein Triumph ein, es folgt kein Lächeln, nur noch mehr Tränen. Sie lässt die Mappe vom Tisch zu sich kommen, nutzt dafür einen ihrer vielen Skills, und nimmt sie schließlich mit zitternden Händen in Empfang, hält sie mir entgegen. »Nur noch dieser eine Auftrag, Dylan, und ich gebe dir deine Erinnerungen zurück.«

Meine Erinnerungen. Die schwarzen Löcher meiner Geschichte, die mich verfolgen und die ich alleine nicht füllen kann.

»Versprochen?«

»Versprochen! Ich bitte dich, bringe diese beiden Skillz in Sicherheit und beschütze sie.« Ihre Stimme bricht, klingt wie ein Flehen, und das passt so gar nicht zu der Dr. Flare, die ich bisher als kontrollierte Frau kennengelernt habe. Bei der für Gefühle wenig Platz war, und genau das ist es, was mich wieder langsam auf sie zukommen lässt.

»Beschützen? Vor wem?«

Sie wartet, bis ich die Mappe entgegennehme, als Zeichen dafür, dass ich auch den Auftrag annehme – von dem ich nicht so recht weiß, was mich dabei erwarten wird.

»Vor meinem Mann.«

KAPITEL 24

ERIC

»Gentlemen!«

Mr Coopers Stimme wird vom Wind bestimmt in alle Ecken Lundys getragen und ich zucke bei ihrem Klang zusammen, weil sie mir jedes Mal durch Mark und Bein geht.

Unser Lehrer trägt schwarze Hosen, schwarze Stiefel und einen schwarzen Rollkragenpullover, der ihn kaum gegen die Kühle schützen wird. Aber immer noch besser als unsere dünnen T-Shirts. Zayne, der immer in meiner Nähe steht und damit jeglichen Kontakt mit Fionn im anderen Team verhindert, klopft mir aufmunternd auf die Schulter.

»Damit meint er uns.«

Aber ich habe nicht zugehört und keine Ahnung, worum es geht, denn gerade versuche ich zu verstehen, was hier passiert und wieso ich hier gelandet bin. Fionn steht neben einem Jungen mit kurzen Haaren und unterhält sich mit ihm, ohne den Blick von Mr Cooper zu nehmen. Zayne lehnt sich zu mir rüber, seine Stimme nur ein Flüstern.

»Schon mal daran gedacht, dass Flare dich nur zurückhält?« Statt ihm zu antworten, sehe ich zu Mr Cooper und versuche mich darauf zu konzentrieren, was er von uns erwartet. Nur lässt Zayne nicht locker. »Im Ernst, Catalano, nur weil er der Sohn von Dr. Flare ist, solltest du nicht zu seinem persönlichen Assistenten werden.«

»So was nennt man Freundschaft.« Davon hat einer wie Zayne nur keine Ahnung, wie es scheint.

»Freundschaft, ja? Wenn die Gerüchte stimmen, dann hast du seine Emotionen gebabysittet, nicht wahr?«

Nicht darauf reagieren, denn genau das will er. Keine Ahnung, woher er die Info hat, aber sie entspricht nicht ganz der Wahrheit. Und das alles war immerhin nicht Fionns Schuld.

»Und was hat er für dich getan?«

Woher weiß er das alles? Wer hat ihm meine Geschichte erzählt? Um mir meine Verunsicherung nicht anmerken zu lassen, antworte ich ihm auf die Frage. »Mehr als du denkst.«

»Ein einziges Beispiel würde mir reichen.«

Jetzt tue ich es doch, drehe mich zu Zayne, der mich mit seinen hellen blauen Augen genau ansieht, und stelle mich der Kälte, die ich darin finde.

»Er ist mein bester Freund und war immer für mich da, wenn ich ihn gebraucht habe. Auch dann noch, als ich ihn hintergangen habe.« Nichts davon beeindruckt Zayne, er schnaubt nur verächtlich und deutet an mir vorbei zu Fionn.

»Dein feiner bester Freund hat dich offensichtlich schon ersetzt und sich um den nächsten Assistenten gekümmert. Rowan wird ihm hier sehr nützlich sein.«

»Rowan?«

»Ja. Unser Radar, wenn du so willst. Er spürt Gefahr, bevor sie eingetroffen ist, und kann dich bestens warnen. Vor einem Hagelsturm, vor einem Lehrer, der nachts noch einen Kontrollgang checkt, und vor Angriffen aus dem Nichts.« Rowan, der neben Fionn steht, sieht sich unsicher um, beäugt alles und jeden in seinem Umfeld genau, als wüsste er mehr als wir anderen. »Wenn du so einen Freund hast, brauchst du keinen Gute-Laune-Babysitter mehr.«

Wenn Zayne wirklich glaubt, dass er mit solchen Sprüchen einen Keil zwischen Fionn und mich treiben kann, hat er sich gewaltig geirrt. Was uns verbindet, ist weit mehr als meine Fähigkeit.

Zayne legt mir jetzt den Arm um meine Schulter und alleine die Geste trägt uns prompt ein kurzes Nicken von Mr Cooper ein, der vorne steht und uns noch immer darüber aufklärt, was er von uns erwartet. Nur kommt nichts davon bei mir an, weil Zayne sich zu mir beugt, seine Stimme direkt an meinem Ohr.

»Aber hast du schon mal daran gedacht, wie groß dein Skill sein kann? Wie mächtig du eigentlich ohne ihn bist?« *Mächtig.* So hat mich noch nie jemand genannt, und ich kann nur leise lachen, was Zayne nicht aus dem Konzept bringt, denn er spricht ruhig weiter. »Wenn du deinen Skill mal ein bisschen anders einsetzen würdest, hättest du den Respekt aller hier! Inklusive meinen.« Keine Ahnung, was er meint, also reagiere ich nicht, hoffe, er lässt mich endlich in Ruhe. Zu dumm nur, dass er mein Schweigen fälschlicherweise als Interesse an seinem Gequatsche deutet. »Ich meine, wieso immer nur happy go lucky?«

»Weil es das meiste Geld eingebracht hat.« Das ist die Wahrheit, aber Zayne lacht nur leise, noch immer viel zu nah an meinem Ohr. Die Nähe ist mir unangenehm und ich schiebe ihn bestimmt von mir, was er mir durch einen noch festeren Griff um meine Schulter erschwert.

»Hast du es nicht manchmal satt, für die Reichen den Babysitter zu spielen? Statt zu tun, wonach dir ist, und zu erfahren, was dein Skill eigentlich alles kann?«

Kurz sehe ich zu Fionn, der sich lächelnd mit Rowan unterhält, der wiederum ihn aus großen Augen geradezu anhimmelt. Ich weiß genau, dass ich Fionn damals auch so angesehen habe, als ich erfahren habe, wer er ist und was seine Eltern machen.

»Eric, hörst du mir überhaupt zu?«

»Ja.«

Zaynes Lächeln wird breiter, seine Augen immer heller, wie klares Eis auf einem binnen Sekunden zugefrorenen Bergsee, das fast durchsichtig wirkt.

»Wir können dir nicht nur helfen, ein besserer Skillz zu werden, sondern zeigen dir auch, was Freundschaft wirklich bedeutet.«

»*Ein besserer Skillz?*«

»Ja, besser als dieser Flare, und besser als die meisten hier.« Sein Arm rutscht von meiner Schulter, aber eine Spur feiner Raureif bleibt am Kragen meines Pullovers zurück. »Du musst entscheiden, ob du bereit dafür bist.« Er zwinkert mir zu, wendet sich dann wieder seinen Freunden zu, und gerade, als ich ihn fragen will, was er damit meint, durchbricht Mr Coopers tiefe Stimme meine Gedanken.

»Mr Catalano.« Jetzt kommt er auch noch durch die Schülerreihen auf mich zu, und ich könnte wetten, dass er nur darauf gewartet hat, bis ich etwas verloren rumstehe. Ein mir vertrautes Gefühl erfasst mich, das des Außenseiters, des Mobbing-Opfers an meiner Highschool. »Wollen Sie uns Ihren Skill demonstrieren?«

»*Ähm.* Ich weiß nicht, Sir.«

Mr Coopers Hand legt sich schwer auf meine Schulter, auf der sich gerade erst die letzten Frostspuren von Zayne verflüchtigen. Er zieht mich gegen meinen Willen nach vorne, wo alle mich amüsiert betrachten, als wäre ich nichts weiter als ein Zirkuspony in der Manege. Fionns Hände sind zu Fäusten geballt, ich kann die Funken sehen, die er zu kontrollieren versucht, und schüttele nur knapp den Kopf. Wenn er mir jetzt mit einer kleinen Feuereinlage hilft, dann habe ich den Ruf des Schwächlings, der von seinem besten Freund gerettet werden muss, für immer weg – und Fionn seinerseits nur Ärger.

»Suchen Sie sich einen Ihrer Mitschüler aus und lassen Sie ihn mal so richtig leiden.« Mr Coopers Stimme klingt fast schon freudig, während er diesen Vorschlag ausspricht und ich ihn irritiert ansehe. »Na los, toben Sie sich aus. *Wut, Enttäuschung, Angst und Verzweiflung.*«

»Ich verstehe nicht.«

Aber Zayne sieht mich nur grinsend von seinem Platz aus an, lässt die Augenbrauen wackeln, als würde er mich anfeuern. Mr Cooper breitet die Arme aus. »Sie kontrollieren Emotionen, also los. Ich wette, mindestens eine versteckte Angst kennen Sie.« Mr Coopers Blick streift Fionn, bevor er bei mir landet. »Nutzen Sie Ihren verdammten Skill, bevor ich ganz ohne Ihre Mithilfe schlechte Laune kriege.«

Mit einer ausladenden Handbewegung deutet er auf all die Jungs vor mir, die mich genau betrachten, manche grinsen noch immer, bei anderen mischt sich etwas Unsicherheit in ihren Ausdruck. Nicht alle kenne ich, manche weichen meinem Blick aus, als ich sie ansehe.

»Ich zähle bis drei, Mr Catalano.« Mr Cooper wird ungeduldig und ich kann mich nicht entscheiden. Wie soll ich wahllos jemanden aussuchen, nur um ihm dann schlechte Laune zu verpassen? Der Grat zwischen guten und schlechten Gefühlen ist oftmals schmaler, als man annimmt, und ich habe mir geschworen, immer auf der guten Seite zu bleiben. Zu deutlich sind die Erinnerungen daran, wie es war, wenn es Lance schlecht ging und er unter der erdrückenden Trauer gelitten hat, für ihn nichts mehr einen Sinn ergeben hat und jeder Schritt für ihn ein Kampf war. Wie um alles in der Welt soll ich das jetzt bewusst jemandem antun?

Dafür ist mein Skill nicht gemacht.

Dafür bin *ich* nicht gemacht.

»Eins.«

Einige Schüler weichen etwas zurück, als könnte mein Skill sie dann nicht erreichen. Zaynes Blick ruht auf mir und er nickt langsam auffordernd.

»Zwei.«

Mr Coopers Stimme klingt ungeduldig, und ich will mir nicht ausmalen, was er mit mir anstellt, wenn ich nicht gehorche. Schnell taste ich nach den Emotionen vor mir, was ich bisher bewusst vermieden habe, und spüre eine Mischung aus Aufregung und Panik unter meinen Fingerspitzen. Schnell schließe ich die Augen, greife wahllos nach der ersten echten Angst und verstärke sie nur ein bisschen, nur so weit, dass es sich wie ein unangenehmer Druck auf der Brust, eine leichte Panikattacke anfühlt. Dabei gebe ich mir

Mühe, nicht zu sehr in die Tiefe zu gehen, will gar nicht wissen, wem ich das genau antue. Der Puls beginnt zu rasen, die Atmung wird schneller, leichter Schwindel erfasst einen und wachsende Angst, weil der Körper nicht mehr gehorchen will und man die Kontrolle verliert.

»Stopp, bitte. Aufhören!«

Die Stimme klingt genau so, wie sich die Gefühle dazu anfühlen, und ich reiße die Augen auf, erkenne Rowan, der sich an die Brust greift, mit aschfahlem Gesicht unsicher rückwärts taumelt und gegen Fionn prallt, der die Arme um ihn schlingt und ihn festhält. Die Worte, die er ihm sagt, sind welche, die auch ich schon gehört habe. »Atmen, Rowan. Tief atmen.«

Aber er kann so tief und viel atmen, wie er will, solange ich an den Fäden seiner Emotionen zupfe, wird diese Panikattacke nicht vorbeigehen. Mr Cooper, der noch immer neben mir steht, sieht mich mit einem breiten und sehr zufriedenen Grinsen an.

»Sehr gute Arbeit, Eric.«

Dann applaudiert jemand, langsam und laut, bis auch alle anderen – außer Rowan und Fionn – ebenfalls einsetzen. Ich weiche Fionns fragendem Blick aus und lande stattdessen bei Zayne, der den Applaus angestoßen hat und jetzt am lautesten von allen klatscht.

Ein kurzer Rausch schießt durch meinen Körper, der mein Herz klopfen und meine Haut prickeln lässt. Diesmal ist nichts davon auf die Kälte um mich herum zu schieben, sondern kommt einzig und alleine aus mir selbst.

Ich spüre den Anflug eines Lächelns auf meinen Lippen.

KAPITEL 25

TAYLOR

Nach einer endlos langen Schulstunde Skill-Biologie, die sich wie eine Ladung Infodump angefühlt hat, betrete ich jetzt die Sporthalle, wohin mich Neo zu meiner ersten inoffiziellen Tutorenstunde bestellt hat. Zu meiner Überraschung wartet er tatsächlich schon auf mich, trägt aber noch immer seine Uniform, auch wenn er das Jackett ausgezogen und die Krawatte gelockert hat. Ich hingegen habe meine Sportbekleidung an, weil ich einen Kurs wie bei Mr Morgan erwartet habe. Es riecht hier in der Halle nach einer Mischung aus Schweiß, dem Gummi der Basketbälle und den peinlichen Sporterinnerungen unendlich vieler Schüler, die vor uns hier waren.

»Taylor. Schickes Outfit.« Er grinst von Ohr zu Ohr und ich komme mir in dem grauen Jogginganzug mit aufgedrucktem Logo der Academy irgendwie fehl am Platz und schrecklich underdressed vor. Neos breite Schultern kommen ohne Jackett viel besser zur Geltung und sind mir bisher nie wirklich aufgefallen – nicht dass es mich interessieren würde. Er winkt mich zu sich. »Nicht so schüchtern, komm ruhig näher.«

Mir gefällt das hier alles nicht so wirklich, auch weil ich ihm nicht vertraue. Ich kann ihm doch nicht einfach so alles über mich, die Misfits und Dylan erzählen. Nicht einfach so, ohne im Gegenzug auch etwas über ihn zu erfahren.

»Professorin Anderson glaubt, dass du vor dem Zwischenfall ein wahres Naturtalent warst.« Alleine der Gedanke, dass Neo solche Details über mich und mein Leben kennt, löst Unbehagen in meinem Inneren aus und ich schüttele den Kopf.

»Hat sie dir das wirklich verraten?«

»So was in der Art.«

»Sie hat übertrieben.«

»Ach, komm schon, Taylor. Nicht so schüchtern. Elite-Skillz sollten zusammenhalten.« So wie er lächelt, meint er das wirklich, aber ich zucke nur die Schultern und er legt nach. »Ich weiß, dass du dich mies fühlst und die ganze Situation beschissen sein muss.«

»Du sagst es.« Damit ich nicht einfach nur dumm rumstehe, gehe ich auf den Metallwagen zu, auf dem einige Basketbälle liegen und wohl darauf warten, wieder verräumt zu werden. Daheim in den Staaten war ich gar nicht untalentiert, wenn es um diesen Sport ging. Gedankenverloren lasse ich den Ball zwei Mal auf den Boden prallen. »Können wir dann anfangen? Mit was auch immer du mir beibringen sollst.«

Neo kommt zu mir, greift sich ebenfalls einen Ball und betrachtet ihn einen kleinen Moment, wie er da in seinen Händen liegt. »Du bist nicht die erste Skillz, der das passiert ist.«

Überrascht sehe ich zu ihm. »Nein?«

»Nein. Ich habe ein bisschen recherchiert und es kommt immer mal wieder vor, aber viele wissen sich nicht zu helfen. Es herrscht ja nicht gerade ein Überangebot an Medizinern, die sich mit uns Skillz beschäftigen oder auskennen.«

Sofort muss ich an Dr. Malcom Flare denken, wie er mich in Professor Sculders Büro ausgefragt hat, alles für die medizinische Forschung und den ganzen Quatsch. Kurz, wirklich nur kurz, wünsche ich mir jetzt, ich könnte von ihm Hilfe bekommen, aber dann fällt mir wieder ein, was für ein arroganter Typ er war, und ich schüttele den Kopf.

Neo lässt derweil den Basketball lässig auf seinem Zeigefinger kreiseln. »Also müssen wir das ganz ohne medizinische Hilfe hinkriegen. Du willst den Zugang zu deinem Skill wiederfinden, und ich bin hier, um dir dabei zu helfen.« Immer und immer wieder schubst er den Ball an, bringt ihn dazu, sich schneller und schneller auf seinem Finger zu drehen. Sein Fokus liegt nicht mehr bei mir und ich betrachte sein Profil etwas genauer, wie angestrengt er sich konzentriert, die Augenbrauen zusammengezogen, die vollen Lippen fest aufeinandergepresst, die Kiefermuskeln angespannt. Mich scheint er auszublenden, umso erstaunter bin ich, als er weiterspricht. »An welchem Ort wärst du jetzt lieber?«

»Was?«

Der Ball dreht sich noch immer auf seinem Finger. »Komm schon, du willst doch nicht hier sein. Nicht in dieser Sporthalle, nicht an dieser Academy und nicht mal auf dieser Insel. Also: Wo wärst du jetzt gerne?«

Eine so einfache Frage und doch fällt mir nicht sofort eine Antwort ein. Ich denke an die Misfits Academy, an Chicago daheim, an den Venice Beach und an Dylan.

»Keine Ahnung.«

Neo nickt, hält den Ball abrupt an, lässt ihn lässig auf den Boden prallen und dribbelt langsam um mich herum.

»Als du deinen Skill entwickelt hast, da trieb dich das Fernweh an, nicht wahr?« Er dribbelt weiter, sieht mich nicht mal an.

»Irgendwie schon.«

»Und wann hast du bemerkt, dass du dich nicht nur an vertraute Orte teleportieren kannst?«

»Das war eher ein Zufall.«

Er bleibt nicht stehen, und ich drehe mich mit ihm, um ihn nicht aus den Augen zu verlieren, aber so langsam beginnt sich die Halle mit uns, den Fragen und meinen Gedanken zu drehen. Dazu das dumpfe Geräusch, wann immer der Ball auf den Hallenboden trifft.

»War es nicht. Laut deiner Akte hast du dich an einen dir gänzlich fremden Ort teleportiert, von dem du nicht einmal wusstest, dass es ihn überhaupt gibt.« Jetzt bleibt er stehen, sein neugieriger Blick huscht vom Ball zu mir, aber ich kann nur nicken, schockiert darüber, wie viel er weiß, und ich frage mich, woher wohl und was er noch alles wissen könnte. *Ist das sein Skill?* »Vielleicht brauchst du nur die richtige Motivation.« Er sieht zu mir, holt aus und ... wirft den Ball dann aber in Richtung Korb, der am Ende der Halle hängt und in den er ihn nun so punktgenau versenkt, dass es nicht mal ein wirkliches Geräusch verursacht. Neo hält mir die Hand zum High Five hin, aber ich schlage nicht ein, weil ich das Gefühl nicht loswerde, dass er hier nur unsere Zeit verschwendet. Als er bemerkt, dass ich nicht einschlagen werde, klatscht er sich selbst mit der anderen Hand ab, was mir zumindest ein kurzes Lächeln entlockt.

»Du hast dich nicht *an einen Ort* teleportiert, Taylor. Du hast dich *zu einem Gefühl* teleportiert. Das ist das Geheimnis deines Skills.« Seine Stimme klingt erstaunlich ernst, die Leichtigkeit ist verschwunden, auch aus seinem Blick.

»Wie bitte?«

»Taylor, wir Skillz sind sensible Wesen, das mag nicht immer auf den ersten Blick erkennbar sein.« Er deutet wie zum Beweis auf sich selbst und zuckt fast entschuldigend die Schultern. »Aber jeder einzelne Skill auf der ganzen Welt hat sich aus einer Emotion entwickelt. Deiner, meiner, vermutlich sogar Junes. Du hast also vielleicht gedacht, dass du dich an Orte teleportierst. Aber es waren immer Gefühle.«

»Du willst mir also sagen, als ich mich an den Venice Beach teleportiert habe, ging es mir nicht um den Strand dort?«

Neo wiegt nachdenklich den Kopf, und wenn er mich so ansieht, wirkt er viel älter, als hätte er mehr erlebt, als man auf den ersten Blick vermutet.

»Vielleicht ging es dir um Freiheit, vielleicht wolltest du entspannen oder einfach nur einem negativen Gefühl entfliehen. Aber ich denke nicht, dass es um den Strand ging. Eher um das, was du damit verbunden hast.«

Natürlich will ich ihm sagen, dass er sich irrt, dass er schließlich keine Ahnung hat, wie es ist, meinen Skill zu haben oder zu nutzen, aber je länger ich über seine Worte nachdenke, desto mehr komme ich zu der Erkenntnis, dass es sich nicht um kompletten Unsinn handelt. Er merkt, dass ich ins Grübeln gekommen bin, und wirft einen Blick auf die Uhr an der Wand der Sporthalle.

»Vielleicht solltest du ein bestimmtes Gefühl loslassen, das dich so sehr blockiert, dass du nicht daran vorbeikommst.« Als ich wieder zu ihm sehe, ist sein freches Grinsen zurück. »Aber was weiß ich schon, nicht wahr?«

Als wisse er genau, dass mir die kurze Zeit mit ihm schon mehr gebracht hat, als all die Stunden bei Mr Morgan, als wir versucht haben, mir mit visuellen Hilfsmitteln auf die Sprünge zu helfen. Neo schnappt sich sein Jackett und schwingt es lässig über die Schulter, während er in Richtung Ausgang geht.

»Hey, Neo!«

Er dreht sich zu mir, und ich schenke ihm das Lächeln, das er verdient hat. »Vielen Dank.«

»Nichts zu danken, ist ja schließlich mein Job.« Dann deutet er auf die Bälle. »Kannst du das hier noch wegräumen, bevor du gehst? Danke.« Ein Augenzwinkern und dann schlendert er davon, diesmal ohne sich noch mal umzudrehen. Immer dann, wenn ich gerade beschließe, er könnte wirklich ganz in Ordnung sein, verwandelt er sich wieder in den selbstgefälligen Typen, den June nicht ausstehen kann. Genervt greife ich nach einem Ball vom Wagen und sehe zum Korb.

Wenn es wirklich Gefühle sind, die mich teleportieren lassen, dann muss ich mich nur auf eines konzentrieren, es wirklich zulassen und loslegen. Entschlossen feuere ich den Ball in Richtung Korb, wo er den Metallring trifft, es sich kurz überlegt und dann doch daneben zu Boden geht.

KAPITEL 26

FIONN

»Wenn ihr heute noch an euren Spindinhalt wollt, dann holt ihr euch besser diese Schlüssel zurück.«

Auch mein Spindschlüssel baumelt an einem der schweren eisernen Anhänger in Mr Coopers Hand. In meinem Spind habe ich heute Morgen kurz entschlossen die Phiole versteckt, weil ich nicht wusste, was mich tagsüber erwarten würde. Noch immer habe ich ein mulmiges Gefühl, wenn ich daran denke, dass sie dort ganz unbewacht liegt, aber die letzten Tage hier haben deutlich genug gemacht, dass wir nicht nur im Klassenzimmer sitzen und in Bücher starren, sondern durch Dreck kriechen oder uns gegen die Skills der anderen Mitschüler verteidigen müssen. Wenn ich so darüber nachdenke, kommt mir der Spind gar nicht mehr als so übles Versteck vor. Nur die Tatsache, dass Mr Cooper meinen Schlüssel und damit Zugang zu meinen Sachen hat, verstärkt den Klumpen in meinem Magen, der langsam, aber sicher auf meine Galle drückt.

»Und zögern Sie nicht, Ihren Skill einzusetzen, wenn es Ihnen einen Vorteil verschafft.«

Statt in Badekleidung fordert unser Lehrer einen Schwimmgang in voller Montur inklusive Schuhe. Mit meinen steh ich schon im kalten Wasser und der Wind pfeift über unsere kollektive Gänsehaut, aber ich konzentriere mich nur auf meine Atmung und blende alles andere um mich herum aus. Auch Rowans warnende Blicke, weil er glaubt, sie würden mich hier umbringen wollen. Wenn ich mir Mr Cooper und das Wasser so anschaue, habe ich das Gefühl, sie wollen wenn, dann nicht nur mich, sondern gleich uns alle auf einen Streich erledigen.

»Wer es als Erster aus dem Wasser schafft, gewinnt trockene Klamotten für sein Team.«

»Und die Verlierer, Sir?«

Einer aus Zaynes Reihen stellt mutig die Frage, auf deren Beantwortung Mr Cooper aber keine Lust hat, doch ich kann mir auch so vorstellen, wie unangenehm der Rest des Tages in klatschnassen Klamotten wäre. Aber das wird meinem Team nicht passieren, denn vollkommen egal, was sie hier auch planen, ich habe den Schwimmkurs bei Mr Barnes hinter mich gebracht und der hat es mir wahrlich nicht leicht gemacht.

»Wessen Spindschlüssel nicht gefunden wird, der hat Pech gehabt.« Damit holt er aus und schleudert Schlüssel um Schlüssel ins Wasser vor uns. Falls er seine Karriere hier an der Academy frühzeitig beenden will, könnte er sein Glück als Pitcher beim Baseball versuchen, denn unsere Schlüssel segeln weit über die Wellen, bis sie schließlich von ihnen verschluckt werden und dank der Gewichte daran sofort untergehen.

»Viel Glück, Gentlemen.«

Kein Startsignal, nur Chaos, denn sofort rennen alle Schüler los, versuchen, so schnell wie möglich ins Wasser zu kommen. Rowan greift nach meiner Schulter und verzögert meinen Start dadurch.

»Ich würde das an deiner Stelle nicht tun.« Er klingt ehrlich besorgt, aber ich kann auf seine Warnung im Moment keine Rücksicht nehmen. Ich *muss* diesen Schlüssel zurückbekommen.

»Mach dir keine Sorgen. Ich kenne mich mit solchen Dingen aus.« Damit löse ich mich aus seinem Griff und sehe aus dem Augenwinkel Eric, der sich bei den ersten Schritten schwertut, dann aber mutiger wird und weiter in die Fluten schreitet. *Sehr gut, nur keine Angst oder Schwäche zeigen.* Alle Jungs haben ihre eigene Taktik, aber die meisten machen es falsch, weil sie versuchen, durch die Wellen zu laufen, statt sie zu überspringen, so wie ich. Schon spüre ich das kalte Wasser an meinem Hosenbund und tauche unter, bringe die ersten Meter mit zügigen Schwimmbewegungen hinter mich.

Feuer und Wasser, das wird nie wirklich Hand in Hand gehen, aber ohne meinen ehemaligen Lehrer Mr Barnes und seinen Skill, das Wasser gegen mich zu wenden, ist das hier fast ein Spaziergang für mich. Sicher, die schweren Stiefel und die nassen Klamotten machen es schwer, aber ich bin ein guter Schwimmer und die Wellen halten sich in Grenzen. Wenn ich daran denke, wie oft Jeremy und ich in der Moulin Huet Bay unter den kritischen Augen von Mr Barnes von den spitzen Felsen in die Fluten gesprungen sind, zieht sich mein Herz kurz zusammen. Aber hier brauche ich gerade meine volle Konzentration, denn das Wasser ist trüb, und ich weiß noch nicht, was für Gefahren weiter draußen lauern. Rowan war mit seiner Warnung sehr deutlich, ich muss aufpassen.

Als plötzlich eine Hand nach meinem Bein greift und mich weiter runterziehen will, wird mir klar, dass ich genau das nicht getan habe. Mit aller Wucht trete ich dem Angreifer gegen die Schulter und versuche, mich so schnell wie möglich aus dem Griff zu befreien. Ein verschwommener Blick zurück reicht, um an den hellen Haaren meinen Angreifer sofort zu erkennen. Als ich wieder auftauche und hastig einatme, erscheint sein Gesicht in meiner Nähe an der Oberfläche, ein fieses Grinsen auf den Lippen.

»Wie ich sehen kann, hast du das Seepferdchen bestanden, Flare.«

Auf seine Spielchen kann ich mich nicht einlassen. Nicht, wenn ich meinen Schlüssel finden will. Auf den metallischen Anhängern stehen die Nummern unserer Spinde und ich hoffe inständig, mir meine Zahlenkombination korrekt gemerkt zu haben. Ich tauche wieder unter in Richtung Grund, lasse die Hände über den schlammigen Boden tasten und kriege tatsächlich einen Schlüssel zu fassen, kann die Nummer aber nicht erkennen und schwimme zurück an die Oberfläche.

7890.

Der falsche Schlüssel.

Ich sehe mich einen Moment um, erkenne hier und da die Gesichter meiner neuen Mitschüler, einige mit Schlüsseln, andere verzweifelt und mit bläulichen Lippen, denn das Wasser hier ist kalt und wird minütlich kälter. Einige haben schon mit dem zunehmenden Wellengang zu kämpfen, und ich suche panisch nach Eric, den ich noch nirgends entdeckt habe. Er ist kein schlechter Schwimmer, aber in voller Montur, bei dieser Kälte und unter Mr Coopers strengem Blick wird das für ihn eine echte Herausforderung sein. Doch nirgends taucht sein Lockenkopf auf, und ich kann nicht noch mehr Zeit verlieren, also tauche ich wieder unter, versuche, mich an die Sichtverhältnisse zu gewöhnen, und entdecke einige Meter von mir entfernt den nächsten Schlüssel. Doch bevor ich ihn erreichen kann, hat Zayne ihn schon erwischt und ich fluche innerlich, während ich noch mal zum Luftholen auftauchen muss.

»4077. Wenn ich mich nicht irre, ist das hier deine Nummer.«

Er kennt meine Nummer und lässt meinen Schlüssel zwischen seinen Fingern baumeln, während ich ihm sein fettes Grinsen am liebsten aus dem Gesicht wischen würde.

»Möglich.« Obwohl ich genau weiß, dass er mir den Schlüssel nicht einfach so geben wird, strecke ich ihm dennoch die Hand entgegen. »Gib ihn mir.«

»Du bist im gegnerischen Team, Flare.« Er holt aus und wirft meinen Schlüssel ein gutes Stück weiter hinaus in die Bucht. »Wenn du doch ein ach so guter Schwimmer bist, dürfte das ja kein Problem sein.«

Bevor ich reagieren kann, taucht Zayne schon wieder unter und ich fixiere schnell die Stelle im Wasser, wo nur noch kleine Kreise die Untergangsstelle meines Schlüssels verraten.

»Fionn, nein!«

Rowans Stimme wird vom Wind zu mir getragen, als er einige Meter von mir entfernt auftaucht, aber ich kann nicht auf ihn warten. Ich brauche diesen Schlüssel und so tauche ich wieder unter, meine Schwimmbewegungen schon etwas schwerer und nicht mehr ganz so koordiniert wie noch zu Beginn. Die Stiefel an meinen Füßen haben sich inzwischen mit Wasser gefüllt, und es kostet viel Kraft, nicht einfach unterzugehen. Aber ich werde nicht aufgeben, nicht hier und nicht jetzt. Fast bin ich in dem Moment Mr Barnes dankbar für all die Schwimmstunden und wie schwer er es mir gemacht hat, denn auch dank ihm verfüge ich jetzt über die Kondition, die ich gerade brauche.

Mit jedem Meter, den ich weiter auf die offene See schwimme, wird es kälter und kälter, und erst als ich auftauche, bemerke ich, wie weit das rettende Ufer bereits entfernt ist. Die ersten Schüler haben schon aufgegeben und zu meiner Erleichterung erkenne ich Eric, der kurz auftaucht, dann aber sofort wieder unter der Wasseroberfläche verschwindet. Rowan winkt mir hektisch zu, aber ich darf den Punkt, wo mein Schlüssel untergegangen ist, nicht aus den Augen verlieren, und so tauche ich erneut unter, entdecke das leichte Funkeln nur eine Armlänge von mir entfernt und greife danach, umschließe den Schlüssel fest mit meiner Faust und spüre Erleichterung meinen Körper fluten. Schnell werfe ich einen Blick auf den Anhänger, wische den Schlamm von der Plakette mit meiner Nummer.

8348.

Nicht meine Nummer. Dieses verdammte Arschloch hat mich angelogen, damit ich Zeit verliere und er seinen Schlüssel zuerst finden kann. Wütend und innerlich fluchend will ich zurück an die Oberfläche tauchen, zurück zum Sauerstoff, aber da ist plötzlich eine sehr dicke Eisschicht über mir. Die Sonne schimmert nur sehr milchig hindurch, und mich hält sie mit eisiger Bestimmtheit unter Wasser gefangen – denn egal, wie heftig ich auch dagegenschlage, sie denkt nicht daran nachzugeben.

Fuck.

KAPITEL 27

NEO

Die Sache mit Taylor ist interessanter, als ich angenommen habe, und sie wird noch von großer Hilfe sein, wenn ich das hier alles geschickt genug anstelle. Außerdem werde ich das Gefühl nicht los, dass sie mich mögen könnte.

Auf dem Weg von der Sporthalle zurück in mein Zimmer komme ich an all den leeren Klassenzimmern vorbei, denn die meisten Schüler sind bereits auf dem Weg in die Pause, aber eine Person scheint es nicht besonders eilig zu haben.

Durch die geöffnete Tür entdecke ich sie mit ihrem Laptop an einem der leeren Tische, sie hat ihre Mütze tief in die Stirn gezogen und den Blick auf den Bildschirm gerichtet.

»Clarke, du musst doch nicht etwas nachsitzen?« Lässig lehne ich mich gegen den Türrahmen und strahle sie offen an, aber sie denkt nicht daran, mein Auftauchen mit einer Reaktion zu würdigen.

»Uh, haben sie dich beim Skillen erwischt?« Sie atmet genervt aus, eine Reaktion, die ich häufig von ihr kassiere, und so komme ich weiter in den Klassensaal, steuere das

Lehrerpult an und lasse sie nicht aus den Augen. Solange sie ihre Mütze trägt, bin ich in Sicherheit. »Im Ernst, gab es Ärger?«

»Kannst du nicht jemand anderen nerven, Quick?«

»Habe ich gerade, und ich wette, Taylor wird dir alle Details erzählen.« Damit setze ich mich auf das Pult und sehe June direkt an. Früher oder später wird sie reagieren, das weiß sie genauso gut wie ich. »Also komm schon, was verhagelt dir die Laune?«

»Du meinst abgesehen von deiner Anwesenheit? Nichts. Ich wollte nur *Ruhe*, um ein bisschen was aufzuholen.« Ihr warnender Blick soll mich auf Abstand halten, und ich weiß nicht, wieso ich ihr den Gefallen nicht einfach tue und gehe.

»Dir hat echt nie jemand beigebracht, wie du dich vor unseren Gedanken schützen kannst?«

»Nein.« *Knapp, kühl und hart.* Das beschreibt nicht nur ihre Antwort, sondern auch ihre Art. Sie geht mich nichts an, ich habe rein gar nichts mit ihr zu tun und wir werden auch niemals Freunde werden. Aber wie schrecklich muss es für sie sein, jedes Mal von unzähligen fremden Gedanken überfallen zu werden, wann immer sie diese Mütze abnimmt. Der Lärm in ihrem Kopf muss dann unerträglich sein, eine doppelte Migräne mit Aura ist ein Klacks dagegen. Kein Wunder, dass sie sich lieber hinter ihre Schutzmauer verzieht und unter ihrer Mütze versteckt.

Kurz entschlossen rutsche ich von der Tischkante und gehe auf die Tafel zu, wo ich mir ein Stück Kreide schnappe und mit fetten Buchstaben *Professor Neo Quick* schreibe, bevor ich mich grinsend zu June umdrehe. »Willkommen zur ersten Nachhilfestunde in Sachen *Wie schütze ich mich vor meinem eigenen Skill.*«

»Wurdest du eigentlich als Nervensäge geboren oder kam das erst in der Pubertät, Quick?«

Ohne auf ihren Kommentar einzugehen, deute ich auf die Tafel. »Mein Name ist Professor –«

»Halt die Klappe! Ich muss hier noch was fertigmachen, also könntest du aufhören, meine Zeit zu verplempern?«

»Falls die Schülerin etwas zu sagen hat, würde ich es begrüßen, wenn sie per Handmeldung um –«

Sie hebt sofort die Hand in die Luft und ich deute mit dem Finger auf sie. »Miss Clarke, Sie haben eine Frage?«

»Könntest du mich einfach in Ruhe lassen, Nervensäge?«

»Ich glaube nicht, dass wir mit Beleidigungen weiterkommen, Miss Clarke.«

Genervt verdreht sie die Augen, klappt aber dennoch ihren Laptop zu und stützt dann ihr Kinn in die Hände. Ich muss grinsen und nehme wieder auf der Tischkante des Lehrerpults Platz. »Du kannst Gedanken lesen und wie jeder Skill kommt auch deiner mit Vor- und Nachteilen einher. Falls du also lernen willst, wie du unsere Gedanken ausblendest und nicht durchdrehst, sobald du diese Mütze mal abnimmst, kann ich es dir beibringen.«

June ist eine Meisterin des ,Pokerface', aber ihre Augen verraten sie. Diese Neugier, die nie gestillt werden kann, kommt mir so verdammt bekannt vor. Ich kenne das Gefühl, mehr wissen zu wollen und zu verstehen, wieso manche Dinge so und nicht anders ausgegangen sind. June glaubt ebenso wenig an Zufälle, wie ich es tue.

»Also gut, Klugscheißer. Bring es mir bei.«

»Oh!« Ich deute wieder auf die Tafel hinter mir. »Mein Name ist –«

»Jaja, bringen Sie es mir bei, *Professor* Klugscheißer.« Dabei gibt sie sich Mühe, äußerst gelangweilt zu klingen, aber ich kann das Lächeln dennoch raushören.

»Schon besser. Also.« Ich atme tief durch und sehe sie dann an. »Wer ist dieser Fionn?« Eine Frage, die rein gar nichts mit dem hier zu tun hat und mich dennoch interessiert.

»Was geht dich das an?«

»Er könnte dein Schlüssel zur Ruhe sein.« Eine fiese Notlüge und dabei doch auch ein bisschen wahr. Außerdem ist es leichter, je mehr ich über sie weiß. Was komplett paradox ist. Immerhin muss ich einen gewissen Abstand halten, nur ist das nicht immer so einfach. Schon gar nicht, wenn ich jemanden wie June vor mir habe, die ich dummerweise auch noch spannend finde. Sie hat sich noch nicht entschieden, ob sie mir vertrauen soll, was ich ihr nicht verübeln kann, immerhin habe ich bisher noch nichts getan, um ihr Vertrauen zu gewinnen.

»Okay.« Ich verlasse meinen Platz und gehe auf den Stuhl neben ihr zu, wo ich mich schließlich niederlasse. »Es ist manchmal zu viel, nicht wahr? Alleine der Gedanke, diese Mütze abzunehmen, beschert dir Kopfschmerzen. Wenn nur wir beide unter uns sind, ist das vielleicht okay, aber wenn ich sie dir in der Mittagspause in einer vollen Cafeteria vom Kopf ziehen würde –«

»Würde ich dir die Gabel ins Auge rammen.«

»Charmant.«

»Lass einfach die Finger von meiner Mütze.«

»Wieso?«

»Weil sonst die Gedanken der ganzen Schüler über mich hereinbrechen. Und das weißt du – was dich also nicht nur zu einer Nervensäge, sondern einem waschechten Arschloch machen würde.«

»Haben wir nicht bereits etabliert, dass ich so oder so eine Nervensäge bin?« Möglich, dass ich mich geirrt habe, aber für den winzigen Bruchteil einer Sekunde ist da ein Lächeln auf Junes Lippen. Nicht, dass sie es wiederholen würde, aber ich habe es gesehen und lehne mich zufrieden in meinen Stuhl zurück.

»Skill – Fluch und Segen. Es ist immer die Frage, für welche Version man sich entscheidet.«

»Kommt jetzt der philosophische Vergleich mit den zwei Wölfen und es kommt nur darauf an, welchen ich füttere?«

»Nein. Schließlich weiß ich ja, welchen du fütterst. Miss June Betty Clarke, Musterschülerin selbst auf der Misfits Academy. Du hast dir nie was zuschulden kommen lassen, bist nie aufgefallen und trotzdem auf Guernsey gelandet.«

Sie überspielt die Tatsache, dass es sie überrascht, wie viel ich schon über sie in Erfahrung bringen konnte, und bleibt äußerlich emotionslos. »Ich hatte meine Gründe.«

»Politische Geheimnisse auf deinem Blog ausplaudern?«

Kurz sieht sie mich anerkennend an, was mich ein bisschen stolz macht, also lege ich nach, tippe auf den zugeklappten Laptop auf ihrem Tisch. »Glaubst du wirklich, du bist die einzige Person, die gerne recherchiert?«

Sie will antworten, tut es dann aber doch nicht und zwingt mich dazu, die entstandene Stille inklusive Starrduell auszuhalten, bei dem sie übrigens verliert und zuerst von mir weg und zur Tafel sieht.

»Nun, *Professor Quick,* noch haben Sie mir nichts Neues beigebracht.«

»Wer ist Fionn?«

»Ein Freund.«

»Dein Freund?«

»Geht dich das was an?«

»Ich könnte es auch recherchieren.«

»Mach das. Er heißt Fionn Flare. Soll ich es dir buchstabieren?« Sie sieht wieder zu mir, ihr Blick ist wieder distanziert, will mich auf Abstand halten, denn ich bin ihr zu nah gekommen und sie weiß es. Aber nur so kann ich sie davon abhalten, meine Gedanken zu lesen. Denn ihr würde nicht gefallen, was sie dort findet. »Wenn du mir nichts beibringen kannst, würde ich jetzt gerne in Ruhe weiterarbeiten.«

Das ist mein Stichwort. Aufstehen, weggehen und mir kein zusätzliches Problem ans Bein binden. Trotzdem schüttele ich den Kopf und deute auf ihre Mütze.

»Du musst dich auf dich selbst konzentrieren. Einen Gedankenort schaffen, an dem dich niemand findet, weil du dich dort verstecken kannst.«

Sie lacht auf und sieht mich so amüsiert an, dass ich mir wie ein dressierter Affe vorkomme, der eine Blechtrommel schlägt, und nicht so, als hätte ich ihr gerade einen cleveren Trick verraten.

»Ist das dein Ernst? Glaubst du nicht, dass ich das schon versucht habe?«

Natürlich hat sie das. Nur wird sie es falsch gemacht haben.

»Wie sah dein Kinderzimmer aus?«

»Was?«

»*Kinderzimmer.* Soll ich es dir buchstabieren?«

Wieder ist da dieses Funkeln in ihren Augen – weil sie die Herausforderung erkennt und annimmt.

»Mein Kinderzimmer fühlte sich immer fremd an. So wie auch meine Familie.«

»Sind beide Elternteile Skillz?«

»Nein.« Ihre Stimmlage ist gerade unter den Gefrierpunkt gerutscht und hat die Raumtemperatur mitgenommen.

»Mutter oder Vater?«

Manchmal ist es komplizierter, wenn das Gen über die väterliche Linie vererbt wurde, keine Ahnung, warum.

»Ich weiß es nicht.« June hält meinen fragenden Blick und zuckt nur die Schultern. »Ich kenne meine Eltern nicht.«

Sie kennt ihre Eltern nicht. Mein Mund fühlt sich mit einem Mal sehr trocken an. Ich wage es nicht zu atmen, starre sie nur an und bemerke ein unangenehmes Ziehen in meiner Brust.

»Diese Info hattest du wohl nicht, *Professor*. An deiner Recherchearbeit kann man noch einiges verbessern. Vielleicht willst du ja nächste Woche mal in meine Tutorenstunde kommen.« Sie greift nach ihrem Rucksack, stopft trotzig ihren Laptop hinein und steht auf, wobei sie am Saum ihres Rockes zupft und dann zu mir schaut. »Danke für die Zeitverschwendung, Quick.«

Bevor ich etwas sagen kann, ist sie schon an der Tür, wo sie stehen bleibt und mit sich hadert, ob sie noch etwas sagen will. Ich wünschte, sie würde, aber sie entscheidet sich dagegen und geht einfach davon.

Natürlich weiß ich, dass es da draußen noch Millionen Menschen und Skillz gibt, die auch alle nicht wissen, wer ihre Eltern sind, aber bisher hat es sich immer so angefühlt, als wäre ich mit diesem Schicksal alleine.

Bis June kam.

KAPITEL 28

ERIC

Heftig pflüge ich mich durch das dünne Eis, schwimme weiter und weiter bis zu Zayne, der unweit von mir treibt, den Blick aber von mir weg auf genau die Stelle gerichtet, wo Fionn untergetaucht ist. Selbst von meiner Position aus kann ich sehen, dass sich dort bereits eine dicke Eisschicht gebildet hat.

»*Hör auf damit!*«

Das eiskalte Wasser lähmt nicht nur langsam, aber sicher meinen Körper, sondern auch meine Atmung, aber ich denke nicht daran, aufzugeben, und packe Zayne schließlich am Kragen seines Pullovers, zerre ihn zu mir und schlinge meine Arme um seinen Hals.

»Hör auf, du bringst ihn um!«

Aber Zayne lacht nur laut und versucht, mich abzuschütteln. »Wenn er so toll ist, wie alle behaupten, wird er schon einen Weg finden.«

Fionns Panik ist bis zu mir zu spüren, seine Verzweiflung, während er gegen das zentimeterdicke Eis hämmert.

»Hör auf damit!«

Zayne dreht sich in meinen Armen so, dass er mich ansehen kann, seine fast durchscheinenden Augen funkeln wie Eiskristalle, als sein Grinsen immer breiter wird. »Sonst was?« Die Kälte macht ihm natürlich nichts aus, weil er sich hier wohlfühlt, während alle anderen langsam, aber sicher schwächeln. »Erwürgst du mich dann?«

Fionns Verzweiflung wird immer größer und seine Energie gleichzeitig immer weniger. Ich will das nicht tun, weil es sich falsch anfühlt, aber ich muss meinem Freund helfen. Also greife ich nach Zaynes Emotionen, schiebe all den Triumph und die Zufriedenheit zur Seite und tauche tief hinab bis zu seiner gut versteckten Angst, packe sie so fest ich kann und zerre sie an die Oberfläche. Verstärke dieses Gefühl und die damit verwobene Einsamkeit, ohne auf irgendwelche Konsequenzen zu achten. Meine Haut prickelt dank der Kälte und Zaynes Blick verändert sich schlagartig, das Funkeln seiner Augen wird von einer dunklen Erinnerung vertrieben und er versucht, sich von mir loszumachen. Doch ich denke nicht daran, nachzugeben, wühle immer mehr negative Gefühle hervor. *Angst, Scham, Neid und Eifersucht.*

»Lass mich los, du Spinner!« Er schubst mich von sich, bringt mit unsicheren Schwimmbewegungen Abstand zwischen uns, aber ich muss ihn nicht berühren, um die Kontrolle über seine Emotionen zu behalten. »Raus aus meinem Kopf, du Wichser!« Die Panik in seiner Stimme ist auch für die anderen Schüler nicht zu überhören, und ich wette, sogar Mr Cooper, der die Szene vom sicheren Ufer aus beobachtet, entgeht sie nicht.

Hinter Zayne taucht Fionns Kopf wieder an der Oberfläche auf, wo er hastig nach Luft schnappt. Ich sehe erleichtert, dass Rowan in seine Richtung schwimmt. Zayne starrt mich noch immer schockiert an, als hätte er mir das alles niemals zugetraut – dabei war er es doch, der mich überhaupt erst auf die Idee gebracht hat.

»Lass Fionn und mich in Ruhe oder ich beschere dir jede Nacht solche Gefühle, klar?«

Zayne hält meinen Blick, nickt kaum merklich und schwimmt dann so schnell, wie sein zitternder Körper es zulässt, in Richtung Ufer. Aber ich achte darauf, noch immer ein bisschen die Kontrolle über seine Gefühle zu halten, zumindest so lange, bis Fionn und Rowan bei mir sind. Fionns Lippen sind blau, seine Haut kalkweiß, aber trotzdem schafft er es zu lächeln.

»Ich habe deinen Schlüssel.«

In seiner zitternden Hand hält er einen Schlüssel samt Anhänger krampfhaft umschlossen. Tatsächlich ist das meine Nummer, aber statt den Schlüssel anzunehmen, ziehe ich Fionn aus Rowans Griff in eine Umarmung.

»Dafür hättest du dein Leben aber nicht riskieren müssen.«

»Danke, dass du mich da rausgeholt hast.«

Dabei müsste er wissen, dass ich ihn immer und jederzeit aus allen gefährlichen Situationen rausholen würde. Rowan, der zähneklappernd zwei Schlüssel in seiner Hand hält, deutet in Richtung Ufer, wo schon einige der anderen Schüler, die aufgegeben haben, warten, und Zayne gerade aus dem Wasser wankt.

»Bringen wir ihn hier raus, bevor Zayne sich die nächste Überraschung ausdenkt.«

Keine Ahnung, ob wir Rowan trauen können oder sollen, aber gerade bin ich froh, Fionns schlappen Körper nicht alleine über Wasser halten zu müssen.

»Rowan hat versucht mich zu warnen.«

»Das hat ja super funktioniert.«

Fionns Lächeln erreicht nicht seine Augen, auch wenn er sich Mühe gibt. »Weil ich wie immer nicht zugehört habe.«

»Daran müssen wir wohl noch arbeiten.«

Endlich haben wir wieder Grund unter den Füßen und Fionn lässt die Arme von unseren Schultern rutschen, auch wenn ihm das Gehen nicht leicht fällt, will er sich vor den anderen und vor allem Mr Cooper nicht anmerken lassen, wie sehr ihm das alles zugesetzt hat.

»Sie haben sich ja ordentlich Zeit gelassen, Mr Flare.«

»Eistauchen ist nicht gerade meine Paradedisziplin.« Einen kurzen Seitenblick zu Zayne gönnt Fionn sich dann doch, auch wenn er nicht erwidert wird.

»Haben Sie denn zumindest Ihre Schlüssel, Gentlemen?«

Tatsächlich hat Rowan nicht nur seinen eigenen gefunden, sondern auch Fionns, der wiederum meinen hat. Mr Cooper will sich die Überraschung nicht anmerken lassen, nickt dann aber doch anerkennend, bevor er mich ins Visier nimmt. »Nur haben Sie die Aufgabenstellung nicht korrekt verstanden, Mr Catalano.«

»Aber ich habe meinen Schlüssel doch.«

»Und gegen Ihr eigenes Team gespielt und einem Mitglied der gegnerischen Mannschaft geholfen.«

»Weil Zayne Fionn sonst hätte umbringen können.«

Mr Cooper sieht mich an, als wüsste er nicht, warum das ein Problem sein sollte, und zuckt nur mit den Schultern, als wäre so was an der Tagesordnung. Plötzlich bin ich mir nicht mehr sicher, ob die Gänsehaut auf meinem Rücken von den nassen Klamotten, der Zeit im eisigen Wasser oder Mr Coopers gleichgültigem Blick herrührt.

»Wenn Mr Flare seinen Skill nicht nutzen kann, um sein eigenes Leben zu retten, weiß ich ehrlich gesagt nicht, wieso er überhaupt hier ist.«

»Hätten Sie einfach so dabei zugesehen, wie er ertrinkt?« Die Wut, die in meinem Magen köchelt, lässt mich für den Moment vergessen, mit wem ich rede, und erst Rowans Hand auf meiner Schulter hält mich davon ab, Mr Cooper am Kragen zu packen.

»Ich bin hier, um Sie alle auszubilden, nicht um Sie zu babysitten, Mr Catalano. Je schneller Sie das verstehen, desto besser.« Bevor ich etwas erwidern kann, wendet er sich von uns ab und sieht zu den anderen Schülern, die zitternd in ihren nassen Klamotten verstreut am Strand stehen. »Da alle überlebt haben, würde ich sagen, drehen wir einige Runden um die Academy.« Sofort verfällt er in einen leichten Trab, was in trockenen Sachen sicher auch leichter ist, und wartet nicht mal, ob wir ihm folgen. Die ersten Skillz laufen ihm hinterher, weil sie es so gewohnt sind oder wissen, was die Konsequenzen wären, wenn sie es nicht tun.

»Mit Mr Cooper solltest du dich besser nicht anlegen, er ist nicht gerade einer von der angenehmen Sorte.« Aber Rowans Warnung erreicht mich kaum durch den roten Nebel der Wut. Bis ich die Hitze spüre und mich zu Fionn drehe, der eine kleine schwache Flamme in seinen Händen hält, deren Wärme wir gerade alle gut gebrauchen können. Die Flamme flackert so heftig wie Fionns Hände zittern, und auch wenn er es sich nicht anmerken lassen will, spüre ich seine Angst so deutlich wie meine eigene Wut.

»Nicht trödeln da hinten!«

Rowan reagiert sofort auf Mr Coopers Aufforderung und folgt der Truppe an Schülern, die bereits losgelaufen sind, bis nur noch Fionn und ich zurückbleiben und er mich ernst ansieht. »Was auch immer du da draußen gemacht hast, es hat mir das Leben gerettet.«

»Und ich würde es immer wieder tun.«

Doch Fionn sagt: »Das solltest du aber nicht tun.«

»Warum?«

»Weil ich dich sonst verliere.«

An wen oder was, das verrät er mir nicht, sondern setzt sich in Bewegung und lässt mir keine andere Wahl, als es ihm gleichzutun.

KAPITEL 29

TAYLOR

Ich sehe vom Campus aus zu dem Fenster im dritten Stock des Wohnheims hinauf und versuche mir das, was dahinter liegt, genauestens vorzustellen. Das bequeme Bett, den Schrank, in dem ich meine privaten Klamotten deponiert habe, den kleinen Stofftierfuchs – eine Erinnerung an die Misfits – und den Schreibtisch, den ich heute Morgen unordentlich zurückgelassen habe.

All das ist im wahrsten Sinne des Wortes nur einen Steinwurf von mir entfernt. Es wäre früher eine Leichtigkeit gewesen, mich in mein Zimmer zu teleportieren, aber sosehr ich mich auch konzentriere, nach einem Zufluchtsort sehne, ich spüre – nichts. Nicht das Kribbeln in meinen Fingerspitzen, nicht den wilden Wind, der mich hinwegtragen könnte. Nichts passiert, ich starre nur zu meinem Zimmerfenster und spüre Tränen in meine Augen steigen. Weil es sich nicht wie zu Hause anfühlt.

Kopfschüttelnd reiße ich den Blick abrupt davon los und ändere meinen Plan. *Einfach den Kopf durchpusten lassen, Neos Informationen verarbeiten und vielleicht einen Donut essen.* Noch immer kommt mir der Campus so groß vor, dass ich mich frage, wieso ich auf Guernsey in der kuscheligen Enge der Misfits Academy nicht an Platzangst litt. Hier gehe ich über breite Kieswege an satten grünen Rasenflächen mit imposanten alten Bäumen vorbei, unter denen sich andere Schüler tummeln. Einige Jungs werfen ein Rugby-Ei hin und her, wobei einer von ihnen dafür seinen Skill benutzt und das Leder-Ei nicht mal berührt, das trotzdem im hohen Bogen zu seinem Kumpel segelt.

Sofort kommt Mrs Fisher, eine der Lehrerinnen, auf ihn zu, hebt mahnend den Finger und redet auf die Gruppe Schüler ein, bevor sie das Rugby-Ei konfisziert und ziemlich bedröppelte Gesichter zurücklässt. Die neuen Anti-Skill-Regeln sind nach Professorin Andersons Ansprache sofort in Kraft getreten und alle haben sich daran zu halten.

Eine Leichtigkeit für mich, denn ich kann meinen Skill ja nicht mal dafür nutzen, mich in mein Zimmer zu teleportieren, und das sorgt mal wieder für ein unangenehmes Ziehen in meiner Brust, das ich aber wegschiebe, als ich June joggend auf mich zukommen sehe. Schon aus der Ferne kann ich an ihrem Gesicht erkennen, wie genervt sie ist. Immer wieder zupft sie am Saum ihres Rocks, der für ihren Geschmack etwas zu kurz ist.

»Hi.«

Sie mustert mich in meinem Jogginganzug einen Moment, bevor sie lächelt. »Bist du einem der Sportclubs beigetreten?«

»Nein, ich dachte, in meiner ersten Stunde mit Neo wäre ein legeres Outfit vielleicht angebracht. Ich habe mich geirrt.« Kurz verziehe ich dabei das Gesicht und June nickt verständnisvoll, zupft wieder an ihrem Rock.

»Ich wünschte, ich hätte mich auch für einen sportlichen Look entschieden.« Damit hakt sie sich bei mir ein und lenkt unsere Schritte von dem Kiesweg frech auf die Wiese, was zwar nicht verboten ist, sich aber ein bisschen so anfühlt. Die Sonne gibt ihr Bestes, uns das Gefühl von Sommer zu schenken, und die frische Luft tut mir nach all den Infos, die ich von Professorin Anderson bekommen habe, richtig gut. All das scheint June zu spüren, denn sie drückt sanft meinen Arm. »Wie war deine erste ›Tutoren-Stunde‹?«

»Verwirrend. Neo kann ganz schön nerven.«

»Da stimme ich dir zu.«

»Na ja, er hat ein paar schlaue Dinge gesagt, aber dazwischen hat er Basketball gespielt.«

Junes Schritte werden langsamer, ihre Blicke verwirrter, aber ich kann nur die Schultern zucken.

»Das klingt schräg. Das verlangt nach einer Pause.« Sie deutet auf einen freien Platz vor einem Coffeeshop, was gerade nach einem verdammt guten Plan klingt. Als wir uns hingesetzt haben, beugt sie sich zu mir und der zarte Geruch nach Zimtwecken aus dem Café lässt mir das Wasser im Munde zusammenlaufen. Doch June muss erst mal das Thema Neo in Angriff nehmen. »Er ist echt eine Nervensäge.« Dann fällt ihr Blick durch die Scheibe des Coffeeshops auf den großen Flat-TV im Inneren, der über der Theke angebracht ist. Es wird eine Live-Berichterstattung gezeigt, die sich um eine demonstrierende Menge dreht, die Plakate und Schilder trägt, auf denen NO SKILLZ oder DARE TO BE NORMAL geschrieben steht. Wir starren beide auf die Bilder der wütenden Gesichter, die offensichtlich immer wieder etwas skandieren, während sie entschlossen durch die Straßen Londons in Richtung Trafalgar Square marschieren.

»Wieder eine Anti-Skillz-Demo.«

June nickt nachdenklich. »Sie nehmen immer mehr zu. Gestern in Newcastle, heute London und morgen ist eine in Liverpool geplant.« Ihre Stimme klingt kühl, ihr Blick ist fast angewidert in Anbetracht der Bilder. »Und dieser Blaine nutzt ihre Unsicherheit natürlich für seinen Wahlkampf. Der Typ kotzt mich an.«

»Mich auch. Aber solange man Skills kaufen und missbrauchen kann, wird sich daran wohl nichts ändern. Aber wer soll das alles aufhalten?«

»Wir.«

Es rutscht ihr nur so raus und mir sofort darauf ein Lachen. »Weil das ja beim letzten Mal schon so gut funktioniert hat.«

»Sollen wir also nur zuschauen, wie sie uns Skillz diskriminieren?«

»Nein, ich meinte nur ...« Dabei weiß ich nicht, was ich meinte, denn ich habe leider auch keine Idee, was wir tun könnten. Irgendwie hatte ich immer gehofft, das alles würde im Sande verlaufen. Doch je mehr Menschen sich diesen Demonstrationen anschließen, desto mehr schwindet meine Hoffnung.

Zum Glück reißt June mich mit einem Themenwechsel aus meinen trüben Gedanken. »Aber jetzt erzähl doch mal, wie war es denn nun mit Neo?«

»Speziell. Aber nicht nur. Er hat Dinge gesagt, die erstaunlich viel Sinn ergeben haben. Ich muss sie nur umsetzen.« Was leichter gesagt, als getan ist. Bis zur nächsten

Stunde werde ich mir ein paar Fragen überlegen und dann noch mal mein Glück versuchen. June sieht nachdenklich aus und ich hake nach. »Was ist los?«

»Ach, er war auch kurz bei mir und wir haben uns unterhalten. Der Typ ist schräg, aber irgendwie keine Ahnung, ich glaube, er könnte eigentlich ganz in Ordnung sein.«

»June Clarke findet Neo Quick ganz in Ordnung? Ich dachte, ihr zwei könnt euch nicht ausstehen.«

»Du musst es ja nicht gleich rumposaunen, immerhin kenne ich ihn ja nicht mal wirklich. Aber er hat mir heute ein paar Tipps gegeben.«

»Wer weiß, vielleicht lernen wir ja noch etwas von ihm.«

Sie sieht auf ihre Hände, die auf dem Tisch neben der Getränkekarte liegen, und ich ahne, wohin ihre Gedanken mal wieder wandern.

»Hat Fionn immer noch nicht angerufen?«

»*Fionn?*« Sie blinzelt kurz irritiert.

»Ja. Er wollte sich doch melden, oder?«

»Ja sicher, aber das letzte Mal ist erst ein paar Tage her, und er hat gesagt, dass es sein kann, dass sie ihm das Handy abnehmen.« Sie versucht zu lächeln, es runterzuspielen, aber ich kenne sie zu gut und weiß, dass sie sich Sorgen macht. Schnell schnappe ich mir die Karte, scanne das Angebot und versuche mich ebenfalls an einem Lächeln, das mal kurz vergessen lassen soll, dass wir in einem ziemlich merkwürdigen Chaos stecken.

»Karamell Macchiato, wie immer zur Ablenkung?«

Statt auf meine Frage zu antworten, sieht sie mich ernst an. »Das klingt jetzt schräg, ich weiß, aber Neo erinnert mich manchmal an Dylan.«

Bei diesem sehr abrupten Themenwechsel ist ein mentales Schleudertrauma nicht auszuschließen und ich glaube kurz, sie hat einen Scherz gemacht, aber June sieht mich stur an.

»Wie bitte?«

Sie hebt sofort abwehrend die Hände. »Ich weiß, es klingt verrückt, aber etwas an ihm, in seinem Blick und an seiner Art, das erinnert mich an Dylan.«

Neo und Dylan, das sind komplette Gegensätze. Neo, der Schönling mit den vollen Lippen, der perfekten Nase, dem perfekten Lächeln und seiner Arroganz – und Dylan …

»Er sieht Dylan ja nicht mal ähnlich.«

»Das weiß ich.«

»Seitdem Dylan von Guernsey verschwunden ist, suche ich sein Gesicht in der Menge. In *jeder* Menge. Auch wenn mein Verstand mir sagt, dass er nicht hier sein kann, scanne ich immer die Leute um mich herum, weil diese verdammte Hoffnung nicht verschwinden will, dass Dylan mich findet, wenn ich nur oft genug an ihn denke.« Ich hasse es, dass meine Stimme bricht, und so räuspere ich mich schnell. »Neo und Dylan haben rein gar nichts gemeinsam.«

»Okay, ich formuliere es um: Bei Neo fühlt es sich so an, als könnten wir ihm vielleicht vertrauen.«

»June Betty Clarke will jemandem vertrauen?«

»Ich sagte *vielleicht*.«

»Wieso liest du nicht seine Gedanken? Dann wüssten wir es.«

»Weil er mich abblocken kann, wie du weißt. Es ist sinnlos.«

»Okay, okay. Wir können ja mal sehen, ob wir Neo vertrauen *wollen*. Ich werde jetzt ohnehin Zeit mit ihm verbringen.«

»Und er ist dein Nachbar.« June sagt es lächelnd und ich ziehe irritiert die Augenbrauen zusammen.

»Was soll das heißen?«

»Nichts, ich glaube nur, dass du ihn vielleicht schon magst.«

»Mögen ist zu viel gesagt.«

»Vielleicht sollten wir ihm einfach eine Chance geben. Es wird nicht schaden, hier einen Verbündeten zu haben. Er kennt sicher das komplette Lehrerkollegium und –«

»Kennst du seinen Skill?«

June schüttelt den Kopf.

Mist. Da sie seine Gedanken nicht lesen kann, werden wir darauf warten müssen, bis er es uns von sich aus erzählt. »Vielleicht sollten wir mal ein bisschen zu Neo Quick recherchieren.«

Junes Augen fangen bei der Vorstellung sofort an zu leuchten und sie schiebt ihren Stuhl zurück. »Challenge accepted. Wir sehen uns nachher?«

Wieso bin ich nicht mal überrascht, dass sie es mit einem Mal so eilig hat? Sie wird direkt und ohne Umwege sofort in ihrem Zimmer verschwinden und dort mittels Laptop in die Untiefen des Internets abtauchen. Sie will schon los, als ich aufstehe und sie in eine feste Umarmung ziehe, was sie kurz überrumpelt, bevor auch sie die Arme um mich legt. »Danke.«

»Wofür?«

»Ich weiß, wie sehr du Fionn vermisst, und trotzdem hörst du dir all mein Dylan-Gequatsche an.«

Darauf erwidert sie nichts, aber das muss sie auch nicht, ich kenne sie gut genug, um zu wissen, dass sie nie zugeben würde, wie weh es ihr tut, dass Fionn sich nicht so regelmäßig meldet, wie sie es sich wünscht, und wenn er dann anruft, meist kurz angebunden ist. »Wir kriegen das irgendwie hin und dann sind wir alle wieder zusammen. Versprochen.«

Ein Versprechen, das gewaltig wackelt, aber eins, an dem wir uns festhalten können, um weiterzumachen.

Als June die Umarmung schließlich auflöst, lächelt sie nachdenklich, und ich habe kurz das Gefühl, etwas Falsches gesagt zu haben.

»Wir sehen uns nachher im Kurs.«

Bevor ich noch etwas fragen kann, ist sie schon auf dem Weg zurück ins Wohnheim. Ich bleibe zurück mit meinen Hoffnungen und Zweifeln und den Gedanken an Dylan und Guernsey. Irgendwie muss ich einen Weg zu ihm zurückfinden, egal wie.

Gerade als ich den Coffeeshop verlassen will, taucht Neo an meinem Tisch auf und lächelt mich breit an.

»Hallo, Frau Nachbarin.«

Er sieht Dylan wirklich gar nicht ähnlich, aber wenn June bei ihm ein gutes Gefühl hat, dann will ich ihm zumindest eine Chance geben.

»Hi, Herr Nachbar.«

Er deutet auf den freien Stuhl, auf dem eben noch June gesessen hat. »Wartest du auf ein Date?«

»Nein, ich wollte gerade los.«

»Schade.« Er klingt ehrlich enttäuscht und ich denke an Junes Worte.

»Wieso, hättest du mir Gesellschaft geleistet?«

»Absolut.« Sofort rückt er meinen Stuhl etwas zurück und macht eine einladende Handbewegung, der ich folge und mich wieder hinsetze. »Du hast übrigens gerade June verpasst.« Damit greife ich erneut nach der Getränkekarte.

»Ach ja? Hat sie sich über mich beschwert?«

»So was in der Art.« Ich muss ja sein Ego nicht noch weiter aufblasen, indem ich ihm erzähle, dass sie ihn eigentlich ganz in Ordnung findet. Stattdessen konzentriere ich mich auf die Karte, obwohl ich mich schon längst entschieden habe.

»Ich glaube, ich nehme –«

Neo fällt mir ins Wort, bevor ich meine Bestellung aussprechen kann. »Lass mich raten! Einen Karamell Macchiato, wie immer?«

Überrascht sehe ich zu ihm. »Woher weißt du das?«

Er lehnt sich lächelnd zurück und spielt mit einem losen Faden an seinem Pullover.

»Hat June mir verraten.«

KAPITEL 30

FIONN

Der Schlüssel passt und als ich die schmale Tür meines Spindes öffne, schwappt die Erleichterung über mich hinweg, wie vorhin noch die Wellen des kalten Wassers. Kurz schließe ich die Augen und lehne meine Stirn an das kühle Metall.

Blind taste ich nach dem Versteck der Phiole, vorbei an den wenigen T-Shirts und Pullovern, die uns hier zur Verfügung gestellt werden, bis ich die kleine Box zwischen meinen Fingern spüre. Ein Teil von mir behält sie nur deswegen, weil es die letzte Erinnerung an meine Mutter ist und vermutlich bleiben wird, aber da ist auch diese unstillbare Neugier, die wissen will, welchen verdammten Skill sie für mich ausgesucht hat.

Aber im Moment bin ich einfach nur froh, dass niemand sie entdeckt und sogar mein Handy noch in seinem Versteck liegt. Ich öffne die Augen wieder und ziehe mir das nasse Shirt über den Kopf.

»Da draußen ist ja gerade noch mal alles gut gegangen.«

Rowan taucht neben meinem Spind auf, seine Haut noch eine Spur blasser als sonst, die Lippen leicht bläulich. Er hält ein Handtuch in der Hand und ist offensichtlich auf dem Weg in die Duschen, um sich ein bisschen aufzuwärmen. Die meisten Jungs teilen seinen Plan und sind schon unterwegs, unterhalten sich über die erste Übung des Tages, und obwohl sich auch meine Haut kalt und an manchen Stellen taub anfühlt, entscheide ich mich dafür, einfach nur in trockene Klamotten zu schlüpfen.

»Ja, alles gut gegangen.«

Ich greife gerade nach einem frischen T-Shirt, als Rowan sich kurz umsieht und dann auf meinen Spind deutet. »Alles noch da?«

Überrascht von seiner Frage greife ich am Shirt vorbei und sehe ihn ertappt an. »Wovon redest du?«

»Na ja, wir alle haben doch irgendwo was versteckt, das die anderen nicht finden sollen.« Er flüstert und deutet auf seinen Spind auf der anderen Seite des Schlafsaals. »Ich arbeite an einer neuen Art Skill-Steel.« Seine Augen leuchten. »Stärker als die Versionen, die es schon gibt.«

»Wozu?«

Meine Frage überrascht ihn etwas und er rückt noch etwas weiter zu mir auf. »Weißt du, mein Skill kann mich vielleicht warnen, aber ich habe es satt, mich auf der Toilette verstecken zu müssen, weil sie mir den nächsten Streich spielen oder mir wehtun wollen. Wenn ich in der Lage bin, ihnen verstärkten Skill-Steel unterzujubeln, hätte ich vielleicht einen kleinen Vorteil.«

»Also bastelst du heimlich Skill-Steel-Armbänder?«

»Nicht ganz so heimlich. Es ist mein Werkprojekt.« Was er mich nicht ohne Stolz wissen lässt, und ich nicke beeindruckt, was ihn nur noch mehr strahlen lässt. »Vielleicht könntest du mir helfen? Ich muss ein paar Dinge verschweißen, da würde dein Skill mir helfen.«

»Klar, wieso nicht.«

Er nickt aufgeregt und würde wohl am liebsten sofort loslegen.

»Spielen sie dir denn oft *Streiche*?« Was Rowan eben gesagt hat, klingt eher so, als wären diese vermeintlichen Streiche waschechtes Mobbing.

»Na ja, wenn niemand hinsieht. Oder besser gesagt, wenn alle wegsehen. Oder es dunkel ist und so.«

»Verstehe.« Es macht mich wütend, das zu hören, denn Rowan scheint ein netter Kerl zu sein, der vielleicht gerade deswegen ein leichtes Opfer und die perfekte Zielscheibe ist.

»Und was hast du in deinem Spind?« Die Frage soll vermutlich über seine echten Gefühle hinwegtäuschen, mich ablenken, damit ich nicht weiter nachfrage, was die anderen Jungs so mit ihm anstellen, wenn niemand hinsieht. Sein Blick wandert zu meinem Spind und obwohl ich weiß, dass er es nicht sehen kann, versperre ich ihm den Blick mit meinem Körper.

»Ein altes Geschenk von meiner Mutter.« Was nicht mal gelogen ist. Rowan fragt zum Glück nicht weiter nach, nickt nur verständnisvoll und ich frage mich, ob wir nach der kleinen Aktion heute so was wie Freunde geworden sind.

»Danke übrigens, dass du mich heute gewarnt hast.«

»Ach, ist ja nicht so, als hättest du auf mich gehört.« Dabei grinst er etwas und tippt auf das Handtuch in seiner Hand. »Ich sollte los, bevor kein warmes Wasser mehr da ist.« Damit will er schon weiter, zögert dann aber doch.

»Und du, pass auf dich auf.« Eine weitere Warnung, die ich schon mit einem Grinsen abtun will, als Eric zu uns stößt und Rowans Gesicht sich plötzlich verändert. »Diesmal solltest du wirklich auf mich hören.«

»Versprochen. Und ich helfe dir gerne bei deinem Werkprojekt.«

Sein Lächeln ist zurück und er hebt den Daumen in die Luft, verschwindet dann in Richtung Waschräume, bevor Eric die Unterhaltung weiter mitkriegen kann.

»Werkprojekt?« Eric, noch immer in seinen nassen Klamotten, sieht Rowan hinterher, bis er durch die Tür verschwunden ist, bevor er sich zu mir dreht und ich nicke.

»Ja, die anderen sind wohl nicht gerade nett zu ihm und ich will ihm helfen.«

»Weil ihr Kumpels seid?«

»So was in der Art, ja.«

»Und er hat dich gewarnt?« Irgendwas an Erics Art, die Fragen zu stellen, gefällt mir nicht, aber ich mag nicht darauf eingehen.

»Hat er. Ist wohl sein Skill.«

»Schicker Skill.«

»Mhm. Nicht so schick wie deiner.« Um meinem Blick nicht ausgeliefert zu sein, zieht Eric sich das nasse Shirt über den Kopf und macht sich dann daran, Wechselklamotten aus seinem Spind zu fischen. Offensichtlich hat auch er nicht vor, sich eine warme Dusche zu gönnen. »Was war das übrigens da draußen?«

Er hat meine Frage wohl kommen sehen, denn er zuckt sofort die Schultern und schüttelt den Kopf, als hätte er dazu gar nichts zu sagen.

»Eric, ich weiß, du wolltest mir nur helfen, aber ich habe dich noch nie deinen Skill so einsetzen sehen.«

»Besondere Umstände verlangen besondere Maßnahmen.«

»Es sieht dir nur einfach nicht ähnlich.«

Jetzt sieht er doch zu mir und in seinem Blick liegt eine Unruhe, die mir an meinem besten Freund neu ist. »Falls du es nicht bemerkt hast, wir sind nicht mehr auf Guernsey. Hier herrschen andere Regeln!«

»Ich weiß, Eric. Aber du hast immer gesagt, dass du nie negative Emotionen verstärken wolltest. Nicht nach dem mit Lance.«

»Lass ihn aus dem Spiel!«

»Ich meine doch nur –«

»Es hat aber doch funktioniert. Du lebst und ich auch. Zumindest noch.« Nie zuvor habe ich einen Menschen sich so wütend ein T-Shirt über den Kopf zerren sehen. Eric kann von Glück sagen, dass die Nähte an seinem Shirt das überstanden haben. Seine Haare färben sich von den Spitzen her langsam dunkel, als er auch noch in eine trockene Jogginghose schlüpft. »Ist ja nicht so, als würde mir das Spaß machen oder so. Aber wenn ich die anderen damit auf Abstand halten kann, dann werde ich es tun.«

»Mir wäre es lieber, du würdest es lassen.«

»Warum? Weil du dann nicht den Helden spielen kannst?«

Einen kurzen Moment sehe ich ihn getroffen von seinen Worten an, aber er sagt nichts weiter, nimmt sie nicht zurück, sondern lässt sie so eiskalt zwischen uns stehen.

»Nein. Weil ich denke, du malst dir dadurch eine fette Zielscheibe auf deinen Rücken.«

»Die haben wir sowieso schon, Fionn. Falls es dir noch nicht aufgefallen sein sollte, uns mag hier niemand!«

Das stimmt so nicht, sie mögen *mich* nicht. Zayne zumindest versucht alles, um Eric auf seine Seite zu ziehen, was ein Umstand ist, der mir noch viel weniger gefällt, als nicht gemocht zu werden.

»Ich will nur nicht, dass dir was passiert. Das ist alles.«

»Wird es schon nicht. Im Notfall mache ich den anderen eben ein bisschen Angst.« Grinsend bewegt er seine Finger wie ein Marionettenspieler, der seine Puppen kontrolliert, aber ich kann seine Begeisterung nicht teilen, und so verdreht er kurz die Augen, bis sein Lächeln wieder so aussieht wie das meines besten Freundes. »Entspann dich, Fionn, ich mache schon keine Dummheiten. Ich halte sie nur auf Abstand, damit wir hier einigermaßen gut durchkommen, bis wir zurück zu den Misfits dürfen.«

Das klingt schon wieder viel mehr nach Eric und ich atme erleichtert auf. »Okay. Ich mag dich in dieser Version so viel mehr als vorhin da draußen.«

»Wirklich?«

»Du hast sogar mir Angst gemacht.«

Sein Lächeln wird breiter, fast muss er lachen. »Sieh einer an, wer hätte das je gedacht?«

»Pass einfach ein bisschen auf dich auf, okay?«

Aber Eric schüttelt nur den Kopf und legt einen Arm um mich, wie er es immer tut, wenn ich mir zu viele Sorgen mache. »Muss ich gar nicht. Du passt schon auf mich auf, Fionn.«

Das zumindest habe ich Mr Morgan versprochen, nur wusste ich da noch nicht, wie schwer sich das Versprechen umsetzen lassen wird.

KAPITEL 31

ERIC

Das Licht wird pünktlich um neun Uhr ausgemacht und sofort verstummen die Gespräche in den Betten um uns herum.

Eine erdrückende Stille macht sich breit und ich atme ruhig, versuche die Ereignisse des heutigen Tages zu sortieren und taste nach dem Gefühlsnetz, das aus all den unterschiedlichen Emotionen der anderen Schüler hier im Raum gesponnen ist. Zu meiner Überraschung spüre ich darin so gut wie keine Angst mehr, dafür aber Erschöpfung und Müdigkeit.

Vielleicht ist das ja der Grund, warum wir hier tagsüber so ausgepowert werden, damit wir einfach nur noch schlafen wollen. Bei einigen wenigen entdecke ich auch eine Spur Aufregung, manchmal sogar Vorfreude auf den nächsten Tag, aber da ist keine Sorge, keine Angst und schon gar keine Panik mehr. All die Dinge, die ich tagsüber immer mal wieder gespürt habe, vor allem dann, wenn ich leicht an ihren Emotionen gezupft habe. Ich habe gemeint, was ich zu Fionn gesagt habe, der deswegen auch beim Abendessen noch besorgt aussah. Aber wenn diese Art, meinen

Skill zu nutzen, uns die anderen Jungs vom Hals hält, werde ich es tun. Heute gab es keine einzige weitere Attacke mehr in unsere Richtung, nicht mal von Zayne.

Zayne. Diese eiskalten Augen, die mich immer zu durchschauen drohen, und in dessen Nähe ich nie weiß, was ich fühlen oder denken soll. Um nicht weiter über ihn nachdenken zu müssen, spüre ich nach Fionn, der im Bett über mir liegt und wo ich zwar etwas Unsicherheit finde, aber primär Sehnsucht. Natürlich denkt er an June, auch wenn er tagsüber so gut wie gar nicht über sie oder Taylor spricht, so weiß ich doch genau, dass seine Gedanken häufig bei ihnen sind.

Hier ist es so dunkel, als gäbe es kein Fenster und auch keine Welt da draußen. Was man hier auf Lundy auch leicht glauben kann, denn hier gibt es wirklich nichts. Die Insel ist winzig, und in dem einzigen Ort hier waren sie alle schon lange nicht mehr, wenn ich den Gesprächen der anderen Glauben schenken kann. Ihr kompletter Alltag spielt sich in dieser Academy ab und viel Freizeit wird einem auch nicht gegönnt. Manchmal frage ich mich, was genau wir hier eigentlich lernen sollen, denn bisher hatten wir keine einzige Unterrichtsstunde, in der wir nicht unseren Skill nutzen mussten. Keine allgemeinen Lehrbücher kommen auf die Tische, keine aktuellen Geschehnisse werden diskutiert, keine Grundrechenarten gelehrt, als würden wir das später ohnehin nicht brauchen.

Obwohl das Adrenalin des Tages noch durch meine Adern rauscht, gewinnt die Müdigkeit auch bei mir die Oberhand, ich spüre, wie meine Augenlider schwerer und schwerer werden und der Schlaf mich zu übermannen droht.

Irgendwo knarzt ein Bett und ich zucke fast automatisch zusammen, horche wieder in die Dunkelheit und vermisse die Sicherheit unseres Zimmers auf Guernsey. *Bin ich eingeschlafen? Wie viel Uhr ist es?*

Es bleibt ruhig, nur das leise Schnarchen des Typen einige Betten entfernt ist zu hören. Wenn ich morgen nicht schon bei der Morgenroutine im Innenhof im Stehen wegpennen will, sollte ich mich langsam entspannen. Das hier ist noch immer eine Skillz-Academy, hier wird mir nichts passieren. Und im absoluten Notfall habe ich Fionn an meiner Seite. Damit atme ich wieder tief ein, schließe erneut die Augen und versuche es noch mal mit dem Schlafen.

Leise Schritte sind zu hören und sie kommen näher. Doch in der Dunkelheit erkenne ich rein gar nichts. Vielleicht geht nur jemand zur Toilette. Aber was, wenn nicht?

Eine sehr kalte Hand legt sich schwer über meine Lippen, erstickt meinen Schrei, noch bevor er meine Kehle verlassen kann. Jemand packt mich an der Schulter, zwei weitere Hände greifen nach meinen Beinen, und als ich mich wehren will, wird mein Körper plötzlich ganz schlaff, meine Gedanken zäh und schwer. Ich bin wie gelähmt, aber das Bewusstsein verliere ich nicht. Meine Angreifer bewegen sich fast lautlos, zerren mich mit Leichtigkeit aus dem Bett und dann vernebelt etwas oder jemand meine Sinne, mein Kopf dreht sich …

Als mich eine Ohrfeige trifft, fahre ich erschrocken hoch, reiße die Augen auf und bemerke, dass ich nicht mehr in meinem Bett liege. Nein, nicht mal mehr im Schlafsaal. Stattdessen sitze ich auf einem Metallstuhl in einem Kellerraum, schwere Skill-Steel-Armbänder sind um meine beiden Handgelenke geschnallt. Sehr grelles Licht blendet mich und ich sehe nur sehr viele Punkte vor meinen Augen.

»Guten Morgen, Dornröschen.«

Die Stimme erkenne ich sofort, auch wenn sie mir vor einer Woche noch gänzlich fremd war. Sie gehört einem Mann, der im Schatten hinter einer mich blendenden Lichtquelle steht.

»Willkommen auf der Skillz-Academy auf Lundy, Mr Catalano.«

Ich reibe mir irritiert die Augen und blinzele noch immer gegen das Licht an, kann aber nur dunkle Silhouetten ausmachen.

»Wie jeder neue Schüler werden auch Sie einer kleinen Prüfung unterzogen, Eric.«

»Wozu?«

»Um zu sehen, ob Sie unsere Zeit wert sind.«

»Wo ist Fionn?«

Kurzes Gelächter ertönt und mir wird klar, dass mehr Menschen im Raum sind, als ich zuerst angenommen habe, auch wenn ich nicht weiß wie viele oder wer sie sind, auch wenn ich eine Vermutung habe.

»Haben Sie es nicht satt, immer gerettet werden zu müssen?« Wieder wird gelacht und ich will etwas sagen, ihn anschreien, aber stattdessen bleibe ich stumm, starre in die Dunkelheit hinter dem Licht, von wo auch schon die nächste Frage ertönt. »Sind Sie unsere Zeit wert, Catalano?«

Die Angst wandert durch meinen Körper mit einem klaren Ziel. Zuerst wird sie meine Gedanken lähmen und dann meine Haarspitzen verfärben und genau das muss ich verhindern. Wenn sie bemerken, wie groß meine Angst jetzt schon ist, habe ich diese Frage beantwortet, bevor ich den Mund aufmachen konnte. Also greife ich nach der schönsten Erinnerung, die ich finden kann, und sehe Lance' Lächeln vor mir, die Art und Weise, wie er gelacht hat, wenn es ihm gut ging, wie er sich bei mir eingehakt hat, wenn wir die Straße entlanggegangen sind, und wie egal es ihm war, wer uns so sah. Dann hole ich tief Luft und sehe an dem hellen Licht vorbei zur Person dahinter, die ich noch immer nur schemenhaft erkennen kann.

»Keine Ahnung, Mr Cooper, wieso finden wir es nicht heraus?«

Kurzer Applaus, dann tritt er um die Lampe herum und bedeutet den anderen, sie sollen das Licht etwas dimmen, was auch sofort geschieht. Noch immer sehe ich viele Punkte in meinem Blickfeld tanzen, aber zumindest erkenne ich jetzt auch Mr Coopers Gesicht, das amüsiert lächelt. Heute bei der Schwimmübung hat er uns genauso angesehen, aber zumindest sind wir jetzt nicht irgendwo an der Küste, sondern in einem Raum, der vermutlich innerhalb der Schule liegt. Was hat er sich also diesmal für mich ausgedacht?

»Sehr gut, die erste Hürde hätten wir also schon mal geschafft.« Er zieht sich einen Stuhl heran und nimmt mir gegenüber Platz. »Sie sind ein interessanter junger Mann.« Aus seinem Mund ein eher zweifelhaftes Kompliment, aber ich bleibe stumm und lasse ihn weitersprechen. »Aber wenn ich mir Ihre Schulakte durchlese, sehe ich keine Steigerung, keine Entwicklung. Mir drängt sich die Frage auf, hat man Ihnen nichts beigebracht oder sind Sie einfach nur faul?«

»Genau genommen sind das zwei Fragen, Sir.«

Irgendwo im Raum lacht jemand und Mr Coopers Blick wird düster. »Sie halten sich für wahnsinnig witzig, nicht wahr?«

Nicht wirklich, aber Humor war bisher immer meine beste Waffe und entsprechend habe ich auch immer meinen Skill eingesetzt. Aber Mr Cooper fehlt jede Spur davon, wenn ich versuche nach seinen Gefühlen zu greifen, dann kriege ich nur Wut und Ärger zu fassen.

»Wenn Sie mal wirklich in Gefahr gerieten, was würden Sie tun? Nach Ihrem Freund Mr Flare rufen, damit er Ihren Arsch rettet?«

»Vielleicht komme ich gar nicht erst in eine solche Situation.«

Überraschend und aus dem Nichts bekomme ich Atemnot. Nur eine weitere Panikattacke, tief in den Bauch … *ich kriege keine Luft mehr.* Egal wie tief ich einatme, es kommt nichts an. Rein gar nichts. Meine Lungen schreien nach Sauerstoff, aber ich kann sie nicht damit versorgen. Mr Cooper lächelt mich dabei eiskalt an, als hätte ich das kommen sehen müssen, als hätte ich um seinen Skill wissen müssen.

»Sie *sind* bereits in einer solchen Situation. Wenn ich wollte, könnte ich Sie jetzt einfach töten und niemand würde es bemerken.«

Fionn würde es bemerken. Zu spät, aber er würde es bemerken. *Taylor, June und Ivy …* aber die sind viel zu weit weg, als dass sie mir jetzt eine Hilfe wären. Panisch greife ich mir an die Brust, als mir schwindelig wird und ich drohe, das Bewusstsein zu verlieren. Mr Coopers Anblick verschwimmt vor meinen Augen, aber sein breites Lächeln sehe ich unverändert scharf – und dann ist es auch schon vorbei, der Sauerstoff strömt zurück in meinen Körper und ich schnappe gierig danach, sinke erschöpft in meinen Stuhl zurück, ohne meine Aufmerksamkeit von Mr Cooper abzuwenden.

»Sie verdanken es übrigens ausschließlich Mr Nieves, dass Sie heute hier sind.« Er nickt in Richtung Wand, wo ich jetzt Zayne erkenne, der mit verschränkten Armen dasteht und mich nicht aus den Augen lässt. »Ich zweifele noch daran, ob Sie wirklich für unsere Operation geeignet sind.«

»Ich verstehe nicht.«

»Das wundert mich nicht. Ihre beeindruckende Leistung heute am Strand ließ deutliches Talent erkennen, und Zayne ist der Meinung, es steckt noch mehr in Ihnen.«

Nach wie vor habe ich keine Ahnung, was er von mir will und inwieweit Zayne da seine Finger im Spiel hat, aber ich habe auch keine andere Wahl, als mir das hier alles anzuhören, denn solange ich diese Skill-Steel-Armbänder trage, kann ich mich kaum wehren.

»Sie sollten so langsam verstehen, wieso Sie hier sind.«

»Weil unsere Academy geschlossen wurde?«

Wie falsch meine Antwort offensichtlich ist, merke ich erst, als er mit der Faust auf den Tisch schlägt.

»Weil Sie Potenzial haben, verdammt noch mal! Weil Ihr Skill Sie zu einem wichtigen Teil unserer Operation werden lassen könnte!«

Operation? Wieder sehe ich von Mr Cooper zu Zayne, der mir aufmunternd zulächelt und entschlossen nickt. Zayne hat mich also quasi ausgesucht, um ein Teil hiervon zu werden?

»Wir sind keine gewöhnlichen Skillz, Mr Catalano. Wir haben Pläne! Große Pläne.« Sie müssen ihm viel bedeuten, denn der Stolz lässt seine Augen aufgeregt funkeln. »Und Sie könnten mit uns Geschichte schreiben!«

»*Ich?*« Ich bin mir nicht mal wirklich sicher, meine eigene Geschichte schreiben zu können.

»Wenn Sie uns beweisen, dass Sie es wert und loyal sind! Sie können von Glück reden, dass Sie bei uns gelandet sind.« Mr Cooper winkt Verstärkung herbei und ich spüre, wie mein Herz in der Brust schneller hämmert, aber ich bleibe ruhig sitzen. Zuerst ist da Zayne, dann ein junger Mann mit Glatze und großer Nase, der so breit wie ein ausgewachsener Baum ist, und ein etwas kleinerer Typ, dessen Grinsen dank einer fetten Narbe an einem Mundwinkel deutlich herabhängt. Sie sehen alle so aus, als bräuchten sie keinen Skill, um mich fertigzumachen. Zayne ist es schließlich, der sich zu mir beugt und mir mit schnellen Handbewegungen die Armbänder abnimmt.

»Mach aber bloß keinen Scheiß, Eric. Wir brauchen dich hier.« Nur ein Flüstern, doch es kommt so glasklar bei mir an, dass ich nur benommen nicken kann. Dann tritt er wieder hinter Mr Cooper, aber sein warnender Blick ruht unverändert auf mir.

»Halten Sie sich an Mr Nieves, hören Sie ihm genau zu, folgen Sie seinem Beispiel und behalten Sie dieses kleine Treffen für sich, dann ist das hier der Beginn einer wundervollen Zusammenarbeit.« Mr Cooper lächelt nahezu harmlos, während er das sagt. »Bemerke ich, dass Sie uns hintergehen oder Informationen weitergeben, war es das.« Er lässt es sehr final klingen und ich verstehe, dass meine

Schonfrist an dieser Academy offiziell vorbei ist. »Sobald ich mir sicher sein kann, dass wir Ihnen vertrauen können, verraten wir Ihnen mehr über unsere Operation und wann wir zuschlagen.«

»*Zuschlagen?*«

»Ja. Unsere Zeit wird bald kommen und dann wird es kein Zurück mehr geben. Also halten Sie sich bereit.«

Keine Bitte, nicht mal ein Vorschlag, sondern ein ganz klarer Befehl. Meine Kehle ist trocken und mein Herzschlag zu schnell, aber ich stelle die Frage trotzdem. »Was ist mit Fionn?«

Mr Coopers Blick bleibt unverändert dunkel, seine Gefühle aber kann ich wieder spüren und sie verraten, wie wenig er von Fionn hält und das, ohne ihn wirklich zu kennen.

»Um den kümmern wir uns zu einem anderen Zeitpunkt.«

KAPITEL 32

NEO

Vorbereitung ist alles, das habe ich inzwischen gelernt.

Offiziell kann man die Zimmertüren nicht abschließen, aber wer so lange auf der Straße gelebt hat, der kennt so einige Tricks, wie man sich etwas Privatsphäre und Sicherheit verschaffen kann. Mit der zurechtgebogenen Drahtnadel lasse ich das Türschloss zuschnappen und atme einen Moment durch.

Die meisten anderen Skillz sind schon auf ihren Zimmern oder zumindest auf dem Weg dahin, im Wohnheim kommen um diese Uhrzeit alle ein bisschen zur Ruhe. Doch ich schließe meine Tür ab, auch wenn bisher noch nie jemand ungefragt eingetreten ist. Ich fühle mich so doch zumindest ein bisschen sicherer. Wenn man in diesem Zusammenhang von Sicherheit sprechen kann.

Dafür bin ich hier nun mit meinem schlechten Gewissen allein, auch wenn ich dieses Gefühl nicht zulassen will. Schließlich tue ich das hier nicht, um jemandem gezielt wehzutun. So leise wie möglich gehe ich zu meinem Bett, hebe die Matratze an und greife in den Schlitz auf der Unterseite, taste nach den beiden Mappen und ziehe sie heraus.

Zugegeben, nicht das originellste Versteck, aber manchmal sind die einfachsten Ideen eben noch immer die besten. Nach einem letzten Blick zur Tür klappe ich die erste Mappe auf und betrachte das Gesicht der jungen Frau, die ich inzwischen besser kennengelernt habe, als ich je gedacht hätte. Sie hat nicht bemerkt, dass dieses Foto von ihr gemacht wurde, sie lacht darauf, vermutlich über einen Witz, den ich nicht kenne und von dem ich nicht weiß, wer ihn ihr erzählt hat, aber sie sieht entspannt und gut gelaunt aus. So ganz anders als ich sie kennengelernt habe. Seit ihrer Ankunft hier habe ich sie immer nur nachdenklich und fast schon grummelig erlebt. Zumindest in meiner Anwesenheit.

In dem Dossier stehen alle Infos, die man so über sie finden kann. Von der Blutgruppe über ihre Allergien und die Noten an ihrer vorherigen Schule. June Betty Clarke ist auf den ersten Blick ohne Ecken und Kanten, doch ich schaue genauer hin.

Die Namen William und Rose Clarke sind als die ihrer Eltern eingetragen, allerdings erst nach ihrer Adoption. Junes Skill und ihre Neugier haben sie sicherlich bereits recherchieren lassen, aber bisher wohl vergeblich. *Interessant.* Junes Werdegang ist ziemlich spannend und irgendwie auch ein bisschen traurig, er kommt mir bekannt vor. Nur der Umweg über die Misfits Academy, der wurde mir erspart. Weil ich zu besonders sei, hieß es, weil man meinen Skill auch anders schulen könne, nicht mit Lehrbüchern, sondern in der Praxis. Wer so lange wie ich von Heim zu

Heim geschoben wurde, sehnt sich nach solchen Worten der Anerkennung und dem Vertrauen, das damit einhergeht.

June blieb diese Anerkennung bisher verwehrt, dabei ist ihr Skill um einiges besonderer als meiner und der der meisten anderen, die ich kenne. Aber wer zum Henker mögen dann ihre wahren Eltern sein? Zum ersten Mal das Gefühl zu haben, mit meiner Geschichte nicht alleine zu sein, lässt mich kurz lächeln. Unter anderen Umständen könnte ich mit June über all das sprechen, ihr sagen, dass ich ihren Schmerz und die Rastlosigkeit gut kenne – aber das geht nicht. Denn jetzt gerade brauche ich all meine Konzentration, um zu überlegen, wie es weitergehen soll. So interessant und verlockend June für mich ist, so sollte ich mich eigentlich um die andere Mappe auf meinem Bett kümmern.

Auch das Gesicht auf diesem Foto kenne ich, obwohl es Taylor nicht wirklich gerecht wird. In natura sieht sie nicht so verbissen aus, ganz im Gegenteil, ihr Lächeln würde wohl jedes Foto sprengen. Hier sind die Infos viel klassischer, der Fokus liegt auf ihrem Elite-Skill und ihrer reinen Skillz-Familie, beide Eltern Anwälte, die allerdings nicht öffentlich als Skillz leben. Taylor hätte auf eine der besten Academys gehen sollen, wurde beim Skillen erwischt und landete bei den Misfits – wo sie eigentlich nie hingehört hat.

Ihr Skill ist selten, wenn auch nicht einmalig, doch es gibt viel zu wenige, die sich teleportieren können. Gerade unter jugendlichen Skillz ist diese Fähigkeit nicht weitverbreitet. Und ich brauche ihren Skill, weil er mir helfen kann, Dinge voranzutreiben. Denn uns rennt die Zeit davon.

Kurz schließe ich die Augen, weil ich weiß, dass es nicht fair ist, aber manchmal muss man die eigenen Gefühle und Zweifel hintenanstellen und sich auf die Sache konzentrieren. So schön meine Zeit auf der Isle of Skye auch sein mag, sie wird bald zu Ende gehen und wenn ich alles richtig anstelle, dann kommt Taylor mit mir.

Um June kümmern wir uns zu einem anderen Zeitpunkt, hieß es.

KAPITEL 33

TAYLOR

»Wir kommen zu spät zum Frühstück.«

Da June auch nach dem dritten Klopfen die Tür nicht öffnet, schiebe ich sie jetzt langsam auf und stecke meinen Kopf durch den Spalt, linse in ihr Zimmer, wo ich sie am Schreibtisch sitzend vorfinde.

»June?«

Sie hebt nur kurz den Finger, bedeutet mir, noch einen Moment zu warten, und ich entscheide mich, das in ihrem Zimmer zu tun, schließe die Tür hinter mir und lehne mich dagegen.

»Wenn du mir jetzt sagst, dass du nur noch schnell dieses Level *Candy Crush* beenden musst, dann gehe ich ohne dich zum Frühstück.«

Sie ignoriert meinen Kommentar, ihre Finger bearbeiten die Tastatur und erinnern dabei an die einer Klavierspielerin. June so in the zone zu sehen, ist immer ein gutes und gleichzeitig ein schlechtes Zeichen, also verlasse ich meine Position an der Tür und gehe zu ihr. »Was hast du rausgefunden?«

»Professor Sculder ist immer noch in Untersuchungshaft, aber er wurde verlegt.«

»Wohin?«

»Nach London. Es sieht so aus, als gäbe es eine Verbindung zwischen dem Anschlag auf den König und dem in Rom. Ich befürchte, sie wollen beweisen, dass Professor Sculder so was wie der Strippenzieher war.«

»Wie soll das möglich sein, wenn er in U-Haft sitzt?«

»Genau das versuche ich herauszufinden.« Ohne ihre Recherche zu unterbrechen, deutet sie auf ein paar lose Blätter, die ein Drucker ausgespuckt haben muss. »Das dort könnte für dich interessant sein. Ein paar Infos zu deinem *Tutor*.«

»Neo?«

»Hast du denn sonst noch einen, von dem ich nichts weiß?« Zum ersten Mal hebt sie ihren Blick vom Laptop und sieht zu mir. »Zwar habe ich nichts zu seinem Skill rausfinden können, aber einige Details zu seinem Werdegang.«

»Und?«

»Kein besonders schönes Leben. Einige Heime, dann Pflegefamilien und dann ist er schließlich abgehauen, hier und da mit dem Gesetz in Konflikt gekommen und wurde schließlich von der Skill-Inspection geschnappt.«

»Und seine Familie?«

June schüttelt den Kopf, zum ersten Mal erkenne ich so was wie Mitgefühl in ihrem Blick, wenn sie über Neo spricht. »Kein Eintrag, er wurde als Kleinkind abgegeben, vermutlich Babyklappe.«

»Autsch.«

»Ja. Ich denke, seine ganze arrogante Masche ist nur eine Art Schutzschild.«

»Also mögen wir ihn jetzt?«

»Keine Ahnung. Ich würde gerne was über seinen Skill rausfinden, aber es gibt keine Einträge dazu. Aber ich geb nicht auf.«

Alles nur eine Frage der Zeit, wie ich June kenne, und die Neugier in ihrem Blick bestätigt mich in meiner Annahme. Sie greift nach den Blättern und reicht sie mir. »Vielleicht kannst du ja ein paar Dinge über ihn rauskriegen, wenn ihr ohnehin Zeit miteinander verbringt.«

»Gezwungenermaßen.«

»Nutzen wir das zu unserem Vorteil.«

»Irgendwas, was ich mir merken muss?« Denn vor dem Frühstück werde ich mir das alles sicher nicht mehr durchlesen können.

»Allerdings, er ist von einigen Academys geflogen, bevor er hier gelandet ist.«

»Wieso überrascht mich das nicht?«

»Vielleicht kann er dir ja was darüber erzählen, wieso er Academy-Hopping betreibt. Denn irgendwie finde ich das sehr merkwürdig.«

»Wird erledigt.«

June nickt, will wieder in ihre liebste Beschäftigung abtauchen, doch dann wandert ihr sehnsüchtiger Blick doch kurz zu ihrem Smartphone, das schon viel zu lange schweigend daliegt und kein neues Lebenszeichen von Fionn empfängt.

»Es geht ihnen bestimmt gut.« Das sage ich immer, auch weil ich es glauben will und muss, und June immer mehr daran zweifelt, was ich glasklar in ihrem Gesicht erkennen kann.

»Ablenkung hilft.« Sie deutet auf den Laptop und ich verstehe, wieso sie so viel Zeit mit allen möglichen Recherchen verbringt. Wieder sehe ich auf die Uhr und dann zu June, die schon wieder auf die Tastatur einhackt.

»Ich schmiere dir einen Toast und reserviere dir einen Karamell Macchiato.«

»Du bist ein Schatz, Taylor.«

Auf dem Weg zur Tür falte ich die Blätter zusammen, die ich nachher in einer ruhigen Minute in aller Ruhe lesen werde, und lasse June in Ruhe weitermachen, trete zurück auf den Flur, wo just in diesem Moment auch Neo aus seinem Zimmer kommt.

»Ah. Frau Nachbarin.« Kurze Irritation zuckt durch seinen Blick. »Hast du bei June übernachtet?«

»Nein, ihr geht es nur nicht so gut, sie lässt das Frühstück ausfallen.« Eine perfekte Ausrede, die er mir auch sofort abkauft.

Er deutet den Flur hinunter. »Wollen wir dann zusammen frühstücken? Also ausnahmsweise.«

Für gewöhnlich sitzt Neo alleine an einem Tisch am Fenster, isst seinen Bagel und bleibt auch sonst eher für sich. Mir ist nicht aufgefallen, dass er irgendwelche Freunde hätte oder einer bestimmten Clique angehört.

»Gerne.«

Meine Antwort überrascht ihn, als hätte er mit einer Absage gerechnet. Es ist nicht so, dass ich ihn nicht mag, er kann sogar witzig sein, aber meist fällt es mir sehr schwer, ihn zu durchschauen. Deshalb bin ich etwas perplex, als er mir nun seinen Arm hinhält und darauf wartet, dass ich mich einhake, was ich nach einem kurzen Zögern auch tue. Sein Blick fällt auf die Blätter in meiner Hand.

»Liebesbriefe?«

»So was in der Art.« Mir bleibt nur zu hoffen, dass sein Skill meine Lüge nicht erkennt, schließlich muss er einen Elite-Skill haben, sonst wäre er a.) nicht an dieser Academy und es gäbe b.) leichter Infos dazu zu finden.

»Hast du denn inzwischen was von deinem Dylan gehört?« Er wartet mit der Frage, bis wir auf den Treppen sind, sodass ich fast eine Stufe verpasse, aber nicht stolpere, weil er meinen Arm und dadurch mich sicher hält. »Hoppla, sorry, wollte dich nicht durcheinanderbringen.«

Doch genau das hat er getan. Meine Gedanken wandern noch immer täglich zu Dylan, nur beschäftigen sie sich inzwischen auch wieder mit anderen Dingen, zum Beispiel dem Schulstoff oder der Frage, ob ich Neo vertrauen kann, oder dem Wunsch, dass Fionn und Eric sich mal wieder melden.

»Nein, ich habe nichts von ihm gehört.«

Neo nickt, als hätte er mit einer solchen Antwort schon gerechnet und ich nutze diese vermeintliche Vertrautheit, um ihm ebenfalls eine Frage zu stellen. »Verrätst du mir eigentlich irgendwann noch was über dich?«

»Über mich?« Er klingt so perplex, als hätte ihn noch nie jemand so etwas gefragt.

»Ja. Deine Lieblingsfarbe ist Rot und du liebst diese ekelhaften Big Red Kaugummis mit Zimtgeschmack. Außerdem bist du ein ganz passabler Basketballspieler. Was gibt es noch über Neo Quick zu erfahren?«

Sein Lächeln soll mich auf Abstand halten und das wäre ihm vielleicht auch gelungen, wüsste ich nicht, dass er es nur als Schutzschild nutzt.

»Mal sehen. Ich bin ein besserer Fußballspieler, als ich ein Basketballspieler bin.«

»*Wow.*«

»Und ich bin froh, dass ihr an dieser Academy gelandet seid. Also auch June, obwohl sie mich nicht ausstehen kann.« Was er einfach so zugibt und es auch noch so ehrlich klingen lässt, dass ich ihn einen kurzen Moment mit offenem Mund anstarre. Sein Lachen wirkt zum ersten Mal echt und als käme es einfach so über ihn. »Wieso so schockiert?«

»Keine Ahnung, hätte nur nicht gedacht, dass du dich überhaupt um jemanden an der Schule scherst. Und falls es dich beruhigt, June mag dich. Auf ihre Weise.«

Das zaubert ihm ein Lächeln auf die Lippen, das so gar nicht wie sonst frech und tendenziell überheblich aussieht. Unerwartet zieht er mich ein kleines Stück an sich ran, aber nur, um eine Gruppe Schülerinnen vor uns in die Cafeteria treten zu lassen, dann beugt er sich ein bisschen zu mir runter. »Hier eine Bonusinfo für dich: Ich mag June auch. Und dich sowieso.«

KAPITEL 34

FIONN

Die morgendliche Joggingrunde in schweren Boots, ohne Frühstück nach einer zu kurzen Nacht rächt sich mit hartnäckigem Seitenstechen, das sich wie ein wütender Terrier in meinen Körper verbissen hat.

Eric, der neben mir versucht, seine Atmung unter Kontrolle zu bringen, lehnt vornübergebeugt an der Wand und keucht vor sich hin.

»Ich hasse alles daran. Ich vermisse die Schokoladenwaffeln und den Karamell Macchiato.«

»Wer nicht.« Mühsam richtet er sich wieder auf, die Augen geschlossen, einige Locken seiner heute grünen Haare kleben ihm wirr in der Stirn. Die Augenringe in seinem Gesicht werden immer tiefer und dunkler, ein weiteres Anzeichen dafür, dass er nicht gut geschlafen hat. Ich hingegen falle hier sofort in einen tiefen, traumlosen Schlaf, aus dem ich morgens zur Sirene aufwache, fühle mich aber dennoch nicht besonders erholt danach.

»Wenn wir heute wieder zum Wasser müssen, raste ich aus.«

Sosehr ich das Schwimmen liebe, sosehr ich es vermisse,

hier fühle ich mich im Wasser nicht besonders wohl und traue außer Eric und vielleicht Rowan niemandem. Und wie aufs Stichwort kommt Rowan auch schon schwer atmend auf uns zu, das Gesicht so rot wie seine Haare und der Pullover klebt verschwitzt an seiner schmalen Brust.

»Hi, Jungs.«

Ich zumindest grüße zurück, während Eric ihn nur kritisch beäugt, woran ich mich inzwischen gewöhnt habe und was ich nicht mehr kommentiere. Rowan greift in seine Hosentasche und zieht zwei bläulich schimmernde Stücke Metall heraus.

»Könntest du versuchen, die beiden zusammenzuschweißen? Ich muss ein dickeres Armband hinkriegen.«

»Klar.« Ein Fingerschnippen, und die Flamme erscheint, was Eric nicht gefällt, zumindest wenn ich seinen Blick richtig deute. »Was denn? Hier dürfen wir unsere Skills benutzen.«

»Tu, was du nicht lassen kannst.«

Doch so weit komme ich gar nicht, weil Rowan die Teile schnell wieder in seiner Hosentasche verschwinden lässt und mir einen warnenden Blick zuwirft, als Zayne, zusammen mit seinen Schoßhunden auch schon auf uns zukommt. Meine Flamme lasse ich zwischen meinen Fingern hin- und herwandern, als wäre das nur eine kleine Aufwärmübung. Was es genau genommen auch ist. Doch Zayne schiebt Rowan einfach nur achtlos und viel zu ruppig aus dem Weg, ignoriert mich dabei vollkommen und steuert direkt auf Eric zu, den er lächelnd begrüßt.

»Catalano, wir halten dir nachher einen Platz an unserem Tisch frei.« Ein Augenzwinkern und schon geht er weiter, lässt uns ziemlich perplex zurück. Nicht nur, weil sie kein bisschen außer Atem sind, sondern auch, weil Zayne Eric seit dem Vorfall im Meer kein einziges Mal mehr an seinen Tisch gebeten hat.

»Das war ja schräg.« Mein Grinsen erwidert Eric nicht, er sieht stattdessen noch immer Zayne und den anderen hinterher, seine Haarspitzen verfärben sich leicht bläulich und ich stupse seine Schulter sanft mit meiner an. »Alles okay bei dir?«

Eric nickt zeitverzögert, bevor er sich losreißt und zu mir sieht. »Vielleicht nehme ich das Angebot mal an, was meinst du?«

»Du willst dich zu ihnen setzen?«

»Aushorchen. Rauskriegen, wie das hier alles so läuft und was sie im Schilde führen.«

»Du denkst, sie führen was im Schilde?«

Erics Mund klappt auf und wieder zu, dann zuckt er die Schultern, seine Haare nun wieder rot. »Ich kann mich ja mal umhören.«

»Das ist keine so gute Idee.«

»Fionn, wir wissen nicht, wann Professor Sculder wieder rauskommt und ob er die Academy je wieder eröffnet. Vielleicht sollten wir Wege finden, uns hier durchzuschlagen.«

»Ich weiß nicht.«

»Musst du auch nicht.« Jetzt stupst er meine Schulter an. »Vertrau mir einfach.« Nichts leichter als das, wem, wenn nicht ihm?

»Aber sei vorsichtig.«

»Bin ich doch immer.« Er sieht an mir vorbei zu Rowan, der noch immer bei uns steht. »Und du hast ja Gesellschaft.«

Das verpackt er zwar als kleinen Witz, aber die Bitterkeit färbt nicht nur seine Worte, sondern auch seine Haarspitzen. Eric klopft mir auf die Schulter und deutet dann auf die Mensa, wo bald die Essensausgabe losgeht. »Ich schaue mal, was ich so rauskriegen kann. Wir sehen uns dann später.« Er nickt Rowan zu und ich spüre mal wieder, dass die beiden Jungs sich nicht wirklich gut leiden können.

Erst als Eric im Inneren der Academy verschwunden ist, rückt Rowan wieder etwas zu mir auf. »Du solltest vorsichtig sein.«

»Rowan, du klingst wie eine Schallplatte mit Sprung.«

»Nein, ich meine gegenüber Eric.« Er deutet an die Stelle neben mir, an der eben noch mein bester Freund stand.

»Ist das dein Ernst? Ich kenne Eric schon eine Weile und habe einiges mit ihm zusammen durchgemacht.«

»Ich weiß. Deswegen warne ich dich ja.«

Rowan, schmal und schmächtig, steht durchgeschwitzt und bleich neben mir. Seine Bestzeit ist immer noch schlechter als die langsamste Zeit aller anderen und doch sieht er mich nun entschlossen und überzeugt an. Lundy macht auf mich nicht den Eindruck, eine Academy zu sein, die schwache Glieder im Team einfach so mitzieht. Hier herrscht das Gesetz des Stärkeren und doch ist Rowan hier. Die anderen schikanieren ihn, auch wenn ich bisher niemanden gesehen habe, der es wagt, ihn offen anzugreifen, ich höre höchstens mal gemeine Kommentare in seine Richtung.

»Du meinst das ernst, oder?«

»Absolut.« Dann zieht er wieder die Metallteile heraus und hält sie mir hin, spricht weiter. »Keine Ahnung, was er vorhat, aber ich spüre Gefahr.« Fast entschuldigend hebt er die Schultern und schickt ein müdes Lächeln hinterher. »Ich will keinen Keil zwischen euch treiben oder so, aber ich kann meinen Skill auch nicht einfach abstellen.«

Meine Flamme verfärbt sich fast automatisch, sie wird zuerst bläulich und dann immer heißer, dann richte ich sie genau auf die Metallteile und Rowan dreht mit zusammengekniffenen Augen den Kopf weg. Kurz glaube ich, ein leises Schreien zu hören, aber als ich mich umsehe, sind noch immer nur Rowan und ich hier, trotzdem werden die Schreie nicht leiser.

Kopfschüttelnd lasse ich meine Gedanken zu Eric wandern. Die Art und Weise, wie er meinem Blick ausweicht, nicht mehr so viel redet und müde durch den Tag schleicht. Immer häufiger muss ich das Gespräch ankurbeln, oft wirkt er abwesend und mir entgeht auch nicht, dass er von sich aus den Kontakt zu Zayne sucht.

»Fertig?« Rowan, noch immer mit geschlossenen Augen, unterbricht mit seiner Frage meine Gedanken, und ich will gerade nicken, als ich auf das Metall blicke und feststelle, dass meine Flamme rein gar nichts ausgerichtet hat.

»Was zum Henker?«

Rowan öffnet ein Auge und sieht ebenfalls auf meine Arbeit, bevor er irritiert auch das andere Auge aufmacht und mich dann anschaut. »Kannst du es nicht zusammenschweißen?«

»Das habe ich gerade probiert.« Als ich nach dem Stahl greife, rechne ich fest damit, dass es sich heiß oder zumindest warm zwischen meinen Fingern anfühlt, aber das genaue Gegenteil ist der Fall. Es fühlt sich fast schon kühl an, aber da ist ein merkwürdiges Kribbeln, als würde sich das Metall in meiner Hand bewegen wie ein Lebewesen. »Was ist das, Rowan?«

»Meine Version von Skill-Steel, wieso?«

»Es fühlt sich lebendig an.«

»Oh das. Ja. Ich habe es mit einigen verschiedenen lebenden Kulturen versehen.«

»Warum?«

Rowan wirkt mit einem Mal unsicher, fast schüchtern, dabei bin ich ernsthaft beeindruckt.

»Na ja, damit man auf den Schlüssel verzichten kann. Ein bisschen wie ein Haustier. Ausgesprochen klingt es blöde.« Er nimmt mir eins der Metallteile wieder ab. »Aber wenn nicht mal dein Skill daran was ausrichten kann, wird es mir wohl eine gute Note im Werkkurs einbringen. Danke, Fionn.«

»Kein Ding. Kann ich das hier haben?« Ich halte das Stahlstück etwas höher und Rowan nickt, noch immer ganz begeistert von seiner Entdeckung.

»Wir sehen uns beim Essen, ja? Wir können zusammensitzen, wenn du willst. Ich hasse es, alleine zu essen.«

Da Eric heute neue Gesellschaft ausprobieren will, nicke ich zu Rowans Vorschlag und sehe ihm dann nach, als auch er in Richtung Waschraum verschwindet, während ich als einer der Letzten hier draußen stehe, das Metall in die Hosentasche schiebe und dabei die Phiole berühre. Keine Ahnung, wieso sie mir Hoffnung und so was wie Mut macht, während alles andere um mich herum langsam, aber sicher ins Wanken gerät.

Meine Finger umschließen die Phiole etwas fester und mein Puls beruhigt sich wieder.

Was, wenn meine Mutter mir wirklich einen verdammt guten Skill reserviert hat und ich ihn genau jetzt gebrauchen könnte?

»Mr Flare.«

Das Klackern seines Gehstocks hätte ihn verraten müssen, nur war ich zu sehr in Gedanken versunken, als dass ich ihn hätte kommen hören. Mr Walker bleibt direkt vor mir stehen, sein Blick mustert mich genau und ich umklammere die Phiole noch etwas fester.

»Mr Walker.«

»Ich muss sagen, Sie haben mich überrascht, Flare.«

»Habe ich das?«

»Allerdings. Ich hielt Sie vielleicht wirklich nur für einen verwöhnten Bengel, der seinen Familiennamen als Schutzschild vor sich herträgt.«

»Nun, Sir, mein Familienname ist eher eine Zielscheibe als ein Schutzschild.«

Mr Walker lächelt kühl, erwidert aber nichts, mustert mich nur weiter und ich ahne, dass er noch mehr zu sagen hat, aber dann sieht er plötzlich weg. Die Stille zwischen uns wird noch lauter und gerade, als ich mich räuspern will, wendet er sich wieder mir zu, sein Blick eindringlich und aufrichtig, eine Kombination, die mir hier auf Lundy noch nicht so oft begegnet ist.

»Flare, es wäre eine Schande, Sie zu verlieren.«

»Ich gehe nicht so schnell verloren, Sir.«

»Nun, wieso sind Sie dann nicht in der Lage, sich an die Regeln zu halten?«

Mein Körper spannt sich an. »Ich halte mich an die Regeln, Sir.«

»Wirklich?« Er greift in die Tasche seiner schwarzen Jacke, die ihn vor dem frischen Wind deutlich besser schützt als mein Pullover mich, und zieht ein Smartphone hervor. »Können Sie mir dann erklären, wie das hier passieren konnte?«

Er dreht das Handy so, dass ich es mir von allen Seiten ansehen kann, was ich aber nicht muss, ich weiß auch so, dass es meines ist.

»Ich hatte vor …«

»Beleidigen Sie mich nicht mit lächerlichen Ausreden, Mr Flare.« Er macht einen Schritt auf mich zu, bedient sich allerdings nicht seines Skills, sondern lässt mir Zeit und ich entscheide mich für die Wahrheit.

»Ich habe es behalten, um Kontakt zu meiner Freundin halten zu können.«

»Ihre Freundin?«

»Ja, Sir. June ist auf einer anderen Academy auf der Isle of Skye und sie macht sich Sorgen um mich.«

Langsam lässt er das Handy wieder sinken, kurz erscheint ein Lächeln auf seinem Gesicht, aber ich traue dem Ganzen nicht. Ich traue gerade nicht mal mehr mir selbst.

»Isle of Skye sagten Sie?«

»Ja, Sir. June Clarke.« Es mag absurd klingen, aber ihren Namen laut auszusprechen hilft dabei, mich ihr näher zu fühlen. Mr Walker nickt und lässt das Handy sinken, ich glaube schon, er will es wieder in der Jackentasche verschwinden lassen, aber zu meiner absoluten Überraschung reicht er es mir.

»Lassen Sie Mr Cooper das Handy nicht finden, der macht Ihnen sonst die Hölle heiß.« Er deutet auf die Tür, durch die inzwischen alle anderen Schüler verschwunden sind. »Nicht alle hier sind Ihnen wohlgesonnen.«

Wenn er denkt, das wären irgendwelche News für mich, dann irrt er sich gewaltig, aber natürlich nicke ich dennoch artig und er klärt mich weiter auf. »Rowan ist ein guter Junge, er könnte einen Freund wie Sie gebrauchen.« Dann legt er seine Hand fast in Zeitlupe auf meine Schulter. »Und Sie einen wie ihn.«

KAPITEL 35

NEO

Sie hat es eilig und sie hasst diesen Rock, an dem sie immer ein bisschen zupft, als könnte sie ihn dadurch verlängern. Ihr Rucksack hüpft bei jeder Treppenstufe, die sie nimmt, auf ihrem Rücken auf und ab. Natürlich trägt sie ihre Mütze, die unsere Gedanken vor ihr schützen soll. Als sie mich entdeckt, verlangsamt sie kurz ihre Schritte, ein flüchtiges Lächeln huscht kurz zu Besuch über ihre Lippen und verschwindet dann wieder, bevor sie vor mir zum Stehen kommt.

»Professor Quick.«

»Clarke.«

Eigentlich hat sie gar keine Zeit für ein Gespräch, das bemerke ich sofort, und doch zögert sie, sieht zur großen Uhr, die in der Aula über dem Haupteingang hängt und ihr sicher gerade verrät, dass sie zu spät für ihren nächsten Kurs ist.

»Geht es dir wieder besser? Taylor sagte, du fühlst dich nicht so gut.«

»Habe mir wohl gestern irgendwie den Magen verdorben.« Vermutlich weiß sie, dass ich ihr die Geschichte nicht abkaufe, aber es ist ihr egal. Denn June ist gleich, was andere von ihr denken, und da ich auf ihrer Hitliste der Menschen, die sie mag, einen der unteren Plätze belege, juckt es sie nicht im Geringsten, dass ich ihre Lüge durchschaut habe.

»Na, dann mal gute Besserung.« Eigentlich will ich nur sehen, wie lange sie dieses merkwürdige Gespräch noch zieht, bevor sie mich stehen lässt. Auch wenn wir auf den ersten Blick rein gar nichts gemeinsam haben, ist da etwas in ihren Augen, das mir bekannt vorkommt.

»Hast du keinen Unterricht?«

»Freistunde. Und du?«

»Biologie bei Mrs Fisher.«

»Uh, du kommst zu spät.«

»Ich weiß.«

»Dabei kommt June Clarke doch nie zu spät.«

»Werde es auf dich schieben.« Das gefällt ihr, denn sie grinst frech und erlaubt mir einen kurzen Blick auf die June, die sie für ihre Freunde und diesen Fionn Flare ist. Eine June, die *ich* nicht kennenlernen werde.

Ich höre Schritte auf den Stufen hinter uns und ahne, dass unser kleines Treffen hier gleich gesprengt wird, denn nur eine Person an dieser Academy hat diese Art zu gehen. Professorin Anderson, die für gewöhnlich in hohen Schuhen unterwegs ist, die einen so dünnen Absatz haben, dass man ihn leicht als Waffe nutzen könnte.

»Miss Clarke, Mr Quick, haben Sie keinen Unterricht?«

June will schon antworten, aber diesmal bin ich schneller. »Doch, Ma'am, aber ich halte June gerade auf.«

Professorin Anderson zieht eine Augenbraue nach oben, ihre grünen Augen mustern mich und wie jedes Mal bin ich dankbar, dass ich meine Gedanken nicht auch noch vor ihr geheim halten muss.

»Das sollten Sie aber nicht.« Eine klare Aufforderung, ich solle jetzt besser gehen, und nach einem kurzen Blick zu June tue ich das sogar. Wenn auch langsam, fast schon gemächlich. Nur um den Rest der Unterhaltung nicht zu verpassen.

»Miss Clarke, es tut mir wirklich wahnsinnig leid, dass die Tutorenstunden nicht mehr möglich sind, ich hätte wirklich gerne mit Ihnen gearbeitet. Aber mir sind die Hände gebunden. Doch wir werden darüber noch heute in London beraten.«

»Gibt es denn Neuigkeiten?« Klar schaltet sie in den Frage-Modus. Ob sie überhaupt merkt, wie schnell man sie ködern kann?

»Keine nennenswerten, die Schulleitungen der Academys treffen sich, um das weitere Vorgehen zu besprechen. Einige Eltern werden nervös.«

»Wissen Sie zufällig, ob die Misfits Academy auch vertreten sein wird?«

»Die Academy wurde geschlossen, June.«

»Vorübergehend.«

»Nein. Endgültig. Professor Sculders Verbindungen zu den Flares und den damit verbundenen Forschungen haben auf Guernsey ihren Ursprung. Die Misfits Academy wird nicht wieder eröffnet.«

Junes Frustration ist fast mit Händen zu greifen, auch wenn sie betont freundlich lächelt. Von der Treppe aus beobachte ich die Verabschiedung der beiden Frauen, wobei nur Professorin Anderson die Aula verlässt, während June nur ziemlich niedergeschlagen dasteht. Jetzt wäre ein guter

Moment, um zu gehen. Einfach zu gehen. Nach oben in mein Zimmer oder in die Cafeteria oder wohin auch immer. Doch mein Gehirn scheint die Kontrolle über meinen Körper abgegeben zu haben, denn ich steige die Stufen wieder hinunter zu June. »Alles okay?«

»Nein. Alles geht den Bach runter. Sie lassen die Misfits Academy geschlossen, wir Skillz sollen uns verstecken und mein Freund meldet sich nicht.«

»Verstehe.« Und irgendwie tue ich das wirklich. Ich kenn das Gefühl, abgeschoben zu werden, als wäre es leichter, ohne mich weiterzumachen. »Ich habe nachher Zeit, falls du Interesse an einer weiteren Tutorenstunde hast.«

June dreht sich langsam zu mir, mustert mich, als wäre sie sich nicht sicher, ob ich nicht vielleicht nur einen dummen Scherz gemacht habe. »Ernsthaft?«

»Klar.« Auch wenn ich genau weiß, dass ich in diesem Spiel maximal der Trostpreis und ganz sicher nicht der Hauptgewinn bin. Doch zu meiner Überraschung nickt June langsam, was seltsamerweise meine Mundwinkel sofort nach oben wandern lässt.

»Unter einer Bedingung.« Klar, weil June niemals einfach zustimmen würde, wenn etwas nicht ihre Bedingungen erfüllt.

»Die da wäre?«

»Ich muss mich nicht melden, um eine Frage zu stellen.«

»Aber June, das wäre ja Anarchie.«

Sie lächelt und wird viel zu spät zu ihrer Biologiestunde kommen. Im Gehen winkt sie mir zu. »Bis nachher, Professor Quick.«

June Clarke wird mir noch richtig Probleme machen.

KAPITEL 36

ERIC

Er sitzt mit Rowan am letzten Tisch in der Kantine, sieht immer mal wieder zu mir, aber ich gebe mir große Mühe, ihn zu ignorieren, damit ich mich auf Zayne und die Jungs konzentrieren kann.

»Finde das echt gut, dass du jetzt bei uns sitzt.« Zayne, mir direkt gegenüber, lächelt mich an und ich versuche, ebenso begeistert zu wirken, während ich Hackbällchen auf meinem Teller zerkleinere. »Mr Cooper wird das als gutes Zeichen deuten.« Er hebt sein Glas in die Höhe, als wolle er mir zuprosten, und die anderen Jungs am Tisch tun es ihm gleich, sehen mich abwartend an und so greife auch ich nach dem Glas und hoffe, er lässt sich nicht zu einem Toast hinreißen.

»Auf Eric und darauf, dass er jetzt einer von uns ist.«

»Auf Eric!«

Die anderen rufen das so laut, dass ich weiß, dass auch Fionn es gehört hat. Sein Blick ruht tonnenschwer auf mir, aber ich erwidere ihn nicht, stoße stattdessen mit meinen Tischnachbarn an und nehme einen großen Schluck, um nichts sagen zu müssen.

Zayne beugt sich etwas zu mir rüber. »Ich wusste sofort, dass du in Ordnung bist. Keine Ahnung wieso, aber etwas an dir war anders.«

Meine Haarspitzen färben sich langsam rötlich, was für Gelächter sorgt. Da stupst der Typ mit der Narbe am Mundwinkel, Ollie, Zayne an und sagt: »Hör auf damit, Eric wird ja ganz rot.«

Noch größeres Gelächter und ich lache einfach mit, verfluche kurz meinen Skill und meine Haare, die immer verraten, was ich gerade fühle.

Zayne deutet mit der leeren Gabel auf mich. »Ollie hat recht. Wir müssen uns was einfallen lassen.«

»Wegen meiner Haare?«

»Ja. Es ist einfach zu offensichtlich, und wenn wir etwas nicht gebrauchen können, dann ist es ungewollte Aufmerksamkeit.«

»Ich kann das nur leider nicht einfach abstellen.«

Zayne nickt nachdenklich und ich ahne, dass er sich eine Lösung überlegt. Eine, die mir nicht gefallen wird.

»Wir kriegen das schon hin. Aber wir müssen unauffällig bleiben. Du willst doch nicht, dass dich am Ende jemand wiedererkennt, oder?«

»Keine Ahnung. Wobei denn?«

Zayne wechselt einen Blick mit Ollie und dem anderen Jungen namens Felix, bevor er wieder zu mir sieht und dabei sehr ernst wirkt.

»Wir sind die Speerspitze.«

Nichts von dem, was er sagt, ergibt irgendeinen Sinn und ich befürchte, dass die volle Mensa einer Skillz-Academy auch nicht der perfekte Ort für ein solches Gespräch ist.

»Verstehe.«

Zayne beobachtet mich, als ich ein Stück Fleisch aufspieße, und schüttelt den Kopf. »Ich denke nicht, Eric. Aber das wirst du bald. Und dann wirst du stolz sein, ein Teil davon zu sein.«

»Wäre es nicht besser, ich wüsste, was auf mich zukommt?«

Zayne lacht leise und beugt sich zu mir, die Gabel gereckt, als sei sie ein edler Dolch. »Wenn du das wüsstest, würdest du es dir vielleicht anders überlegen.«

»Mr Cooper klang nicht so, als hätte ich wirklich eine Wahl.«

Nicht die Antwort, die Zayne sich erhofft hat, denn sein Blick verdunkelt sich ein bisschen, und ich spüre, wie der Metalltisch unter meinen Händen von einer dünnen Eisschicht überzogen wird, was auch Ollie und Felix nicht entgeht.

»Bist du stolz darauf, ein Skillz zu sein?«

»Natürlich.« Denn das bin ich, vielleicht nicht jeden Tag, aber ich würde trotzdem nicht tauschen wollen.

»Dann bist du bei uns an der richtigen Adresse. Da draußen gibt es so viele Gefahren für uns und niemand schert sich einen Dreck darum, wie man uns schützen kann.«

Dabei sieht er mir direkt in die Augen, lässt keinen Zweifel daran aufkommen, dass er diese Sache hier verdammt ernst nimmt und auch wenn ich nicht so genau verstehe, wieso, färbt etwas davon auf mich ab.

»Aber wir werden etwas unternehmen. Wir werden dafür sorgen, dass man auch als Skillz ohne Angst und Sorge spazieren gehen kann. Wir sind keine scheiß Misfits.« Den Begriff lässt er fast wie eine Beleidigung klingen, was mir missfällt, denn er hat keine Ahnung, wie mein Leben bisher verlaufen ist und wie viel es mir bedeutet, ein Misfit zu sein. Nur um ihn wissen zu lassen, dass er mich damit verletzt hat, lasse ich kurz Panik in ihm hochschießen. Sofort greift er nach der Tischkante und schließt die Augen. Jetzt lehne ich mich über den Tisch in seine Richtung.

»Sprich nicht so über meine Freunde, verstanden?«

Als er die Augen wieder öffnet, kehrt auch sein Grinsen zurück und er nickt zufrieden. »Siehst du, Eric, genau deswegen brauchen wir dich und deinen Skill.«

Früher auf dem Schulhof daheim in Mississippi habe ich meinen Mitschülern bunte Tic Tacs verkauft und so getan, als wären das Gutelaunepillen, während ich in Wirklichkeit mit meinem Skill ihre Stimmung für den Tag gehoben und ihre Angst unterdrückt habe. An der Misfits Academy wurde ich dafür bezahlt, Fionn bei Laune zu halten. Und jetzt bin ich Teil einer mir unbekannten Operation, nur weil ich Menschen die Laune verhageln kann.

Mein Blick wandert von Zayne über all die anderen Schüler, die mir jetzt eher aus dem Weg gehen, als dass sie darauf warten, dass ich ihnen ausweiche, bis hin zu Fionn, der mich fragend ansieht. Aber wenn er wüsste, was hier nachts vor sich geht, würde ich ihn damit sicherlich nur in Gefahr bringen.

Zayne durchbricht meine Gedanken. »Er hält dich nur auf, Eric.«

»Halt den Mund.«

»Ich meine das ernst. Seitdem du hier bist, hast du deinen Skill schon so viel mehr verbessert als in all den Jahren davor.«

»Du hast einfach keine Ahnung, Zayne.« Zumindest behaupte ich das, denn auch wenn ich es nicht zugeben will, so spüre ich doch die Veränderung in mir. Es gefällt mir, dass die anderen Jungs hier nicht mehr hinter meinem Rücken lachen, wenn ich an ihnen vorbeigehe. Manche grüßen mich sogar schon mit Namen, während andere Blickkontakt vermeiden und ich ihre Angst spüren kann.

»Ich habe keine Ahnung?«

»Ja. Du weißt nicht, wie es sich anfühlt, wenn man nirgends dazugehört.«

Zaynes Lachen klingt so kalt, wie sich der Tisch anfühlt, und er sieht mich gekränkt an. »Hör mal zu, Catalano, du weißt nichts über mich. Nichts über meine Familie, nichts über meinen Werdegang, also erzähl mir nicht, dass ich keine Ahnung hätte, wie es sich anfühlt, der Außenseiter zu sein!« Wenn ich es nicht besser wüsste, würde ich denken, das in seinen Augen seien Tränen. »Ist ja schön und gut, dass du auf Guernsey deine Found Family getroffen hast, aber dieses Glück hat nun mal nicht jeder! Wenn sie mich nicht hierhergebracht hätten, wäre ich vermutlich schon tot!« Es sind keine Tränen, die ihm über die Wange rinnen, sondern winzige Schneeflocken, die darauf landen. Wütend wischt er sie weg und bevor ich etwas sagen kann, schiebt er den Stuhl geräuschvoll zurück und steht auf. Spätestens jetzt sind alle Augenpaare auf unseren Tisch gerichtet, aber Zayne denkt nicht daran, seine Stimme zu dämpfen.

»Ich wollte dir zeigen, dass man auch befreundet sein kann, wenn man nicht bezahlt wird. Weißt du was, vergiss es einfach und renne wieder zu deinem Mr Flare. Wirst ja sehen, was du davon hast!«

Seine wegwerfende Handbewegung trifft mich mehr, als ich zugeben will, und ich starre Zayne hinterher, als er aufgebracht an all den Tischen vorbei in Richtung Ausgang stapft und nichts als einen eisigen spiegelglatten Boden und viele Fragezeichen hinterlässt.

KAPITEL 37

TAYLOR

»Vielleicht müssen wir ja auch nur deine Motivation erhöhen.« Er dribbelt mit dem Ball an der Dreipunktelinie und sieht nicht mal rüber, während er mit mir spricht. Auch heute trägt er wieder seine Schuluniform, aber zumindest stecken seine Füße in weißen Turnschuhen, die quietschende Geräusche fabrizieren, wann immer er einen imaginären Gegner ausdribbelt.

Ich sitze auf dem Mattenwagen und beobachte ihn zunehmend gelangweilt. Ein Teil von mir hatte gedacht, dass er mir wirklich etwas beibringen oder mir zumindest helfen könnte, aber seit einer knappen halben Stunde wirft er einfach nur Körbe und philosophiert vor sich hin. Jetzt schaut er zum ersten Mal zu mir, sein Lächeln ist so entspannt, dass ich es ihm am liebsten aus dem Gesicht wischen würde.

»Was motiviert dich, Taylor?«

»Ist das dein Ernst?«

»Wirke ich, als würde ich das hier nicht ernst nehmen?« Ohne zum Korb zu sehen, wirft er den Ball und erzielt den nächsten Punkt. Mit geballter Faust feiert er seinen Triumph und ich schüttele matt den Kopf, kann nicht glauben, dass ich eine ganze Stunde mit ihm vergeude. »Ich finde, du könntest etwas mehr Begeisterung an den Tag legen, Taylor.« Damit schnappt er sich schon den nächsten Ball und lässt ihn wieder auf den Boden prallen.

»Oh sorry, ich wusste nicht, dass heute das Bewerbungsgespräch für die Cheerleader stattfindet. Sonst hätte ich natürlich bessere Laune und mehr *Begeisterung* mitgebracht.« Ich rutsche vom Mattenwagen. »Aber irrtümlicherweise dachte ich, mein Tutor – das bist übrigens du – würde mir helfen, meinen Skill wiederzufinden.«

Immerhin ist das schon unsere fünfte gemeinsame Stunde, aber das Einzige, was sich verbessert hat, ist Neos Wurfquote. Also schnappe ich mir meinen Rucksack und will die Sporthalle verlassen. Als Nächstes haben wir Politikwissenschaften bei Mr Owens und er hasst es, wenn man zu spät kommt. Aber Neo ist noch nicht fertig, dribbelt auf mich zu und schließlich um mich herum, lässt den Ball durch seine Beine springen und grinst mich an.

»Komm schon, verrate es mir. Was motiviert dich?«

»Aktuell? Meine Genervtheit, wenn es um dich geht.« Schneller als er gedacht hat, nehme ich ihm den Ball ab und behalte ihn in der Hand. »Ich kann mich immer noch nicht teleportieren.«

»Du vermisst ihn.« Noch immer lächelt er, aber seine Worte schlagen gewaltig durch meine Schutzmauer. »Du denkst so viel an ihn, dass du kaum ein anderes Gefühl zulässt. Alles dreht sich um diesen Dylan.«

»Das stimmt nicht.«

Neo deutet auf meinen Brustkorb, ohne den Blickkontakt zu unterbrechen, und sein Lächeln verrutscht, wird eine

Spur trauriger. »Du hast dich festgebissen an ihm und denkst, du bräuchtest ihn, um dich wieder teleportieren zu können.«

»Du hast ja keine Ahnung.« Damit werfe ich ihm den Ball wuchtig entgegen, aber er fängt ihn einfach nur lässig ab, als hätte er mit genau dieser Reaktion gerechnet.

»Ich weiß, wie es ist, wenn man jemanden vermisst und sich alles nur noch darum dreht. Es blockiert alles andere, lässt nichts mehr zu, auch keinen gut gemeinten Rat von außen.«

»Und wie lautet dein ach so gut gemeinter Ratschlag?«

»Lass ihn los.«

Wenn das so einfach wäre. Wenn ich mich nur von diesem elenden Schuldgefühl lösen könnte, ohne das Gefühl zu haben, dadurch Dylan aufzugeben oder zurückzulassen. Aber nichts davon spreche ich aus, traue mich ja nicht mal, es wirklich zu denken, und es ärgert mich, dass Neo sich das rausnimmt.

»Du brauchst Dylan nicht.«

»Halt den Mund!« Damit drehe ich mich um und stürme in Richtung Ausgang.

»Hey, Taylor!«

Aber ich denke nicht daran, mich umzudrehen, weil mich doch nur ein weiterer dummer Spruch erwarten wird, gepaart mit Neos Grinsen, und darauf habe ich keine Lust mehr. Nicht, solange ich dieser Situation nicht durch eine flotte Teleportation entkommen kann.

»Du kannst nicht früher gehen, das bringt nur Ärger!«

»Und ob ich das kann. Weil du meine Zeit verschwendest und mir absolut nichts beibringen kannst.« Ich bin schon fast an der Glastür, durch die ich in den Flur und an den Umkleiden vorbei zurück ins Schulgebäude komme. Ich greife nach der Klinke.

»Taylor!«

Als hätte mich ein Pfeil in den Rücken getroffen, erstarre ich mitten in meiner Bewegung, spüre das kühle Metall der Klinke unter meinen Fingern und sehe, wie alles langsam aber sicher vor meinem Auge verschwimmt. Ohne mich umzudrehen, antworte ich. »Sag das noch mal.«

»Taylor, bitte, bleib hier.«

Die Gänsehaut ist schnell und mächtig, lässt sogar meine Finger zittern und ich schließe fest die Augen, weil mir meine Sinne einen Streich spielen müssen, einfach weil ich mir genau das so oft vorgestellt und gewünscht habe. Dieses Mal ist keine Ausnahme, auch wenn sich diese Stimme so unglaublich real anhört. Vielleicht ist das der Grund, weshalb ich mich nicht umdrehe – weil ich genau weiß, dass es nur ein weiterer Wunschtraum ist. Nicht mehr und nicht weniger.

»Taylor. Sieh mich an.«

Schritte kommen näher und ich schüttele leicht den Kopf, öffne aber zumindest die Augen wieder. Es klingt so echt, so sehr nach ihm, dass mein Herz lauter als nötig hämmert, und ich atme tief ein. Wenn es nur Einbildung ist, dann kann ich damit umgehen, immerhin ist es mir doch genau so schon Hunderte Male passiert. *Davor* habe ich keine Angst.

Im Gegenteil, ich habe nur Angst, dass das Gesicht zur Stimme und zu den Erinnerungen passen könnte. Trotzdem drehe ich mich um.

Dylan.

Die grauen Augen, das freche Lächeln und die Haare, die ihm in die Stirn rutschen. Der schwarze Kapuzenpullover, die Jeans und die ausgelatschten Turnschuhe. Genau so sah er aus, als ich ihn das letzte Mal gesehen habe.

»Überraschung.« Er klingt wie Dylan, er sieht aus wie Dylan und mein Herz schreit, dass es Dylan ist. Wäre da nur nicht mein Verstand, der mich warnt und zurückhält. Ich verstehe nicht, was da gerade passiert ist, ich verstehe nur, dass mein Herz ein bisschen bricht, weil Dylan hier ist, aber eben nicht Dylan ist und die Hoffnung in mir gerade die Sachen packt und sich für immer verziehen will.

»Jetzt kennst du meinen Skill. Ich bin ein Metamorph.« Es sind Neos Worte, aber Dylan sagt sie und in mir kocht die Enttäuschung fast über, all die Male, in denen ich mir vorgestellt habe, was ich sagen und tun würde, wenn ich ihn endlich wiedersehen könnte, schwappen über meinen emotionalen Rand, ich gehe die zwei Schritte auf ihn zu und verpasse ihm eine schallende Ohrfeige, die einen rötlichen Abdruck auf Dylans – Neos Wange hinterlässt.

»*Autsch.* Wofür war die denn?«

»Dafür, dass du uns von Anfang an belogen und mit meinen Gefühlen gespielt hast!«

Offensichtlich rechnet er mit der nächsten Ohrfeige, denn er hebt die Hände und lehnt sich von mir weg. Immer wieder muss ich mir sagen, dass es nicht Dylan ist, der hier vor mir steht, denn ich erkenne absolut keinen Unterschied zu dem echten Dylan. Alles sieht aus wie er, jedes noch so kleine Detail, die Narbe an seinem Kinn, das kleine Muttermal an seiner Wange, die nachdenkliche Falte zwischen seinen dichten Augenbrauen.

»Du bist nicht Dylan. Du bist Neo.«

Und in genau den verwandelt er sich jetzt wieder, nimmt mir Dylan einfach wieder weg und hinterlässt einen kurzen, aber sehr heftigen Schmerz in meiner Brust.

KAPITEL 38

NEO

Am schlimmsten ist Taylors Blick, die Trauer in ihren Augen und die damit verbundene Enttäuschung, als ich wieder mein eigenes Aussehen angenommen habe. Bisher habe ich immer Komplimente dafür bekommen, aber jetzt ist da nur das Gefühl, dass ich nicht das bin, was sie will.

»Woher weißt du, wie er aussieht?«

»Dein Polaroid.«

Sie nickt wissend und wischt sich mit der Hand über die Augen, in denen sich Tränen gesammelt haben. Jedes Mal, wenn sie mich jetzt ansieht, will sie eigentlich jemand anderen sehen. Ich wusste, dass es keine gute Idee ist, ihr meinen Skill einfach so zu verraten. Aber jetzt gibt es kein Zurück mehr.

»Verrate mir nur, ob du weißt, wo Dylan ist.«

Wenn sie mich so ansieht, wünsche ich mir fast, ich wüsste es und könnte ihr darauf eine positive Antwort geben.

»Nein. Tut mir leid.« Tränen verschleiern ihren Blick und schnell schiebe ich meine Hände in die Hosentaschen, bevor ich noch auf dumme Gedanken komme. »Du magst diesen Dylan wirklich, nicht wahr?«

»Allerdings.« Schnell wischt sie sich wieder über die Augen, aber es ist zu spät, die erste Träne hat sich bereits über ihre Wimpern gewagt.

»Wenn ich es wüsste, würde ich es dir sagen. Aber vielleicht kann ich dir was anderes anbieten.«

Sie hebt den Blick, schaut mir ins Gesicht und kurz ist da der vertraute Stich, wann immer ich einfach nur Neo bin. Neo Quick, den niemand wirklich haben wollte, der immer weitergereicht wurde.

»Okay, das ist jetzt sicher nicht das Original, aber …« Noch einmal denke ich an Dylan, stelle mir sein Gesicht vor und spüre, wie die Verwandlung jede Zelle meines Körpers durchläuft, bis ich Taylor noch mal durch seine Augen sehe. Manchmal fühlt es sich sogar so an, als wäre es leichter, jemand anderer zu sein als ich selbst. Taylor weicht einen Schritt zurück.

»Vielleicht hilft ja eine Umarmung.« Seine Stimme klingt zu tief in meinen Ohren, aber Taylors Reaktion verrät mir, dass sie täuschend echt wirkt. »Zumindest bis du den echten Dylan wiederhast.«

Sie zögert, und mir wird bewusst, wie dämlich diese Idee ist, dabei wollte ich sie nur ein bisschen aufmuntern, ihr kurz das Gefühl geben, dass alles irgendwie wieder gut wird. Aber sie starrt mich an, als wäre ich ein Geist, doch gerade, als ich mich wieder zurückverwandeln will, greift sie nach meiner Hand und zieht mich mit einem energischen Ruck an sich, schlingt die Arme um meinen Hals und drückt mich fest an sich. So fest, dass mir kurz die Luft wegbleibt. Ich umarme sie etwas sanfter zurück.

»Du fehlst mir, Dylan. Du fehlst mir so sehr.« Dabei

drückt sie ihr Gesicht in den weichen Stoff des schwarzen Pullovers und ich weiß, dass sie sich wünscht, ich wäre er. Ein kurzer Stich in meiner Magengrube bleibt, weil ich einfach nie gut genug bin, wenn ich einfach nur Neo bin. Nicht für die wenigen Freunde, die ich auf der Straße gesammelt habe, nicht für die Pflegefamilien davor und nicht für die Betreuer im Heim. Ganz sicher nicht für meine Eltern, die mich abgeschoben haben, bevor sie überhaupt eine Chance hatten, mich kennenzulernen.

»Falls du das hier vielleicht doch irgendwie mitkriegst, es tut mir leid. Ich war nicht schnell genug. Ich wollte wirklich zurück zu dir, aber ...« Sie bricht ab und ich lege die Arme fester um sie, versuche, sie so zu halten, wie Dylan es vielleicht getan hätte.

»Komm doch bitte zurück zu uns, wenn du kannst. Wir Misfits vermissen dich.« Vermutlich weiß sie genauso gut wie ich, dass ihr Dylan diese Worte nicht hören kann, aber zumindest ahne ich jetzt, wie sehr sie ihn vermisst und wie viel er ihr bedeutet. Als sie jetzt das Kinn auf meiner Brust abstützt und zu mir hochschaut, ist da ein Lächeln, und zwar eines von der verdammt schönen Sorte. »Danke, Neo.«

Neo. Nicht Dylan. Alleine dafür erwidere ich ihr Lächeln, auch wenn es nicht meines ist.

»Nicht dafür.«

Rennende Schritte sind hinter der Tür zur Sporthalle zu hören, da die Schulstunde um ist und alle wieder in Richtung Umkleide eilen. Schnell verändere ich mein Aussehen zurück zu meinem, bevor jemand hier Dylan entdecken kann, doch zu meiner Überraschung verharrt Taylor einen weiteren Moment in unserer Haltung.

»Glaub ja nicht, dass ich dir auch nur im Ansatz traue.« Erst jetzt löst sie sich aus meiner Umarmung und behält mich dabei genau im Blick, der nicht mehr so liebevoll ist, wie er es eben noch war.

»Verstehe ich. Würde mir an deiner Stelle auch nicht trauen.«

KAPITEL 39

FIONN

»Flare!«

Inzwischen kenne ich viele Versionen, wie man meinen Namen aussprechen kann, und eines ist klar, als Mr Cooper mich nach vorne ruft, schwingt Abscheu mit.

Wir sitzen mal wieder *nicht* in einem Klassenzimmer und lernen auch nichts, was man in der Welt außerhalb dieser Academy oder Lundys gebrauchen könnte. Wir stehen vor einigen Felsen etwas abseits des Campus – wenn man es Campus nennen will – und lassen uns einmal mehr erklären, wie wir unseren Skill geschickt für einen Angriff anwenden können. *Einen Angriff auf wen?*, frage ich mich.

Rowan, der neben mir steht, nickt mir knapp zu, ein Zeichen dafür, dass diesmal wohl keine Gefahr für mich besteht. Also setze ich mich in Bewegung, gehe von meinem Platz in der letzten Reihe an den anderen Skillz vorbei nach vorne, wo Mr Cooper breitbeinig dasteht und mich gelangweilt ansieht.

Eric steht in der ersten Reihe neben Zayne, aber die Stimmung zwischen ihnen ist nach dem Mittagessen nicht mehr die beste. Was mich ein bisschen freut. Doch mein kurzes Lächeln wird von meinem besten Freund nicht erwidert.

»Sie sind hier, weil Ihr Skill angeblich etwas taugt.« Dass Mr Cooper das anzweifelt, ist für alle hörbar und sorgt für ein unangenehmes Prickeln auf meiner Haut. »Aber bisher habe ich noch nicht viel davon gesehen.«

Weil mich Professor Sculders mahnende Worte davon abhalten, hier einfach alles abzufackeln, balle ich auch jetzt wieder sicherheitshalber die Hände zu Fäusten und sehe Mr Cooper abwartend an.

»Vielleicht wollen Sie uns ja mal eine Kostprobe gönnen.«

»Ehrlich gesagt nutze ich meinen Skill eher selten.«

Mr Cooper sieht mich stumm an, aber ich habe nichts weiter zu sagen und so wendet er sich an die anderen Schüler.

»Habt ihr das gehört? Dem feinen Mr Flare sind wir ein zu unwürdiges Publikum für seinen Skill.«

Rowan tritt von einem Bein aufs andere, versucht meine Aufmerksamkeit auf sich zu ziehen, aber ich habe auch so verstanden, dass Mr Cooper eine Gefahr für mich darstellt.

»Wenn das so ist.« Er tut so, als müsste er sich erst mal in den Reihen der Jungs umsehen, bevor er auf Eric deutet. »Bringen Sie ihn dazu, sich zu wehren, Catalano.«

»Was?« Eric ist der Schock ins Gesicht geschrieben und seine Haare verfärben sich sofort dunkler, was Mr Cooper nur zusätzlich zu nerven scheint.

»Sie haben mich schon verstanden.« Er deutet auf mich, ohne den Blick von Eric zu nehmen. »Nutzen Sie Ihren Skill, beweisen Sie, dass Sie es wert sind.«

Eric sieht zu mir und ich weiß, dass er mir niemals etwas antun würde. Das muss er auch gar nicht, denn ich lasse sofort die Flamme in meiner Hand auflodern.

Mr Cooper zieht eine Augenbraue nach oben, als er sie bemerkt. »Nicht gerade besonders beeindruckend.«

Kurzes Gelächter bei einigen der Jungs, vor allem aber bei Zayne, auch wenn ich genau sehen kann, dass er ein bisschen zurückweicht. Feuer und Eis, das wird nicht funktionieren und das weiß er.

»In Ihrer Akte stand etwas von ›potenziellem Elite-Skill‹, aber ich nehme an, Professor Sculder wollte Ihrem Vater nur einen Gefallen tun.«

Potenzieller Elite-Skill? Es hat sich zwar irgendwann so angefühlt, als sähe man das so, aber ausgesprochen hat es nie jemand. Hat Professor Sculder das wirklich so aufgeschrieben? Eine Welle aus Stolz jagt durch meinen Körper und meine Mundwinkel zucken nach oben – gefolgt von der Flamme in meiner Hand.

Nur Mr Cooper ist davon nicht beeindruckt, verschränkt die Arme und sieht zu Eric. »Los, Catalano, ich will sehen, was er unter Todesangst schaffen kann.«

Wenn er wüsste, dass ich Eric dafür nicht mal brauche. All diese Gefühle habe ich schon durchgemacht und ich weiß, zu was ich in der Lage bin. Mr Coopers lächerliches Spiel macht mir keine Angst.

Auch wenn Rowan mir so unauffällig wie möglich Zeichen gibt, ich solle mich auf was gefasst machen. Auch er kennt mich und Eric nicht, weiß nichts über unsere Geschichte und –

Wie eine Ladung eiskaltes Wasser landet die Panik in

meinen Adern, lässt mein Blut fast gefrieren und wandert von meinem Magen aus in alle lebenswichtigen Organe. Eine überwältigende Angst, die mich lähmen will. *Der Gedanken daran, June nie wieder zu sehen … nicht zu wissen, was aus meiner Mutter geworden ist … vielleicht auch die Gewissheit, dass mein Vater nicht mal mehr am Leben ist.*

Mein Blick schießt zu Eric, der mit Tränen in den Augen dasteht, seine Haare pechschwarz, die Hände zu Fäusten geballt. Die Angst in meinem Inneren legt sich tonnenschwer auf meine Brust. Verliere ich hier gerade auch noch meinen besten Freund?

»Sehr gut, nur weiter, Mr Catalano.«

Mein Kopfschütteln ignoriert Eric gänzlich, die Angst wird nicht nur größer, sondern auch sehr viel schwerer. Die Flamme in meiner Hand flackert, will ausgehen und ich klammere mich verzweifelt an die Hitze, weigere mich, sie loszulassen. So albern mein Vater diesen Skill auch fand, am Ende wird er alles sein, was mir bleibt.

Wieder flackert sie und ich spüre, wie sie mir entgleitet, ich kriege sie nicht mehr zu packen und sehe dabei zu, wie sie vor den Augen aller einfach so in meiner Hand verlischt.

Mr Cooper kommt wieder auf mich zu, beugt sich nah zu mir, sein Grinsen breit, schief und böse. »Habe ich es mir doch gedacht, Mr Flare.« Zufrieden dreht er sich zu Eric. »Mr Catalano, vielen Dank für Ihre Unterstützung, jetzt wissen wir, wer unsere Zeit wert ist.« Kurzer Blick zu mir. »Und wer nicht.«

Als wäre ich gar nicht anwesend, spricht er weiter, erklärt den Jungs, was sie heute erwartet, welche Übung durchgeführt wird und worauf es ankommt. Ich stehe noch immer schwer atmend an meinem Platz, unfähig, die Beine zu bewegen, als mir langsam klar wird, dass Eric nicht einfach nur meine Ängste verstärkt hat, sondern genau jene, die hier nur er kennt. Meinem Blick weicht er aus, die Tränen in seinen Augen kann er sich sparen, immerhin hat er mich nicht nur vor allen bloßgestellt, sondern auch mein Vertrauen missbraucht.

»Sie können zurück in die letzte Reihe, Flare. Da, wo Sie hingehören.« Das Gelächter dröhnt unerträglich laut in meinen Ohren und mit schleppenden Schritten mache ich mich auf den Weg zu Rowan, muss dafür an Eric vorbei, der nur stur auf den Boden vor sich starrt, auch dann, als ich direkt neben ihm zum Stehen komme.

»Ich wette, Lance wäre richtig stolz auf dich.«

Meine Worte schlagen heftiger ein als eine wütende Ohrfeige und sofort zuckt sein Blick doch zu mir. Bevor er etwas sagen kann, beugt sich Zayne zu uns rüber. »Sauer, weil sein Skill besser ist als deiner, Flare?«

Mir entfährt ein bitteres Lachen, weil das einfach lächerlich ist. Aber Erics Blick wird düsterer, als er mich ansieht und ich ahne, dass er meine Reaktion missverstanden hat. Gerade, als ich mich erklären will, spüre ich pure Angst, die mich überfällt, bevor ich rational dagegen andenken kann. Erics Hand ist zur Faust geballt und ich weiß, dass er der Auslöser meiner Angst ist. Eric kennt all meine Ängste und spielt gerade mit einer erschreckenden Leichtigkeit damit, weiterhin stumm, auch wenn ich den Emotionssturm in seinen Augen und an seinen Haaren ablesen kann.

»Zieh endlich ab, Flare!« Erst Zaynes Kommentar bringt Eric dazu, meine Angst loszulassen.

Erst als ich bei Rowan angekommen bin, atme ich tief durch, kann noch nicht so recht glauben, was gerade passiert ist.

»Ich habe dich gewarnt.«

Das hat er wirklich, aber seit wann höre ich denn auf solche Warnungen? Mit einer ziemlich schlechten Kopie eines Lächelns drehe ich mich zu Rowan. »Dachte wohl nicht, dass Mr Cooper eine echte Gefahr für mich ist.«

Rowan sieht mich an, als hätte ich die einfachste Matheaufgabe der Welt nicht verstanden.

»Nicht vor Mr Cooper. Sondern Eric.«

KAPITEL 40

TAYLOR

Ich finde June in der Bibliothek, die hier so groß ist, dass die der Misfits Academy sicher zwei Mal reinpassen würde. June sitzt ziemlich weit hinten, an einem der riesigen Fenster, die den Blick auf die Bäume davor freigeben und das Sonnenlicht, nicht aber die Geräusche der Schüler, die draußen Fußball spielen, ins Innere lassen.

Außer ihr ist noch eine Gruppe hier, die an einem großen Tisch in der Lyrikabteilung zusammensitzt. Ich lenke meine Schritte an all den Regalen vorbei, ignoriere die Erstausgaben von Jane Austens Werken und steuere direkt auf June zu, die so in ihre Recherche versunken ist, dass sie mich selbst dann nicht wahrnimmt, als ich mich neben sie setze und sie einige Sekunden lang beobachte. Doch dann schaut sie hoch, bemerkt meine geröteten Augen und klappt schnell den Laptop zu.

»Was ist passiert?«

Wie soll ich ihr das alles erklären, wenn mir alleine beim Gedanken daran, dass ich Dylan gerade wiedergesehen habe, erneut die Tränen kommen? Sofort greift June nach meinen Händen, Sorge schleicht sich in ihren Blick, der mein Gesicht scannt, als würde sie dort einen Hinweis auf den Grund meiner Tränen finden.

»Ich habe gerade –«

»*Pssst!* Wir versuchen, hier zu lernen, wenn es euch nicht stört!« Einer der Schüler, die in der Gruppe unweit von uns sitzen, schüttelt genervt den Kopf und deutet auf ein Schild, das alle hier daran erinnert, dass man in einer Bibliothek ruhig zu sein hat. June feuert einen wütenden Blick in Richtung der Gruppe und schiebt mich dann samt Stuhl etwas weiter in Richtung Fenster, aber ich weiß ja nicht mal, wie ich alles in Worte fassen soll, und so zieht sich June kurz entschlossen die Mütze vom Kopf.

Neo wurde zu Dylan. Er ist ein Metamorph.

Nicht mal gedacht, ergibt das wirklich Sinn, aber ich bin froh, es nicht aussprechen zu müssen.

Er sah so echt aus und hat sich auch so angefühlt. Es war wie ein Abschied, aber keiner von der gemeinen Sorte.

June, die mich keine Sekunde aus den Augen lässt, hält meine Hände fest in ihren und erinnert mich so daran, dass zumindest einige Dinge noch real sind. Sie und unsere Freundschaft.

»Hat es sich ein bisschen gut angefühlt?« Ihre Frage ist ein sehr leises Flüstern und ich nicke, auch wenn das wehtut.

Dylan habe ich nicht wirklich losgelassen, aber zumindest dieses Gefühl, das ich wie einen Mühlstein bei jedem Schritt mit mir rumgetragen habe. Das Schuldgefühl …

June nickt, während sie mich aufmunternd anlächelt.

Zumindest fühlt es sich jetzt leichter an und das ist gut.

Sosehr sie sich für mich freut, ist da auch eine Spur Wehmut in ihrem Blick, immerhin wartet sie noch immer auf Nachricht von Lundy.

News von Fionn?

Doch ich kenne die Antwort schon, bevor sie einmal mehr enttäuscht den Kopf schüttelt, den Blick jetzt von mir wieder zu dem geschlossenen Laptop wandern lässt. »Weißt du, was komisch ist? Wenn man irgendwas zur Academy auf Lundy recherchiert, findet man keine Liste der dortigen Schüler. Nicht mal die Namen der Lehrer. Nichts. Als wäre Lundy an sich schon ein riesiges Mysterium.« Sie sieht sich um, aber solange die Bücher um uns herum keine Augen haben, beobachtet uns niemand, trotzdem beugt sich June weiter zu mir, spricht noch leiser weiter, während sie ihre Mütze wieder aufsetzt. »Vielleicht kann Neo uns ja ein bisschen was dazu erzählen, schließlich hat ihn sein Academy-Hopping auch dorthin geführt.« Dabei sieht sie mich auffordernd an und ich verstehe, was sie von mir erwartet.

»Wieso soll *ich* ihn das fragen?«

»Er ist *dein* Tutor.«

»Wieso fragst du ihn nicht selbst? Du hast doch gesagt, dass du ihm inzwischen vertraust.«

Junes Augenbrauen ziehen sich wie Gewitterwolken kurz vor einem ziemlich heftigen Wolkenbruch zusammen. »Das habe ich nie gesagt.«

»Doch, er würde dich irgendwie an Dylan erinnern.«

Jetzt lacht sie auf, erinnert sich daran, wo wir sind, und legt sich sofort die Hand über den Mund, aber die Gruppe in der Lyrikabteilung schaut schon streng und ich hebe schnell entschuldigend die Hand.

»Taylor, ich halte Neo für alles, nur nicht für jemanden,

dem ich vertrauen würde. Außerdem haben Dylan und er rein gar nichts gemeinsam.«

»Das habe ich auch gesagt und du hast mir widersprochen.«

»Wann denn?«

»Als wir neulich im Coffeeshop saßen.«

Sie denkt einen Moment nach, findet aber keine passende Erinnerung und schüttelt wieder entschlossen den Kopf. »Also ich weiß wirklich nicht, wovon du sprichst.«

Kein angenehmes Gefühl, denn ich bin sicher, dass sie genau das über Neo gesagt hat, aber jetzt komme ich ebenfalls ins Grübeln und sehe aus dem Fenster, wo ich am anderen Ende des Innenhofs den Coffeeshop erkenne, in dem June und ich schon einige Mal den Schultag haben ausklingen lassen.

»Hast du ihm mal erzählt, dass wir gerne Karamell Macchiato trinken?« Immerhin hat er das behauptet und so langsam kommt mir auch das ein bisschen merkwürdig vor.

»Nein, über so was habe ich noch nie mit ihm gesprochen. Wieso auch? Wir sind schließlich keine Freunde.«

»Aber er sagte, du hättest es ihm erzählt. Und du sagtest, dass du ihm vertrauen würdest.«

»Habe ich nicht.«

Und dann dämmert es uns. Wenn er sich anhand eines Fotos in Dylan verwandeln kann, wieso sollte er dann nicht in der Lage sein, sich einfach so in June oder mich verwandeln zu können.

Zimtgeruch. Ich greife in die Hosentasche und ziehe den Kaugummistreifen hervor, den Neo mir gegen meine Nervosität gegeben hat, und rieche kurz daran.

»Dieser miese kleine ...« Aber ich spreche nicht aus, für was ich Neo halte, und mustere stattdessen June, bevor ich weiterspreche. Wie oft habe ich ihr etwas erzählt, in der festen Überzeugung, mit meiner besten Freundin zu sprechen? Wie oft war das in Wirklichkeit Neo?

»Wir brauchen eine Art Codewort. Damit wir wissen, dass wir wirklich wir sind. Für den Fall, dass Zweifel aufkommen.«

Zweifel daran, dass diese junge Frau vor mir wirklich June ist. Alleine das ungute Gefühl, das sich jetzt als Gänsehaut über meinen Rücken ausbreitet, verrät mir, dass ich Neo zu sehr vertraut und nicht hinter die freche Fassade geschaut habe. Misstrauen übermannt mich, was auch June nicht entgeht. Mein Gehirn rast, versucht, Bilder und Informationen zusammenzubringen, die nicht zusammengehören. June deutet mein Schweigen als Beweis meiner Zweifel und nimmt ihre Mütze ein weiteres Mal ab, ohne sich umzusehen, ob uns jemand beobachten könnte, und liest meine Gedanken.

Wenn du meine June bist, dann verrate mir, was Ivys liebste Pflanze ist.

Junes Lächeln wächst, als wir beide wissen, was unser kleines geheimes Codewort sein wird.

»Blaufuchs.«

KAPITEL 41

ERIC

»Das war richtig gut.«

Zayne fällt neben mir in einen leichten Trab, hat sich extra zurückfallen lassen, obwohl ich weiß, dass er schneller laufen kann, wenn er will. Es ist die typische Abschlussrunde, die wir nach dem Schwimmtraining immer um das Academy-Gebäude laufen müssen. Um unsere Fitness zu steigern. Noch mehr. Insgesamt geht es mir hier ein bisschen zu sehr um unsere körperliche Fitness und zu wenig um alles andere.

»Sorry wegen meines Ausrasters beim Mittagessen.«

Gerade ist mir nicht nach Gesellschaft, deswegen laufe ich ganz am Ende des Trupps. Sogar Rowan ist gerade schneller als ich und läuft neben Fionn, mit dem er sich unterhält und der mich ebenso ignoriert, wie ich ihn.

»Erde an Eric.« Zayne berührt im Laufen meine Schulter und ich feuere einen wütenden Blick in seine Richtung, den er aber nur mit einem sanften Lächeln abfängt. »Ich habe mich gerade entschuldigt.«

»Ja, habe ich gehört.« Es interessiert mich gerade nur nicht. Meine Gedanken kauen noch immer die Szene mit

Fionn durch. Ich wollte das alles eigentlich gar nicht, aber ich wusste auch, dass Mr Cooper weder ihn noch mich so leicht hätte davonkommen lassen. Vermutlich hätte er Fionn die Luftzufuhr abgeschnitten und da dachte ich, es wäre besser, wenn ich gegen ihn antrete. Aber ich wusste nicht, dass Fionn so wütend werden würde.

»Wer ist eigentlich Lance?«

Zaynes Frage erreicht mich unerwartet und ich komme kurz ins Stolpern, bleibe mit den schweren Boots an einem Stein hängen und falle vornüber. Nur lande ich nicht auf dem Boden, sondern mehr oder weniger in Zaynes Armen, denn er fängt meinen Sturz ab und hält mich fest, bevor etwas passieren kann.

»Vorsicht.«

Ich will ihn nicht ansehen, will nicht über Lance sprechen und die Erinnerung an ihn aufwärmen. Nicht, nachdem Fionn ihn benutzt hat, um mich zu treffen.

»Eric, wenn du reden willst, ich bin hier.«

Hastig mache ich mich von ihm los. »Wieso sollte ich mit dir reden? Du bist Mr Coopers rechte Hand und alles, was ich dir erzähle, landet ohne Umwege bei ihm und dann wird er es gegen mich verwenden. Oder gegen Fionn und –«

»Du hast es noch nicht verstanden, oder?« Die anderen sind inzwischen weitergelaufen, wir bleiben alleine zurück und Zayne schüttelt den Kopf, fährt sich durch die schneeweißen Haare und sieht sich um, aber außer uns ist niemand mehr zu sehen. »*Wir* sind nicht die Bösen. *Mr Cooper* ist nicht der Böse. Wir werden hier ausgebildet. Unser *Skill* wird hier ausgebildet.«

»Es mag dich schockieren, aber das habe ich auch schon gecheckt.«

»Nein, du verstehst eben nicht. Wir, also du und ich und all die anderen, die spielen keine Rolle. Es geht um unseren *Skill*!« So eindringlich, wie er mich ansieht, hat er es bisher noch nie getan. Dank dieses Blicks bekommt er nun meine ungeteilte Aufmerksamkeit, also spricht er weiter. »Weißt du, wie viel komplett ausgebildete Skills auf dem Schwarzmarkt wert sind?«

»*Was?*«

»Du weißt doch, was Fionns Mutter abzieht. Wenn es stimmt, was Mr Cooper erzählt, dann weißt du das.«

Natürlich weiß ich das, aber ich werde es nicht zugeben. Ich traue Zayne noch nicht, auch wenn seine Gefühle für mich glasklar greifbar sind und ich nicht eine negative Emotion mir gegenüber ausmachen kann. Ganz im Gegenteil.

»Worauf willst du hinaus?«

»Immer mal wieder werden einige Skillz von hier *verlegt*. Wenn ihre Ausbildung abgeschlossen ist. Sie wollen als Tutoren auf andere Academys kommen.«

»Und weiter?«

»Nun, sagen wir so, diese Jungs kommen nicht wieder. Aber ihr Skill taucht wieder auf. Ein Kumpel von mir, der ist eines Nachts abgeholt worden, und es war das letzte Mal, dass ich ihn gesehen habe.« Zayne schaut mich abwartend an, ob ich auch verstanden habe, worauf er hinauswill, doch ich kann nur den Kopf schütteln, auch wenn ich ahne, worauf er hinauswill.

»Das ist doch … das würde doch die Schulbehörde niemals zulassen.«

Jetzt legt er den Kopf schief, sein Blick wird nur noch intensiver. »Du glaubst, die Schulbehörde weiß davon nichts?«

Ehrlich gesagt weiß ich nicht mehr so recht, was ich eigentlich noch glauben soll. Oder will.

»Fragst du dich nicht, wieso es immer nur darum geht, unseren Skill als Waffe einzusetzen? Wir lernen nicht, wie wir ihn in den Griff kriegen, im Gegenteil, wir werden gedrillt, als wäre das hier eine Militär-Academy.«

»Das ist Bullshit. Skillz dürfen nicht in den Militärdienst.« Eines der Gesetze, das weltweit für uns alle gilt und das in der Vergangenheit schon für genug Ärger gesorgt hat. Niemals würde Mr McAllister oder die Schulbehörde das Risiko von noch mehr Ärger eingehen. Zayne macht einen Schritt zurück, mustert mich von oben bis unten und richtet seinen Blick dann auf meine Haare.

»Du hast Angst.«

»Quatsch.« Manchmal hasse ich meinen Skill, mit all den Macken, die er mit sich bringt.

»Vielleicht habe ich mich einfach in dir geirrt, Eric. Ich dachte, dir würde was an uns Skillz liegen. Vergiss einfach, was ich dir erzählt habe.« Schnell winkt er ab und verfällt wieder in einen Trab, der schneller wird und bald rennt er, um möglichst viel Abstand zwischen sich, meine Angst und mich selbst zu bringen. Eine weiße Locke hängt mir tief in die Stirn und ich zupfe kurz an ihr, hoffe, sie davon überzeugen zu können, sich wieder zu verfärben, aber sie bleibt unverändert weiß.

Alle denken, es sei so einfach, Emotionen zu kontrollieren, und bei anderen fällt mir das auch erstaunlich leicht, nur bei mir selbst tue ich mich schrecklich schwer damit. Jetzt ist da Enttäuschung und Wut, aber auch Verwirrung und Angst. Und ein Gefühl, das ich eher mit June in Verbindung bringe. Neugier gräbt sich gerade an allen anderen Gefühlen vorbei.

Was, wenn Zayne die Wahrheit sagt, wenn es hier wirklich nur darum geht, unseren Skill in kürzester Zeit so gut es geht auszubilden, um ihn uns dann zu nehmen und zu verkaufen?

Meine Schritte werden schneller. Vielleicht kann ich Zayne noch einholen und ihn fragen, was er sonst noch so weiß, aber als ich den kleinen Hügel hinaufrenne, ist er schon nicht mehr zu sehen. Nur die letzten Nachzügler kann ich erkennen, einer von ihnen ist Rowan, der sich auf Fionns Schulter stützt und über einen Witz lacht. Fionn grinst ihn frech an und ich werde nur noch verwirrter.

Meine Haare werden dunkler und diesmal merke sogar ich es, weil ich die Wut nicht bekämpfe, sondern alle Schleusen öffne, das Gefühl durch meinen Körper fließen lassen. Ohne auf sie zu achten, renne ich an ihnen vorbei, erhöhe ganz nebenbei ihre Erschöpfung, was sie sofort langsamer werden lässt.

»Eric!«

Fionns Stimme erreicht mich, aber diesmal drehe ich mich nicht um, bleibe nicht stehen, sondern versuche, nur noch schneller zu rennen. Dabei weiß ich nicht, ob ich vor Fionn davonlaufe oder auf Zayne zu. Doch sooft ich mich auch umschaue, sein blonder Haarschopf taucht nirgends auf.

Mr Cooper, der mit einer Stoppuhr in der Hand am Eingang an der Steinmauer auf uns wartet, wirft mir einen zufriedenen Blick zu, als ich ihn passiere und auch im Innenhof nicht stehen bleibe. An den anderen Schülern gehe ich wortlos vorbei, spüre aber ihren Respekt – oder ihre Angst …

Ohne nachzudenken, gehe ich direkt in den Waschraum, wo die ersten Jungs bereits unter die Dusche in das heiße Wasser treten. Mr Cooper wird es bald ausstellen lassen und niemand will mit eiskaltem Wasser duschen. Doch statt mich auszuziehen und ihrem Beispiel zu folgen, trete ich an eines der Waschbecken und starre mein Spiegelbild an. Meine Haare sind Verräter meiner Emotionen und ich hasse es, dass andere manchmal noch vor mir wissen, was in mir vorgeht.

Einer der Jungs hat seinen Waschbeutel auf der Ablage gelassen und ich entdecke darin einen elektrischen Rasierer, nach dem ich jetzt kurz entschlossen greife und ihn auf die kürzeste Stufe einstelle.

Durchatmen.

Dann schalte ich ihn an, spüre die Vibration, die von den Klingen des Rasierers ausgeht und von der ich jetzt meine Hand leiten lassen. Vom Haaransatz lasse ich das Gerät einmal über meinen Kopf bis in meinen Nacken fahren und sehe dabei zu, wie meine Locken vor mir ins Waschbecken fallen. Schnell wiederhole ich die Aktion, bevor ich es mir anders überlegen kann, immer und immer wieder. Meine Locken segeln wie in Zeitlupe in das glatte Keramikbecken und ich spüre die irritierten Blicke der anderen um mich herum, drehe mich aber nicht um, höre nicht auf, bis mein Werk vollendet ist. Das surrende Geräusch des Rasierers in meiner Hand übertönt alle Gedanken, und der junge Mann, der mich aus dem Spiegel ansieht, hat kaum noch Ähnlichkeit mit mir, auch wenn ich genau weiß, dass es sich um mein eigenes Spiegelbild handelt.

Noch bevor er neben mich tritt, kann ich ihn schon im Spiegel sehen. Ein leichtes Lächeln auf den Lippen, seine Augen schimmern eiskalt wie die Arktis. Ohne etwas zu sagen, fährt Zayne mir mit der Handfläche über die raspelkurzen Haare, sein Lächeln wächst weiter. »Schicke Frisur.«

»Danke.« Erst jetzt schalte ich den Rasierer aus und bemerke, dass meine Hände noch immer zittern. Aber davon lasse ich mich nicht aufhalten, drehe mich zu Zayne und sehe ihm direkt in die Augen. »Ich habe keine Angst mehr. Und mir liegt sehr viel an uns Skillz.«

Zayne nickt langsam, versteht, was ich damit wirklich sagen will.

»Dann halte dich heute Nacht bereit.«

KAPITEL 42

NEO

June wird in einem leeren Klassensaal auf mich warten, weil ich Idiot angeboten habe, als ihr Tutor zu fungieren. Vermutlich wird Taylor ihr inzwischen erzählt haben, was für einen Skill ich habe, und wer weiß, vielleicht nimmt sie mich ja nun etwas ernster. In Gedanken verloren bemerke ich erst am Fuße der Treppe die Unruhe, die durch die Masse an Schülern wogt und schließlich auch mich erreicht.

»Ja, es ist eine Liveübertragung! Soll gleich anfangen ...«

Getuschel und Hektik brechen um mich herum aus, als einige Schüler ihre Handys zücken.

Eine Liveübertragung. *Jetzt schon?*

»Wetten, Blaine ist zum Premierminister gewählt worden?«

»So schnell geht das doch niemals!«

»Und was, wenn doch?«

Was, wenn doch? Meine Schritte werden langsamer und ich denke daran, was ich zu erledigen habe, an den Plan, der vielleicht gerade durchkreuzt wird. Die Schüler bewegen sich wie eine große Welle durch die Aula, steuern sicherlich auf den Gemeinschaftsraum zu, in dem ein großer Flat-TV und genug Sitzmöglichkeiten vorhanden sind. Nur ahne ich, dass es diesmal eben nicht um das große Finale von *Stricktly Come Dancing* oder *The Great British Bake Off* geht. Mein Puls legt zu und ich werfe einen Blick auf die Uhr. Ist es schon so weit? Ich dachte, das alles würde erst in einem Monat losgehen.

»Kommt schon, es heißt, Blaine hat eine riesige Überraschung in petto.«

Wäre da nur nicht meine verdammte Neugier, die mich schließlich dazu bringt, ebenfalls umzudrehen. Ohne zu zögern, schnappe ich mir den nächsten Schüler, der ebenfalls in Richtung Aufenthaltsraum eilen will, weil ich wissen muss, was wirklich passiert.

»Hey! Warum so ein Chaos?«

»Dieser Blaine hält gleich eine Rede und will wohl eine Lösung anbieten, mit der er die Skillz ›unter Kontrolle‹ bekommen möchte.« Die in die Luft gezeichneten Anführungszeichen zeigen sehr deutlich, dass wir Skillz Mr Blaine keinen Millimeter über den Weg trauen. »Aber es wird sicher in den Acht-Uhr-Nachrichten wiederholt.« Damit geht der Junge weiter, weil er eben nicht auf die besagten Nachrichten warten will. Niemand von uns will schließlich verpassen, wenn sich unsere Zukunft verändert und so tue ich das, was ich sonst hasse: Ich folge der Masse. Möglichst unauffällig hänge ich mich an die letzte Gruppe von Schülern, die sich alle in den Gemeinschaftsraum drücken wollen, aber schon lange passen nicht mehr alle rein. Vom Flur aus können wir aber zumindest den Fernseher sehen, der momentan noch ein leeres Pult zeigt, an dem Blaine wohl gleich seine Rede schwingen wird. Jemand stellt die Lautstärke hoch, damit wir auch nichts verpassen. Ehrlich gesagt kann ich sein Gerede über uns und die Gefahr, die angeblich von uns ausgeht, nicht mehr hören, aber manchmal ist es besser, zu wissen, was der Feind plant, als darauf zu hoffen, dass schon alles gut wird. Wenn man bedenkt, wie viel nervöse Skillz-Schüler sich gerade hier zusammenquetschen, ist es erstaunlich still, ich bin mir nicht mal sicher, dass alle noch atmen.

»Dich habe ich gesucht.« June greift nach meinem Arm und ich spüre so was wie einen kurzen Stromschlag genau da, wo sie mich berührt, bevor ich ein Lächeln aufsetze und zu ihr sehe.

»Zum Glück hast du mich gefunden, Clarke.«

Allerdings erwidert sie mein Lächeln nicht, ganz im Gegenteil, Ernsthaftigkeit schwingt in ihrem Blick mit und ich ahne, dass das nichts Gutes bedeuten kann. Sie weiß es also schon.

»Zeit für ein bisschen Wahrheit. Wir müssen reden.« Davon ist sie so überzeugt, dass sie sogar diesen Moment für passend hält, aber ich deute nur auf den Fernseher, auf dem jetzt ein smart aussehender Mann mit vollem Haar und einnehmendem Lächeln ins Bild tritt. Mir wäre lieber, er wäre ein wütender alter Typ mit schiefen Zähnen, den man nicht mögen will, aber natürlich sieht Robert Blaine auch noch so aus, als wäre er nicht nur der perfekte Schwiegersohn, sondern auch die perfekte Wahl, um diese Nation zurück in eine glorreiche Zukunft zu führen. Junes Aufmerksamkeit wandert nun ebenfalls zum Fernseher, aber ihr Griff wird nicht lockerer, was mir eine unauffällige Flucht unmöglich macht.

»*Bürger und Bürgerinnen Großbritanniens, ich möchte mich bereits im Voraus für Ihre Zeit bedanken. Denn natürlich weiß ich, dass Sie alle etwas zu tun haben, was Sie für mich unterbrechen.*«

»Elender Schleimer.«

Gut zu wissen, dass June und ich uns bei Blaine einig sind.

»*Wie Sie alle wissen, hat die Sicherheit dieses Landes für mich die absolute Priorität!*«

»Von wegen, dein Hass gegen uns Skillz ist es.«

Jemand vor uns dreht sich genervt zu uns um und legt den Zeigefinger an die Lippen, als Zeichen, wir sollen endlich die Klappe halten. Wie ernst Blaine genommen wird, verrät allein die Tatsache, dass nicht nur die Nicht-Skillz im Land jetzt gerade an seinen Lippen hängen, sondern auch die Schüler einer Skillz-Academy.

»*Und sollte ich zum nächsten Premierminister gewählt werden, dann wird es mein oberstes Ziel sein, unsere Straßen wieder sicher zu machen. Skill-Gesetze zu verschärfen und Strafen auch durchzusetzen, etwas, das unser aktueller Premierminister leider vernachlässigt.*«

Um nicht wieder einen bissigen Kommentar abgeben zu müssen, beiße ich mir diesmal auf die Zunge und verdrehe stattdessen die Augen.

»*Mir werden viele Dinge nachgesagt. Ich würde Skillz hassen, sie sogar verabscheuen.*« Theatralisch legt er sich die Hand auf die Brust und sieht getroffen direkt in die Kamera, als würde er uns alle ansehen wollen. Dabei rutscht eine Haarsträhne in seine Stirn, die er sich mit einer perfekt choreografierten Handbewegung wieder nach oben wischt.

»*Aber das sind nur Lügen und Unterstellungen. Es geht mir um ein friedliches Miteinander, bei dem Grenzen eingehalten werden.*«

»Grenzen, das kann ich mir vorstellen.« Junes bitterer Ton ist auch in ihrem Flüstern zu hören.

»*Um zu beweisen, dass es mir um das Wohlergehen aller geht, möchte ich Ihnen jemanden aus meinem Team vorstellen, mit dem ich seit einiger Zeit sehr eng zusammenarbeite und dessen bisherige Arbeit uns für die Zukunft von großer Hilfe sein wird.*« Er dreht sich nach links und deutet auf eine Person, die wir in dieser Einstellung nicht sehen können. »*Dr. Flare, würden Sie sich kurz vorstellen?*«

Junes Griff um meinen Arm wird fester und ich sehe, dass sie mit offenem Mund auf den Bildschirm starrt und ihre Augen fast schon panisch aufgerissen sind. Ein Mann mit dunklen Haaren und einer bläulich getönten Brille betritt die Bühne, er sieht aus, als käme er gerade von einem entspannten Urlaub in Südfrankreich oder so was. Er kommt zu Blaine ans Rednerpult, sein Lächeln mindestens so überzeugend wie das seines Vorredners, wenn nicht sogar noch mehr.

»Vielen Dank, Robert.« Die beiden Männer schütteln sich die Hände, dann tritt Mr Blaine einen kleinen Schritt zurück, bleibt aber gut sichtbar im Bildausschnitt stehen. Noch nie zuvor habe ich einen so perfekt sitzenden Anzug gesehen, wie den von Dr. Flare, der sich jetzt an alle Zuschauer wendet.

»*Mein Name ist Dr. Malcom Flare und einigen von Ihnen bin ich sicherlich noch durch meine Arbeit als Arzt in Erinnerung.*«

June scheint nicht zu merken, wie fest sie meinen Arm hält und ich verstehe, dass sie diesen Mann nicht nur kennt, sondern auch nicht besonders viel von ihm hält. Bevor sie mir ihre Fingernägel noch weiter in die Haut rammen kann, greife ich nach ihrer Hand und verhake unsere Finger, was sie ohne Gegenwehr geschehen lässt.

»*Jahrelang habe ich erfolgreich eine Klinik für Skillz-Forschung geführt, bevor meine Ex-Frau und ich getrennte Wege gegangen sind. Für eine kleine Weile habe ich mich aus der Öffentlichkeit zurückgezogen, um zu entscheiden, wie es weitergehen soll. In dieser Zeit habe ich mir viele Fragen gestellt. Zum Beispiel, wie kann ich den Skillz helfen?*«

»Schon mal von ihm gehört?«

June beantwortet meine Frage nur mit einem knappen Nicken, hält den Blick aber auf den Bildschirm gerichtet, wo Dr. Flare jetzt die Brille abnimmt und nachdenkliche Augen freigibt.

»*Nicht alle Skillz wollen mit ihrer Fähigkeit leben müssen. Die Selbstmordrate bei jugendlichen Skillz ist höher als die der Nicht-Skillz. Also habe ich in den letzten Monaten meine Forschung verlagert und kann nun verkünden, dass ich Medikamente entwickelt habe, die es ermöglichen, die unmenschlichen Fähigkeiten zu unterdrücken und Skillz endlich ein normales Leben zu verschaffen. Eines, in dem sie keinerlei Gefahr für uns Nicht-Skillz darstellen.*«

»Medikamente zur Unterdrückung unserer Skills?«

Aber June schüttelt den Kopf, ihr Blick verrät ihre wahren Gefühle gegenüber Dr. Flare und das sind keine guten. »Er lügt. Er ist doch selber auch ein Skillz.«

Fast so, als hätte Flare Junes Vorwurf gehört, wird sein

Blick eindringlicher. »*Und weil ich als gutes Beispiel vorangehen wollte, habe ich diese Medikamente an mir selber getestet und kann voller Stolz behaupten, dass ich nicht länger ein Skillz bin.*« Er breitet die Arme aus, als wolle er uns alle in eine Gruppenumarmung einladen. »*Seit über drei Monaten bin ich nun schon skillfrei. Und ihr könnt das auch.*« Er beugt sich etwas nach vorne, sieht direkt in die Kamera. »*Ich kann euch helfen, ein freies und skillfreies Leben zu führen, vorbei die Zeit der Scham, Unsicherheit und des Versteckens.*« Der Applaus, der aus den Lautsprechern des Fernsehers dröhnt, übertönt fast seine nächsten Worte. »*Wenn Robert Blaine Premierminister wird, können wir gemeinsam endlich eine Lösung finden. Ich danke Ihnen für Ihre Zeit.*«

Mr Blaine rückt wieder zu ihm auf, legt den Arm um Dr. Flares Schulter und gemeinsam winken sie zufrieden lächelnd in die Kamera, die langsam rauszoomt und die Masse an Reportern und Journalisten zeigt, die dieser Rede gelauscht haben. Aber nicht nur die, sondern auch viele Zuschauer applaudieren und jubeln dem neuen Dreamteam der Politik zu. Langsam drehe ich mich zu June, deren Hand in meiner immer kälter geworden ist.

»Du kennst den Typen persönlich?«

»Allerdings. Und er lügt, wenn er den Mund aufmacht. Er hat seinen Skill nicht mit Medikamenten unterdrückt.«

»Ach nein?«

»Nein. Er wurde ihm *weggenommen*.«

KAPITEL 43

FIONN

Das muss ein Scherz sein.

Als ich auf unser Stockbett zukomme, ist Erics Platz vollkommen leer geräumt. Kopfkissen, Decke, seine Schuhe und alles andere ist nicht mehr da, wo es die letzten Wochen war, und ich sehe mich im Schlafsaal um, hoffe mich zu irren und finde ihn dann doch genau dort, wo ich es befürchtet habe. Mit Zayne, Ollie und Felix auf der anderen Seite des Ganges, wo er gerade sein offensichtlich neues Bett bezieht. Genervt werfe ich meine Sachen auf mein Bett und marschiere direkt zu ihnen rüber. Zumindest bis mir Rowan in den Weg tritt, seine Hände auf meine Schultern legt und mich warnend ansieht.

»Heute hast du eine Warnung schon ignoriert. Tu es nicht schon wieder.«

»Werde ich aber. Ich muss mit meinem Freund sprechen.«

»Das würde ich an deiner Stelle lieber nicht tun.«

»Rowan, ich kenne Eric schon eine Weile und was auch immer Zayne da für eine Nummer abzieht, ich werde nicht einfach nur dabei zusehen.«

»Er braucht deine Hilfe nicht.«

Frustriert schiebe ich seine Hände von mir. »Und ich deine nicht, Rowan.«

Er sieht mich noch einen Moment an und ich kann sehen, dass er mit sich hadert, ob er noch etwas sagen soll, dann zieht er sich aber schließlich zurück und gibt den Weg frei. Ich wünschte mir, seine Warnung wirklich so leicht abschütteln zu können, wie ich es vortäusche zu tun, aber als ich meine Schritte weiter in Richtung Eric lenke, folgen mir Rowans Worte wie ein treuer Begleiter.

Zayne sieht mich kommen, bevor Eric es tut, und bedeutet mir, ich solle lieber verschwinden, aber ich denke nicht daran.

»Eric, was soll das?«

Es ist wieder Zayne, der antwortet. »Dein Kumpel zieht um.«

»Kann ich das auch von ihm hören?«

Eric, der mir noch immer den Rücken zuwendet, tut so, als ob er mich nicht hört. Er trägt eine Strickmütze, die ich noch nicht an ihm gesehen habe, und so greife ich nach seiner Schulter. »Ich rede mit dir!«

Jetzt dreht er sich doch zu mir um, mit einem Blick härter als Skill-Steel, und ich weiche einen kleinen Schritt zurück, so überrumpelt bin ich von seiner Ausstrahlung.

»Aber ich rede nicht mit dir, Fionn.«

»Eric.«

Eric verschränkt die Arme vor der Brust und nickt in die Richtung, in die Rowan vorhin abgezogen ist. »Willst du nicht lieber mit deinem neuen Assistenten spielen gehen?«

Die Bitterkeit in seiner Stimme passt nicht zu dem Eric, den ich kenne und den ich meinen besten Freund nenne. Dieser junge Mann hier wirkt kantig und gereizt, als würde er zu wenig schlafen, dafür aber zu viel grübeln.

Ich versuche es mit einem Lächeln. »Lass uns in Ruhe quatschen.«

Doch genau das will Zayne nicht, er legt einen Arm um Erics Schulter und fixiert mich mit Abscheu.

»Er hat keinen Bock auf dich, müssen wir dir das wirklich erst erklären? Du bist nicht so besonders, wie Mummy und Daddy dich haben glauben lassen.«

»Ich will trotzdem wissen, was Eric denkt oder fühlt.«

Mit einem Ruck zieht Zayne Eric die Mütze vom Kopf und legt seinen fast kahl geschorenen Kopf frei, natürlich begleitet von einem zufriedenen Grinsen. »Du kannst seine Gefühle nicht mehr für dich nutzen. Er ist jetzt einer von uns, Flare. Also zieh ab.«

Erics Locken, oft bunt und mit einer Art Eigenleben, sind verschwunden. Geblieben ist ein desillusionierter Kerl, der mich in Grund und Boden starrt, als wäre ich sein größter Feind.

»Sollen wir deutlicher werden?« Zayne lässt die Raumtemperatur sinken, aber das bekomme ich kaum mit, weil meine Hände ohnehin bereits erstarrt sind, wie auch meine Hoffnung, dass Eric und ich das hier einfach klären können. Eiskristalle legen sich auf meine Haut, aber ich lasse mich von Zayne nicht so leicht einschüchtern, schnippe mit den Fingern und erzeuge zwei Flammen, die reichen, um seinen Frost in Schach zu halten.

Aber die Kühle im Schlafsaal ist es nicht, die mir Angst

macht. Es ist Erics Blick – und sein Wissen über mich, meine Gefühle und die Selbstzweifel. Wenn er es wirklich darauf anlegen wird, habe ich keine Chance gegen ihn. Aber ich weigere mich zu gehen, bevor ich es aus seinem Mund gehört habe. Eric und ich, das kann hier nicht einfach so kaputtgehen, und weil er meine Gefühle natürlich kennt, atmet er jetzt schwer aus.

»Lass gut sein, Fionn.« Es klingt nicht so hart, wie er es wohl gerne hätte, aber die Message kommt klar und deutlich an. Er hat sich entschieden.

Ohne noch etwas zu sagen, drehe ich mich um und will zurück zu meinem Bett, als Zayne noch etwas einfällt. »Hey, Flare!«

Keine Ahnung, wieso ich stehen bleibe oder mich umdrehe, aber ich tue beides.

»Hier für dich.« Er schleudert mir die Strickmütze entgegen, die ich im Reflex auffange. »Wird ab jetzt nämlich verdammt frostig für dich.«

Der Stoff zwischen meinen Fingern fühlt sich noch immer durch Erics Körperwärme angenehm an. Aber die Wärme wird verschwinden, wie auch mein bester Freund, der meinen Blick und mich auf Abstand hält.

Entweder Zayne hat einen Weg gefunden, die Kälte auch in meinem Inneren zu verbreiten, oder sie wird verursacht von dem Wissen, hier bald alleine zu stehen. Eine Verzweiflung, die ich in diesem Ausmaß noch nicht kannte, überfällt mich hinterrücks und, ohne wirklich darüber nachzudenken, stürme ich auf meinen Spind zu und reiße die Metalltür auf, greife nach meinem kleinen Geheimnis und sobald sich meine Finger um die Phiole legen, kehrt ein bisschen Gefühl zurück. Und zwar eines, das Eric nicht manipuliert.

Rowan taucht neben mir auf, besorgter Blick inklusive. Ich halte die Phiole noch fester umklammert, schiebe die Hand in meine Hosentasche.

»Es tut mir leid.« Was genau ihm leidtut, erklärt er nicht, aber ich kann es mir auch so denken, nicke nur und schleudere die Spindtür heftiger als nötig zu, bevor ich mich zu ihm drehe. »Eric ist alt genug, er hat sich entschieden. Damit habe ich nichts mehr zu tun.«

»Schon klar, aber vielleicht –«

Bevor er die nächste, sicher gut gemeinte Warnung aussprechen kann, klopfe ich ihm schnell auf die Schulter. »Weißt du, ich gehöre zu den Typen, die lieber nicht wissen, wo und wann sie sterben. Nichts für ungut, okay?«

Einen Moment lang sieht er mich perplex an, dann nickt er schließlich viel zu schnell, holt Luft, um etwas zu sagen, aber ich habe andere Pläne. Vielleicht nicht den besten, aber zumindest einen Plan.

»Wir sehen uns, Rowan.«

Unter den Blicken aller anderen Jungs im Schlafsaal, die meine kleine Diskussion mit Eric und Zayne natürlich mitbekommen haben, gehe ich mit erhobenem Kopf zurück in Richtung Waschraum, wo ich die erste freie Toilettenkabine wähle und sie sofort hinter mir abschließe.

Kurz horche ich in den Raum, höre einige Jungs bei den Duschen lachen, zu meiner Linken wird die Klospülung betätigt. Nicht gerade die Umgebung, die ich im Kopf hatte, als ich mir diese Szene immer wieder ausgemalt habe.

June wird enttäuscht sein. Und sie wird richtig sauer sein.

Sie fehlt mir so sehr, aber keiner meiner Anrufe ging mehr durch und meine Nachrichten hat sie auch nicht gelesen. Mein Herz zieht sich beim Gedanken an sie zusammen. Vielleicht versteht sie es, wenn ich es ihr erkläre. Alles. Wie fehl am Platz ich mich hier fühle, wie klein und wie einsam. Ich mag vielleicht nichts Besonderes sein, aber mit der Kapsel, die meine Mutter mir geschenkt hat, werde ich zumindest nicht mehr ganz so alleine und wehrlos sein.

Mit einem Fingerschnippen ist die Flamme zurück. All meine ungefilterten Gefühle lasse ich zu, konzentriere mich auf die Flamme, sehe zu, wie sie heißer und heißer brennt. Das wird jetzt kurz wehtun, aber wenn es funktioniert, dann lohnt es sich.

Meine Mutter hat sich die Kapsel in den Nacken eingesetzt, aber wenn ich sie richtig verstanden habe, nimmt der Körper das neue Skill-Gen auf, sobald es im Körper ist. Mit zusammengepressten Lippen setze ich die Flamme an meinem Unterarm an, blende den Schmerz aus, so gut es geht, und löte einen perfekten Schnitt in meine Haut. Ich lasse die Kapsel aus der Phiole in meine Handfläche rutschen und schiebe sie mir dann unter die Haut, was einen schneidenden Schmerz durch meinen Körper jagt, der sich in alle Nervenenden verbeißt, wie ein tollwütiger Terrier. Schnell schließe ich die Augen, lehne die Stirn gegen die Tür vor mir und atme tief ein und aus, warte bis der Schmerz nachlässt oder zumindest erträglicher wird. Mir ist ein bisschen schwindelig, und ich denke zur Ablenkung an June, an ihr Lächeln, an ihre Augen, die mich so leicht durchschauen konnten, und stelle mir vor, sie wieder zu umarmen, ihre Arme um meinen Nacken zu spüren.

»Es tut mir leid.« Keine Ahnung, wem die geflüsterte Entschuldigung gilt, denn ich enttäusche gerade einige Menschen, die mir nahestehen, mit dem, was ich hier tue. Ich kann nur hoffen, dass sie meine Entscheidung irgendwann verstehen. Zumindest überlagert das schlechte Gewissen kurzzeitig den Schmerz und ich nutze die Flamme in meiner Hand, um die Haut wieder zu verschließen. Das wird eine hässliche Narbe und einige Tage Schmerzen hinterlassen, aber wenn alles gut geht und meine Mutter mich wirklich liebt, dann habe ich einen neuen Skill.

Das Gefühl von Triumph fegt durch meinen Körper wie ein Tornado im mittleren Westen der Vereinigten Staaten und ein Lächeln kämpft gegen den Schmerz – und gewinnt.

Jetzt bleibt nur die Frage, was für einen Skill ich mir da eigentlich eingesetzt habe.

KAPITEL 44

TAYLOR

»*Keine Skillz in unserer Welt! Keine Skillz in unserer Welt! Keine Skillz!*«

Wie ein furchtbares Mantra schallt dieser Schlachtruf über den Flur vor der Damentoilette, aus der ich gerade trete und mich etwas irritiert umschaue. Außer mir ist niemand hier, wohl auch weil die nächste Schulstunde schon angefangen hat. Aber ehrlich gesagt interessiert mich das nicht mehr so wirklich. Meine Gedanken sind mit ganz anderen Dingen beschäftigt. Jetzt, mit gewaschenem Gesicht, sehe ich nicht mehr so verweint aus, und ich denke, June hat recht, vielleicht finde ich meinen Skill – und damit irgendwann auch Dylan – wieder. Das sollte mein Fokus sein.

»*Keine Skillz in unserer Welt!*«

Wieder höre ich den wütenden Slogan durch die Schule dröhnen. Fast rechne ich damit, einer Gruppe Demonstranten zu begegnen, die mich mit Mistgabeln von der Academy und dieser Insel jagen will, aber als ich um die nächste Ecke biege, erkenne ich nur einen jungen Schüler, der neben seinem Rucksack auf dem Boden sitzt. In seiner Hand hält er ein Smartphone, auf dem er Instagram geöffnet hat und offensichtlich einen Livestream mitverfolgt.

»*KEINE SKILLZ MEHR IN UNSERER MITTE!*«

Keine Ahnung, ob es an mir liegt, aber der Schlachtruf hallt unendlich laut in meinem Kopf wider und ich gehe zu dem Jungen, der fasziniert auf den Bildschirm blickt und mich mehr oder weniger ignoriert.

»Kannst du den Mist vielleicht etwas leiser stellen?«

Erschrocken blickt er auf und folgt sofort meiner Bitte, regelt die Lautstärke deutlich runter. »Sorry. Ich wusste nicht, dass außer mir noch jemand hier ist.«

»Was für einen Müll siehst du dir da eigentlich an?« Ich deute auf sein Handy und er dreht das Display ein bisschen in meine Richtung.

»Wieder eine Anti-Skillz-Demo in London. Robert Blaine hat da heute eine Rede gehalten, aber die hast du schon verpasst.«

»*Robert Blaine?*«

Der Kerl nickt und sieht fast etwas ängstlich aus, als er mich aufklärt. »Es heißt, er will Premierminister werden, damit er die New-Skillz-Problematik in den Griff kriegen kann.«

»Du meinst die Multi-Skillz-Sache?«

»Auch. Aber es geht wohl auch um die Zunahme der New-Skillz. Ein Freund hat mir erzählt, dass jetzt schon an Schulen mit reproduzierten Skills gehandelt wird.«

Ich trete zu dem Jungen und rutsche an der Wand neben ihm zu Boden, von wo aus ich einen besseren Blick auf das Handy habe. Obwohl er den Ton fast ausgeschaltet hat, höre ich die Worte noch immer viel zu laut in meinem Kopf dröhnen.

»Mr Blaine sagt, dass Skills bei einem Angriff auf die UN-Botschaft zum Einsatz kamen. Wurde aber noch nicht bestätigt.«

»Du bist ja richtig informiert.«

Er zuckt die Schultern, als wäre das so was wie sein Hobby. »Mein Dad ist Anwalt für Skillz-Recht und er hat mich gewarnt, lieber unter dem Radar zu bleiben. Ich werde nach dem Abschluss wohl erst mal ein normales Leben führen. Also nicht als Skillz leben.« Dabei sieht er ziemlich zerknirscht aus. Er hat sich wohl eine andere Laufbahn gewünscht, vor allem da er ein Elite-Skillz ist. Sofort muss ich an meine Eltern denken. Auch sie sind Anwälte, leben aber nicht offen als Skillz, sondern legen großen Wert darauf, dass dieses kleine Detail nicht die Runde macht, und doch werfen sie das jetzt alles über Bord, um Professor Sculder zu verteidigen. Die Welt wird immer verrückter, und wenn ich den Typen, der gerade ins Bild tritt, betrachte, passt dieser Umstand ganz gut in seine politische Laufbahn.

»Das ist Robert Blaine von den Konservativen.«

Ein Mann im Anzug mit einem smarten Lächeln und aufmerksamen Augen blickt in die Menschenmenge, die ihn gerade feiert. Auf den ersten Blick sieht er sympathisch aus, wie er lächelnd der Masse zuwinkt, die seinen Namen ruft, und ich spüre eine kalte Gänsehaut auf meinem Körper, die sich von den Waden nach oben arbeitet, bis sie mich ganz einhüllt und ich die Arme vor der Brust verschränke.

»Er ist nur deswegen so beliebt, weil man unsere Fähigkeiten jetzt kaufen kann und einige Idioten damit Mist bauen. Wie diese Einbruchserie in Notting Hill, die sie einigen Skillz anhängen. Wenn du mich fragst, sind New-Skillz gar keine echten Skillz. Ich meine, du wirst mit einem Skill geboren oder eben nicht. Wenn man zusätzlich welche kaufen kann, wo soll das hinführen?«

Seine Frage ist nicht unberechtigt, und wenn ich an das begeisterte Funkeln in den Augen von Fionns Mutter denke, als sie uns ihren genialen Plan mitteilte, wird mein Herz noch ein bisschen schwerer.

»Wovor haben sie nur solche Angst?« Der Junge tippt auf das Display und ich erkenne zahlreiche Gesichter besorgter Bürger, die für meinen Geschmack etwas zu wütend aussehen. »Ich sag dir, ich habe keine Lust, mich für den Rest meines Lebens verstecken zu müssen.«

Die Kamera schwenkt zurück zu Mr Blaine, der sich feiern lässt und dabei so gar nicht wie eine Bedrohung aussieht.

Doch genau das macht ihn so gefährlich.

KAPITEL 45

DYLAN

»Hauptsache, man fühlt sich wieder sicher.«

»Wie soll man sich denn sicher fühlen, wenn man nicht weiß, wer einer ist?«

Obwohl ich kein Auto habe, warte ich zusammen mit den beiden Männern an der Anlegestelle der Autofähre, die sich nicht nur eine Zigarette, sondern auch ein unangenehmes Gesprächsthema teilen.

»Weißt du, jedes Mal, wenn wieder irgendwo behauptet wurde, diese Skillz seien ungefährlich, hab ich mir gedacht, das wird uns eines Tages in den Hintern beißen.« Der Typ mit der Kappe, den ich auf Anfang dreißig schätze, nimmt einen Zug von der Zigarette und reicht sie dann seinem Kumpel in der Lederjacke. »Sie sollten die Gesetze verschärfen.«

»Sollten sie! Ich meine, ich habe keine Lust, dass mir einer von denen den Job wegnimmt.«

»Dafür müsstest du erst mal einen Job haben.«

Sie lachen, weil sie sich unbeobachtet fühlen, da ich nur ein unauffälliger Typ bin, der zufällig auch auf die Fähre will. Sie ahnen nicht, dass ich *einer von denen* bin. Wie auch, ich trage ja kein Schild mit mir herum, das mich als Skillz zu erkennen gibt. Und genau deswegen fürchten sie uns.

»Ich habe gehört, auch Nicht-Skillz können sich jetzt Fähigkeiten kaufen.«

»Ja, für drei Millionen Pfund vielleicht. Das kann sich doch niemand leisten.«

Sie nicken und sehen auf die raue See, die eine unruhige Überfahrt verspricht, bevor die Zigarette noch mal den Besitzer wechselt und der Typ in der Lederjacke die Frage stellt, auf die ich nur gewartet habe. »Aber wenn du die Kohle hättest, welche Fähigkeit würdest du dir dann kaufen?«

Keine Sekunde muss er darüber nachdenken. »Unsichtbar werden. Und du?«

»Gedankenlesen. Wissen, was meine Freundin wirklich denkt.«

Sie lachen wieder, der eine schnippt den noch glimmenden Zigarettenstummel über die Brüstung runter ins Wasser und ich schüttele nur den Kopf, weil es die offensichtliche Wahl ist. Weil sie nicht verstehen, wie unsere Skills funktionieren. Oft genug habe ich versucht dieses Thema mit Dr. Flare zu besprechen, habe sie gefragt, wie man einen fremden Skill kontrollieren kann, der nicht aus einem selbst entstanden ist. Immerhin muss sie es doch wissen, bei der Summe an Skills, die sie sich gegönnt hat. *Alles Übungssache* hat sie behauptet, aber wenn ich in mich und meine Fähigkeit hineinhorche, dann nehme ich da eine Einheit wahr, weil mein Skill zu mir gehört und nur ich ihn so kontrollieren kann, wie ich es tue.

»Weißt du, was ich denke?«

Das Gespräch der beiden Männer geht auch ohne Zigarette in die nächste Runde.

»*Hm?*«

»Diese Sängerin, Chloe Farland, die ist doch sicher eine Skillz. Niemand kann so toll singen und dabei so gut aussehen.«

»Glaubst du wirklich?«

»Hundert Prozent. Und dieser Torjäger bei Tottenham?«

»Luis Plum?«

»Ja! Der ist doch auch einer. Dreizehn Vorlagen in vier Spielen? Das müsste man mal untersuchen, wenn du mich fragst.«

»Man sollte sowieso untersuchen, wer einer ist und wer nicht. Ich habe doch keine Lust, dass sich meine Ärztin als Skillz entpuppt. Und die untersucht mich dann?«

»Ekelhaft.« Um das zu unterstreichen, spuckt Lederjacken-Typ beherzt auf den Boden und ich spüre, wie ich minütlich wütender werde. Sie wissen so wenig über uns und nehmen Sachen an, sehen nur die Dinge, in denen wir ihnen angeblich überlegen sind. Dabei ignorieren sie, dass wir Außenseiter in dieser Gesellschaft sind, die Gesetze und Auflagen für uns strenger sind.

»Ich hoffe, sie wählen diesen Blaine zum nächsten Premierminister, der hat einen Plan.«

»Der wird die Regeln für diese Freaks verschärfen, dann hat dieser Abschaum nichts mehr zu melden.«

Meine Nackenhaare stellen sich bei den Begriffen *Freaks* und *Abschaum* auf. So desinteressiert ich bis eben noch gewirkt habe, so dringend will ich jetzt wissen, über was sie da genau sprechen und rücke etwas zu ihnen auf.

»Entschuldigen Sie, Gentlemen.« Wobei sie von *Gentlemen* so weit entfernt sind, wie ich davon, ein Nicht-Skillz zu sein. »Ich habe Fetzen Ihrer Unterhaltung mitgekriegt.«

Sie mustern mich misstrauisch, aber ich gebe ihnen keinen Grund, mir nicht zu trauen. Zumindest noch nicht, also lege ich noch ein kurzes Lächeln obendrauf.

»Ja, und?«

»Sie sprachen von einem Mr Blaine?«

Kurzer Blickwechsel, dann lachen sie laut und schütteln erstaunlich synchron den Kopf.

»Schaust du keine Nachrichten?«

»Ach so, die Nachrichten habe ich wohl verpasst.« Mein Lächeln ist reserviert, ich will auf keinen Fall den Eindruck hinterlassen, die Typen wären mir auch nur im Ansatz sympathisch, möchte aber trotzdem genauer wissen, worüber sie gerade gesprochen haben.

»Robert Blaine wird hoffentlich unser neuer Premierminister.«

Wenn man für Dr. Diane Flare arbeitet, kriegt man nicht so wahnsinnig viel von der echten Welt mit. Denn ich wusste nicht mal, dass ein neuer Premierminister gerade Thema ist. Diane beherrscht es bestens, uns nach außen abzuschotten. Für sie spielt sich ja ohnehin alles nur in *ihrer* Realität ab und die zeigt selten Überschneidungen mit der Realität normaler Menschen.

»Und mit Blaine wird sich endlich wieder was tun in diesem Land! Wenn dieser Dr. Flare was taugt, wird er die Medikamente auf den Markt bringen.«

»Ja, Blaine und Flare, die kriegen das hin.«

»Dr. Flare?«

»Dr. Malcom Flare. Sag mal, du weißt ja wirklich gar nichts!« Sie lachen und ich nicke etwas zeitverzögert. *Dr. Malcom Flare*, Dianes Mann.

»Du solltest anfangen, dich für die Politik in unserem Land zu interessieren, Junge! Vor allem, wenn du nicht willst, dass irgendwelche Freaks sich in unserer Mitte breitmachen.« Sie schieben diese Verachtung nur vor, denn eigentlich ist es Angst. Sie haben Angst vor uns.

»*Freaks?*« Wieder dieses Wort, das bei mir für Kopfschmerzen sorgt.

»Ja, Freaks. Du weißt schon: *Skillz. Außenseiter. Spinner.* Misfits eben.«

Misfits. Taylor. Schöne Augen, die mich ansehen, dazu das Lächeln. Ich muss blinzeln, um die Erinnerungsfetzen loszuwerden und den Fokus wieder auf die Männer scharf zu stellen. »Haben Sie denn schon mal irgendwelche Skillz kennengelernt?«

Diesmal lachen sie, nur nicht mehr so amüsiert und wieder spuckt der Typ in der Lederjacke auf den Boden. »Ich kenne keinen und will daran auch nichts ändern.«

Sein Kumpel gibt ihm nickend recht. »Aber erkennen würde ich einen, wenn ich ihn sehe. Und dem würde ich dann die Meinung geigen. Klar und deutlich machen, dass ich sie nicht hier haben will.«

»Sie haben einen Anschlag auf unseren König verübt! Wer weiß, was ihr nächstes Ziel ist.«

»Ich traue denen kein Stück!«

Dann mustern sie mich, als würden sie meine Zustimmung erwarten, aber ich schiebe nur die Hände in die Taschen meiner Jeansjacke und sehe sie ernst an. Wenn sie doch nur wüssten, mit wem sie es gerade zu tun haben, aber es bringt nichts, ausgerechnet jetzt auffällig zu werden, wo doch hinter uns die Fähre gerade anlegt und meine Reise weitergeht. Nur mit viel Mühe ringe ich mir ein freundliches Lächeln ab, schnappe meinen Rucksack und schiebe mich an ihnen vorbei in Richtung Fähre, werfe ihnen aber im Gehen noch einen Blick zu. »Da haben Sie recht, ich würde denen auch nicht trauen.«

Sie sehen mir etwas unsicher nach, bevor sie mir auf das Schiff folgen, wo ich dafür sorgen werde, dass sie die halbstündige Überfahrt kotzend über der Reling hängen.

Manchmal liebe ich meinen Skill.

KAPITEL 46

NEO

»Ich habe die komplette Rede hier gespeichert.« June ist ganz in ihrem Element am aufgeklappten Laptop in ihrem Zimmer. Und ich kann noch immer nicht ganz glauben, dass sie mich wirklich hierher eingeladen hat. Der Raum ist nicht besonders persönlich eingerichtet, eher so, als hätte sie ihren Koffer noch immer nicht ausgepackt.

Nur auf dem Nachtkästchen steht ein gerahmtes Foto, das fünf grinsende Gesichter zeigt. Als ich danach greifen will, schlägt Taylor mir auf die Finger. »Fass das nicht an!«

June hat mir noch immer den Rücken zugedreht, aber ich meine fast, sie lachen hören zu können. Schnell hebe ich die Hände und sehe Taylor entschuldigend an, während ich mich dennoch etwas näher zu dem Foto beuge. Ein dunkelhaariger junger Mann hat den Arm um June gelegt, sie lehnt sich an ihn und wirkt zufrieden, ja geradezu glücklich. Ich betrachte Fionns Gesicht, erkenne sofort die Ähnlichkeit zu Dr. Flare, der vorhin über den Bildschirm geflimmert ist, und kann mir nicht vorstellen, dass jemand wie June wirklich auf so einen verwöhnten Typen stehen könnte. Aber ihr Lächeln auf dem Foto spricht eine sehr deutliche Sprache, denn so habe ich June hier noch nie lächeln sehen.

»Fionn Flare ist ein echter Glückspilz.« Am liebsten würde ich die Worte zurücknehmen, weil sie mir zu schnell über die Lippen gekommen sind. Um ihnen zumindest ein bisschen die Wirkung zu nehmen, sehe ich zu June und Taylor. »Sind das hier die berühmten Misfits?«

Während June in ihre Arbeit am Laptop versunken ist und mich ignoriert, verharrt Taylors Blick auf mir, sie hat die Augenbrauen leicht zusammengezogen und lässt mich keine Sekunde aus den Augen, befürchtet wohl, ich könnte das Bild doch plötzlich einstecken und mitnehmen.

»Ihr seid eine nette Clique.« Den Neid, der sich zwischen meinen Worten versteckt, wollte ich eigentlich nicht so offenbaren, aber nun ist es zu spät.

»Du bist ein mieser Lügner.« Jetzt dreht June sich wieder zu uns um, und ich hebe die Hände noch etwas höher, damit sie sehen kann, dass ich ihr Foto nicht berührt habe. Ihr Blick ist wie meist ein bisschen traurig, sie vermisst ihren Freundeskreis sicher. Ich richte mich wieder auf, schiebe die Hände in die Hosentaschen, um nicht doch etwas anzufassen, und sehe von ihr zu Taylor.

»Ist doch schön, wenn man Freunde hat, denen man vertrauen kann.« Denn genau das tun sie bei mir nicht, auch wenn ich mir Mühe gegeben habe.

»Small Talk steht dir nicht, Quick.«

»Okay, dann reden wir über was anderes. Themenvorschläge?« Wieder sehe ich zwischen June und Taylor hin und her. June lehnt sich in ihrem Stuhl zurück und sieht mich durchdringend an, ein herausforderndes Lächeln auf den Lippen.

»Wann wolltest du uns eigentlich verraten, dass du uns gegeneinander ausspielst?«

Natürlich, Taylor hat ihr meinen Skill verraten. Es war nur eine Frage der Zeit, bis sie mir auf die Schliche kommen würden.

»*Gegeneinander ausspielen* ist ein fieser Ausdruck. Ich habe *recherchiert*.« Der Versuch, sie von meiner Unschuld zu überzeugen, scheitert, denn sogar Taylor, die inzwischen mit verschränkten Armen dasteht, sieht mich nicht mehr ansatzweise wohlwollend an. Ich mobilisiere all meinen Charme, schenke ihnen ein strahlendes Lächeln und zucke entschuldigend die Schultern. »Ich dachte, so lerne ich euch schneller kennen.«

»Du hättest dich auch einfach mit uns anfreunden können.«

Das hätte ich nicht, aber das wissen sie natürlich nicht, und ich kratze mich im Nacken, überlege mir die nächste Ausflucht aus diesem Gespräch. Ich kann ihnen schließlich kaum die Wahrheit erzählen.

»Kommt schon, ihr seid doch nicht wirklich sauer auf mich. Es war ein dummer Scherz.«

»Du missbrauchst deinen Skill, um an unsere Geheimnisse zu kommen. Das ist kein dummer Scherz, das ist einfach nur eine beschissene Aktion.« Taylor ist von mir deutlich enttäuschter als June, die noch immer an ihrem Laptop sitzt und mich fast schon amüsiert beobachtet.

»June kann Gedanken lesen, ist das etwa keine *beschissene Aktion*?«

Taylor macht einen Schritt auf mich zu und ich kann sehen, dass sie richtig angefressen ist, ihre Hände sind zu Fäusten geballt und ihr Blick spießt mich förmlich auf. »Aber sie liest keine Gedanken gegen unseren Willen. Du hingegen hast dir mein Vertrauen ergaunert, Neo!«

»Ich wollte dir helfen.«

Beide fangen sofort an zu lachen, aber ich schüttele den Kopf. »Im Ernst, du wolltest deinen Skill zurück, ich wollte helfen und wir hatten keine Zeit, um uns erst mal kennenzulernen. Aber ich musste *verstehen*, was dein Problem ist. Also habe ich dein Vertrauen gebraucht.« Damit deute ich auf June. »Ich wusste, ihr vertraust du, und wenn sie ein gutes Wort für mich einlegt, dann …« Ausgesprochen klingt das alles reichlich dämlich, aber es hat ja mehr oder weniger funktioniert, auch wenn nicht so perfekt, wie ich es mir erhofft hatte.

»Du wolltest mir also helfen?« Taylors Stimme verrät, dass sie mir nicht glaubt.

»Ich wollte euch beiden helfen. Obwohl das nicht mal mein Job ist.« Schnell deute ich auf June. »Wie oft denkst du an deinen Freund?«

»Wie bitte?«

»Fionn Flare.« Ich spreche den Namen aus, als wäre er ein berühmter Kinodarsteller, was nur zum nächsten Augenrollen bei June führt.

»Was zum Henker hat Fionn denn hiermit zu tun?«

»Eine Menge. Du könntest zum Beispiel zugeben, dass du nicht so oft an ihn denkst, wie du vielleicht solltest. Ihn nicht so sehr vermisst, wie du es tun willst. Weil du dann ja vielleicht einen spannenden Gedanken verpassen könntest.«

Sie will mir sofort widersprechen, bleibt dann aber stumm, und ihr Blick wird härter, was mich wissen lässt, dass ich recht habe. Bevor sie oder Taylor etwas sagen kann, spreche ich weiter. »Er wäre perfekt für deine gedankliche Schutzmauer. Denke an ihn mit allen Sinnen, und ich wette, der Lärm all unserer Gedanken würde an dir abprallen.«

Sie schüttelt den Kopf, als würde ich wieder nur Blödsinn erzählen, und so lege ich nach. »Oder denke an deine Eltern.« Natürlich will sie es sich nicht anmerken lassen, aber damit habe ich sie eiskalt erwischt. Sie steht auf und ich rechne damit, dass sie mir eine Ohrfeige verpassen will, doch sie bleibt einfach nur stehen, mit zitternden Händen, und ich nicke langsam. »Wo deine Eltern jetzt wohl gerade sind? Wieso sie dich nicht behalten wollten?«

»Neo.«

Mein Name als Warnung ausgesprochen, aber ich denke nicht daran, jetzt aufzuhören, und komme langsam wieder auf sie zu, ignoriere die Tränen in ihren Augen.

»Du kannst dich jederzeit hinter deine geheime Schutzmauer zurückziehen. Dort erreichen dich unsere Gedanken nicht. Dort hast du Ruhe. Und je größer das Geheimnis, mit dem du sie errichtest, desto besser.«

»So, wie du es machst, damit ich deine nicht lesen kann.«

»Genau so.« Direkt vor ihr bleibe ich stehen, so nah, dass ich definitiv ihren persönlichen Bereich betrete, aber ich gehe noch einen Schritt weiter und nehme ihr die Mütze ab, was Taylor auf den Plan ruft.

»Neo, hör auf damit!«

Aber June hebt nur die Hand, schüttelt leicht den Kopf und sieht mir direkt in die Augen. Das ist gefährlich, denn je näher ich ihr komme, desto leichter ist es für sie, meine Gedanken zu lesen. »Was ist *dein* großes Geheimnis, Clarke? Wovor hast du Angst? Was lässt dich nicht ruhig durchschlafen und wieso vermisst du Fionn nicht so sehr, wie du gern möchtest?«

Sie will mir und meinen Fragen ausweichen, aber ich lasse das nicht zu, berühre sanft ihr Kinn und zwinge sie so, meinem Blick standzuhalten.

»Jeder von uns hat ein Geheimnis, das wir nicht teilen wollen und wir alle wissen, wie wir es vor anderen verstecken.« Sie gibt nach, ihr Kinn liegt jetzt ganz leicht in meiner Hand, ich könnte sie loslassen, stattdessen wandert meine Hand an ihre Wange. »So, wie du dieses Geheimnis verstecken kannst, bist du auch in der Lage, dich mit deinem Skill dahinter zurückzuziehen. Hinter dieses eine Geheimnis.«

Sie hält meinen Blick und ich weiß, dass ich ihre vollkommene Aufmerksamkeit habe, nur zur Sicherheit beuge ich mich etwas zu ihr runter und rechne fest damit, dass sie mir ausweicht, aber June bewegt sich keinen Millimeter, zuckt nicht mal, und hält sogar den Körperkontakt. Auch dann noch, als unsere Gesichter sich verdammt nah kommen und ein Flüstern reicht, um sie zu erreichen.

»Du hast so viele Gedanken von so vielen wichtigen Menschen gelesen, du kennst jede Menge Geheimnisse. Es bleibt nur die Frage, welches dein Geheimnis ist, Clarke.«

Kurz stolpert ihr Blick zu meinen Lippen, verharrt dort einen Moment und wandert dann zurück zu meinen Augen. »Willst du das wirklich wissen?«

Ich kann ihre Worte fast auf meinen Lippen spüren, so nah stehen wir beisammen. »Will ich.«

Meine Hand ruht unverändert an ihrer Wange und fast meine ich, sie lehnt sich ein bisschen gegen meine Handfläche, als sie die Augen schließt. Ich spüre, wie mein Puls sich beschleunigt. Als sie mich wieder ansieht, ist da dieses Funkeln in ihrem Blick, das mir so sehr an ihr gefällt. Sie stellt sich auf die Zehenspitzen, ihre Lippen streifen mein Ohr, ihr heißer Atem sorgt für eine Gänsehaut.

»Ich weiß, dass du einer der Attentäter bist, Quick.«

KAPITEL 47

ERIC

Ich pfeffere meine Sachen mit mehr Schwung als nötig in den neuen Spind, spüre Zayne, der dicht hinter mir steht und noch immer auf mich einredet, dabei höre ich ihm schon nicht mehr zu. Fionn und ich, das tut weh, aber gerade ist eine Achterbahn der Gefühle in meinem Inneren genug und so drehe ich mich zu Zayne um. »Kannst du mal kurz die Klappe halten?«

»Sorry. Ich wollte dir nur helfen.«

»Ich brauche deine Hilfe nicht.« Ich brauche gar keine Hilfe mehr, und Zaynes Reaktion bestätigt mich darin, denn sofort hebt er die Hände und macht einen kleinen Schritt von mir weg. Er hat Angst, das kann ich deutlich spüren und auch sehen. In seinen Augen und allem, was er darin offenbart. Er hat Angst, nicht gut genug zu sein, zu versagen, jemanden zu enttäuschen. Die meisten Ängste ähneln sich viel mehr, als die Menschen glauben, und ich schüttele nur erschöpft den Kopf. Manchmal frage ich mich, warum wir uns so viele Sorgen um die Meinungen anderer machen und nicht einfach unser eigenes Ding durchziehen.

»Erzähl mir lieber, was heute Abend passiert.«

Zayne legt den Zeigefinger an die Lippen und sieht sich schnell um, bevor er wieder zu mir aufrückt. »Darüber kannst du hier nicht einfach so sprechen. Die anderen sollen davon nichts mitkriegen.«

»Und wenn schon. Was sollten sie denn dagegen unternehmen können?«

»Es darf nur nicht auffliegen.« Zayne nimmt die Sache wirklich ernst, und so, wie Mr Cooper sich gegeben hat, geht es hier um eine größere Operation, aber ich will endlich wissen, was auf mich zukommt.

»Aber mir kannst du doch wohl verraten, was mich erwartet, oder?«

Zayne spielt sich gerne als jemand auf, der hier das Sagen hat, aber die Unsicherheit, die ihn jetzt umgibt, macht deutlich, dass auch er nur Befehle ausführt. Aber wenn ich das ebenfalls tun soll, will ich die Wahrheit erfahren.

»Okay, du weißt ja, dass es diese New-Skillz gibt. Menschen, die sich einen Skill kaufen und dann damit Mist bauen.«

»Klar.« Ich weiß sogar, wo sie das Skill herkriegen, immerhin haben wir Dr. Diane Flares Machenschaften auffliegen lassen. Eine Erinnerung, die meinen Blick ganz automatisch zu Fionns Bett auf der anderen Seite des Schlafsaals wandern lässt, auch wenn ich ihn da nicht finde.

»Mist, den sie anstellen und der dann uns Skillz angehängt wird. Weswegen jetzt dieser Blaine, der Premierminister werden will, gegen uns Skillz vorgehen will, wenn er die Wahl gewinnt. Und das wird er.« Dafür, dass wir hier auf der Academy nicht mit Infos von der Außenwelt versorgt werden, weiß Zayne aber ziemlich gut Bescheid. »Also kümmern wir uns darum.«

»Worum?«

»Um Blaine.« Zaynes Lächeln kehrt zurück.

»Inwiefern?«

»Eric, du bist doch kein Dummkopf. Wir ziehen ihn aus dem Verkehr.«

»Wir sollen ihn umbringen?«

»*Nein!* Wir schnappen ihn nur und geben ihn dann quasi ab. Was dann mit ihm geschieht, weiß ich nicht. Aber das ist auch nicht mein Problem.«

Vielleicht haben mich die Erfahrungen auf Guernsey und die Machenschaften von Fionns Mum ja desillusioniert, aber ich kann mir einfach nicht vorstellen, dass sie jemanden wie diesen Blaine einfach nur auf ein kurzes Plauderstündchen einladen, um ihn so von seinen Plänen abzubringen. »Du hinterfragst das alles also nicht, sondern vertraust Mr Cooper blind?«

Zayne gefällt es nicht, wie ich mit ihm rede, und die Kühle kehrt zurück, aber inzwischen habe ich mich daran fast gewöhnt. Während mir in Fionns Nähe schneller warm wurde, ist mir bei Zayne eben kalt.

»Ich habe es nur satt, dass irgendwelche New-Skillz da draußen durchdrehen und wir am Ende die Arschkarte dafür kriegen. Wenn dieser Robert Blaine wirklich unser neuer Premierminister werden würde, dann war es das mit einem entspannten Leben. Willst du dich etwa für immer verstecken müssen, Eric?«

Eine gute Frage. Daheim haben meine Eltern genau das von mir verlangt, auch schon bevor mein Skill sich ausgebildet hat, als ich ihnen anvertraut habe, dass ich mich in Lance verliebt habe. Sie haben behauptet, das wäre kein Problem, solang es nur ja niemand erfährt. Nicht die Nachbarn, nicht die Freunde und am besten auch niemand an meiner Schule. Dabei wollte ich es von allen Dächern brüllen und am liebsten die ganze Welt daran teilhaben lassen. Stattdessen tat ich genau das, was meine Eltern von mir verlangten, und habe mich versteckt. Zumindest die Version von mir, mit der ich am glücklichsten war.

Zayne sieht mich noch immer abwartend an, auch wenn ich ahne, dass er meine Antwort kennt. Schließlich schüttele ich den Kopf und sein Grinsen wird breiter. »Wir werden uns nie wieder verstecken müssen. Dafür sorgen wir!«

Wir. Er klopft mir auf die Schulter und ich muss zugeben, die Vorstellung, mich nie mehr verstecken zu müssen, klingt verdammt verlockend. Wenn man dafür manchmal unbequeme Wege gehen muss, dann ist das eben so. Außerdem hat Zayne gesagt, dass bei der Sache niemand sein Leben lassen muss.

In meinem Magen rührt sich noch immer dieser grummelnde Zweifel, aber solange man für das Richtige einsteht, dann heiligt der Zweck die Mittel, nicht wahr?

Um nicht weiter darüber nachdenken zu müssen, greife ich nach dem Rest meiner Klamotten und will sie in das oberste Fach meines neuen Spindes legen, als ich eine kleine Zigarettenschachtel bemerke und nach ihr greife. Aber es sind gar keine Zigaretten, was mich auch wundern würde, denn man darf hier an der Academy offiziell nicht rauchen, auch wenn ich weiß, dass sich nicht alle Schüler daran halten. Aber die rote Packung ist kleiner und ich erkenne die

Kaugummimarke, auch wenn sie nicht meinem Geschmack entspricht.

Zayne bemerkt die Packung in meiner Hand und grinst wissend. »Ach, die hat er wohl hier vergessen.«

»Wer?«

»Dein Vorgänger.« Er deutet auf die Kaugummis. »Ich frag mich sowieso, wie überhaupt jemand die Teile kauen mag. Wer will denn Kaugummis, die nach Zimt schmecken?«

KAPITEL 48

DYLAN

Für gewöhnlich nimmt sie nach dem ersten, maximal dem zweiten Klingeln ab. Vor allem dann, wenn ich auf ihrem privaten Handy anrufe, dessen Nummer nur drei Menschen kennen. Doch diesmal lässt sie mich warten, dabei hat sie mich ausdrücklich darum gebeten, sie anzurufen, sobald ich mein Ziel erreicht habe. Und das habe ich.

Die Academy erhebt sich vor mir, vollkommen unbeeindruckt von meinem Auftauchen und ich wette, sie bemerkt mich nicht mal. Ab hier sollte alles relativ einfach werden, zumindest wenn ich Diane glauben kann. Ich habe den Auftrag, die beiden Skillz an einen sicheren Ort zu bringen und dann in die Klinik zurückzukehren.

»Hallo?«

Die Stimme, die nach dem zehnten Klingeln das Gespräch annimmt, gehört ganz sicher nicht Diane, sondern einem Mann. Ich verlangsame meine Schritte, betrachte die düstere Silhouette der Academy, die im Licht der untergehenden Sonne thront, und umklammere das Handy etwas fester.

»Ich wollte eigentlich mit Dr. Flare sprechen.«

Ein kurzes Lachen, das nicht besonders echt klingt, dann wird die Hand über das Mikrofon gelegt und ich kann die dann stattfindende Unterhaltung nicht hören. Mein Puls beschleunigt sich und ich sehe mich um, aber außer mir ist niemand hier draußen. Trotzdem fühle ich mich plötzlich beobachtet. Dann räuspert sich der Mann und kehrt zu unserem Gespräch zurück. »Nun, leider ist Dr. Flare gerade etwas indisponiert. Aber vielleicht kann ich dir ja helfen.«

Indisponiert. Diane würde niemals ihr Handy unbeobachtet irgendwo liegen lassen. Niemals würde sie zulassen, dass jemand anderes einen ihrer Anrufe entgegennimmt. Meine Nackenhaare stellen sich auf, gefolgt von denen auf meinen Armen, und ich sehe mich erneut um, halte meinen Skill bereit für den Fall, dass ich hier in eine Falle gelaufen bin.

»Mit wem spreche ich denn?« Zumindest gelingt es mir, meine Stimme so bestimmt klingen zu lassen, dass man mir den wachsenden Argwohn nicht anmerkt.

»Mit einem sehr engen Freund Dr. Flares. Aber mit wem habe ich denn das Vergnügen, junger Mann?«

Nichts hasse ich mehr als die Tatsache, dass ich in den letzten Monaten gelernt habe, niemandem mehr zu vertrauen. Dr. Flares Misstrauen, ja fast schon Paranoia hat mehr und mehr auf mich abgefärbt und bereits jetzt befürchte ich, einen Fehler gemacht zu haben.

»Richten Sie Dr. Flare bitte aus, dass ich Sie später noch einmal anrufe.«

»Das wird nicht nötig sein, ich kann ihr dein Anliegen ausrichten, Dylan.«

Dylan. Er kennt meinen Namen und weiß, wer ich bin, weiß vermutlich auch, wo ich bin, und damit steht eines fest: Diane ist in Gefahr oder schon nicht mehr am Leben.

Sie ist unsterblich. Hoffnung pumpt durch meinen Körper und ich sehe auf das Smartphone in meiner Hand. Bevor mein Gesprächspartner etwas erwidern kann, lege ich auf, schalte es aus und nehme die SIM-Karte heraus. Dann betrachte ich das nutzlose Smartphone in meiner Hand, hole weit aus und schleudere es so weit wie möglich auf die Straße hinter mir, wo es in mehrere Teile zerspringt. Den Chip lasse ich vor meine Füße fallen und trete beherzt drauf. Immer und immer wieder, bis er nur noch aus kleinen Puzzleteilen besteht, die mal eine SIM-Karte waren.

»Kann ich dir helfen?«

Erschrocken fahre ich herum, die Hände zum Schutz vor mich gehalten, mein Skill kribbelt zwischen meinen Fingern, aber es ist nur ein junger Mann in einer schicken Schuluniform, der mich freundlich anlächelt. »Oh, hey, hey, ich wollte dich nicht erschrecken. Du sahst nur ein bisschen verloren aus.«

Panisch vielleicht, nicht verloren. Aber das will ich mir nicht anmerken lassen und deute auf das Gebäude hinter uns. »Bist du ein Schüler der Academy?«

»Bin ich.« Sein musternder Blick gefällt mir nicht, weil ich keine Ahnung habe, was genau sein Skill sein könnte und ob er deshalb jetzt schon mehr über mich weiß, als mir lieb ist. »Du offensichtlich nicht.«

»Noch nicht. Ich bin neu hier, eben erst angekommen.« *Kurz lächeln, harmlos wirken und nicht sofort den Skill nutzen.*

»Ah, cool. Soll ich dich reinbringen?«

»Wäre super. Sonst verlaufe ich mich noch.«

»Ja, das kann am ersten Tag alles sehr einschüchternd wirken, aber du lebst dich sicher schnell ein.« Er streckt mir die Hand entgegen. »Ich bin Michael.«

Entscheidungen binnen Sekunden zu treffen, das habe ich von Diane gelernt, und so entscheide ich mich diesmal für die Wahrheit und nehme Michaels Hand an. »Dylan.«

»Dann mal mir nach, Dylan.«

Nur kann ich jetzt keinen Kontakt mehr zu Diane aufnehmen, sie nicht wissen lassen, wie mein kleiner Auftrag läuft, und nach dem Telefonat eben hallen ihre Worte vor meiner Abreise in Endlosschleife durch meinen Kopf.

Wir können niemandem mehr vertrauen.

Mein Blick wandert zu den breiten Schultern des Jungen vor mir, der mich durch das große Tor auf den Campus der Academy führt, auf dem sich überall Schüler in Uniform tummeln – alle ausnahmslos Elite-Skillz. Für die Future-Skill-Clinic wäre das hier der Jackpot und doch habe ich einen ganz anderen Auftrag. Je weiter wir auf das Hauptgebäude zukommen, desto klarer wird mir, dass ich nun, ohne Dr. Flare im Hintergrund, gänzlich auf mich alleine gestellt bin. Aber wenn ich alles richtig mache, bekomme ich meine Erinnerungen zurück.

Das war Dianes Versprechen vor meiner Abreise. Ob sie es allerdings noch wird einlösen können, das steht seit dem Telefonat auf einem ganz anderen Blatt.

KAPITEL 49

TAYLOR

Auf dem Monitor des Laptops hat June ein Standbild des Überwachungsvideos rangezoomt, kurz nach der Explosion bei dem Attentat auf den König. Noch immer kriege ich Gänsehaut, wenn ich die Fotos oder Videos sehe, und muss auch jetzt die Arme um meinen Körper schlingen.

Das lächelnde Gesicht auf dem Bild ist deutlich zu erkennen und es gehört ohne Zweifel Neo, der noch immer vor uns steht, die Hände in die Hosentaschen geschoben.

»Alle sind geflüchtet, nur du nicht. Du hast dir erstaunlich viel Zeit gelassen und in dem Moment der Explosion bist du nicht mal zusammengezuckt. Fast so, als wüsstest du, was gleich passieren wird.« Junes Stimme klingt kühl und abgeklärt, aber ich kann das Zittern ihrer Hände sehen, auch wenn sie das vertuschen will, indem sie sie zu Fäusten ballt. »Also hör auf mit der Lügerei und sag uns, für wen du arbeitest.«

»Ihr würdet es ohnehin nicht verstehen.«

»Okay, fein, dann rufen wir die Skill-Inspection an.« June greift nach ihrem Handy und mit einem schnellen Schritt ist Neo bei ihr, kriegt das Smartphone und Junes Hand zu fassen.

»Tu das nicht.«

»Du bist ein Verbrecher, Neo! Du hast Menschen getötet!«

Er will den Kopf schütteln, und ich hoffe, dass er es tun wird, denn sonst hätte ich mich in ihm geirrt. Immerhin habe ich ihm vertraut und er wollte mir sogar helfen. Zumindest hat er das behauptet ...

»Die Sache ist nicht so schwarz oder weiß, wie du denkst, June. Es ist um einiges komplizierter und wenn ich euch alles erkläre, bringe ich euch nur in Gefahr.«

June fixiert ihn, will seine Gedanken lesen und scheitert an seiner Gedankenmauer, was sie nur noch ungehaltener werden lässt. Sie versucht, sich seinem Griff zu entziehen, aber so einfach macht er es ihr nicht.

»Hört zu, ich weiß, dass ihr keinen Grund habt, um mir zu vertrauen, aber ich flehe euch an, ruft nicht die Skill-Inspection. Bitte.« Von June sieht er zu mir, erhofft sich Unterstützung, aber ich kriege sein Lächeln vom Zeitpunkt des Anschlags einfach nicht aus dem Kopf und kann ihm weder die Unterstützung geben, die er sich wünscht, noch das Vertrauen, das er einfordert. »Wir können jemand anderes anrufen, okay? Vielleicht versteht ihr mich dann.«

Er lässt June los und hebt die Hände, macht einen kleinen Schritt zurück und sieht dabei so harmlos aus, dass ich mir kaum vorstellen kann, dass wir uns wirklich so sehr in ihm getäuscht haben sollten. Aber es reicht nur ein Blick zum Laptop und ich schüttele schnell den Kopf.

»Du lügst. Du hast uns die ganze Zeit angelogen!«

»Das habe ich nicht. Meine Lieblingsfarbe ist Rot.« Er greift in die Hosentasche und zieht eine längliche Kaugummipackung hervor. »Und ich liebe diese Dinger.« Dann legt er den Kopf etwas schief und ein schwaches Lächeln taucht auf seinen Lippen auf. »Ich mag euch.«

Das hat er mir schon mal gesagt und damals war ich versucht, ihm zu glauben, aber das Video hat alles verändert. June ergeht es da nicht anders, denn auch sie geht auf seinen Versuch, uns zu überzeugen, nicht ein, spricht stattdessen mit mir, allerdings ohne den Blick von ihm zu nehmen.

»Taylor, geh und hol Professorin Anderson. Sie muss hiervon erfahren.«

Neo sieht panisch zu mir. »Nein. Taylor, wirklich. Das ist keine gute Idee.«

Aber ehrlich gesagt ist das eine sehr gute Idee. Denn gerade fühle ich mich mit all dem hier gänzlich überfordert, und Professorin Anderson sollte wissen, wie man mit einer solchen Situation umgeht. Auch wenn ich mir einmal mehr wünschte, ich könnte stattdessen Professor Sculder rufen. Oder zumindest Mr Morgan.

Gerade, als ich in Richtung Tür will, tritt mir Neo in den Weg. Ich will schon zurückweichen, als mir sein Blick auffällt, in dem keine Gefahr liegt, nur ein flehender Ausdruck.

»Tu, was immer du für richtig hältst, Taylor, aber denk daran, es ist eine Emotion, die dich teleportieren lässt. Kein anderer Ort, kein anderer Mensch, ein Gefühl. Okay?« Dabei sieht er mich so eindringlich an, als hätte er mir gerade das größte Geheimnis des Universums anvertraut. Ich nicke etwas perplex und gehe dann schnell weiter, nehme seine Worte aber mit.

Ein Gefühl, eine Emotion.

Tief in Gedanken eile ich über den Flur, lenke meine Schritte so schnell wie möglich über die Treppe nach unten, das Ziel ist Professorin Andersons Büro, und zwar ohne Umwege oder Ablenkungen, denn –

Der Zusammenprall ist heftiger als erwartet, bisher sind mir alle Schüler ausgewichen, als wüssten sie, dass ich es eilig habe. Nur dieser Typ hat mich nicht kommen sehen und ich ihn auch nicht.

Schwarze Jeans, keine Uniform.

Kapuzenpullover, keine Uniform.

Graue Augen, keine Uniform.

Dylan.

Ich starre ihn an, will meinen Augen trauen, will glauben, dass er es ist, aber es ergibt keinen Sinn. Wieso sollte er hier sein? Wieso jetzt? Wieso ausgerechnet jetzt? Mein Herzschlag hält sich für die Drumline eines sehr aggressiven Rocksongs und ich würde das Schlagzeugsolo in meinem Brustkorb gerne aufhalten, aber ich kann nicht.

»Hi.« Er lächelt unsicher.

So viele Fragen schießen mir wie Sternschnuppen durch den Schädel, aber ich kriege keine einzige davon zu fassen oder über die Lippen. »Dylan.« Als würde die Nennung seines Namens mir helfen, einen klaren Gedanken zu formulieren. Sein Blick mustert mich nun nicht weniger irritiert, irgendwas in seinen Augen verändert sich, als würde er mich jetzt erst erkennen, aber er macht keine Anstalten, mich zu umarmen.

»Bist du es wirklich?« Nach der Sache mit Neo bin ich verwirrt und misstrauisch, auch wenn mein Herz mir sagt, dass es sich wirklich um Dylan handeln muss, traue ich mir selbst nicht mehr. Aber er antwortet nicht, blinzelt nur und schüttelt dann kurz den Kopf, als müsse er einen wirren Gedanken loswerden.

»Du musst Taylor sein.« Seine Stimme klingt noch immer so, wie ich sie mir eingeprägt habe, nur der unsichere Unterton ist neu. Ohne darüber nachzudenken, schlinge ich meine Arme um ihn und ziehe ihn, so fest ich nur kann, an mich, atme seinen vertrauten Duft ein und spüre den Stoff seines Pullovers an meiner Wange.

»Du hast mir gefehlt, weißt du das?«

»Gerade weiß ich nicht besonders viel.« Er wirkt noch immer sehr verwirrt, fast ein bisschen nervös, aber das ist mir gerade egal.

Dylan ist wieder da, umarmt mich aber nicht zurück.

Ich bringe Abstand zwischen uns und suche etwas in seinen Augen – das ich aber nicht finde. Kälte erobert mein Herz, als ich die Ahnungslosigkeit in seinem Blick erkenne.

»Erinnerst du dich nicht an mich?«

Inzwischen sind wir zu einem echten Hindernis auf der Treppe geworden und die Schüler müssen uns umständlich umrunden, aber meine Beine gehorchen mir nicht mehr und auch er bewegt sich keinen Zentimeter, sieht mich nur noch immer nachdenklich an.

»Ich bin mir nicht sicher.« Er streckt vorsichtig die Hand aus, streicht mir eine Haarsträhne aus dem Gesicht und ich schließe einen Moment die Augen. Seine Finger streifen meine Wange und da weiß ich es. Ich weiß, dass er es ist. Als Neo zu Dylan wurde, hat es sich verdammt echt angefühlt, aber nicht *so* echt. Jetzt ist es, als hätte jemand eine Tür aufgeschubst und Licht würde die Ecken meines Inneren fluten, die seit Dylans Verschwinden merkwürdig dunkel und leer waren. Als ich die Augen wieder öffne, steht er noch immer da.

Dylan. Nicht Neo.

»Taylor!«

Der Ruf klingt dringend, aber ich will Dylan noch nicht wieder loslassen, will diesen Moment behalten, nur für den Fall, dass es doch nur Einbildung ist. Aber selbst als ich mich von ihm löse, bleibt er bei mir und ich sehe nach oben, wo Neo gerade auftaucht.

»Du machst einen Fehler, Taylor! Trau ihm nicht!« Neo will an den anderen Schülern vorbei zu uns nach unten kommen, sein Gesicht ist ungewohnt ernst und entschlossen. June folgt keine zwei Schritte hinter ihm und ich sehe Dylan an.

»Wir müssen verschwinden.«

Kurz grinst er so wie früher. »Das wollte ich auch gerade vorschlagen.«

Ich weiß nicht genau, was hier vor sich geht, ich weiß nur, dass ich Dylan verliere, wenn wir nicht sofort von hier verschwinden. Schnell greife ich nach seiner Hand, verhake unsere Finger und denke an den letzten Ort, an dem ich mich sicher gefühlt habe. Dylan sieht überrascht zu mir und ich habe keine Ahnung, ob das hier funktionieren wird, aber ich hoffe es einfach. Die letzten Monate hatte ich nur dieses eine Polaroidfoto von ihm, aber jetzt betrachte ich sein Gesicht, die grauen Augen, die immer ein Geheimnis zu bergen scheinen – und da spüre ich ihn, den Wind, der nach uns greift, dabei mehr und mehr zunimmt, und sobald die Farben um uns herum langsam aber sicher verblassen, drücke ich Dylans Hand fest und er erwidert den Druck.

Dann geht alles sehr schnell.

Jemand ruft meinen Namen, aber ich drehe mich nicht mehr um, schlinge meinen Arm um Dylans Nacken, drücke ihn an mich und schließe die Augen.

Das Gefühl ist zurück. Nicht nur das in seinen Armen zu liegen, sondern auch dieser Adrenalinschub, der mich immer dann ereilt, wenn ich mich teleportiere. Ich sehe die Bilder ganz klar vor meinem inneren Auge, den Ausblick aus dem Fenster auf den Innenhof, das überfüllte Bücherregal, das Bettgestell aus Skill-Steel und die Zimmerwand, an der Poster und Fotos meiner Freunde hängen.

Dann fallen mir Neos Worte ein. Kein Ort, keine Person, ein Gefühl.

Sicherheit. Dahin, wo ich mich zuletzt sicher gefühlt habe.

KAPITEL 50

FIONN

Im Dunkeln sehen ist schon mal nicht mein neuer Skill, denn gerade habe ich mir den Zeh mit voller Wucht am Türrahmen angeschlagen, und so, wie der Schmerz durch meinen Körper zieht, ist Schmerzunempfindlichkeit auch nicht meine neue Fähigkeit. Einen Moment lang lehne ich mich gegen die gekachelte Wand im Waschraum und gebe meinen Augen die Chance, sich an die Dunkelheit zu gewöhnen, während ich darauf hoffe, dass mein Zeh nicht gebrochen ist.

Gerade läuft alles mächtig schief in meinem Leben und das raubt mir den Schlaf. Deshalb tapse ich nun Richtung Waschbecken, drehe das Wasser auf und werfe es mir mit den Händen ins Gesicht. An Schlaf ist ohnehin nicht mehr zu denken, die ganze Zeit habe ich mich von einer Seite auf die andere gewälzt, bin den heutigen Tag noch mal durchgegangen und habe den Moment gesucht, als alles den Bach runtergegangen ist. Doch inzwischen habe ich das Gefühl, der Tag heute war es nicht allein, sondern all das hat sich langsam, aber sicher aufgebaut. Seit unserer Ankunft auf dieser beschissenen Insel ist einfach alles schiefgelaufen.

Ein Blick auf meine frische Wunde und wieder kann ich einen potenziellen Skill ausschließen. Besonders schnelle Wundheilung ist es nicht, denn meine Haut ist deutlich gerötet und schmerzt schon beim Anblick.

So wütend ich noch immer auf meine Mutter bin, so gerne würde ich jetzt mit ihr reden, sie fragen, was sie sich bei den Experimenten wirklich gedacht hat und warum sie selbst jetzt nicht zur Vernunft kommt.

Kurz sehe ich zur Tür hinter mir, weil ich meine, ein Geräusch gehört zu haben, aber alles bleibt still, niemand ist mir gefolgt, ich bin hier alleine. Trotzdem wünsche ich mir etwas mehr Privatsphäre und ziehe mich in eine der Kabinen zurück, schließe die Tür ab und nehme auf dem runtergeklappten Klodeckel Platz. In meiner Hosentasche befindet sich mein Handy, das ich noch immer nicht abgegeben habe, und jetzt schalte ich es ein. Viel Akkuleistung habe ich nicht mehr, weil ich es nicht aufladen kann, die Kabel haben sie uns auch alle weggenommen. Noch knapp neun Prozent, ausnahmsweise auch mal einen Balken Empfang, und obwohl es mitten in der Nacht ist, wähle ich doch wieder Junes Nummer, weil ihre Stimme zu hören mir so sehr helfen würde. Zu wissen, dass auch sie an mich denkt und mich vermisst, wäre ein Stück Zuhause. Doch sofort höre ich wieder nur die Ansage, dass die Nummer im Moment nicht zu erreichen ist, und ein Stich in meinem Herzen erinnert mich daran, wie lange es schon her ist, dass wir gesprochen haben.

Als ich auflege, will ich das Handy auch schon wieder ausschalten, als mir eine andere Nummer in den Sinn kommt. Eine, die ich ewig nicht mehr gewählt habe, vielleicht aus

Angst, was mich am anderen Ende erwartet. Kurz atme ich durch, dann tippt mein Daumen die Nummer, die ich auswendig kann und die ich nie werde vergessen können.

Es klingelt und ich bereue meine Entscheidung schon, will auflegen, als mein Anruf angenommen wird.

»Hallo?«

Es ist nicht die Stimme, mit der ich gerechnet habe, aber sie ist mir nicht minder vertraut, wirbelt einen Sturm an Erinnerungen auf, wenn auch nicht nur gute, und ich muss schlucken, bevor ich meiner Stimme genug traue.

»*Dad?*«

»Fionn, mein Sohn. Was kann ich für dich tun?«

Mir erklären, was das soll, wo er war, wieso er ausgerechnet jetzt wieder auftaucht, wo Mum ist und wieso der Raum um mich herum nicht aufhört, sich zu drehen. Schnell schließe ich die Augen, konzentriere mich auf meine Atmung, tief ein, tief aus.

»Fionn, wenn du nichts zu sagen hast, dann würde ich vorschlagen, wir verschwenden unsere Zeit nicht weiter mit diesem Telefonat.«

»Das ist alles?«

Er versteht nicht. Weil Dad nie was verstanden hat.

»Ich weiß nicht so genau, was du von mir willst.«

»Du verschwindest für Monate, tauchst aus dem Nichts wieder auf und hast mir nichts zu sagen?«

Er atmet genervt aus und ich habe einen Flashback in meine komplette Jugend, jedes Mal wenn ich etwas getan habe, was ihn genervt oder ihm missfallen hat. »Fionn, die Dinge haben sich verändert und ich glaube nicht, dass wir noch gemeinsame Themen haben.«

»Weil du deinen Skill verloren hast?« Es ist ein unerlaubter Schwinger unter die Gürtellinie, den mein Vater, der große Dr. Malcom Flare, nicht ohne Gegenschlag kassieren will.

»Du wirst dich noch umsehen, Fionn. Dein lächerlicher Skill wird dir bald nichts mehr bringen.«

Er ist neidisch, das höre ich in jedem Wort, auch wenn er sich Mühe gibt, genau das zu vertuschen. Er weiß, dass ich ihm zumindest im Moment überlegen bin.

»Natürlich weiß ich, dass du mir zumindest im Moment überlegen bist. Aber Dinge ändern sich. Du wirst schon sehen.«

»Wo ist Mum?« Denn immerhin ist das hier ihre private Nummer, die Nummer, die sie nicht nach außen gibt, die ihrer Familie vorbehalten ist.

»Deine Mutter gönnt sich eine wohlverdiente Auszeit. Mach dir keine Sorgen.«

Doch genau das tue ich. »Wenn du ihr wehtust, wirst du das bereuen, Dad.«

Sein Lachen löst eine Wutwelle in meinem Inneren aus und ich spüre, wie das Plastik des Handys unter meinen Fingern zu schmelzen beginnt, also atme ich schnell durch, versuche, meinen Skill im Zaun zu halten.

»Wir sehen uns, Fionn. Zünde in der Zwischenzeit nichts an.«

Er legt auf, bevor ich noch etwas sagen oder fragen kann, dafür alleine verfluche ich ihn und reiße die Tür der Kabine auf, lasse das Handy in der Hosentasche verschwinden und stürme zurück in den Schlafsaal. Eric und ich sind gerade vielleicht nicht die besten Freunde, aber ich weiß auch, dass er mich niemals im Stich lassen würde. Nicht in einer solchen Situation. Ohne nachzudenken, eile ich zu Erics Bett, weiß genau, dass er nicht begeistert sein wird, mich mitten in der Nacht zu sehen, aber vielleicht ist das Wiederauftauchen meines Vaters genau das, was uns wieder näher zusammenrücken lässt. Ich greife nach seiner Schulter, will ihn wachrütteln, doch ich spüre nur den weichen Stoff eines Kissens unter meiner Hand. Ein Kissen, das so präpariert wurde, dass es einen schlafenden Körper vortäuscht. Schnell ziehe ich die Bettdecke zur Seite und meine Befürchtung bestätigt sich.

»Was zum Teufel …?«

Eric ist nicht in seinem Bett. Hastig sehe ich mich um, erkenne all die Betten, in denen die Jungs schlafen, und setze die Puzzlestücke langsam zusammen. Obwohl ich die Antwort schon kenne, drehe ich mich zu Zaynes Bett, ziehe auch seine Decke zur Seite und mich empfängt der gleiche Anblick.

Sie sind weg.

KAPITEL 51

ERIC

Das Wasser spritzt am Rand des Motorboots wild nach oben und es gibt keinen Platz, wo wir trocken bleiben. Es ist eng und wir sitzen Schulter an Schulter, aber nur ich habe Angst vor dem, was uns erwartet. Mr Cooper steht am Steuer und lenkt das Boot sicher durch die Dunkelheit und das pechschwarze Wasser, das so aussieht, als würde es uns jederzeit einfach verschlingen können. Die Wellen greifen wie gierige Zungen immer wieder nach dem Boot.

Felix und Ollie, die mir gegenübersitzen, lachen immer mal wieder, erzählen sich abenteuerliche Geschichten über Momente, als sie ihren Skill angewandt haben und niemand es bemerkt hat. Ollie hat mal einen ganzen Technikshop ausgeraubt, weil er alle in Tiefschlaf versetzt hat, während Felix, dessen Skill andere Skills verstärken kann, mit Zayne zusammen eine ganze Stadt hat zufrieren lassen. Sie übertrumpfen sich in ihren Erzählungen, aber ich kann nur zuhören, nicht wirklich etwas beisteuern, bis Zayne, der rechts neben mir sitzt, mich anstupst. »Was war das Schrägste, was du jemals gemacht hast?«

Eine gute Frage, und die neugierigen Blicke der anderen bringen mich dazu, darüber ernsthaft nachzudenken. Irgendwie glaube ich nicht, dass meine Eskapaden sie beeindrucken werden, also zucke ich die Schultern.

»Ich habe an meiner alten Schule mit Gefühlen gedealt.«

»Hatten da auch alle Angst vor dir?«

»Nein. Wieso auch?«

»Na, weil du ihre Gefühle kontrollieren kannst. Ich würde dafür sorgen, dass mich alle fürchten und mir niemand auch nur einmal zu nahe kommt.« Felix' Augen funkeln alleine bei der Vorstellung und er beugt sich etwas weiter zu mir. »Glaubst du, du könntest jemanden in den Wahnsinn treiben? Ich wette, ich kann dir dabei helfen.« Er hebt die Hand und winkt mir zu, ein kurzer Energieschub rast durch meinen Körper und für einen kurzen Moment fühle ich mich unbesiegbar, wenn ich an meinen Skill denke. Es fühlt sich mächtig an zu wissen, dass Felix meinen Skill so sehr verstärken kann, dass wir eine große Menge in Angst und Schrecken versetzen könnten. Einfach so, ohne Grund, nur weil wir es können.

»Verlockend, oder?« Zayne, der rechts neben mir sitzt, grinst mich breit an und ich ertappe mich dabei, wie ich nicke. »Ist es nicht lächerlich, dass wir Skillz uns den Normalos unterordnen sollen? Ich meine, wenn jemand sich verstecken sollte, dann ja wohl die Nicht-Skillz.«

Ollie und Felix nicken zustimmend und ich bin geneigt, ihnen recht zu geben. Wieso sollten wir uns an lächerliche Gesetze halten und nach ihren Regeln spielen, immerhin sind wir die stärkere, bessere Version Mensch.

»Allerdings habe ich auch keine Lust auf diese New-Skillz. Für wen halten die sich? Lassen sich eine Kapsel einsetzen und benehmen sich dann, als würde ihnen die Welt gehören?«

»Lächerlich. Man wird als Skillz geboren, Ende.«

Diesmal nicke ich, weil ich an Fionns Mutter und ihre Forschung denken muss. Meine Gedanken wandern sogar bis zu Jeremy zurück, dem sie den Skill komplett genommen und ihn dann einfach so zurückgelassen haben. Wie verloren muss er sich gefühlt haben, denn auch wenn ich nicht immer ein Fan meiner Fähigkeit war, so gehört sie doch zu mir, ist ein Teil meines Lebens und sollte nicht einfach an jemand anderen weitergegeben werden können.

Mir wird eigentlich auf Booten nicht so schnell schlecht, aber der Wellengang ist heute Nacht speziell und Mr Coopers Fahrstil alles andere als angenehm, dazu kommen die gemischten Gefühle gegenüber dieser Aktion, die sich in meinem Magen zu einem Knoten ballen. Ich atme tief ein und aus, der Salzgeschmack des Windes ist dabei deutlich auf meiner Zunge zu schmecken.

»Du siehst ganz schön grün im Gesicht aus.« Zayne lehnt sich zu mir rüber und obwohl er es mir über das Motorengeräusch zubrüllt, klingt es nur wie ein Flüstern. »Reiß dich zusammen, sonst schubst Mr Cooper dich noch über Bord.«

Keine Ahnung, ob das nur ein Scherz ist, weil ich dem Captain dieser Aktion inzwischen so ziemlich alles zutraue. Aber Zayne lässt schützend den Arm um meine Schulter wandern. »Du musst dir keine Sorgen machen, wir passen aufeinander auf.«

Das glaube ich sogar, dennoch sehe ich zu Mr Cooper, der dieses Boot so selbstsicher lenkt, als wäre das hier nicht mehr als ein Playstation-Spiel und nicht die Realität. Ich deute zu unserem Captain und sehe zu Zayne. »Vertraust du ihm?«

Zayne muss keine Sekunde darüber nachdenken und nickt entschlossen, seine hellen Augen so klar, selbst jetzt in der Dunkelheit sehe ich das.

»Er hat mir eine Chance gegeben, die Welt der Skillz zu verändern.« Das macht ihn augenscheinlich stolz, denn sein Lächeln wächst und wächst. »Und jetzt wirst du das auch tun. Unabhängig von diesem Idioten Flare.«

So oft, wie er Fionn erwähnt, könnte man leicht den Eindruck bekommen, er wäre fast schon besessen von ihm. Mit der Hand fahre ich über meine viel zu kurzen Haare, bin trotzdem froh, dass sie mich jetzt nicht verraten können, denn meinen Zweifel kann ich nicht so leicht abschütteln, wie ich es mir wünsche.

»Ich kann nicht verstehen, wieso du nie gecheckt hast, wie groß dein Skill ist, Eric.« Sein Blick verändert sich, aber ich hoffe, er spricht weiter, denn das lenkt mich ab von dem heftigen Wellengang in meinem Magen. »Oder wieso du dich von einem Flare an die Leine hast nehmen lassen.«

»Fionn ist eigentlich echt okay.« Keine Ahnung, ob ich das sage, weil ich es immer getan habe, wenn jemand Fionn angegriffen hat, oder weil ich es noch immer meine. Aber Zayne kann sich ein Grinsen nicht verkneifen.

»Sicher. Aber er ist und bleibt eben auch ein Flare.« Die Art und Weise, wie er den Namen ausspricht, zeigt, wie sehr er ihn verabscheut.

»Du kennst ihn nicht wirklich.«

»Ach Eric, du musst ihn nicht mehr verteidigen. Du arbeitest nicht mehr für ihn.«

»Ich habe nie für ihn gearbeitet!« *Nur für seine Mutter.* Was ich für mich behalte, weil ich nicht glaube, dass diese Info mich auf Zaynes Beliebtheitsskala steigen lässt.

»Bullshit. Du hast dich um seine Gefühle gekümmert, ihn bei Laune gehalten, weil er ein verzogener Spinner ist, der seine Wut nicht unter Kontrolle hat.«

Zayne glaubt, die ganze Wahrheit zu kennen, auch wenn ich nicht weiß, wer ihn mit diesen Informationen versorgt hat. Aber er war nicht dabei. Und so wandert nun meine Erinnerung zurück zu unserer Zeit auf Guernsey, dem Handy in der Sockenschublade meines Schranks, die Aufträge – all das habe ich in den letzten Wochen so weit von mir geschoben, dass es sich wie Erinnerungen an ein anderes Leben angefühlt hat. Aber jetzt überfallen sie mich alle auf einmal wie eine Gruppenumarmung bei einer Familienfeier.

»Er war mein bester Freund.« Die Vergangenheitsform verpasst mir kurz einen Stich in der Herzgegend, aber ich weiß nicht, was Fionn und ich gerade sind, dafür bin ich mir aber sicher, was wir mal waren.

Zayne lacht so laut, dass der Wind es leicht über die Wellen bis an alle Küsten tragen könnte. »Ein Flare hat keine Freunde, maximal Verbündete, die ihm Vorteile verschaffen, oder Angestellte, und die wird er los, wann immer ihm danach ist oder wenn sie ihm nichts mehr bringen.«

»Woher willst du das alles so genau wissen?«

Seine Augen verdunkeln sich so schnell, wie ich es noch

nie bei ihm gesehen habe, verraten zu viel über seine Gefühle, so wie meine Haare früher. Offene Feindseligkeit schlägt mir entgegen, auch wenn sie nicht mir gilt.

»Weil Dr. Flare genau das mit meinen Eltern gemacht hat.«

KAPITEL 52

TAYLOR

Wir prallen gegen den Schreibtisch, heftiger als erwartet, was ich auf die lange Pause zwischen dieser und meiner letzten Teleportation schiebe, aber als ich nun die Augen öffne, erkenne ich mein altes Zimmer an der Misfits Academy sofort wieder. Der vertraute Geruch von Junes Shampoo mischt sich noch immer mit dem der Duftkerze, die Eric uns geschenkt hat und die nach Orangenblüten duftet.

»Es hat geklappt! Es hat tatsächlich geklappt!«

Über Hunderte von Kilometer, übers Meer und schließlich durch die Skill-Steel-Tür ist mir endlich wieder eine Teleportation gelungen. Eine mit Dylan.

Ich hebe den Blick, bereit in seine grauen Augen zu blicken, aber er macht sich, so schnell er kann, von mir los, bringt Abstand zwischen uns und kippt auf die Knie, wo er schwer atmend die Augen schließt.

Schnell gehe ich neben ihm in die Hocke, eine Mischung aus absolutem Triumph und einer Prise Panik sorgt bei mir für hektische Atmung, während mein Gehirn die neueste Entwicklung unter Hochdruck verarbeitet und dabei zu überhitzen droht. Aber selbst jetzt, nach der Teleportation, ist Dylan noch immer bei mir. Zaghaft berühre ich seine Schulter. »Geht es wieder?«

Doch er schüttelt nur den Kopf, weigert sich, die Augen zu öffnen.

»Teleportationen sorgen häufig für Übelkeit, wenn man nicht daran gewöhnt ist, es tut mir leid, ich hätte dich warnen sollen.« Nur wusste ich ja nicht, ob es klappt. Immerhin waren die letzten Versuche alle nicht von Erfolg gekrönt. Zumindest richtet Dylan sich jetzt langsam wieder auf, mustert unsicher blinzelnd mein Zimmer und ein bisschen Farbe kehrt in sein Gesicht zurück.

»Was zum Henker ist da gerade passiert?« Die Ahnungslosigkeit in seinem Blick sorgt für den nächsten Riss in meinem Herz, während ich trotzdem tapfer lächele.

»Ich habe uns hierher teleportiert.« Damit deute ich auf meine Zimmerseite und erhoffe mir eine Reaktion, irgendwas, das mir Hoffnung macht, er würde etwas wiedererkennen, wenn schon nicht mich.

»Und wo genau sind wir?«

Der nächste Herzensriss lässt also nicht lange auf sich warten, denn Dylan erinnert sich *nicht*. Nicht an mich und auch nicht an dieses Zimmer.

»Auf der Misfits Academy. Du warst hier zusammen mit mir.«

Der letzte Ort, an dem ich mich sicher gefühlt habe, und auch, wenn er es nicht hören kann, sende ich einen kurzen Dank an Neo, den ich zusammen mit June auf Skye zurückgelassen habe und der mir mit seinen Tipps am Ende doch geholfen hat. Auch wenn er mich davor ordentlich angelogen hat.

Dylan sieht sich in aller Ruhe um, sucht etwas, das ihm vertraut oder zumindest bekannt vorkommt, aber die Leere in seinen Augen tut weh.

»Das ist alles komplett verrückt.« Damit steht er auf und hält sich am Schreibtisch fest, als würde er seinen Beinen – oder mir – nicht trauen, denn mir entgeht der Abstand zwischen uns nicht. »Ich sollte euch nur rausholen, dich und diese June.«

Diese June. Nicht etwa *unsere June.*

»Na ja, mich zumindest hast du ja rausgeholt.«

Kurz ist da ein Lächeln und er sieht wieder aus wie der junge Mann, in den ich mich verknallt habe, als mein Leben nicht besonders viel Sinn ergeben hat. Nur teilen wir jetzt nicht mehr die gleichen Erinnerungen.

»Wir kennen uns, ja?« Die Frage birgt so viel Zweifel, aber dennoch nicke ich tapfer. Keine Erinnerung verschwindet völlig, solange sich auch nur eine Person daran erinnert. Bis Dylan seine Erinnerungen wiederfindet, werde ich unsere Momente besonders gut hüten.

»Wir kennen uns. Und wir waren Freunde.« *Etwas mehr als Freunde.* »Und dann bist du verschwunden.« *Weil ich dich im Stich gelassen habe.* »Aber jetzt bist du wieder da und auch wenn du dich nicht erinnerst, ich freue mich sehr darüber.«

Er mustert mich, hält noch immer Abstand und ich gebe ihm den Platz und die Zeit, die er braucht, gehe langsam auf mein Bett zu, das noch immer so aussieht wie an dem Tag, als wir alle die Academy verlassen mussten. Als hätte es darauf gewartet, dass ich zurückkomme. Ein kurzer, aber schöner Trost.

Erschöpft nehme ich Platz und sehe wieder zu Dylan, der auf Junes Zimmerseite an ihrem Schreibtisch lehnt und mich keine Sekunde aus den Augen lässt.

»Wie dem auch sei, Dr. Diane Flare schickt mich. Ich soll dich beschützen. Dich und June Clarke, aber das gestaltet sich jetzt ja etwas schwierig.« Er verschränkt die Arme.

»Bist du ein Misfit?«

»Bin ich.« War ich die ganze Zeit, auch wenn die Schuluniform, die ich trage, etwas anderes behauptet.

»War ich wirklich auch einer?« Er gibt sich Mühe, kühl zu klingen, aber nur weil er mich nicht mehr erkennt, bedeutet das ja nicht, dass ich ihn nicht mehr kenne und seine Miene nicht deuten kann.

»Bist du immer noch.«

Doch Dylan schüttelt energisch den Kopf, ein überhebliches Lächeln auf den Lippen.

»Nein. Ich bin ein Skill-Finder. Ich arbeite für Dr. Flare.«

Es ausgesprochen zu hören, trifft mich mehr, als ich mir eingestehen will. Natürlich haben wir es geahnt, vielleicht sogar gehofft. Denn alles war besser, als zu glauben, Dylan sei bei dem Brand im Labor ums Leben gekommen. *Dr. Flare hat Dylan damals also mitgenommen* – ich beginne langsam zu ahnen, wie sie ihn dazu gebracht hat, sich ihren Forschungen anzuschließen und uns zu vergessen.

»Lass mich raten, Dr. Flare hat dich ihrer loyalen Mitarbeiterin Zoe vorgestellt, oder?«

»Ich kenne Zoe, ja.« Mit verschränkten Armen steht er da, sein Blick nicht gerade freundlich. »Wieso?«

»Sie hat mal in diesem Zimmer gewohnt. Also, bevor sie von Dr. Flare entführt und für ihre Zwecke missbraucht wurde. Ich bin quasi ihre Nachfolgerin. So haben wir uns kennengelernt. Du und ich.« Er glaubt mir nicht, zumindest nicht wirklich. »Und ich habe gar nichts gegen Zoe, wir alle tun Dinge, die wir für richtig halten, aber ich bin trotzdem verdammt sauer auf sie.«

»Warum?«

»Weil sie dir das weggenommen hat, was wir waren. Oder hätten werden können.«

Dylan schüttelt den Kopf, will meinen Worten nicht glauben, aber sein Blick ist noch immer so suchend, als würde er doch hoffen, hier etwas Vertrautes zu finden, aber er war nicht oft genug hier drinnen. Er sieht noch immer so aus wie immer. Ich sehe ihn wieder vor mir, wie er durch diese Flure geschlendert ist, mit diesem geheimnisvollen Lächeln, als wüsste er mehr als der Rest. Wie der Blick aus seinen grauen Augen eine Sekunde zu lange an mir hängen blieb und wie er mich langsam Stück für Stück näher an sich rangelassen hat. Nur fehlt in seinem Blick jetzt diese Vertrautheit, die wir hatten.

»Komm mit.« Ich will nach seiner Hand greifen, aber er weicht meiner Berührung aus, was mich kurz zögern lässt. »Dylan, vertrau mir.«

»Wieso sollte ich? Ich kenne dich nicht mal.«

»Aber ich kenne dich.« Wenn auch nicht so gut, wie ich es mir wünsche, denn gerade kommt er mir schrecklich fremd vor. Nicht wie der junge Mann, der sich in meine Träume geschlichen und mir stets ein Lächeln auf die Lippen gezaubert hat. »Ich will dir nur etwas zeigen.«

Dabei habe ich keine Ahnung, ob es funktioniert. Wenn Erinnerungen gestohlen wurden, kann man sie dann überhaupt zurückbringen oder sind sie für immer verloren? Zu dumm nur, dass ich nicht einfach so akzeptieren werde, dass unsere gemeinsamen Momente weg sein sollen. Neo sagte, wir Skillz sind sensible Typen, und wenn mein Skill auf Emotionen beruht, dann kann vielleicht das passende Gefühl auch Dylans Erinnerungen zurückbringen.

»Diane hat mich gewarnt, dass es nicht leicht sein wird, dich und June davon zu überzeugen, mir zu folgen. Aber sie hat nicht erwähnt, dass du auch mich von irgendwas überzeugen willst.« Das sagt er zumindest mit einer Spur Amüsiertheit und weckt in mir nur noch mehr den Wunsch, meinen Dylan wiederzubekommen. Also sehe ich ihn lächelnd an und zucke die Schultern.

»Diane weiß auch nicht, dass wir beide uns geküsst haben.« Nur ein Mal, aber die Erinnerung daran lebt mietfrei in meinem Kopf und ist eine Information, die er ganz sicher nicht hatte und ihn deutlich aus dem Konzept bringt, denn sein Mund klappt auf und die coole Fassade wackelt. Ich setze mich in Bewegung, gehe zur Tür und vertraue darauf, dass seine Neugier alleine reicht, um mir zu folgen.

»Falls du die ganze Story dahinter hören willst, folge mir.«

KAPITEL 53

FIONN

Keinem der anderen Jungs traue ich genug und alleine kann ich nichts ausrichten, also habe ich Rowan aus einem ohnehin unruhigen Schlaf gerissen, der mich so erschrocken mit schlaftrunkenem Blick angeschaut hat, als hielte er mich für einen Teil seines Albtraums.

»Mr Walker wird wissen, was zu tun ist.« Nachdem er in einen Jogginganzug geschlüpft ist, führt er mich jetzt aus dem Schlafsaal über einen dunklen Flur in einen Teil der Academy, in dem ich noch nie war. »Vielleicht sind die Jungs auch einfach nur eine rauchen.«

Eric raucht nicht und auch wenn ich ihn gerade nicht besonders gut einschätzen kann, so bin ich mir doch ziemlich sicher, dass er sich nicht nur für eine heimliche Zigarette rausgeschlichen hat.

»Felix und Ollie fehlen auch.« Denn natürlich habe ich die Betten der anderen Jungs, die mit Zayne rumhängen, gecheckt.

»Mr Walker wird wissen, was zu tun ist.« Das wiederholt er jetzt schon zum vierten Mal und ich hoffe, dass er recht hat. Vor der letzten Tür in dem Flur bleibt er schließlich stehen und sieht zu mir. »Am besten, du erklärst ihm, was du bemerkt hast.« Er will mir ein aufmunterndes Lächeln schenken, aber es erreicht seine Augen nicht, stattdessen bleibt ein dunkler Schimmer, fast so, als hätte er den Schlaf noch nicht ganz abgeschüttelt.

»Eine Frage, Rowan.«

»*Hm?*« Er ist so schüchtern, wie ich ihn bisher immer erlebt habe, also lege ich ihm beruhigend die Hand auf die Schulter, aber er kann mir kaum in die Augen sehen.

»Bin ich in Gefahr?«

Denn wenn es jemand weiß, dann er und eine kleine Warnung könnte mir den Vorsprung verschaffen, den ich brauche. Doch jetzt wird sein Lächeln eine Spur breiter und er schüttelt den Kopf.

»Nein. Hier bist du sicher. Hier sind wir alle sicher.« Als müsste er das beweisen, nimmt er seinen ganzen Mut zusammen und klopft an die Tür, an der ein kleines Schild uns verrät, dass dort Maxwell Walker wohnt. Doch ich glaube kaum, dass Mr Walker besonders begeistert sein wird, von zwei Schülern mitten in der Nacht geweckt und aus dem Schlaf gerissen zu werden.

»Herein!«

Bevor ich etwas sagen kann, öffnet Rowan bereits die Tür und betritt die Privaträume des Lehrers. Ich zögere einen kurzen Moment, versuche mir die Gänsehaut in meinem Nacken zu erklären, als ich ihm folge.

Mr Walker schläft allerdings mitnichten, sondern sitzt in seinem Studierzimmer am Schreibtisch, eine Brille auf der Nase, der Gehstock lehnt achtlos an einem massiven Metallschrank und ein Lächeln liegt auf seinen Lippen.

»Gentlemen. Sollten Sie um diese Uhrzeit nicht schon längst schlafen?«

Kaum bin auch ich eingetreten, zieht Rowan die Tür hinter mir mit einem endgültigen Geräusch ins Schloss und bleibt dort stehen, als müsse er sie – oder mich – bewachen. Dann klärt er Mr Walker auf, wieso wir hier sind.

»Fionn hat bemerkt, dass sich eine Gruppe Schüler nicht mehr in ihren Betten befindet und sich wohl unerlaubt von der Academy entfernt hat.«

»Ist das so?« Mr Walker nimmt langsam die Brille ab und legt sie neben seinen Computer, der aus einer anderen Zeit zu stammen scheint. »Wieso waren Sie denn nicht im Bett, Mr Flare?«

Das ist die erste Frage, die ihm zu diesem Thema einfällt? Kurz sehe ich zu Rowan, der meinem Blick ausweicht und ihn stattdessen starr auf den Boden richtet, als wolle er mit alldem eigentlich gar nichts zu tun haben. Dabei war das hier seine Idee.

»Mr Flare, wo haben Sie sich denn rumgetrieben, denn Sie waren ja offensichtlich nicht im Bett, nicht wahr?«

»Ich war auf der Toilette, Sir.« Das Handy in meiner Hosentasche verschweige ich, ebenso wie den Anruf bei meiner Mutter, der mir ein ungeplantes Gespräch mit meinem Vater eingebracht hat.

Mr Walker mustert mich so eindringlich, als wolle er meine Gedanken lesen, doch sein Skill ist ein anderer: Er kann sich übermenschlich schnell bewegen und könnte mir zum Beispiel im Bruchteil einer Sekunde an die Kehle gehen. Irgendwas missfällt mir an der Situation und nur zur Sicherheit lasse ich die Wärme in meinem Körper zu Hitze werden, die bis in meine Fingerspitzen ausstrahlt und das Feuer bereithält.

»Wissen Sie, Mr Flare, eigentlich hätten Sie tief und fest schlafen sollen. Ich lege großen Wert darauf, dass meine Schüler ausgeruht sind und keine nächtlichen Spaziergänge machen.« Er lehnt sich in den Stuhl zurück und schiebt ihn dadurch ein bisschen vom Tisch weg. Wenn er jetzt aufsteht, wird er bei mir sein, bevor ich das Feuer holen kann.

»Und wenn Sie trotzdem nächtens durch die Academy schleichen, kann ich das nicht gutheißen. Es gibt hier Regeln und an die haben sich alle zu halten.«

»Zayne und seine Jungs haben das nicht getan, die sind irgendwo unterwegs.«

»Ich weiß.«

Er weiß es. Und er lächelt, als wäre er darüber sehr zufrieden. Ich kann sehen, dass er aufstehen will, es ist nur ein kleines Zucken, und ich reiße die Arme noch hoch, will das Feuer rufen, als Rowan neben mich tritt und nach meinem Arm greift, um mich zurückzuhalten.

Dann spüre ich einen brennenden Schmerz, der sich über meine Haut ausbreitet, als hätte ich versehentlich in heißes Frittierfett gegriffen. Ich sehe auf meinen Arm, genau dort, wo Rowan mich berührt hat, und erkenne bläulich schimmernden Stahl, der sich nicht einfach nur um meinen Unterarm legt, sondern mit der Haut verschmilzt und ein Teil von mir werden will. Der Schmerz schaltet kurzzeitig alle anderen Sinneswahrnehmungen aus, ich sehe alles zu grell, verliere die Hitze, die eben noch in meinen Fingerkuppen auf mich gewartet hat, und sinke schließlich in die Knie.

Bevor ich verstehen kann, was gerade passiert ist, grinst Rowan zu mir runter, seine Haltung aufrecht und wenig schüchtern, ganz im Gegenteil. Er beugt sich zu mir, die Augen dunkel. »Wieso müsst ihr Flares eigentlich immer Ärger machen, hm?«

»Rowan …«

»Du hättest doch einfach mal das machen können, was man dir sagt.« Seine Worte klingen wie ein Kugelhagel, der neben mir einschlägt, während ich versuche, wieder scharf zu sehen. Ich kann nicht glauben, dass er mir in den Rücken fällt, nicht, nachdem ich ihm vertraut habe. Aber der Rowan, der jetzt vor mir steht, hat rein gar nichts mit dem Jungen zu tun, den ich kennengelernt habe. Seine selbstbewusste Haltung, sein breites Grinsen und das Leuchten in den Augen, die plötzlich eine Tiefe haben, die sie bisher vermissen ließen.

Mr Walker tritt neben mich, schiebt seinen Gehstock unter mein Kinn und zwingt mich so, ihn anzusehen. »Zuerst Ihre Mutter, dann Ihr Vater und jetzt auch noch Sie.«

Ich verstehe rein gar nichts und versuche, Blickkontakt zu Rowan herzustellen, aber der grinst nur zufrieden und deutet auf den Skill-Steel, der auf äußerst schmerzvolle Weise mit meiner Haut verschmilzt.

»Tut weh, nicht wahr? Und du kannst es nicht mal abschweißen. Wie ärgerlich.«

»Arschloch.«

»*Tz, tz, tz,* wo sind denn deine Umgangsformen, Fionn?« Am liebsten würde ich ihm das selbstgefällige Lächeln aus dem Gesicht wischen, aber dummerweise brauche ich all meine Energie, um nicht ohnmächtig zu werden.

Skill-Steel, gegen den ich nichts ausrichten kann und der mir jetzt den Zugang zu meiner Fähigkeit genommen hat. Und ich Idiot habe Rowan wirklich vertraut.

»Wie dem auch sei, zumindest habe ich jetzt etwas gegen Ihren Vater in der Hand. Ich bin mir sicher, er wird alles tun, um seinen geliebten Sohn wieder heil in die Arme schließen zu können.«

Mr Walker ist sich da so sicher, dass er völlig verblüfft ist, als er meinem schmerzverzerrten Grinsen begegnet.

»Falls es Ihnen noch nicht aufgefallen ist, mein Vater und ich, wir sind nicht gerade Anwärter auf den Titel *Liebevolleste Vater-Sohn-Beziehung aller Zeiten.*«

»Wirklich?« Er glaubt mir nicht und vielleicht spielt mir das sogar in die Hände. Aber Mr Walker ist schnell, nicht nur dank seines Skills und in seinen Bewegungen, sondern offensichtlich auch darin, seine Pläne zu ändern. Blitzschnell greift er in meine Hosentasche und fischt mein Handy hervor, reicht es wortlos Rowan, der es mit einer Leichtigkeit entsperrt, als würde er meine PIN schon immer kennen. »Dann wird es eben Zeit, sich um die wirklich wichtigen Dinge zu kümmern.«

»Und die wären?« *Informationen sammeln, solange ich noch kann.*

Rowan scrollt durch meine Kontakte, bis er findet, was er sucht, und zu mir sieht, sein Lächeln nicht mehr freundlich, sondern dämonisch.

»Miss June Betty Clarke.«

KAPITEL 54

DYLAN

Wir müssen den Kopf einziehen, weil die Dachschrägen es bei einer normalen Körpergröße unmöglich machen, aufrecht zu stehen.

Überall um uns herum befinden sich Bücher, so viele und zu allen Themen, dass man nicht mal weiß, wo man anfangen sollte. Die enge Wendeltreppe, die hier hochführt, hat von unzähligen Schülern verschiedener Generationen abgenutzte Stufen. Auf dem Weg hierher ist mir aufgefallen, dass die Academy gänzlich ausgestorben ist, kein Licht brennt und wenn man sich hier nicht bestens auskennt, dann verläuft man sich auf dem Weg in die Bibliothek schnell.

Taylor hingegen hatte keine Probleme und zieht jetzt einen der Stühle zurecht, um darauf Platz zu nehmen und mich anzusehen. Ihre Augen kommen mir so verdammt bekannt vor, aber ich kann mich nicht daran erinnern, wann und wo wir uns getroffen haben sollen. Auch diese Bibliothek macht auf mich den Eindruck, mir nicht völlig fremd zu sein. Mit den Fingern streiche ich über die Buchrücken, die hier dicht an dicht in den Regalen stehen, während Taylor mich keine Sekunde aus den Augen lässt.

»Hier oben hast du mich damals in dein Geheimnis eingeweiht.« Sie deutet auf den Stuhl neben sich, aber ich weiß nicht so recht, ob ich ihr genug vertraue, etwas an ihr bringt mich ordentlich durcheinander. So bleibe ich lieber auf Abstand und lehne mich an das Regal.

»Habe ich das.« Keine Frage, nur offener Zweifel.

»Ja. Und dann habe ich mir den Kopf angeschlagen.« Sie muss lächeln und ich wünschte, sie würde es nicht tun, denn dieser Anblick wirbelt zusätzlich etwas in mir durcheinander. Kopfschmerzen breiten sich in meinem Schädel aus, ziehen von außen nach innen, wo sie sich auf mein Gehirn stürzen und daran zerren, auf der Suche nach einer Tür, die sie nicht finden können.

»Haben wir uns hier oben geküsst?« Eigentlich hatte ich nicht vor, es laut auszusprechen, aber jetzt ist es zu spät, doch Taylor schüttelt den Kopf.

»Nein. Wir haben uns in einem Labor unter dieser Academy geküsst, inmitten eines tödlichen Flammenmeeres.«

»Wie romantisch.«

»Romantisch war bei uns wenig, aber dafür echt.« Ein bisschen traurig sieht sie zu mir. »Ich mag dich wirklich, Dylan.«

»Du kennst mich nicht.«

»Ich kannte eine Version von dir.«

»Diane hat gesagt, wenn ich dich und June in Sicherheit bringe, dann wird sie mir meine Erinnerungen wiedergeben.« Was damals schon verlockend klang, wünsche ich mir jetzt noch mehr, weil ich dann wüsste, was für ein Mensch ich war, und wie sich jemand wie Taylor in mich verlieben konnte.

»Vertraust du Diane wirklich?« Sie spricht ihren Namen so aus, als wäre er zu sperrig für ihren Mund, wohl weil sie Diane nicht mag, und ich kann es ihr nicht mal verübeln.

»Sie hat mir geholfen, ein besseres Leben zu führen.«

»Als Skill-Finder?«

»Ja. Eine Aufgabe, bei der ich helfen kann.« Wobei ich mir nicht mehr so sicher bin, ob ich das wirklich getan habe. Kevin Fletchers Gesicht taucht kurz vor meinem inneren Auge auf. Zusammen mit seiner Warnung, dass alles schiefgehen würde – und June dabei sterben. June, die wir auf Skye zurückgelassen haben.

Ein unangenehmes Gefühl rauscht durch meinen Körper und ich richte mich so schnell auf, dass ich die Dachschrägen vergesse und mir heftig den Kopf anschlage.

»*Fuck!*« Die Kopfschmerzen verdoppeln sich, kriechen jetzt unaufhaltsam in jede Ecke meines Schädels und mir wird kurz schwarz vor Augen, aber dann finde ich Halt, spüre Taylors Hand an meiner Wange, die Wärme ihrer Haut, spüre ihren Atem auf meinen Lippen und öffne die Augen, nur um von ihrem besorgten Blick empfangen zu werden.

»Das ist doch eigentlich mein Job.« Sie lächelt sanft, so wie sie es schon hundert Mal gemacht hat. Immer dann, wenn ich die Augen geschlossen habe. Ein Gesicht, zu dem ich weder den Namen noch die Geschichte kannte, und dessen Anblick sich doch vertraut angefühlt hat. Sogar vertrauter als alles andere. »Du blutest.« Sie berührt meinen Kopf, genau an der Stelle, die einen pochenden Schmerz an den Rest meines Körpers sendet.

Schmerz. Das ist mein Skill und er ist mir so vertraut, als wäre er immer ein Teil von mir, würde immer auf mich warten.

»Komm, ich weiß, wo es Verbandsmaterial gibt.« Sie greift nach meiner Hand, verhakt unsere Finger mit einer Selbstverständlichkeit, dass ich diese Vertrautheit einen kurzen Moment zulasse. Was soll schon passieren?

Sie führt mich die gewundene Treppe nach unten, aber wir sind noch nicht mal bei der Hälfte der Stufen angekommen, als die schwere und aufwendig verzierte Holztür zur Bibliothek sich öffnet und ein Mann eintritt, der sich suchend umsieht, bis er uns schließlich erblickt. Dunkle Schatten folgen ihm, schwärmen aus, sobald er die Hand hebt, und mein Körper kickt in den Verteidigungsmodus.

Schnell ziehe ich Taylor hinter mich, breite die Arme aus und lasse meinen Skill los, der sich zielsicher auf den Mann am Eingang stürzt. Dabei muss ich mir nicht mal große Mühe geben, denn der Körper des Mannes wurde in der Vergangenheit offensichtlich schon mehrmals ordentlich malträtiert, und es würde reichen, mit dem Finger zu schnippen, um seine Beine zu brechen.

»*Dylan, nein!*« Es ist Taylors Stimme direkt an meinem Ohr, die mich davon abhält. »Hör auf damit!«

Zum ersten Mal klingt sie fast ängstlich und ich rufe meinen Skill sofort zurück, sehe sie irritiert an, aber ihr Blick hängt nicht an mir, sondern an dem Mann, der inzwischen in die Knie gegangen ist.

Taylor schiebt sich an mir vorbei und eilt die restlichen Stufen hinunter, den dunklen Schatten entgegen, die allerdings Taylor ignorieren und zu mir nach oben stürmen, mich packen und mit einer Wucht zu Boden reißen, die ich nicht habe kommen sehen. Mein Skill jagt einfach durch sie hindurch, ich kann ihnen nichts anhaben.

Eine unangenehme Panik überschwemmt mich, das viel zu vertraute Gefühl, mich nicht wehren zu können, und waschechte Angst, die meinen Körper lähmen will. Nie wieder wollte ich mich so fühlen, nie wieder so ausgeliefert sein. Die Schatten kann ich nicht aufhalten, auch wenn ich mich unter ihren Griffen winde. Hilfe suchend sehe ich durch das Treppengeländer nach unten, wo Taylor inzwischen den Mann erreicht hat und ihm zurück auf die Beine hilft. Schwer atmend sieht er zu mir und hält sich die Stelle, wo ich einige Rippen angeknackst habe, aber auf seinen Lippen liegt ein Lächeln.

»Mr Pollack, wie schön, dass Sie wieder zu Hause sind.«

Er kennt meinen Namen, ich nicht mal sein Gesicht, aber zumindest ruft er seine Schatten jetzt zurück, auch wenn sie mich nur zögernd loslassen und jeden meiner Schritte die Treppe hinunter überwachen. Taylor, um deren Schulter der Typ seinen Arm gelegt hat, lässt mich ebenfalls keine Sekunde aus den Augen, und ihr Blick ist jetzt ein anderer als vorhin noch. Die Wärme scheint daraus verschwunden.

»Dylan, ich glaube, Mr Morgan hat eine Entschuldigung verdient.«

Da ist sich Taylor sehr sicher, aber ich zucke nur die Schultern und schiebe die Hände in die Hosentaschen, was ihnen beiden zeigen soll, dass ich nicht vorhabe, meinen Skill so schnell wieder zu benutzen. Ein Friedensangebot quasi.

»Sorry. War eine Schutzreaktion.«

Mr Morgan sieht mich zweifelnd an, als wäre er sich plötzlich gar nicht mehr so sicher, mich wirklich zu kennen.

»Sieh einer an, Mr Pollack hat also plötzlich kein Problem mehr damit, seinen Skill zu nutzen.«

»Wieso sollte ich? Ich hielt Sie für eine Gefahr.«

Sein Lachen klingt gequält und ich wette, er hat Schmerzen und das meinetwegen. Doch dieser Mr Morgan wirkt nicht ansatzweise verängstigt, dabei ist das doch der Effekt, den mein Skill auf die meisten Menschen hat.

Taylor feuert mir einen entsetzten Blick entgegen. »Was ist nur los mit dir?«

Sie hat mich wohl anders in Erinnerung, aber ich kann ihr nur das hier anbieten und das bedeutet eben auch, nicht sofort jedem zu trauen und sich zu schützen, bevor mir jemand zu nahe kommen kann. »Ich habe die Erfahrung gemacht, dass nicht jeder automatisch nett zu mir ist.«

»Du hast deinen Skill nie so eingesetzt. Nicht so achtlos und ohne echten Grund, du wolltest ihn sogar loswerden.«

Jetzt bin ich es, der lachen muss, weil das, was Taylor da sagt, kompletter Unsinn ist – sein muss. Diane hat mir versichert, dass mein Skill ein Geschenk ist und ich ihn zu nutzen weiß.

»Wieso sollte ich das wollen?«

Taylor wechselt einen kurzen Blick mit Mr Morgan und mich beschleicht ein Gefühl, dass die beiden mehr über mich wissen, als mir lieb ist. Taylors Blick wird weicher und damit wieder irgendwie vertrauter, ihre Stimme klingt leise und doch glasklar.

»Weil dein Skill deinen Vater getötet hat.«

KAPITEL 55

ERIC

Mr Cooper trägt Schwarz, wir anderen normale Kleidung, damit wir nicht weiter auffallen. Wir sind schließlich nur harmlose Teenager, die Interesse an dieser Versammlung haben, nicht mehr und nicht weniger.

In dem schwarzen Van, der uns nach der Überfahrt hierhergebracht hat, ist es noch enger als auf dem Boot und es gibt hier drin nicht genug Sauerstoff für uns alle.

Wir tragen zwar keine Waffen bei uns, aber noch nie in meinem Leben kam ich mir bewaffneter vor. Die Kombination all unserer Skills ist gefährlich, wenn auch nicht zwingend tödlich. Außer dem von Mr Cooper, dem dieses Wissen die nötige Arroganz verleiht, um sich als unser Anführer aufzuspielen. Außerdem ist er es, der den Plan hat, wir anderen führen nur aus.

»Wir wissen noch nicht genau, wie viele Leute erwartet werden, aber ein paar Informationen haben wir. Die wichtigsten Zielpersonen sind auf jeden Fall da.« Er hat bis zu diesem Moment gewartet, um uns Fotos auszuteilen, auf denen Gesichter zu erkennen sind, die man schon mal irgendwo gesehen hat.

Mr Robert Blaine, der aufstrebende Politiker, der uns Skillz bestens vertraut ist und keinen Hehl daraus macht, dass er als Premierminister einiges anders handhaben wird. Sein strahlendes Lächeln macht mich wütend, weil ich genau weiß, dass mein Vater ihn wählen würde, wenn er könnte.

Auf einem der anderen Fotos erkenne ich Roy Tartt, den CEO des führenden Pharmaunternehmens im Vereinigten Königreich, der erst vor einigen Monaten ein ausgiebiges Interview für eine Tageszeitung gegeben hat und dort offen über seine No-Skillz-Politik bei seinen Mitarbeitern gesprochen hat.

Das nächste Foto zeigt eine Frau, Margot Henry, die ich nur zu gut aus den Vereinigten Staaten kenne, weil sie dort fast täglich in den Schlagzeilen ist. Auf ihrem eigenen Homeshoppingkanal werden alle möglichen Pseudomedikamente angeboten, die jede noch so schreckliche Krankheit heilen sollen können. *Algenkapseln gegen Krebs, Kräutertee gegen Multiple Sklerose und Enzyme gegen unerwünschte Skills.* Dass sie sich damit ein Millionenimperium aufgebaut hat, habe ich mir schon gedacht, aber sie hier zu wissen, macht sie zusätzlich suspekter.

Und dann ist da ein überraschend vertrautes Gesicht. Eine Weile habe ich es schon nicht mehr gesehen. Einige frische graue Strähnen an den Schläfen sind hinzugekommen, die für ihn typische blau gefärbte Brille und das zufriedene Lächeln sind sich gleichgeblieben.

»Dr. Malcolm Flare ist auch hier?«

Mr Cooper nickt, sammelt die Fotos wieder ein, sein Blick ist entschlossen.

»Blaine und Flare sind wichtig. Die anderen nehmen wir als Kollateralschaden hin, wenn es sein muss.«

Alle außer mir nicken, aber ich fühle mich gerade etwas überfordert, bis Zayne meine Schulter drückt. »Wir sind die Speerspitze!«

Weil das hier nur der Anfang ist, und zwar einer, der mir Angst macht, dennoch nicke ich. Nachdem das Boot in Hartland Point angelegt hatte, ging es zügig weiter, Zeit für eine Pause oder das Sortieren meiner Gedanken haben sie mir nicht gelassen. Vielleicht weil sie wussten, dass ich einige unangenehme Fragen habe.

»Ollie, Sie kümmern sich um die Security-Typen, ich will die im Tiefschlaf sehen, noch bevor sie uns überhaupt wahrnehmen können.«

Ollie nickt, ist erstaunlich gelassen, während mein Herz hektisch das Blut durch meinen Körper pumpt und es sich dennoch so anfühlt, als würden nicht alle Organe ausreichend versorgt werden.

»Felix, Sie unterstützen Catalano dabei, den Rest in Angst und Schrecken zu versetzen, und Zayne wird mit mir die Zielpersonen übernehmen.«

Zielpersonen. Weil es leichter fällt, jemanden aus dem Verkehr zu ziehen, wenn man ihn seines Namens beraubt, sich nicht damit beschäftigt, dass es sich um einen Menschen handelt. Nur kenne ich Fionns Vater persönlich, habe eine Verbindung zu ihm, wenn auch keine enge.

»Vielleicht legen wir dieses Mal nicht so einen lauten Auftritt hin, aber ich denke, unser Einsatz wird einen nicht minder großen Eindruck hinterlassen, als alle davor.«

Als alle davor.

Mir dämmert, dass ich es hier mit Profis zu tun habe. Schüler einer Academy, die genau hierfür perfekt ausgebildet wurden. Deswegen lernen wir kein übliches Schulwissen, das alleinige Ziel der Ausbildung ist es, Skills als Waffen zu nutzen.

»Gibt es noch irgendwelche Fragen?«

Hunderte – doch keine kommt mir über die Lippen, und so öffnet Mr Cooper die Tür des Vans und alles geht plötzlich unheimlich schnell.

Wir springen in den noch kalten Tag, die Helligkeit irritiert mich einen Moment, der fehlende Schlaf, um den ich mir vorhin noch Sorgen gemacht habe, stellt jetzt gar kein Problem mehr dar. Im Gegenteil, mein Körper vibriert vor Adrenalin, und ich hefte mich an Zaynes Fersen, glaube mich dort gut aufgehoben. Wir sind in Bristol, wo uns die für diese Stadt typischen bunten Häuser empfangen und die Straßen eng sind. Es ist noch früh, aber schon jetzt sind erstaunlich viele Leute unterwegs, die alle zu einem bestimmten Platz zu strömen scheinen. Keine Ahnung, was ihr Ziel ist, aber Mr Cooper nickt uns zu, und alle teilen sich auf, bis ich plötzlich alleine zwischen all den anderen Menschen stehe. Es sind meist Ältere, ich falle zwischen ihnen auf, aber nicht nur wegen meines Alters, mir steht die Ahnungslosigkeit sicher ins Gesicht geschrieben.

»Die anderen Politiker kommen ja nicht mal zu uns, die bleiben im feinen London.« Zwei Frauen vor mir unterhalten sich, eine hat ein Hochglanzmagazin in der Hand, auf dessen Cover Blaine lächelt.

»Ich habe ja eigentlich nichts gegen diese Skillz, aber müssen es immer mehr werden?«

»Mr Blaine sagt, sie werden auch immer gefährlicher. Diese New-Skillz, die schießen ja wie Pilze aus dem Boden. *Dare to be normal.* Das ist auch mein Motto.«

Mein Skill kribbelt mir in den Fingern, ich kann ihre Gefühle so deutlich spüren, dass es eine Leichtigkeit wäre, hier und da ein bisschen zu manipulieren. Aber deswegen sind wir nicht hier, und ich kann meine Energie nicht auf diese beiden Frauen verschwenden, die vermutlich noch nie einen Skillz persönlich kennengelernt haben.

»Entschuldigung.« Damit schiebe ich mich an ihnen vorbei und kämpfe mir meinen Weg weiter nach vorne, immer wieder muss ich dabei Gesprächsfetzen hören, die deutlich machen, wieso diese Menschen hier sind und wie sehr sie sich auf die Ansprache von Robert Blaine freuen. Mit jedem Meter werde ich wütender und achte darauf, meinen Skill bereitzuhalten. Ganz deutlich kann ich Felix erkennen, der am Rand der Menschenmenge steht, die sich jetzt auf dem kleinen Platz vor der Kathedrale direkt neben der Central Library zusammengefunden hat. Ein kleines Podest wurde aufgebaut, zwei TV-Teams sind vor Ort, was mich überrascht.

Reflexartig senke ich den Kopf, achte darauf, mich im Hintergrund zu halten, und nicke Ollie zu, der auf der anderen Seite steht und dessen breites Grinsen fast so wirkt, als wäre er einer von Blaines Anhängern, der die anstehende Rede kaum erwarten kann. Ich versuche so gut es geht, in der Menge unterzutauchen, und bin einmal mehr froh über die Entscheidung, mir die Locken abrasiert zu haben.

Mr Cooper ist weiter vorne, sieht fast wie einer der anderen Securitymänner aus und ich verstehe die Wahl seiner Kleidung.

Ich atme einige Male tief durch, als Unruhe in der Menge entsteht, Köpfe sich recken und manche sich auf die Zehenspitzen stellen, um den Moment, wenn Blaine auftaucht auch ja nicht zu verpassen.

Jetzt entdecke ich auch Mrs Henry und diesen Mr Tartt, die sich wie alte Freunde begrüßten und bereits auf das Podest steigen. Ich ertappe mich dabei, wie ich in den Applaus einfalle, meinen Blick nicht mehr von ihnen nehmen kann. Sie winken in die Menge, die inzwischen sicher einige Hundert Menschen umfasst. Nicht schlecht für diese Uhrzeit in einer Stadt, die nicht zwingend im Fokus der politischen Parteien steht.

»Ladys und Gentlemen, wir sind so froh, dass Sie sich die Zeit genommen haben, herzukommen. Es macht mich besonders stolz, in meiner Heimatstadt so viele bekannte Gesichter zu entdecken.« Mr Tartt greift sich gerührt an die Brust, lässt seinen Blick einen Moment über die Menge gleiten, der eine Sekunde zu lange an mir hängen bleibt. Er kennt mich nicht, hat keine Ahnung, wer ich bin und dennoch erkenne ich einen Anflug von Irritation in seinen Augen.

»Ich fühle mich noch immer sehr verbunden mit Bristol.«

Mag schon sein, hat ihn aber nicht davon abgehalten, mit seinen Millionen in die Hauptstadt abzuhauen, wo er nun in einer schicken Villa in Chelsea wohnt.

»Gerade jetzt brauchen wir Ihre Unterstützung und deshalb sind wir sehr glücklich, Ihnen Mr Robert Blaine präsentieren zu können.« Mr Tartt macht einen Schritt zurück, deutet mit ausgestrecktem Arm hinter sich, wo, perfekt choreografiert, Blaine gerade sportlich locker die Stufen zum Podest nach oben sprintet. Meine Hände ballen sich zu Fäusten. Neben mir seufzt eine Frau auf und jubelt dann laut. Der Typ wird empfangen wie ein Popstar und gefeiert, noch bevor er ein Wort gesprochen hat.

Felix findet meinen Blick, nickt mir zu und sofort spüre ich meinen Skill stärker durch meinen Körper fließen, lasse ihn an all der Euphorie um mich herum vorbeiwandern und bei Blaines Überheblichkeit landen. Dahinter spüre ich auch Unsicherheit, Angst und Schuldgefühle – sie liegen für mich parat und mit Felix' Hilfe wird das hier ein Kinderspiel.

»Bristol, vielen Dank für den warmen Empfang! Ich habe Ihnen einen guten Freund mitgebracht. Dr. Malcom Flare!«

Dr. Flare lässt sich beim Erklimmen des Podests etwas mehr Zeit, genießt den Moment und ich erkenne sein Lächeln, seine Lässigkeit sofort wieder. Obwohl er seinen geliebten Skill verloren hat, hat das seiner Arroganz keinen Abbruch getan. Ich konzentriere mich auch auf ihn, dessen dunkle Gefühle ich besser kenne, als ihm lieb sein kann, und sehe zu Mr Cooper, warte auf das Zeichen und spüre bereits die Kälte, die sich von den Pflastersteinen unter uns ausbreitet.

Dann nickt Mr Cooper und ich greife nach Blaines Gefühlen – doch ich kriege sie nicht zu fassen, als wären sie mit Teflon beschichtet.

Ich schaue zu Felix, der irritiert wirkt, wie auch Ollie, der zwar dafür sorgt, dass einige Zuschauer in den ersten Reihen in einen tiefen Schlaf sinken, aber die Sicherheitsmänner bleiben davon unberührt. Mr Cooper lässt die Luft um uns herum erzittern, ich rechne fest damit, dass Mr Blaine oder Dr. Flare nun nach Sauerstoff ringen, aber nichts passiert. Nur Zaynes Eis breitet sich rasend schnell aus, doch das sorgt gerade mal für Überraschung, nicht für Verunsicherung.

Doch dann schnappen die ersten Menschen panisch nach Luft oder fallen einfach so in einen tiefen Schlaf, und nun bricht Panik aus, allerdings weiter hinten in der Menge, in meiner unmittelbaren Nähe, was so nicht geplant war.

»Bringen Sie sich schnell in Sicherheit, es scheinen Skillz unter uns zu sein!« Blaines aufgeregte Stimme passt nicht so ganz zu seiner noch immer ruhigen Ausstrahlung, doch die Message zeigt sofort Wirkung.

Es wird geschoben, geschubst und einige wollen flüchten, stolpern und fallen. Die Frau neben mir geht zu Boden, ihr Magazin rutscht ihr aus der Hand und andere Menschen steigen einfach über sie. Schnell bücke ich mich, versuche, ihr auf die Beine zu helfen, ihre Panik einzudämmen, aber das Chaos tobt bereits. Wenn auch nur eine Kamera diese Bilder einfängt, hat Blaine einen weiteren Beweis dafür, dass die Skillz die Bösen sind.

Er muss gewusst haben, dass wir kommen.

Kaum steht die Frau wieder, flüchtet auch sie, aber ich kämpfe mich gegen den Strom der Körper, den Blick starr auf Blaine gerichtet, versuche noch immer seine Gefühle zu manipulieren oder sie zumindest zu fassen zu kriegen, aber er bleibt lächelnd und zufrieden stehen, beobachtet die Szenerie, die sich ihm bietet, die Panik der Menschen, das Chaos und die Schreie. Als ich fast vorne angekommen bin, packt mich eine Hand an der Schulter und im nächsten

Moment sehe ich in Dr. Flares Augen, die hinter seiner blau gefärbten Brille liegen.

»Hallo, Eric.« Dann rammt er mir eine gläserne Spritze in den Hals und injiziert mir blitzschnell die durchsichtige Flüssigkeit darin. »Schön, dich zu sehen.«

Sein Lächeln verschwimmt, genauso wie alles andere um mich herum ... bis mich tiefschwarze Dunkelheit umarmt.

KAPITEL 56

FIONN

Die Kühle der gekachelten Wand hinter mir ist eine willkommene Abwechslung zu der Hitze an der Stelle, wo das Skill-Steel noch immer mit meiner Haut verbunden ist. Es fühlt sich so an, als würde die Hitze in meinem Körper keinen Weg nach draußen finden, und ich atme schwer, spüre die Schweißperlen auf meiner Stirn. Ich starre auf die schwere Tür an der gegenüberliegenden Wand, die vor einer gefühlten Ewigkeit ins Schloss gefallen ist, nachdem sie mich in den Keller gebracht und hier reingeschubst haben. Wozu, verstehe ich nicht, denn gerade bin ich alles andere als eine Bedrohung.

Die einzelne kleine Glühbirne, die einsam an der Decke über mir hängt, schenkt gerade so viel Licht, dass ich das blau schimmernde Stahlband an meinem Arm betrachten kann. Es juckt und brennt, als fresse es sich in meinen Körper, auch wenn ich sehen kann, dass es das gar nicht tut. Rowan sagte, es wäre wie ein Haustier – anhänglich ist es auf jeden Fall.

Was er nicht erwähnt hat, ist der Schmerz, der als kleiner Bonus mit seiner tollen Erfindung einhergeht, aber ich glaube, das war Absicht. Vorsichtig berühre ich das Metall und kurz glaube ich, es schnurren zu hören. Einbildung, weil mein Gehirn ohnehin gerade nicht so funktioniert, wie es soll.

Sie haben mein Handy, was an sich noch kein so großes Problem ist, aber sie wollen June. Es ging immer um June, nie um mich oder sonst was. Wieder schließe ich die Augen und verfluche alles, was in letzter Zeit passiert ist. Die Trennung von uns Misfits, mein Streit mit Eric, die Art und Weise, wie sie eben doch einen Keil zwischen uns getrieben haben, und dass ich Rowan vertraut habe, wann immer er mich gewarnt hat. Weil ich den Eindruck habe, dass der Schmerz etwas nachlässt, wenn ich das kühle Metall berühre, streiche ich immer wieder darüber, spüre, wie das brennende Pochen zu einem deutlich erträglicheren Kribbeln wird und meine Schultern sich minimal entspannen. Fast wage ich es sogar, mal durchzuatmen.

Wenn Rowan diesen Stahl lebendig machen konnte, dann will ich mir nicht vorstellen, zu was er noch in der Lage ist. Der schüchterne, schmale Junge, der keine Freunde hat, der aber einen ausgezeichneten Skill besitzt, und dem ich an dieser Scheiß-Academy am meisten vertraut habe, hat mich hinters Licht geführt.

Die Hitze in meinem Körper findet keinen Ausweg und bringt meine Haut fast zum Glühen. Das Metallband hingegen bleibt unbeeindruckt kühl, und egal wie oft ich auch mit den Fingern schnippe, es erscheinen keine Funken, keine Flammen. Bisher konnte ich diese Hitze immer rauslassen, ein kleines Feuer und schon ging es mir besser. Jetzt fühlt es sich eher so an, als würde meine Galle gleich überkochen.

Schnell streiche ich weiter über das Metall, wieder meine ich, es schnurren zu hören, und die Kühle unter meinen Fingerkuppen hilft zumindest ein bisschen.

Keine Ahnung, ob ich geschlafen, geträumt oder einfach nur das Bewusstsein verloren habe, aber ich werde wach, weil mir eine Schuhspitze in die Schulter tippt und ich zusammenschrecke, weil ich niemanden kommen oder den Schlüssel im Schloss gehört habe.

»Zeit, aufzuwachen, Flare.« Möglich, dass ich mir das alles nur einbilde, aber selbst Rowans Stimme klingt jetzt ganz anders. Tiefer und rauer, als ich es sonst von ihm gewohnt bin. Ich blinzele gegen das Licht, das vom Flur in meine kleine Kammer fällt. »Wir haben nicht ewig Zeit und du wirst erwartet.«

Doch statt mir auf die Beine zu helfen, sieht er dabei zu, wie ich mich allein hochkämpfe. Obwohl mir ein bisschen elend ist und vor allem viel zu heiß, versuche ich meine Sinne so gut es geht beisammenzuhalten.

»Komisch, du siehst gar nicht mehr so selbstbewusst aus, Fionn. Fühlt sich komisch an, nicht wahr?«

»Wieso machst du das alles?«

Als Antwort bekomme ich nur ein hämisches Lachen, als wäre meine Frage lächerlich, dann macht er Platz, damit ich auf den Flur treten kann.

Dann gehe ich neben Rowan durch den Flur, für den ich keine Gefahr darzustellen scheine, so entspannt wie er wirkt.

»Weißt du, ich dachte mir ja, dass ihr Flares Ärger macht, aber ihr seid zudem waschechte Nervensägen.«

»Gehört wohl zum Familienerbe.«

»Schön, dass du deinen Humor noch nicht verloren hast.«

Der Gang ist lang und führt an nur wenigen Türen vorbei. Ich habe keine Ahnung, in welchem unterirdischen Teil der Academy wir uns befinden, dennoch versuche ich, mir alles einzuprägen.

»Mich würde interessieren, auf wessen Seite du spielst. Bist du ein Mama-Kind oder doch Papas Liebling?«

Es scheint mir eine Ewigkeit her, dass ich meine Eltern zuletzt gesehen habe, mit keinem von ihnen bin ich im Guten auseinandergegangen und somit kann ich nur wahrheitsgemäß die Schultern zucken. »Ich bleibe lieber das schwarze Schaf.«

»Wie diplomatisch. Das klang ja fast schon so wie dein Vater.« Rowan klopft mir gönnerhaft auf die Schulter, zieht dann aber sofort die Hand zurück, doch ich habe den unterdrückten Schmerzensschrei dennoch gehört, sehe zu, wie er sich die offensichtlich schmerzende Hand hält.

»Wir sollten dich mal abkühlen, bevor du uns noch verglühst.« Nur wäre ihm das wohl nicht gerade unrecht, wenn ich sein Grinsen richtig deute. »Wäre doch eine Schande, wenn deine Mum dich nur als ein bisschen Kohle zurückbekommt, nicht wahr?«

Wieso denn jetzt meine Mutter? Ich dachte, es ginge um meinen Vater. Hatte Mr Walker nicht so was gesagt? Nur habe ich jetzt keine Zeit, um Fragen zu stellen, weil wir eine weitere schwere Tür erreichen, die Rowan öffnet und mir dann den Vortritt lässt. Eine Wendeltreppe führt uns nach oben.

»Wieso machst du das alles, Rowan?«

»Weil es das Richtige ist. Deine Mutter hatte den richtigen Riecher, aber blöderweise kam ihr das Gewissen in die Quere.«

Jetzt bin ich es, der lachen muss, denn wenn meine Mutter etwas nicht mehr zu haben scheint, dann ist es ein Gewissen. »Sie klaut Skills und verkauft sie weiter.«

»Das schon, aber statt auf den Profit zu schauen, hat sie angefangen, manche Käufer auszuschließen.« Kopfschüttelnd nimmt Rowan Stufe für Stufe. »Ich meine, was juckt es sie, wer sich diese Kapseln einsetzt oder wofür diese Skills dann genutzt werden? Das kann ihr doch scheißegal sein!«

»Auch wenn damit dann Anschläge ausgeführt werden und wir echten Skillz dafür die Konsequenzen tragen müssen?«

»Wach auf, Fionn. Es gibt keine *echten* Skillz mehr. Es gibt einfach nur noch Skillz!« Oben angekommen, grinst er mich breit an und dreht sich so, dass ich einen guten Blick auf seinen Nacken habe, auf dem eine sehr feine Narbe verläuft. Ich starre ihn mit offenem Mund an. Breit grinsend dreht er sich wieder zu mir.

»Oder hast du wirklich gedacht, alle Schüler hier sind als Skillz geboren? Wir New-Skillz sind die Zukunft, Flare.«

KAPITEL 57

NEO

Die Ohrfeige habe ich wohl verdient, allerdings brennt meine Wange auch jetzt noch und ich wette, Junes Handabdruck darauf ist deutlich sichtbar.

Aber das ist der Preis dafür, ihr mein Geheimnis verraten zu haben. Informationen im Austausch für ihr Vertrauen, das war der Notfallplan und ich habe keinen anderen Weg mehr gesehen. Nun weiß sie von der sehr feinen Narbe, die niemand bemerkt, der nicht weiß, dass sie da ist. Aber genau diese Narbe sorgt für einen großen Unterschied zwischen ihr und mir, wie sie jetzt weiß. Denn ich bin ein New-Skillz, das ist mein kleines Geheimnis, das nun keines mehr ist.

»Hat es wehgetan?«

Wir sitzen inzwischen in meinem Zimmer, sie auf meinem Bett, ich auf dem Stuhl an meinem Schreibtisch, alle Akten, die ich in meiner Matratze versteckt hatte, liegen nun ausgebreitet auf dem Bett vor June. Ihr aufgeklappter Laptop steht neben ihr, zeigt noch immer das Standbild, auf dem man mein Gesicht in der Menge erkennt. Es war mein Fehler, weil ich mich zu früh wieder zurückgemorpht habe.

»Das Einsetzen der Kapsel ist ein bisschen unangenehm, aber kein Vergleich mit einer schallenden Ohrfeige von June Clarke.«

Das entlockt ihr zumindest ein kurzes, wenn auch gequältes Lächeln. Sie vertraut mir nicht und ich muss alles daransetzen, genau das zu ändern.

»Aber wieso machst du das alles?«

Wenn ich ihr das doch nur so einfach erklären könnte, ohne mir dabei wie der größte Idiot vorzukommen.

»Wenn du nie gut genug bist, nie irgendwohin gehörst und dich niemand haben will, dann lernst du schnell, wie lebensnotwendig es ist, sich anzupassen. Die Vorstellung, jedes Aussehen annehmen zu können, das klang einfach zu verlockend. Und es klang nach einem Angebot, das mein Leben verändern würde.«

June sieht mich ernst an, die Mütze trägt sie noch immer, auch wenn ich ihre Ungeduld spüre, alles zu erfahren. Und so muss ich nun die Lücken füllen, bleibe dabei aber ziemlich nah an der Wahrheit.

»Ich dachte, ein Skillz zu werden, würde all meine Probleme lösen. Ich würde endlich irgendwo dazugehören und keine Ahnung, ein Superheld werden oder so was.«

»Wieso hast du dich dann für die dunkle Seite entschieden?« Statt zu mir, sieht sie auf eine der Mappen, die sie achtlos durchblättert.

»Weil an das Angebot Bedingungen geknüpft waren, die ich nicht überschauen konnte. Gegenleistungen, die ich erbringen musste.«

»Wie viele Menschen hast du für ihre Skills umgebracht?« Plötzlich klingen ihre Worte messerscharf.

»Keine. Ich war immer nur zum Auskundschaften unterwegs. Alles eine Leichtigkeit, wenn man aussehen kann, wie man eben gerade muss.«

June drückt auf eine Taste an ihrem Laptop, lässt genau den Moment noch mal in Zeitlupe ablaufen, als ich von Professor Sculders zu meinem Aussehen wechsele. Niemals hätte ich gedacht, dass es jemand bemerkt, aber da kannte ich auch June noch nicht.

»Du warst als Professor Sculder dort. Wieso?« Die Kühle ihrer Stimme trifft mich eiskalt.

»Sie wollten ihn wie einen der Attentäter aussehen lassen, damit sie ihn aus dem Verkehr ziehen und die Misfits Academy dichtmachen können. Er ist ihnen ein Dorn im Auge.« Schulterzuckend sehe ich zu ihr, aber ihr Blick ist noch immer auf den Bildschirm gerichtet.

»Planen sie etwa einen Anschlag auf diese Academy?«

»Nein. Ich kundschafte hier nur interessante Skills aus, schaue, welche sich lohnen.«

»Und stehe ich auch auf der Einkaufsliste?«

»Ja. Aber ich sollte mich zuerst um Taylor kümmern.«

»Ich bin also nur zweite Wahl.«

»Nein. Für dich haben sie andere Pläne.«

June hebt den Blick von dem Monitor, nachdem sie eine Mail getippt und das Video als Anhang mitgeschickt hat. Es wäre einfach, sie aufzuhalten, aber ich bin müde. Zu müde. Jetzt sieht sie wieder zu mir, prüfend mustert sie mich, während ein Geräusch uns darüber informiert, dass die Mail erfolgreich versendet wurde, die Professor Sculders Unschuld beweist, dabei aber mich in den Fokus der Ermittlungen schubsen dürfte.

»Was für Pläne?«

»Das haben sie mir nicht verraten.«

Ein bitteres leises Lachen begleitet ihr Kopfschütteln und ich atme schwer aus. Sie weiß doch ohnehin schon fast alles. Was macht es jetzt noch für einen Unterschied? »Wenn du mir nicht glaubst, dann lies meine Gedanken.«

Darauf hat sie gewartet, nimmt sofort die Mütze ab und fährt sich kurz fast etwas schüchtern durch die Haare. Es ist meine letzte Chance, zumindest ein paar Gedanken hinter meiner Schutzmauer zu verstecken.

Auf dem Bett meines Zimmers dieser Academy entscheide ich mich endgültig für eine Seite und lehne meine Stirn vorsichtig an ihre, schließe die Augen und lasse sie an all meine Gedanken – an fast alle. *Meine Kindheit, die Zeit auf Lundy, meine Arbeit, sie selbst und das damit verbundene Gefühl und mein aktueller Auftrag.* Der ihr weniger gefallen wird. Aber wenn sie mir vertrauen soll, dann muss sie alles wissen und hoffentlich verstehen, wieso ich tue, was ich tue.

Kurz habe ich Angst, öffne meine Augen aber dann doch und sehe, wie sich mit jedem Gedanken, den sie liest, ihr Ausdruck verändert, von Mitgefühl zu Enttäuschung wechselt, nur um dann in Wut umzuschlagen, bevor ich Tränen in ihrem Blick erkenne.

Es hätte so viel leichter sein können, wenn ich dich nicht mögen würde.

»Du hast eine sehr merkwürdige Art, jemandem zu zeigen, dass du ihn magst, Quick.« Wir sind uns so nah, dass ich ihre Worte auf meinen Lippen spüren kann und bin im Gegenzug sehr erleichtert, nicht sprechen zu müssen, denn meine Stimme würde zu viel verraten.

Nun, du hast es mir ja nicht gerade leicht gemacht, Clarke.

»Das tue ich übrigens immer noch nicht. Denn ich bin mir nicht sicher, ob ich dich mag oder dir vertrauen will.«

»Verstehe ich.« Das tue ich wirklich, auch wenn ich wünschte, es irgendwie ändern zu können. *Aber mehr, als dir alles zu verraten, damit meinem Arbeitgeber in den Rücken zu fallen und mein Leben zu riskieren, kann ich dir nicht anbieten.*

Sie zieht fast amüsiert eine Augenbraue nach oben und schüttelt müde den Kopf, bringt wieder Abstand zwischen uns.

»Meinst du nicht, dass du etwas übertreibst? Dr. Flare wird dich sicher nicht direkt feuern, dafür braucht sie dich viel zu dringend.«

»Wieso Dr. Flare?«

»Dr. Diane Flare, um genau zu sein.« Sie tippt sich an die Schläfe. »Die Future-Skill-Clinic? Ich habe deine Gedanken gelesen, schon vergessen?«

»Ich arbeite nicht für Dr. Flare.«

»Neo …«

Ich mag es, wie sie meinen Namen ausspricht, wenn sie mich nicht einfach nur *Quick* nennt.

»Ja, wir haben uns der Technik der Future-Skill-Clinic bedient, aber ich arbeite für Peter McAllister. Er hat mir auch den Auftrag gegeben, euch zu finden.«

»Moment. Mr McAllister?«

»Ja. Er sucht sich besondere Skillz, deren Fähigkeit er ausbilden lässt und dann vertickt er diese auf der ganzen Welt.«

»Aber was ist mit Dr. Flare? Es ist ihre Klinik, ihre Forschung, ihr Plan.«

»Mag schon sein, aber den Schwarzmarkt befüttert Mr McAllister, um noch mehr Geld für sein Ziel zu haben.«

»Welches Ziel?«

»Skillz an der Macht. Er braucht perfekte Elite-Skillz und nutzt seine Position in der Schulbehörde und seinen Einfluss auf die Skill-Inspection, um die Ausbildung der Skillz zu ändern. Nur wer bereit ist, seinen Skill um jeden Preis für diese Belange einzusetzen, ist da von Nutzen. Doch das tun noch zu wenige in seinen Augen.« Als wäre June das perfekte Beweismittel, deute ich auf sie. »Du könntest deinen Skill auch einsetzen, um für richtig Ärger zu sorgen. Ganze Regierungsformen könntest du zu Fall bringen, June.«

»Das ist sein Plan?«

»Nein. Aber wenn du es dir mal in Ruhe überlegst, hat Mr McAllister gar nicht so unrecht. Ich meine, die Menschen wollen unsere Rechte immer weiter einschränken, weil sie *wissen*, dass wir ihnen überlegen sind!«

»*Wir?*« Sie steht auf und ihr Blick verändert sich. »Du bist seit knapp einem halben Jahr ein Skillz und glaubst den Bullshit, den Mr McAllister dir erzählt, willst jetzt die Welt verändern, indem ihr Anschläge gegen Nicht-Skillz durchführt, die ihren Argwohn gegen uns noch weiter schüren? *Das* ist euer genialer Plan?«

»Wenn du es so formulierst ...«

»Man kann es nicht anders formulieren, Quick!«

So schnell bin ich von Neo wieder zu Quick geworden. *Weil sie nicht versteht, dass wir das alles nur für die Skillz tun!*

»Hör auf, so einen Unsinn zu denken, verdammt noch mal!« Mit dem ausgestreckten Zeigefinger deutet sie auf mich, Tränen in den Augen. »Du und Mr McAllister, ihr macht das Leben für uns echte Skillz nur schwerer!«

Echte Skillz. Genau davor hatte mich Mr McAllister gewarnt, dass normale Skillz uns nicht akzeptieren würden, wenn wir uns zu erkennen gäben.

»Ihr Ur-Skillz haltet euch wohl für was Besseres, ja? Du und deine feinen Misfits.« Jetzt stehe ich auf und nutze meine volle Körpergröße, um mich vor ihr aufzubauen. »Ich habe in einem halben Jahr gelernt, meinen Skill zu perfektionieren, während andere *echte* Skillz ein ganzes Leben brauchen.« Ohne mit der Wimper zu zucken, verändere ich mein Aussehen vor Junes Augen, denke an all die Details, die Taylor ausmachen, und nehme die Optik ihrer besten Freundin an. »Nicht mal du kannst deinen Skill so gut nutzen, June. Du bist nicht in der Lage, dich vor den Gedanken der Menschen um dich herum zu schützen!«

Sie will sich nicht anmerken lassen, dass es sie irritiert, meine Worte mit Taylors Stimme zu hören, aber ich denke nicht daran, jetzt aufzuhören, und erinnere mich an das Foto auf ihrem Nachttisch. Auch wenn ich Fionn Flare noch nie persönlich getroffen habe, so ist mir sein Gesicht doch vertraut und ich nutze meinen Skill ein weiteres Mal, verwandele mich wieder. Diesmal kann sie nicht anders, als beeindruckt zu sein, auch wenn sie zurückweicht, ihre Augen groß und der Blick zweifelnd.

»Und nur zu deiner Information, Clarke, dein feiner Mr Fionn Flare ist just in diesem Moment auf Lundy dabei, zu einem Teil unserer Mission zu werden.«

Doch den erwünschten Effekt hat meine Darstellung von Flare junior schon mal nicht, denn June lacht nun.

»Und genau da machst du einen großen Fehler, Quick. Nur weil du vielleicht aussehen magst wie Fionn, bist du noch lange nicht so clever, wie er es ist.«

KAPITEL 58

FIONN

»Wieso so überrascht, Fionn?« Mr McAllister lächelt mich fast väterlich an und deutet auf einen Stuhl in Mr Walkers Büro.

»Was machen Sie denn hier?«, frage ich entgeistert.

»Nun, nach dem Rechten an meiner Academy schauen.« Er mustert mich, als würde er nach einer versteckten Waffe oder weiteren Verletzungen suchen. Und genau die findet er. »Was ist denn hier passiert?« Er deutet auf die noch relativ frische Wunde, die ich mir selbst zugefügt habe, als ich die Kapsel eingesetzt habe.

Fuck.

»Ich wollte meinen Skill perfektionieren. Ist mal wieder schiefgegangen.«

Rowan, der hinter mir neben der Tür lehnt, verkneift sich ein Lachen und schüttelt amüsiert den Kopf. »Und ich dachte, die *echten* Skillz hätten ihre Fähigkeiten besser im Griff als wir. Aber sie stellen sich teilweise echt dämlich an.«

Mr McAllister greift nach meinem Arm, den Blick weiter auf Rowan gerichtet. »Wissen Sie, Rowan, wir Ur-Skillz müssen erst mal unseren Skill verstehen, ihn kennenlernen und verfeinern.« Er hält seine Hand nun knapp über meine Brandwunde. »New-Skillz bekommen eine bereits fertige Fähigkeit, die sie einfach abrufen können. Weil andere die Vorarbeit geliefert haben.« Meine Haut prickelt ein bisschen und dann kann ich dabei zusehen, wie die Wunde verheilt, bis nur eine feine Narbe bleibt. Mr McAllister tätschelt die Stelle, die eben noch eine Brandwunde war. »So gut wie neu, Fionn.«

Benommen nicke ich, auch deswegen, weil er nicht gemerkt hat, was für einen Gefallen er mir hier wirklich getan hat. Meine Synapsen scheinen sich neu zu arrangieren, ein warmes Kribbeln geht von der Stelle an meinem Arm aus. Vielleicht finde ich so *meinen* neuen Skill.

»Ihre Arroganz können Sie sich also sparen, Rowan.« Jetzt wendet Mr McAllister sich wieder mir zu, sieht mir direkt in die Augen. »Ihre Familie macht Ärger, Fionn. Und ich würde es wirklich sehr zu schätzen wissen, wenn Sie uns helfen könnten, das zu beenden.«

»Was zu beenden?«

»Ihre Mutter ist nicht mehr in der Lage, die Future-Skill-Clinic zu leiten.« Gespielt getroffen legt er sich die Hand auf die Brust. »Es tut mir leid, aber das alles scheint ihr zu Kopf gestiegen zu sein. Sie hat das Ziel aus den Augen verloren.«

»Was Sie nicht sagen.« Die Worte presse ich mehr oder weniger über die Lippen, weil ich ihn nicht wissen lassen will, was in mir vorgeht. Die Sorge um meine Mutter, die ich mir nicht mal selbst eingestehen will.

»Und Ihr Vater, nun, der spielt jetzt auf der anderen Seite.«

Mein Vater, der das Handy meiner Mutter hat. Ich weigere mich noch immer, mir auszumalen, was er angestellt hat, um an dieses Handy zu kommen. Mr McAllister atmet schwer aus und schüttelt nachdenklich den Kopf.

»Mr Catalano ist zusammen mit Mr Nieves leider an seiner Aufgabe gescheitert und erwischt worden.«

»Was ist mit Eric?« Ich hasse es, dass meine Stimme meine Gefühle so gut transportiert, dass es Mr McAllister jetzt ein kurzes Lächeln aufs Gesicht zaubert.

»Sie hängen wirklich an ihm, nicht wahr? Leider wurde unsere Truppe erwischt, bevor sie den Anschlag auf Mr Blaine ausführen konnten.« Mr McAllister sieht mich an, als müssten seine Worte für mich Sinn ergeben. »Manchmal passiert das. Aber zum Glück haben wir ja Nachschub für Plan B.«

»Was für ein Plan B?«

»Einen, für den wir die Hilfe Ihrer Freundin June bräuchten, Fionn.«

»*June?*«

»Korrekt. Miss Clarke hat einen wunderbaren Skill und mit ihrer Hilfe wären wir all den anderen immer einen Schritt voraus.«

»Das würde June niemals tun.«

Mr McAllister sieht von mir zu Mr Walker, der nur die Schultern zuckt und wenig beeindruckt scheint. Rowans Kichern führt zu einem strengen Blick seiner Arbeitgeber, aber er hebt nur die Hände und sieht dann zu mir.

»Was denn? Er glaubt wirklich, wir würden sie freundlich darum bitten und ihr nicht einfach den Skill wegnehmen.«

»Rowan, ich werde Sie bitten müssen zu gehen.«

»Und wer soll Sie dann warnen, Sir?«

Mr McAllister macht einen Schritt auf Rowan zu, dessen Gesichtsausdruck sich rasant verändert.

»Ich habe Ihnen diesen Skill verpasst, glauben Sie ja nicht, ich könnte Ihnen den nicht auch einfach wieder wegnehmen!« Mr McAllister hebt nur eine Augenbraue und sofort nickt Rowan, öffnet die Tür und will gehen, allerdings nicht, ohne mir noch einen Blick zuzuwerfen.

»Wir sehen uns, Flare.«

»Ich freu mich schon drauf.« Die ganze Zeit über habe ich zu meiner Beruhigung das Skill-Steel-Band gestreichelt, das inzwischen nicht mehr wehtut. Erst als Rowan verschwunden ist, wendet sich Mr McAllister wieder mir zu und ich frage ihn direkt: »Was wollen Sie von June?«

»Fionn, du musst verstehen, dass ihr Skill für uns sehr lukrativ ist.«

»Sie wird ihn niemals hergeben.«

Er nickt nachdenklich, als wäre ihm der Gedanke noch gar nicht gekommen, dann greift er langsam in die Innentasche seines Jacketts und zieht einen versiegelten Umschlag hervor.

»Was, wenn ich Miss Clarke einen Deal anbiete? Ihren Skill im Austausch gegen eine Information, die sie schon immer sehnlichst wollte.« Er wedelt mit dem Umschlag. »Ich verspreche, ihr die Erinnerungen daran zu lassen, eine Skillz gewesen zu sein, und verrate ihr endlich, wer ihre leiblichen Eltern sind.«

Ich starre auf den Umschlag, in dem sich die Antwort auf Junes größte Frage befindet. Mr McAllister weiß genau, wie sehr diese June quält und dass sie alles für die Wahrheit tun würde. Fast alles.

»June würde sich auf keine Verhandlung mit Ihnen einlassen, Mr McAllister. Sie traut Ihnen nicht.«

Der Mann nickt lächelnd. »Das weiß ich. Deswegen werden *Sie* ihr dieses Angebot unterbreiten.«

»Wie denn?«

»Keine Sorge, wir lassen sie hierher bringen.«

June, die ich die letzten Wochen nicht gesehen und schrecklich vermisst habe, sie soll hierher kommen. Alles hier fühlt sich an wie ein sehr wilder Fiebertraum und ich vergrabe meinen Kopf in den Händen, spüre, dass zumindest das Spannungsgefühl an meinem Unterarm abgenommen hat, und frage hilflos: »Wieso sollte ausgerechnet *ich* Ihnen helfen?«

Jetzt ist da kein Lächeln mehr auf seinem Gesicht, nur ein sehr entschlossener Blick, der klarmacht, dass der Spaß an genau dieser Stelle aufhört.

»Weil ich Ihre geliebten Misfits der Reihe nach töte, wenn Sie es nicht tun.«

KAPITEL 59

TAYLOR

Mr Morgans Verband sitzt gut und eng, mehr kann ich nicht für ihn tun. Noch immer kann ich nicht glauben, was Dylan ihm da angetan hat. Genau der Dylan, dessen Platzwunde am Kopf ich jetzt verarzte und dabei vielleicht etwas mehr Desinfektionsmittel auf die Wunde sprühe, als nötig wäre. Er beißt die Zähne zusammen und hält die Augen geschlossen. Wenn ich sein Gesicht betrachte, erkenne ich noch immer den Dylan, den ich in genau dieser Academy kennengelernt habe. Der mit uns gegen Dr. Flares Machenschaften vorgegangen ist und sein Leben für Fionn riskiert hat. Doch wenn *er mich* anschaut, sieht er nur ein ihm fremdes Gesicht, und das tut weh.

»Willst du mir die Kopfhaut wegätzen?« Seine Augen sind noch immer geschlossen und das Lächeln auf seinen Lippen sehr gezwungen. In Gedanken verloren habe ich es wohl wirklich etwas übertrieben und stelle die Sprühflasche zurück in den Medikamentenschrank in Dr. Gibsons Büro, bevor ich mich zu Mr Morgan drehe, der sich ein paar Schmerztabletten einwirft.

»Professor Sculder ist also noch immer in Haft?« Ein

Themenwechsel erscheint mir am sinnvollsten, um nicht länger über Dylan und seine Veränderung nachdenken zu müssen.

Mr Morgan nickt. »Ja. Sie wollen ihm diese ganze Anschlagserie anhängen und wenn ihnen das gelingt, werden sie vermutlich weitere Academys schließen und verhindern, dass Skill-Teenager eine vernünftige Ausbildung bekommen. An normalen Schulen dürfen sie schon nicht mehr aufgenommen werden.«

»Aber Professor Sculder hat damit doch nichts zu tun.« Denn so wild alles um uns herum sein mag und sosehr sich manche auch verändert haben mögen, so habe ich doch nie auch nur eine Sekunde an Professor Sculders Unschuld gezweifelt. Okay, zumindest nicht wirklich.

»Natürlich nicht. Aber sie werden es so drehen, wie sie es haben wollen.« Mr Morgan sieht zu Dylan, der sich eine Mullbinde aus dem Schrank genommen hat und sich auf die Wunde drückt. »Und was haben sie mit dir gemacht?«

Dylan zuckt die Schultern. »Nichts.«

»Du bist also eines Tages aufgewacht und hast bemerkt, dass du deinen Skill einfach wieder nutzen willst, ja?«

»Ziemlich genau so. Diane hat mir die Erinnerungen genommen, die mir nicht gutgetan haben, und mir einen Job gegeben.«

»Sie hat dich zu einer gefährlichen Waffe gemacht, Dylan.«

»Wieso, weil ich mich nun wehren kann?«

Mr Morgan schüttelt nur müde den Kopf. »Nein. Sie hat dir das Verständnis dafür genommen, wieso du ausgerechnet diesen Skill bekommen hast und das Gefühl dafür, wie du ihn einsetzen sollst.« Mr Morgan verzieht kurz vor Schmerzen das Gesicht, als er sich ungeschickt bewegt. »Und wie eben nicht.«

»Und wenn schon? Wichtig ist doch nur, dass ich den Skill habe und nicht wieso, oder?« Dabei klingt er allerdings so, als würde er sich selbst davon überzeugen wollen und nicht etwa uns. Mr Morgan stößt sich von der Patientenliege ab und kommt auf Dylan zu.

»Da irrst du dich. Du hast diesen Skill nicht, um ihn wahllos einzusetzen, Menschen anzugreifen oder für Leute wie Diane Flare und ihre Future-Skill-Clinic zu arbeiten. Du hast ihn damals entwickelt, weil dein Vater kein besonders netter Mensch war, der dich geschlagen hat.«

Dylan schüttelt den Kopf, aber Mr Morgan lässt sich nicht aufhalten, spricht weiter, während er in kleinen Schritten näher auf Dylan zugeht. »Und du wolltest deinen Skill nicht nutzen, weil er dir zuwider war, weil du deinen Vater damals damit getötet hast, auch wenn es aus reiner Notwehr war.«

»Das sind Lügen.«

Mr Morgan packt Dylans Arm und zieht den Ärmel des Pullovers nach oben, bis zu der Stelle, an der man einige Narben auf der Haut erkennen kann. »Wo hast du die her, hm? Und woher die Narben an deinem Rücken?«

Dylans Augen werden dunkel, als er sich aus Mr Morgans Griff befreit. »Woher wissen Sie davon?«

»Unsere Erlebnisse, gut wie schlecht, machen uns zu dem, was wir sind. Dir die Erinnerungen, ohne dein Wissen oder dein Einverständnis zu nehmen, war grob fahrlässig von Diane. Aber natürlich hat ihr dein *Gedächtnisverlust* in die Karten gespielt.«

»Vielleicht wollte ich die Erinnerungen ja nicht mehr, damit ich meinen Skill endlich ohne Skrupel einsetzen kann!«

»Du kannst deinen Skill also jederzeit nutzen. Wann immer dir danach ist, ja?«

»Absolut.« Dylan klingt so trotzig, als müsste er es auch sich beweisen und Mr Morgan geht nur zu gerne darauf ein.

»Verstehe.« Mr Morgan deutet auf mich. »Brich Taylor die Finger.«

»Wie bitte?« Ich kann nicht glauben, was ich da gerade höre, und bringe sofort etwas Abstand zwischen Dylan und mich.

Dylan sieht ebenso überrascht aus. »Ich soll was?«

»Brich ihr von mir aus nur einen Finger. Los.«

»Mr Morgan –«

»Lass nur, Taylor, Dylan hier beherrscht seinen Skill perfekt. Es wird sicher nur kurz wehtun.«

Aber Dylan sieht nicht so aus, als wäre er sich da besonders sicher, wirft einen Blick in die Ecken, wo die Schatten lauern, bevor er zu mir sieht.

»Na mach schon. Diane hat dir doch sicher erklärt, dass du dein Gewissen und deine Skrupel einfach so über Bord werfen kannst.« Mr Morgan lächelt kühl, steht nun fast direkt vor Dylan. »Mach schon!«

Dylan schubst ihn heftig von sich und dreht sich zu mir. Sofort schließe ich die Augen, versuche mich auf den folgenden Schmerz einzustellen, beiße mir auf die Unterlippe und atme scharf ein.

Stille.

Noch mehr Stille.

Langsam öffne ich meine Augen wieder und sehe Dylan, der unverändert vor mir steht, die Hände zu Fäusten geballt. Sein Blick findet meinen, aber ich wage es noch nicht, wieder aufzuatmen.

Mr Morgan, der mit verschränkten Armen die Szene und Dylan genau beobachtet, lächelt zufrieden, bevor er ihm auf die Schulter schlägt. »Herzlichen Glückwunsch, Mr Pollack. Sie haben noch immer ein Gewissen und vermutlich sogar Erinnerungsbruchstücke an Taylor.«

Dylans Augen füllen sich mit Zweifeln, aber er sieht nicht weg, sondern noch immer zu mir, er löst die Fäuste und streckt die Finger, schüttelt den Kopf. »Habe ich wirklich meinen Vater getötet?«

Ich kenne nicht die ganze Geschichte, nur das, was er mir damals erzählt hat, also nicke ich stumm.

»Wieso magst du mich dann noch?«

Vorsichtig komme ich auf ihn zu, bis ich eine seiner Hände zu fassen kriege. »Weil du immer gut zu mir warst.« Und er mir nie wehgetan hat. Auch jetzt nicht, als er es hätte tun können.

»Diane hat gesagt, sie hat mich aus einer miesen Einrichtung gerettet.«

»Sie hätte alles gesagt, um dich auf ihre Seite zu bringen.«

»Ich dachte, an ihrer Seite, da wäre mein Platz.«

Ich verhake unsere Finger, hoffe, durch meine Berührung irgendwelche Erinnerungen an uns Misfits zu reaktivieren, und drücke kurz seine Hand.

»Dann habe ich News für dich, dein Platz ist hier. Bei uns.«

KAPITEL 60

FIONN

Die Sonne ist inzwischen aufgegangen und ich habe keine Sekunde geschlafen, aber das interessiert niemanden. Nicht Mr Walker und auch nicht Mr McAllister, der noch immer so tut, als wären wir so was wie Freunde oder zumindest Verbündete. Nun führt er mich, gefolgt von Mr Walker, zu den anderen Jungs, die bereits im Innenhof der Academy stehen. Obwohl ich letzte Nacht alles andere als entspannt war, spüre ich keine große Müdigkeit mehr, nur das aufgeregte Kribbeln in meinen Adern.

Rowan steht diesmal nicht hinten, wo bisher sein angestammter Platz war, sondern in der ersten Reihe. Von Eric, Zayne und den anderen fehlt noch immer jede Spur. Wie auch von Mr Cooper.

Mr McAllister zieht alle Blicke auf sich, wohl weil die meisten hier wissen, wer er ist. Die Stille ist fast beängstigend und ich bin heilfroh, um den Wind, der nicht nur meine Haare durcheinanderbringt, sondern auch meine Haut kühlt. Denn die Hitze nehme ich mit, während mir mein Platz direkt neben Rowan zugeteilt wird, wo ich breit grinsend von ihm empfangen werde.

»Du lebst ja noch. Dachte schon, Mr McAllister hat dich kaltgestellt.«

Es fällt mir schwer zu glauben, dass dies der Rowan ist, den ich hier kennengelernt habe. So überzeugend war seine Darstellung des einsamen jungen Mannes, der doch nur Anschluss finden will.

»Noch brauchen sie mich.«

»Falls du es noch nicht gecheckt hast, ihr seid *alle* austauschbar.« Er deutet auf die Reihe an Schülern. »Da, wo Zayne und seine Jungs standen, stehen heute schon wieder Neue.« Er sieht zu mir. »Und du brauchst einen neuen besten Freund, denn Eric kommt nicht mehr zurück.«

»Halt den Mund.«

»Vielleicht basteln sie dir ja einen neuen Eric, wenn du lieb fragst?«

Ich will ihm ins Gesicht schlagen, weil er niemals verstehen würde, dass man Eric nicht ersetzen kann. Zudem weiß ich einfach, dass Eric noch da ist. Wenn man manche Menschen so tief in sein Herz lässt, dann spürt man das.

»Gentlemen, ich nehme an, ich muss Ihnen den Mann an meiner Seite nicht vorstellen.« Mr Walkers Stimme hallt über den Innenhof und sofort verstummt selbst Rowan. Alle Augenpaare richten sich neugierig auf Mr McAllister, der nur leicht lächelnd dasteht, als wäre ihm diese Art der Aufmerksamkeit unangenehm, aber das Funkeln in seinem Blick behauptet das Gegenteil.

»Es ist Mr McAllister zu verdanken, dass Sie heute alle hier sind und ich weiß, viele von Ihnen sind stolz, von ihm persönlich für diese besondere Academy ausgewählt worden zu sein.«

Nicken um mich herum, aber ich kann nur den Kopf schütteln. Keine Ahnung, wer von ihnen ein New-Skillz ist und welche normale Skillz wie ich sind. Aber das ist auch egal, denn alle hier spielen in irgendeiner Form eine große Rolle in Mr McAllisters Plan.

»Und Mr McAllister ist heute hier, um drei von Ihnen auszuwählen, die mit ihm nach London fliegen werden, wo Sie Ihre Ausbildung fortsetzen.«

Rowan lehnt sich so weit zu mir rüber, dass ich sein Flüstern hören kann. »Er wird Parker, Doug und Lenny mitnehmen.«

Die drei genannten jungen Männer sind groß und kräftig, ihre Skills mindestens so beeindruckend wie ihre Statur. Parker kann Illusionen erschaffen und zwar täuschend echt. Doug kann Licht erzeugen und manipulieren und Lenny kann Geräusche verstärken, was schon zu einigen Hörstürzen geführt haben soll. Alle drei Skills haben sie inzwischen perfekt unter Kontrolle und wenn Mr McAllister sie für seine Zwecke einsetzt, dann können sie sehr gefährlich werden.

»Er wird ihnen die Skills nehmen, sie reproduzieren und verkaufen.« Rowans Worte zaubern einen schweren Klumpen in meinen Magen und ich muss schlucken. »Das Gute an uns New-Skillz ist, dass wir nichts mehr lernen müssen, wir sind sofort einsatzbereit.« Worauf er wahnsinnig stolz ist, das habe ich inzwischen verstanden.

»Und wenn ihr draufgeht, kann Mr McAllister sich Nachschub basteln.«

Überrascht sieht Rowan zu mir, aber ich zucke nur die Schultern, weil es die Wahrheit ist, und zwar eine, an die er wohl noch nicht gedacht hat.

»*Bullshit*. Wir sind die Zukunft!«

»Ihr seid austauschbar. Euer Skill gehört euch nicht.«

Denn jeder noch so vermeintlich geniale Deal hat eine Schattenseite und das hier ist die dunkle Version von Mr McAllisters Plan. Vollkommen egal, wer von ihnen stirbt, Mr McAllister wird sich Nachschub verschaffen können, solange er die Kapsel mit dem Skill besitzt.

»Und du bist so gut wie tot.« Das soll mir Angst machen und unter anderen Umstände würde es das sogar, aber ich schenke Rowan nur ein breites Lächeln, während meine Hand über das Skill-Steel-Band an meinem Arm wandert, das gar nicht mehr wehtut. Wieder höre ich dieses Schnurren.

»Weißt du, Rowan, meine Mutter galt als tot, aber sie lebt. Man hielt meinen Vater für tot, auch der lebt. Und ich erfreue mich aktuell auch bester Gesundheit.« Vielleicht eine kleine Übertreibung, aber mein Lächeln täuscht Rowan. »Aber du, du hast Schiss, dass Mr McAllister dir den Skill wegnimmt und du wieder einfach nur ein ganz normaler nicht besonders kräftiger Typ bist.« Denn ich werde das Gefühl nicht los, dass genau das seine größte Sorge ist.

Rowans Augen sind aufgerissen, die Panik darin ist wie ein Zählerstand ablesbar und er nickt minimal. »Ich habe Schiss, dass Mr McAllister mir den Skill wegnimmt und ich wieder einfach nur ein ganz normaler, nicht besonders kräftiger Typ bin.«

Zuerst glaube ich, er macht sich über mich lustig, indem er mich nachäfft, aber die Angst in seinem Blick wirkt echt. Schnell sieht er wieder nach vorne, betrachtet Mr McAllister, der inzwischen tatsächlich die erwähnten drei Jungs zu sich gerufen hat, die mit stolzgeschwellter Brust dastehen und nichts von ihrem Schicksal ahnen.

»Wenn Mr McAllister wiederkommt, wird er neue New-Skillz mitbringen.« Rowans Stimme wackelt bei den Worten und ich sehe zu ihm rüber, spüre fast einen Anflug von Mitleid. Er dachte wirklich, er sei etwas Besonderes.

»Ich dachte wirklich, ich sei etwas Besonderes.«

»Hör auf mit dem Scheiß, Rowan.«

Sein Blick ruht unverändert auf Mr Walker und Mr McAllister, aber er nickt. »Ich höre auf mit dem Scheiß.«

Irgendwas stimmt hier nicht und ich habe keine Ahnung, was. Entweder ist Rowan neben mir gerade verrückt geworden oder ich werde es in diesem Moment. Mein Kopf fühlt sich heiß an, aber daran habe ich mich inzwischen gewöhnt. Doch als ich gedankenverloren über das Stahlband an meinem Arm fahre, spüre ich, wie es sich lockert und mir fast vom Arm rutscht. Schnell fange ich es auf, bevor es für alle sichtbar runterfällt, und ziehe den Ärmel meines Pullovers darüber.

Was zum Henker passiert hier gerade?

Rowan sieht auf meine Hand, in der ich sein Skill-Steel-Armband halte, bevor ich es in meine Hosentasche verschwinden lasse. Er hat es also bemerkt und wird sofort zu Mr Walker rennen.

»Du wirst die Klappe halten!« Ein schwacher Versuch, aber zu meiner Überraschung nickt er.

»Ich werde die Klappe halten.« Dabei sieht er mir ernst in die Augen und ich kann seine Worte hören, aber er bewegt die Lippen nicht. Mein Kopf dröhnt, schnell greife ich mir an die Schläfe, schließe einen Moment die Augen und horche tief in mich hinein.

Das kann alles nicht sein, es ist zu verrückt. Atmen, Fionn, du musst atmen! Vor allem, wenn ich verhindern will, dass sie meinen Freunden wehtun.

Langsam öffne ich wieder die Augen und bemerke, dass sich rein gar nichts verändert hat. Rowan steht noch immer neben mir, sein Lächeln ist zurück und er hat seine Aufmerksamkeit auf Mr McAllister gerichtet, der noch immer mit Selbstbeweihräucherung beschäftigt ist und von einer großen Zukunft und Skill-Stolz faselt. Das Metall in meiner Hosentasche ist kühl und hat sich zusammengerollt wie ein schlafender Hamster. Ich fühle mich derweil wie auf Droge.

Rowan, den ich gar nicht mehr einschätzen kann, steht wie ein Zinnsoldat neben mir, als hätte er nie gesehen, dass ich das Armband nicht mehr trage. Dabei weiß er doch genau, dass ich jetzt hier alles in Schutt und Asche legen könnte.

Rowan darf mich nicht verraten.

Aber so, wie ich ihn letzte Nacht kennengelernt habe, wartet er nur auf den richtigen Moment.

»Ich darf dich nicht verraten.« Wieder höre ich Rowans Stimme glasklar, so als hätte er es mir direkt ins Ohr geflüstert, dabei steht er unverändert neben mir, sieht mich nicht mal an und hat auch nichts gesagt.

Seine Stimme war nur in meinem Kopf. Das Kribbeln in meinem Körper, meinen Nervenbahnen und direkt unter meiner Schädeldecke, all das geht von einer Stelle aus. Ich blicke auf meinen Arm, dorthin, wo ich mir recht unbeholfen die Reprodukt-Skill-Kapsel meiner Mutter implantiert habe.

Langsam drehe ich mich zu Rowan, denke die Worte so klar ich kann, als könnte er sie dann besser hören: *Ich will, dass du singst.*

Doch er sieht nicht zu mir, rührt sich nicht und ich verfluche mich schon leise, als er plötzlich Luft holt und die schrägste Version von Taylor Swifts *Cruel Summer* rauslässt, die ich jemals gehört habe.

Ich glaube, ich habe gerade meinen neuen Skill gefunden.

KAPITEL 61

ERIC

Mein Kopf fühlt sich an, als hätte ein Schwertransporter auf meinem Gehirn gewendet und schließlich eingeparkt. Die Augen zu öffnen, kostet mehr Kraft, als ich gewöhnt bin und sobald ich in das grelle Licht blinzele, wünsche ich mir, sie geschlossen gehalten zu haben.

Ich sitze auf einer Art Sessel, der erstaunlich bequem ist, und habe keine Ahnung, wie ich hier gelandet bin. Die letzte Erinnerung, die ich habe, ist die an Fionns Vater und sein Lächeln, dann wurde es schwarz. Je besser sich meine Augen an das Licht gewöhnt haben, desto mehr erkenne ich und stelle fest, ich bin hier nicht alleine.

Seine hellblonden Haare würde ich inzwischen überall erkennen, Zayne hängt in einem Sessel mir gegenüber, ist aber noch nicht wieder bei Bewusstsein. Von Felix und Ollie fehlt jede Spur und auch Mr Cooper entdecke ich nicht. Dafür aber den feinen Schlauch, der vom Tropf neben Zaynes Sessel direkt in seinen Arm führt und eine bläulich schimmernde Flüssigkeit in seinen Körper pumpt.

Erst jetzt bemerke ich, dass in meinem Arm ebenfalls eine Kanüle steckt und der Infusionsbeutel daran fast leer ist. Hastig greife ich nach dem Schlauch und will ihn rausziehen.

»Das würde ich nicht tun.« Dr. Flare tritt in mein Sichtfeld, diesmal ohne Brille und lächelt. »Es würde nur eine Sauerei auf dem Boden verursachen und der Wirkstoff ist ohnehin schon in Ihrem Körper.«

Mit hinter dem Rücken verschränkten Armen kommt er langsam auf mich zu. Anders als ich erwartet habe, bin ich nicht an diesen Sessel gefesselt. Schnell lasse ich meinen Blick weiter durch das Krankenzimmer wandern, bemerke Überwachungskameras an der Decke und einen Metalltrolley mit einigen medizinischen Geräten. Die Wände und der Boden sind weiß gekachelt.

»Darf ich?« Flare deutet auf die Kanüle in meinem Arm und ich nicke, weil ich nicht weiß, was ich sonst machen soll. Mit gekonnten Griffen entfernt Flare die Infusion, was absolut schmerzfrei passiert, und nickt dann zufrieden. »Siehst du, kein Grund für eine Überreaktion.«

Er ist so betont gelassen, dass ich sofort misstrauisch werde und vorsichtig nach seinen wahren Gefühlen tasten will, doch als ich nach meinem Skill greife, spüre ich ihn nur sehr weit entfernt, als würde uns eine dichte Nebelwand trennen.

»Ah. Ich sehe, du spürst die Wirkung des Medikaments bereits.« Dr. Flare zieht sich einen dieser kleinen Rollhocker heran und nimmt neben meinem Sessel Platz. »Nein, dein Skill ist nicht weg, nur quasi betäubt. Die Wirkung dauert aktuell nur bis zu vierundzwanzig Stunden, aber ich arbeite an einer höheren Dosis.«

»Wieso erzählen Sie mir das?« Die Worte kommen mir

nur schwer über die Lippen, aber Dr. Flare hat mich verstanden.

»Damit du weißt, was mit dir passiert. Ich will dir keine Angst machen, Eric.«

»Was wollen Sie dann?«

»Dir zeigen, wie entspannt dein Leben als Nicht-Skillz sein könnte.«

Diese Worte aus Dr. Flares Mund zu hören, ist so ziemlich das Absurdeste, was ich mir vorstellen kann. Er, der Fionn das Leben schwer gemacht hat, weil er keinen offensichtlichen Elite-Skill hatte, will mir jetzt die Freuden des Nicht-Skillz-Daseins schmackhaft machen? Ich kann nur leise lachend den Kopf schütteln.

»Ich weiß, Eric, ich hätte auch nie gedacht, dass ich es mal so sehe, aber meine Frau hat mir einen Gefallen getan.« Jetzt funkeln seine Augen wieder so, wie ich es von seinen Besuchen an der Academy kannte. »Sie hat mir die Augen geöffnet und ich will jetzt das Gleiche für dich tun.«

»Indem Sie mir meinen Skill wegnehmen? Das macht Sie nämlich nicht besser als Ihre Frau.«

»Du irrst dich. Ich biete dir an, deinen Skill zu behalten, ihn aber ruhigzustellen. Diese ständige Verantwortung, der Umgang damit, die Ausgrenzung. Willst du das wirklich alles ein Leben lang erleiden, Eric?«

Ich will antworten, aber ich weiß nicht genau, was ich sagen soll. Wenn er es so formuliert, klingt es sogar fast ein bisschen verlockend.

»Will er. Weil er ein Skillz ist.« Zaynes Antwort aus dem Hintergrund lässt Dr. Flares Lächeln etwas erstarren, als er sich nun zu ihm umdreht.

»Mr Nieves, willkommen zurück. Haben Sie sich ausgeschlafen?«

Anders als ich zieht Zayne sich die Kanüle sofort aus dem Arm und steht auf, doch seine Beine sind noch so wackelig, dass er zurück in den Sessel sinkt, auch wenn sein Blick bereits wieder messerscharf ist. »Was haben Sie uns verabreicht?«

»*Skill-Control*. Wir sind nur wenige Tage von der offiziellen Zulassung entfernt. Mr Tartt hat uns bereits zugesichert, es über sein Unternehmen in jede Apotheke des Landes zu bringen, und Mrs Henry sei Dank werden wir schon in wenigen Monaten den amerikanischen Markt erobern.«

Skill-Control.

Ich will es hassen, will es ablehnen und doch kann ich nicht. Es klingt sogar fast vernünftig, wenn man bedenkt, dass man seinen Skill dafür nicht aufgeben muss. Verdammt verlockend. Doch da ist noch eine andere Frage, die mir auf der Seele brennt.

»Wieso konnte ich Ihre Gefühle nicht manipulieren, Zayne aber dennoch seinen Skill nutzen?«

Flare steht auf und geht zu dem Metallwagen, auf dem er einige medizinische Geräte sortiert. Gummihandschuhe liegen bereit, eine Phiole mit einem kleinen Plättchen, das bläulich schimmert.

»Mir ist bewusst, dass nicht alle Skillz auf das Medikament zurückgreifen werden. Schon gar nicht die NewSkillz, die meine Frau fast sekündlich ins Leben ruft. Ich musste einen Weg finden, um mich vor Angriffen aus diesem Lager zu schützen.« Er hebt die Phiole fast ehrfürchtig zwischen Zeigefinger und Daumen. »Ein Implantat aus humanem Skill-Steel war die Lösung. Es kann sich mit dem Körper verbinden und blockt mentale Skills ab.« Damit wendet er sich Zayne zu, der ihn unverändert frostig anstarrt. »Gegen Ihren Skill, Mr Nieves, kann ich mich nicht schützen.«

»Sind meine Eltern dafür gestorben?«

Zayne mag gerade nicht auf seinen Skill zugreifen können, aber die Frage sorgt dennoch für eisige Temperaturen und Dr. Flares Blick wird fragend, als er die Phiole sacht wieder ablegt.

»*Nieves*. Der Name kam mir gleich bekannt vor.«

»Bekannt? Sie haben meine Eltern umgebracht für Ihre Scheiß-Forschungen!«

»Wenn ich mich recht entsinne, sind Ihre Eltern mit dem Wunsch zu mir gekommen, ihre Skills besser kontrollieren zu können. Sie waren ja nicht gerade geschickt damit.«

»Sie haben meine Familie auf dem Gewissen.«

»Ich hatte Ihre Eltern darüber aufgeklärt, dass sich die Forschung noch im Anfangsstadium befindet und es große Risiken gibt, aber sie haben dennoch alles unterschrieben und sich darauf eingelassen.«

Ein schwacher Trost für Zayne und ich kann seine Antipathie gegenüber dem Namen Flare plötzlich so viel besser verstehen.

»Sie sind ein gewissenloser Mörder.«

Jetzt lacht Dr. Flare laut auf. »Zayne, ich bitte dich. Du warst heute Teil eines Anschlages auf den zukünftigen Premierminister Englands. Erzähl mir nichts von gewissenlos.«

»Wieso arbeiten Sie mit Mr Blaine zusammen?« Meine Frage soll vor allem dafür sorgen, dass Zayne sich etwas beruhigt, denn gerade steht ihm der Zorn so deutlich ins Gesicht geschrieben, dass ich mir Sorgen mache. Flare hingegen zuckt nur entspannt die Schultern.

»Weil ich lieber auf seiner Seite stehen will, wenn er an der Macht ist.«

»Wie opportunistisch.«

Flare breitet grinsend die Arme aus. »Lieber das als tot. Und wenn ich die Möglichkeit habe, werde ich so viele Skillz retten, wie ich nur kann. Wenn Sie das opportunistisch nennen wollen, Eric, nur zu. Ich biete Ihnen in Wahrheit einen Ausweg an.« Damit macht er sich auf in Richtung Tür, die wie alles andere in diesem Raum natürlich weiß ist. »Ruhen Sie sich noch etwas aus, bevor wir die Gespräche beginnen.«

»Wo sind Mr Cooper und die anderen?«

Die Klinke hat er bereits in der Hand, als er sich noch mal zu mir umdreht.

»Machen Sie sich um die keine Gedanken mehr.«

KAPITEL 62

FIONN

»Reißen Sie sich zusammen, Rowan!« Mr Walker versucht seinen Schüler einzufangen, aber der hat sich zu einer kompletten Performance hinreißen lassen, tanzt wie wild durch die Reihen an Schülern, die irritiert aber lachend die Szene verfolgen.

»Rowan!« Mr Walker bewegt sich blitzschnell hinter ihm her, bis er ihn endlich erwischt und festhält. »Was zum Teufel ist mit Ihnen los?«

Rowan schüttelt den Kopf, versucht, klar zu denken, aber ich erschwere es ihm so gut ich kann, mische mich erneut in seine Gedanken.

Sag ihm, dass du seinen Plan nicht länger mitverfolgst.

»Ich verfolge Ihren Plan nicht länger mit, Sir.« Seine Stimme klingt dabei so überzeugt, als wäre er selbst zu dem Entschluss gekommen und würde es mir nicht einfach nur nachplappern.

»Wovon reden Sie?«

Kläre uns alle über Mr McAllisters Plan auf. Jedes Detail. Gerne auch die Details, die ich noch nicht kenne, aber dringend hören sollte.

»Sie bilden hier ahnungslose Skillz aus, die dann mit Mr McAllister nach London gehen, angeblich, um dort eine noch bessere Ausbildung zu bekommen, aber in Wirklichkeit entnehmen Sie ihnen den voll ausgebildeten Skill und verkaufen ihn weiter.«

Mr Walker verpasst Rowan eine schallende Ohrfeige, will ihn so zum Schweigen bringen, und ich mache einen Schritt auf die beiden zu.

»Ach so läuft das? Das hier ist gar keine echte Skillz-Academy, sondern ein Zuchtbetrieb für perfekte Fähigkeiten?« Meine Stimme ist laut und bestimmt, denn ich habe keine Ahnung, wie viele Gedanken ich auf einmal manipulieren kann, mein neuer Skill ist mir noch fremd und er war auch sicher noch nicht ganz ausgebildet, als meine Mutter ihn gestohlen hat. Noch teste ich ihn und seine Grenzen aus, aber Hauptsache, ich kann genug Zweifel in die Köpfe der anderen Schüler säen. »Sie nutzen uns aus, um New-Skillz zu produzieren. Die Frage lautet aber doch: Wofür?«

Mr McAllister kommt auf mich zu, jede Freundlichkeit ist aus seinem Blick verschwunden und gerade, als er nach mir greifen will, lasse ich eine imposante Feuerwand zwischen uns auftauchen, heiß und lodernd halte ich sie unter Kontrolle und Mr McAllister auf Abstand. Keine Ahnung, welche zusätzlichen Skills er sich inzwischen gegönnt hat und wie gefährlich er mir werden kann. Spätestens jetzt merken die anderen Schüler, dass hier irgendwas nicht stimmt.

»Gentlemen, glauben Sie Mr Flare kein Wort, er will nur den Aufstand proben.« Damit tritt Mr McAllister einfach so durch die Flammen, die zwar nach ihm greifen, ihn aber nicht wirklich berühren können.

Shit.

»Er will Sie verunsichern, weil er panische Angst hat.« Mr McAllister kommt weiter auf mich zu und ich weiche zurück, Flammen in meinen Händen. Flammen, die ihm nichts ausmachen.

Ich pralle gegen einen Jungen namens Damien, den ich zwar nicht besonders gut kenne, dessen Skill mir aber imponiert, schnell legt er von hinten den Arm um meinen Hals und hält mich fester als nötig.

»Ich habe ihn, Sir!« Mit einem Mal ist da nicht mehr nur ein Damien, sondern direkt zwei, beide grinsen mich ähnlich gehässig an. Das Skill zur Verdopplung bringt mir gerade doppelten Ärger ein. »Konnte dich von Anfang an nicht ausstehen, Flare.«

»Halten Sie ihn in Schach, Damien.« Mr McAllister nickt zufrieden und wendet sich wieder an die anderen, die zweifelnd dastehen, Mr Walker ist derweil noch immer mit Rowan beschäftigt. Ich versuche, mich aus Damiens Griff zu lösen, aber keine Chance, denn sein geklonter Zwilling drückt mir seine schwere Hand auf die Brust, hält mich so in Position. »Denk nicht mal daran, Flare!«

Die Hitze in meinem Körper steigt weiter, meine Haut wird wärmer und wärmer, Damiens Griff dafür immer lockerer, weil auch er sich nicht an mir verbrennen will.

»Fuck!« Schnell lässt Damien mich los und sein Zwilling weicht ebenfalls zurück, als ihnen die Sache im wahrsten Sinne des Wortes zu heiß wird. Ich schenke beiden ein Lächeln und suche einen Zugang zu seinen Gedanken, denn noch habe ich den Skill nicht zu hundert Prozent unter Kontrolle.

»Weißt du, ich glaube, du irrst dich, Damien. Du magst mich sogar sehr!«

Sein Blick wird kurz leer, dann nickt er. »Ich mag dich sogar sehr, Flare.«

»Und ihr beide würdet mich beschützen, falls mich jemand angreift. Egal wer.«

Beide Damiens nicken synchron. »Wir würden dich beschützen, falls dich jemand angreift. Egal wer.«

Kurz atme ich erleichtert auf, denn gleich wird hier das komplette Chaos ausbrechen.

Mr McAllister steht mit ausgebreiteten Armen da und versucht, die Kontrolle zurückzugewinnen. »Lassen Sie sich nicht verunsichern. Diese Schule ist eine besondere Elite-Academy und wir wollen ausschließlich das Beste für Sie!« Einige nicken, andere sehen sich unsicher um, nicht das Ergebnis, das Mr McAllister sich gewünscht hat. »Sie werden doch nicht auf einen *Misfit* hören wollen, meine Herren.«

»Doch, genau das wollen sie!« Ich muss es zumindest versuchen, wenn ich verhindern will, dass Mr McAllister mit seinem Plan durchkommt – und sich June schnappt. »Rowan, erzähl die Wahrheit!«

Rowan nickt, fast so, als könnte ich ihn fernsteuern. »Mr McAllister und Mr Walker holen euch unter einem Vorwand hierher, bilden euren Skill perfekt aus, bevor er dann als Waffe …«

Mr Walker presst seine Hand auf Rowans Mund, hofft, ihn verstummen lassen zu können, aber es ist zu spät. Einige der Schüler bringen immer mehr Abstand zwischen sich und die Männer, rücken dabei in meine Richtung. Damien 1 und Damien 2 stehen an meiner Seite, bereit mich zu beschützen. Ohne es zu wollen, bin ich gerade zum Anführer dieser Rebellion geworden und ich frage mich, worauf ich mich da eingelassen habe.

Mr McAllister feuert einen zornglühenden Blick auf mich ab, bevor er in seine Jackentasche greift und den Umschlag hervorzieht, in dem sich die Antwort auf Junes größte Frage befindet.

»Sie haben gerade das Todesurteil für Ihre kleine Freundin unterschrieben, Mr Flare!«

KAPITEL 63

NEO

»Skillz haben bei einem öffentlichen Auftritt von Mr Robert Blaine in Bristol versucht, einen Anschlag auf zahlreiche unschuldige Menschen zu verüben.«

Ich rücke etwas zu June auf, die ihr Handy so hält, dass ich einen Blick auf das Display werfen kann. Wir sitzen wie alle anderen Schüler auch in der Cafeteria, bereit, einen weiteren Tag anzugehen, nur für uns beide fühlt er sich völlig anders an.

Taylors Verschwinden hat niemand bemerkt und vor den Lehrern wird June behaupten, sie liege krank im Bett. Sollte das jemand kontrollieren wollen, komme ich ins Spiel und werde mich als sie ausgeben. Zumindest, bis wir einen wirklichen Plan haben oder etwas von Taylor hören.

Auf Junes Handydisplay erscheint nun Mr Blaine, etwas derangiert, der von einer Journalistin interviewt wird und blass in die Kamera lächelt. Das ist Beweis genug dafür, dass der Plan gänzlich schiefgegangen ist. Innerlich verfluche ich Taylors Abwesenheit, denn mit ihrem Skill hätte ich mich zu meiner Truppe teleportieren lassen und vielleicht helfen können, statt nur Zuschauer zu sein.

»*Mir geht es den Umständen entsprechend gut. Deutlich besser als einigen Teilnehmern der Veranstaltung.*« Dabei sieht er direkt in die Kamera. »*Es tut mir leid, dass mein Auftritt das Publikum ins Visier der gewalttätigen Skillz gerückt hat.*«

»Was für ein Arschloch.«

»Ein riesiges Arschloch sogar. Aber sie hätten ihn nicht angreifen dürfen.« Junes Einwurf überrascht mich, hatte ich bis eben doch den Eindruck, dass auch sie nicht besonders viel von Blaine hält.

»Dieser Typ ist eine Gefahr für uns Skillz, June!«

»Ich weiß und glaub mir, ich verabscheue diesen Typen. Aber was noch gefährlicher ist, sind seine Anhänger.«

»Denen er sagt, was sie zu tun haben!« Es macht mich wütend, dass sie nicht versteht, wie gefährlich der Typ ist.

»Das stimmt, aber stell dir ihre Reaktion vor, wenn Skillz diesen Blaine töten. Das würde ihn zu einem Märtyrer machen und seine Anhänger würden durchdrehen und wer weiß was anstellen!«

Sofort will ich etwas erwidern, aber ihr Argument ist gut und sie nickt wissend. »Es muss einen anderen Weg geben, Blaine aufzuhalten.«

»Lass mich raten, du hast schon eine Idee.«

»Möglich.« Sie lächelt verschwörerisch und ich wette, es hat etwas mit der Mail zu tun, die sie noch aus meinem Zimmer heraus verschickt hat. Sie hat Connections, so viel habe ich verstanden, aber ob diese reichen, um jemanden wie Blaine zu stoppen? Das wird sie mir nicht erzählen. Enttäuscht atme ich aus.

»Du vertraust mir nicht und deswegen werde ich in deinen genialen Plan nicht eingeweiht.«

Jetzt ist sie es, die etwas sagen will, zögert und es dann bei einem knappen Schulterzucken belässt. Natürlich vertraut sie mir nicht, wieso sollte sie auch?

Auf dem Handy erscheinen jetzt Fotos von Gesichtern, die ich gut kenne. Die Stimme der Journalistin klingt ernst, als sie uns informiert. »*Einer Special-Unit, die Mr Blaines Auftritt bewacht hat, ist es gelungen, die Attentäter zu überwältigen.*« Ich beuge mich dichter über Junes Schulter, während die Journalistin weiterspricht. »*Zwei der Skillz waren sogar noch minderjährig.*«

Bilder von Felix und Ollie werden eingeblendet, sie sind also geschnappt worden.

»*Ihr Anführer verweigert die Aussage, aber aktuell geht die Special-Unit davon aus, dass es sich um einen politisch motivierten Anschlag einer Splittergruppe handelt.*«

Das nächste Foto zeigt meinen ehemaligen Lehrer, der verbissen dreinblickt, aber anders als Ollie und Felix keine Angst zeigt.

»Mr Cooper.«

June sieht zu mir. »Du kennst ihn?«

»Das ist meine Truppe.« Und die voll besetzte Cafeteria ist nicht der Ort für ein solches Gespräch. »Lass uns von hier verschwinden.« Damit greife ich nach ihrer Hand, rechne fast mit Widerspruch, aber June lässt sich von mir hoch und schließlich aus der Cafeteria ziehen. Erst als wir draußen auf dem Flur angekommen sind, wende ich mich wieder an sie.

»Hör zu, wir müssen Taylor finden. Sie muss mich nach Lundy bringen, denn nachdem dieser Anschlag schiefgelaufen ist, brauchen sie mich.«

»Wieso sollte Taylor dir bei einem weiteren Anschlag helfen?«

Kopfschüttelnd greife ich nach ihren Schultern, zwinge sie, mich anzusehen, bin kurz davor, ihr die Mütze vom Kopf zu ziehen, aber nicht hier. Nicht jetzt. »Das soll sie nicht. Sie soll mir dabei helfen, einen weiteren Anschlag zu *verhindern*. Du hast recht, wenn Blaine stirbt, dann bricht das komplette Chaos aus! Aber genau das werden sie wieder versuchen.«

Junes Blick ist voller Zweifel und Misstrauen und ich habe achtzig Prozent davon verdient. »So schnell hast du deine Meinung geändert, ja?«

»June, ich kenne die Truppe, nachdem Mr Cooper geschnappt worden ist, wird jemand wie Rowan die Ansagen machen wollen und das ist keine gute Idee!«

»*Rowan?*«

»Unangenehmer Typ, bisschen machthungrig, aber leider auch clever.«

»Du hast ja einen tollen Umgang gehabt. Aber ja, ich stimme dir zu, dass wir Taylor finden müssen. Alles andere sehen wir dann.«

Wir haben sie nicht kommen hören, waren zu vertieft in unser Gespräch, zu unachtsam, wer uns belauschen könnte. Jetzt steht sie vor uns im Flur, wie immer in ihrem für sie typischen Look mit Bleistiftrock, eleganter Bluse, perfektem Haarschnitt und einem milden Lächeln.

»Miss Clarke, Mr Quick. Gibt es ein Problem mit Taylor?«

June wirft mir einen Blick zu und antwortet dann mit fester Stimme: »Nein, sie fühlt sich heute nur nicht so gut.«

Professorin Anderson kommt langsam näher, ihre Absätze unterstreichen jeden ihrer Schritte mit einem klaren, bestimmten *KLACK*.

»Das ist bedauerlich. Ich hoffe, es geht ihr bald besser.« Ihr Blick streift mich, bevor er bei June verweilt. »Wenn Sie mich bitte in mein Büro begleiten würden, es gibt da ein paar neue Entwicklungen, die ich gerne besprechen würde.« Professorin Andersons Stimme verrät rein gar nichts über ihre Emotionen, sie klingt immer, als würde sie alle Geheimnisse der Welt kennen und ihnen schon lange keine Bedeutung mehr beimessen.

Trotzdem irritiert mich etwas an ihr. Dennoch setze ich mich brav mit June in Bewegung, als die Direktorin mich zurückpfeift: »Was wir zu besprechen haben, betrifft nur Miss Clarke.«

»Oh. Ach so. Okay. Sicher. Klar.« Mein Herz rutscht eine Etage tiefer, weil ich ahne, dass Professorin Anderson mehr weiß. Sie wird die Nachrichten auch gesehen haben, als Direktorin einer Elite-Academy ist es nur logisch, dass sie Exklusivinformationen erhält. Was, wenn sie weiß, wer ich bin und was ich hier mache?

June bemerkt das alles nicht, nickt mir nur aufmunternd zu, aber mein mieses Gefühl bleibt. Auch dann noch, als sie mit Professorin Anderson in die Richtung ihres Büros davongeht. June wirft mir über die Schulter noch ein Lächeln zu, das in meiner Brust einschlägt wie eine Splitterbombe, aber das fiese Grundgefühl bleibt davon unbeeindruckt. Professorin Anderson will mich nicht dabeihaben, weil sie mehr weiß.

Ich drehe mich auf dem Absatz um und will kurzerhand

flüchten, als mich Professorin Andersons Stimme erreicht: »Mr Quick?«

Ich knipse mein Lächeln an, drehe mich zu ihr, nur um wieder von einem strengen Blick empfangen zu werden. »Entfernen Sie sich nicht zu weit, ich werde Sie noch brauchen.« Ein Augenzwinkern – und ich verstehe nichts mehr.

KAPITEL 64

FIONN

Mr Walkers Schnelligkeit hilft ihm jetzt auch nicht mehr, denn fast alle Schüler haben sich auf meine Seite geschlagen. Der Innenhof der Academy erinnert an einen Fußballplatz kurz vor dem Anpfiff und ich, flankiert von beiden Damiens, stehe vor allen anderen, Flammen in beiden Händen und meine Befehle in den Köpfen der anderen.

Mr McAllister und Mr Walker stehen, gemeinsam mit den anderen Lehrern, die inzwischen als Unterstützung zu ihnen geeilt sind, uns gegenüber. Rowan schleicht wie eine streunende Katze unsicher zwischen allen hin und her, wiederholt alles, was ich sage, leise und zischend. Er ist mir unheimlich, wie er mich aus glasigen Augen ansieht, selbst dann, wenn ich seine Gedanken in Ruhe lasse, quasselt er ununterbrochen.

»Die Sache ist ganz einfach, Mr McAllister. Sie stellen sich der Skill-Inspection, gestehen die Wahrheit über diese Academy und Ihren Plan.«

Doch der antwortet auf meine Forderung nur mit einem Lachen. Selbst in dieser für ihn ausweglosen Lage hat er noch das Selbstbewusstsein, den Kopf zu schütteln. »Träumen Sie weiter, Flare. Ich habe sowohl Ihre Mutter beseitigt als auch Ihren Vater und werde das nun mit Ihnen ebenso machen.«

Seine Worte gehen nicht spurlos an mir vorbei, aber irgendwie weigere ich mich, sie zu glauben. Meine Mutter ist unsterblich, dank ihres neuen Skills, und mit meinem Vater habe ich vor Kurzem erst telefoniert, da war er bei bester Gesundheit anstatt besiegt. McAllister lügt also. Er muss lügen. Denn egal, wie sehr ich die Handlungen meiner Eltern verachte, sie sind meine Familie.

»Sie überschätzen sich, Mr McAllister.«

Doch plötzlich attackiert mich Mr Walker, hat beide Hände um meinen Hals gelegt und drückt zu, bevor jemand reagieren kann.

»Attackieren Sie besser Mr McAllister.« Die Worte presse ich gerade noch über die Lippen, bevor mir die Luft knapp wird. Und tatsächlich lässt Mr Walker los und dreht sich zu seinem Auftraggeber. Gerade, als er loslegen will, hebt Mr McAllister die Hand und Mr Walker bleibt wie angewurzelt stehen, bewegt sich keinen Zentimeter mehr. Mr McAllister sieht von seinem in der Bewegung gefangenen Angreifer zu mir.

»Fionn Flare ist also auch ein Multi-Skillz. Sie kommen ganz nach Ihrer Mutter.« Er lächelt stoisch. »Zu schade, dass ihre Multi-Skills sie in den Wahnsinn getrieben haben.«

»Halten Sie den Mund.«

»Es war schrecklich, ihren geistigen Verfall beobachten zu müssen.«

»Sie lügen.« *Er muss lügen.*

»Sie sind jetzt ganz alleine, Mr Flare.«

Kurz sehe ich über die Schulter zu all den Schülern, die nur darauf warten, ihre Skills einsetzen zu dürfen.

»Ich glaube, auch da irren Sie sich, Mr McAllister. Ich habe eine ganze Academy hinter mir stehen.«

»Weil Sie ihre Gedanken manipulieren. Nicht, weil Sie das Charisma eines Anführers haben.« Langsam, sehr langsam kommt er auf mich zu und ich weiß genau, dass er einen seiner Skills anwenden wird. Schnell suche ich einen Zugang zu seinen Gedanken.

»Egal, wie das hier ausgeht, June ist schon tot.«

June.

»Sie lügen doch, sobald Sie den Mund aufmachen.«

»Glauben Sie wirklich, ich habe sie zufällig auf die Academy auf Skye geschickt? Die ganze Zeit über habe ich dafür gesorgt, dass sie überwacht wurde, und genau in diesem Moment wird sie aus dem Verkehr gezogen.«

Die Flammen in meinen Händen werden kleiner und kleiner, bis sie fast verlöschen, was Mr McAllister sehr wohl registriert.

»Selbst wenn Sie mich heute besiegen sollten, Mr Flare, werden Sie doch nicht diejenigen schützen können, die Ihnen am wichtigsten sind. Professor Sculder wird sterben, June, Eric und all die anderen, die Ihnen ach so am Herzen liegen.«

Lügen, alles Lügen, ich weiß es. Er sagt das alles, um mich zu verwirren, mir Angst zu machen.

»Sie werden ganz alleine sein.« Die Hitze in mir wird fast unerträglich. Sogar die Damiens weichen von mir zurück, aber die Flammen in meinen Händen sind schon längst erloschen. *Was zum Teufel geht hier vor?*

»Kein schönes Gefühl, oder?«

Erst jetzt bemerke ich es. Mr McAllister bewegt die Lippen nicht, während er die Worte formt. Weil er sie nicht sagt, sondern denkt. In meinem Kopf. Lächelnd nickt er, spielt mit meinen Unsicherheiten, als wären sie Schachfiguren.

»Sie dachten wirklich, nur Sie können sich in Köpfe denken? Ich bitte Sie, Fionn, dafür sind Sie viel zu gewöhnlich.«

Gewöhnlich. Du bist gewöhnlich, Fionn. Dein Vater hat sich für dich geschämt und deine Mitschüler hier folgen dir nur, weil du sie dazu zwingst.

Lügen. Lügen, die ich glauben soll und die sich mehr und mehr in mein Bewusstsein fressen, vollkommen egal, wie oft ich noch den Kopf schüttele.

»Und bald wirst du mit dem Wissen leben müssen, dass du an dem Tod von June Betty Clarke Schuld hast.«

June. Mein Herz schmerzt, wenn ich an sie denke, an ihr Lächeln und die Art und Weise, wie sie mich immer anlächelt.

»Du wirst sie nie wieder sehen. Deine Mutter hat die Zukunft gesehen, sie weiß, dass June sterben wird, und hat dich nicht gewarnt.« Mr McAllister steht direkt vor mir, ist langsam und bedacht auf mich zugekommen. Ich versuche die Hitze in mir zu kontrollieren, die Flammen zurückkommen zu lassen.

»Es muss schrecklich sein, so alleine zu sein.«

Nichts davon will ich glauben, aber er hat nicht unrecht. Ich bin alleine. Eric ist weg, hat sich Zayne und den anderen angeschlossen, meine Mutter hat mich im Stich gelassen, für meinen Vater war ich stets nur eine Enttäuschung und selbst Professor Sculder ist nicht da, wenn ich ihn brauche.

Mr McAllister beugt sich ganz nah zu mir, ich kann seine Worte dicht an meinem Ohr hören. So dicht, als wäre er in meinem Kopf. »Niemand wird kommen, um dich zu retten, weil du es nicht wert bist.«

Ich spüre die Unruhe hinter mir, spüre, wie sie mir entgleiten und damit mein Schicksal besiegeln werden. Alleine kann ich nichts ausrichten, alleine kann ich Mr McAllister nicht aufhalten.

Alleine ... die Verzweiflung in meinem Inneren breitet sich rasend schnell aus, erstickt beide meiner Skills und hinterlässt nur eine kalte, schwere Leere.

KAPITEL 65

TAYLOR

Mr Morgan auf Professor Sculders Platz in seinem Büro zu sehen, fühlt sich ein bisschen merkwürdig an und macht noch mal deutlich, dass im Moment nichts mehr so ist, wie es mal war. Denn, obwohl ich mich unendlich freue, dass Dylan bei mir ist, mischt sich ein Gefühl von Unsicherheit darunter. Was, wenn er sich nie erinnern wird? Wenn für immer dieser Abstand zwischen uns und auch den anderen Misfits bleiben wird? Selbst jetzt, da er so nah neben mir sitzt, kommt er mir unendlich weit weg vor. Konzentriert blättert er durch die Akte, die Mr Morgan ihm gereicht hat und in der alles Wissenswerte über einen gewissen Dylan Pollack steht.

»Ich war also richtig gut in Skill-Kunde?« Dabei klingt er fast überrascht, aber Mr Morgan nickt knapp, während er in seine eigene Recherche am Computer vertieft ist. »Du warst ein erstaunlich guter Schüler.«

»Aber wieso habe ich keine Note in Skill-Verteidigung?«

Mr Morgan sieht zu mir und ich räuspere mich, bekomme so Dylans Aufmerksamkeit und kläre ihn auf.

»Weil du dich stets geweigert hast, deinen Skill zu nutzen, egal in welchem Zusammenhang.«

Vielleicht glaubt er uns jetzt endlich, dass wir die Wahrheit sagen und Dr. Diane Flare ihm wichtige Erinnerungen geklaut hat, nämlich genau die, die ihn befähigt haben, mit seinem Skill gewissenhaft umzugehen.

»Habe ich hier denn mal jemanden verletzt?«

»Nein.«

Er nickt, die Augenbrauen unverändert zusammengezogen, als würde er eine ihm fremde Version seiner selbst kennenlernen.

Ein leises *Pling* ertönt aus den Computerlautsprechern, Mr Morgan öffnet ein Mailprogramm und ich spüre, dass etwas nicht stimmt. Auch wenn Mr Morgan nicht dazu neigt, andere an seiner Gefühlswelt teilhaben zu lassen, verraten seine sich weitenden Augen jetzt doch, dass die eingegangene Mail ihn zumindest überrascht.

»June Clarke.«

Mein Körper reagiert auf diesen Namen, erinnert mich daran, dass sie noch immer mit Neo auf Syke ist, während ich – zumindest für den Moment – sicher hier auf Guernsey bin.

»Was ist mit ihr?«

Mr Morgans Mundwinkel zucken zu einem Lächeln, während er ungläubig den Kopf schüttelt. »Sie liefert einfach so den Beweis, der Professor Sculder entlastet.« Jetzt breitet sich ein waschechtes Lächeln auf seinen Lippen aus. »Und ganz nebenbei auch noch Infos über die Machenschaften auf Lundy.« Er lehnt sich näher zum Monitor, liest einige Zeilen und nun spannt sich sein Kiefer, er liest weiter und sagt dann unvermittelt: »Wir müssen nach Lundy.«

Lundy. Ein Ort auf der Welt, den ich vor einigen Monaten nicht mal gekannt habe, der jetzt aber irgendwie Dreh- und Angelpunkt meines Lebens geworden ist.

»Fionn und Eric sind auf Lundy.« Aber natürlich weiß Mr Morgan das, er war schließlich dabei, als wir Misfits aufgeteilt wurden. Doch es ist Dylan, der darauf reagiert.

»Eric.«

Es klingt, als sage ihm der Name etwas und ich kann den Anflug einer Hoffnung nicht aufhalten.

»Ja.«

»Eric mit den bunten Haaren.«

Mein Herz macht einen unerlaubt hohen Hüpfer und ich nicke schnell und zu heftig. »Richtig. Erinnerst du dich an ihn?«

»Nein. Aber ich habe seine Akte bei Diane gesehen. Seine und die ihres Sohns Fionn. Sie macht sich Sorgen um ihn. Sein Vater ist wohl nicht besonders gut auf ihn zu sprechen. Vor ihm soll ich euch beschützen.«

»Vor Fionns Dad?«

Dylan nickt und klappt seine Akte zu, als hätte er genug gelesen. »Bevor ich aufgebrochen bin, hat sich Diane sehr merkwürdig benommen. Untypisch. Sie war voller Angst, dass etwas passieren könnte, was sie nicht aufhalten kann.«

»Hat sie gesagt, was?« Mr Morgans Stimme klingt scharf, als hätte er entweder eine Ahnung oder zumindest eine Vermutung.

»Sie hat sich einen bestimmten zusätzlichen Skill einge-

setzt und kann dadurch manche Zukunftsszenarien sehen.«
Dylan weicht meinem Blick aus und schaut zu Mr Morgan. »Deswegen hat sie mich losgeschickt.«

»Hat sie dir gesagt, *was* passieren könnte?«

Er will antworten, sieht aber kurz zu mir, als müsse er sich entschuldigen für das, was jetzt kommt. »June wird sterben.«

Merkt er, wie sehr seine Stimme zittert? Oder bilde ich mir das nur ein, weil mein Herz so schnell und angsterfüllt schlägt?

June. June, die ich auf Skye zurückgelassen habe, weil ich dachte, dass es am wichtigsten sei, Dylan zu retten. Als könnte ich damit wiedergutmachen, dass ich ihn damals im Feuer zurückgelassen habe.

»Ich muss zu ihr.«

Schon will ich aufstehen, als Mr Morgan den Kopf schüttelt. »Taylor, ich weiß, dass ich dich nicht aufhalten kann, aber wir brauchen dich hier. Und auf Lundy.«

»Aber Dylan sagt, dass June vielleicht sterben wird.«

Mr Morgans Gesichtsausdruck bleibt unberührt, verrät nichts über seine Gefühle und ich spüre Kälte in meine Adern kriechen.

»Das ist Ihnen egal?«

»Nein. Aber ich glaube, dass es gerade wichtiger ist, an einen anderen Ort zu gelangen – und nur du kannst uns dort schnell genug hinbringen.«

»Lundy.«

»Wenn June recht hat und dort das Hauptquartier dieser ganzen Attentäterbewegung ist, dann müssen wir dorthin.«

»Sie wollen also, dass ich meine beste Freundin im Stich

lasse, obwohl wir gerade gehört haben, dass sie in Gefahr ist?«

Mr Morgan ignoriert die Tatsache, dass ich lauter geworden und ihn fast angeschrien habe, nickt nur seelenruhig, was mich nur noch aufgebrachter werden lässt.

»Sie sind verrückt geworden, wenn Sie glauben, dass ich das machen werde!«

Dylan greift nach meiner Hand, eine Geste, die mich komplett überrumpelt, wenn auch im guten Sinne. Es ist das erste Mal, seitdem wir auf Guernsey gelandet sind, dass er meine Berührung sucht.

»Er hat recht, Taylor.«

»Wieso mischst du dich überhaupt ein, du kannst dich ja nicht mal an irgendwas erinnern!« Oder an irgendjemanden. Er weiß nicht, wer June ist und wie oft sie mir geholfen hat, wann immer ich ihn zu sehr vermisst habe oder drohte, unter dem Schuldgefühl erdrückt zu werden.

»Weil ich gerne gemeinsam mit euch allen neue Erinnerungen schaffen würde. Doch wenn diese Terroristen nicht aufgehalten werden, bekommen wir vielleicht keine Chance mehr dazu. Keiner von uns.«

»Und June?«

»June hat doch gerade erst aus Skye gemailt, da ging es ihr also noch gut. Und direkt danach bringst du uns dann zu ihr und wir beschützen sie.« Dabei drückt er meine Hand mit einer Selbstverständlichkeit, die sich vertraut anfühlt und ich nicke, trotz meiner Tränen.

»Dann also nach Lundy.« Mein Blick wandert zu Mr Morgan, dem ich das hier vielleicht nie verzeihen werde. »Und danach retten wir June.«

Wehe, wenn nicht.

Er steht auf und kommt zu uns rüber, und ich sehe ihn überrascht an, als ich verstehe, was er von mir erwartet.

»Das wird nicht so einfach. Ich habe noch nie zwei Menschen über so eine Distanz mitgenommen.« Aber ich habe eine sehr wilde Idee, wie es funktionieren könnte.

»Sie sind mit Dylan von Skye hier gelandet, dann schaffen Sie auch Lundy. Haben Sie sich den Reiseführer, den ich Ihnen mitgegeben habe, denn angesehen?«

Habe ich, aber nicht ordentlich. Aber wenn Neo recht hat, dann spielt das alles gar keine so große Rolle. Denn es geht nicht zwingend um die Orte an sich, sondern darum, das richtige Gefühl zu finden. Doch welches Gefühl bringt uns jetzt nach Lundy? Ich denke an Fionn, daran, wie entschlossen er war, uns alle irgendwann zurück an die Misfits Academy zu führen.

»Taylor?«

Doch ich reagiere nicht, rufe mir Fionns Gesicht vor Augen, die trotzigen Augen, die einen immer irgendwie herausfordernd angesehen haben, und seinen Blick, der oft wütend und verschlossen war. Aber ich spüre das Kribbeln nicht.

»Konzentriere dich, Taylor.« Mr Morgans Stimme hilft gerade nicht dabei, dass ich meinen Skill leichter finde. Ja, ich bin mit Dylan hierhergekommen, aber das war eine Ausnahmesituation und gerade komme ich mir absolut nutzlos vor. Die beiden sehen mich abwartend an.

Ich hasse das Gefühl, nicht richtig zu funktionieren, als hätte ich gar kein Anrecht mehr, überhaupt bei den Misfits zu sein. Immer wenn ich meine, den Wind kurz zu spüren, entgleitet er mir sofort wieder. Da hilft es auch nicht, dass Dylan und Mr Morgan meine Hände halten, die sich gerade viel zu warm und schwitzig anfühlen.

Fionn, gib mir doch irgendein Zeichen, verrate mir, was für ein Gefühl ich finden muss.

Aber so funktioniert mein Skill nicht und ich spüre nichts als diese erdrückende Einsamkeit, weil ich so sehr an mir zweifele. Es fühlt sich so schwer und lähmend an, dass ich gerade aufgeben will, als ich den Wind ganz deutlich spüre, so frisch und heftig, dass ich meine Hände fester schließe und mich voll auf das Gefühl von Einsamkeit einlasse, darauf vertraue, dass ich am richtigen Ort lande. Die Farben um mich herum flackern, verblassen, der Wind ist kühl und ungezähmt, aber ich lasse es zu und halte die beiden so fest ich nur kann, als wir verschwinden.

KAPITEL 66

NEO

Professorin Anderson lächelt, legt die Pistole auf den Schreibtisch vor sich, und ich schlucke, versuche, mir nichts anmerken zu lassen, sondern mein typisches Grinsen zu bewahren.

»Es tut mir leid, dass ich mich nicht vorher zu erkennen gegeben habe. Aber ich habe auf Mr McAllisters Befehl gewartet.« Sie denkt, wir spielen noch immer auf derselben Seite und ich beschließe, sie für den Moment in dem Glauben zu lassen. Mein Blick wandert zu June, die mich panisch ansieht, etwas sagen will, aber kein Wort kommt über ihre Lippen.

Professorin Anderson verdreht etwas genervt die Augen. »Sie neigt dazu, etwas zu viel zu reden. Ich musste sie stummschalten, sonst hält das ja niemand aus.«

June sieht mich flehend an, aber wenn ich das hier durchziehen will, dann muss auch sie glauben, dass ich auf Professorin Andersons Seite bin. Mein gehässiges Gelächter erfüllt das Büro der Direktorin. »Wem sagen Sie das. Mir haben fast die Ohren geblutet.«

»Auf Lundy ist es zu Problemen gekommen. Dieser Flare junior ist uns wohl auf die Schliche gekommen.«

Junes Augen füllen sich mit Tränen und ich muss wegsehen, weil ich es nicht ertrage, sie so zu sehen, denn sie nimmt mir meine Performance ab. Dann fallen mir die Handschellen auf, die ihre Hände an den Stuhl fesseln.

»Was passiert jetzt mit ihr?« Ich nicke zu June, weiche ihrem Blick aber weiterhin so gut es geht aus. Professorin Anderson, die inzwischen wieder hinter ihren Schreibtisch gegangen ist, zuckt die Schultern.

»Wir lassen sie verschwinden und behaupten, sie wäre von einer Klippenwanderung nicht zurückgekommen. Dann wird sie irgendwann für tot erklärt. Es ist nicht ungewöhnlich, dass man Ertrunkene hier nie findet.«

»Und ihr Skill?«

»Den entnehmen wir vorher natürlich.«

»Können wir dann nicht einfach ihre Erinnerungen auslöschen und sie am Leben lassen wie die anderen?« Immerhin war das doch bisher auch immer die Prozedur. Doch Professorin Anderson sieht mich nun überrascht an, bevor sie versteht, was ich meine.

»Ach, Neo. Ist das die Version, die Mr McAllister euch erzählt hat?« Professorin Anderson nimmt auf ihrem Bürostuhl Platz. »Nun, es tut mir leid, dass du es auf diese Art erfährst, aber wir arbeiten nicht wie die Future-Skill-Clinic. Wir nehmen uns, was wir brauchen, und entsorgen den Ballast danach.«

Das klingt derart nüchtern und brutal, dass ich schlucken muss und einen kurzen Blick zu June wage. Sie starrt Professorin Anderson an, Tränen auf den Wangen und Unglaube im Blick. Doch ich darf die Fassung nicht verlieren, sonst fliegt alles auf und ich kriege June hier nicht heil raus.

»Wenn du allerdings Probleme mit unserer Vorgehensweise hast ...« Professorin Anderson sieht mich abwartend an, die Hand ruht auf dem Griff der Waffe.

Ich zwinge mich zu einem hohlen Lachen, schüttele den Kopf und fahre mit meiner Vorführung fort. »Nein, keine Sorgen. Wir brauchen Junes Skill, das ist alles, was mich interessiert. Schlimm genug, dass wir Taylor verloren haben.« *Zum Glück haben wir das.*

»Ich wusste doch, dass ich mich auf dich verlassen kann, Neo. Mr McAllister hält große Stücke auf dich.« Dann wandert ihr Blick zu June, die inzwischen angespannt dasitzt, immer wieder versucht, etwas zu sagen, aber ihre Stimme gehorcht ihr nicht. »Miss Clarke, es tut mir leid, aber Ihr Skill wird uns viele neue Türen und Möglichkeiten eröffnen.« Sie lächelt June entschuldigend an. »Irgendwelche letzten Worte?«

June presst ihre Lippen fest aufeinander, will Professorin Anderson nicht die Genugtuung geben und ich wünschte, sie wüsste, dass ihr nichts passieren wird. Nicht, solange ich hier bin.

»Dann hätten wir das ja geklärt.« Professorin Anderson nickt mir zu. »Bringen Sie Miss Clarke zum Labor. Der Helikopter steht bereit und der Pilot weiß Bescheid.«

»Jetzt?«

»Ja. Es gibt einige Probleme auf Lundy und der Anschlag auf Blaine ist schiefgelaufen, damit haben wir noch mehr Skillz verloren. Wir müssen also rasch handeln.« Sie wirft mir den Schlüssel zu den Handschellen zu – die garantiert aus Skill-Steel sind – und ich nehme ihre Warnung ernst. Wir müssen rasch handeln. Als ich mich zu June beuge, weicht sie zurück, als wolle sie jeglichen Körperkontakt verhindern. Kaum ist ihre Hand frei, holt June aus und will mir eine Ohrfeige verpassen, aber ich bin schneller und packe ihr Handgelenk.

»Na, na, wer wird denn hier gleich so aggressiv werden?« Es bricht mir das Herz, ihr nicht einfach sagen zu können, dass ich sie in Sicherheit bringen werde.

»Sie ist ein temperamentvolles Exemplar. Nehmen Sie sich in Acht, Mr Quick.« Damit schiebt die Direktorin ihre Waffe in meine Richtung und deutet mir an, ich solle sie mitnehmen. »Falls sie Ärger macht.«

Ich habe noch nie eine Waffe in der Hand gehalten und hoffe, Professorin Anderson ist nicht aufgefallen, dass meine Finger zittern, als ich nach dem Griff der Pistole greife und sie in meinen Hosenbund stecke.

»Keine Sorge, ich weiß, wie ich mit ihr umzugehen habe.« Dabei drücke ich sanft Junes Handgelenk, hoffe, sie versteht die Geste, aber ihr Blick durchbohrt mich zornig und ich will gar nicht so genau wissen, welche Worte sie mir ins Gesicht schleudern würde, wenn ihre Stimme ihr gehorchen würde.

»Nehmen Sie den Weg durch den Keller und den Hinterausgang, wir wollen ja kein Aufsehen erregen. Ihre Stimme behalte ich noch eine Weile unter Kontrolle.«

»Perfekt.« Ruckartig ziehe ich June aus dem Stuhl. Wir haben es eilig und es wird Zeit, von hier zu verschwinden. Doch wir kommen nur bis zur Tür.

»Neo.« Die Drohung schwingt in nur diesem einen Wort mit und ich atme kurz durch, bevor ich mich zu Professorin Anderson drehe, die entspannt in ihrem Bürostuhl lehnt.

»Erledigen Sie diesen Job, dann werden Sie die Karriereleiter nach oben wandern. Enttäuschen Sie mich nicht.«
»Niemals.«
Doch kaum, dass wir durch die Tür nach draußen getreten sind, tue ich genau das. June will sich von mir losmachen, aber ich halte sie so fest ich kann, während ich ihr die Mütze vom Kopf ziehe und ihr direkt in die Augen sehe.
Ich bringe dich hier raus in Sicherheit! Versprochen.
Aber wenn ich inzwischen etwas über June weiß, dann dass sie niemandem einfach so vertraut und mir schon gar nicht. Schnell verhake ich unsere Finger und führe sie so den Flur entlang weg von Professorin Andersons Büro, während ich sie meine Gedanken ungefiltert lesen lasse.
Ich werde mich als Professorin Anderson ausgeben und dich zurück nach Guernsey bringen, dort wirst du für den Moment wohl am sichersten sein. Und dann versuchen wir, Taylor zu finden.
Sie drückt meine Hand und ich sehe kurz zu ihr, wo mich ein fragender Blick erwartet. Sie hat ihre Stimme noch immer nicht zurück und ich kann nur erahnen, was sie wissen will.
Wieso ich das hier mache?
Sie nickt, während ich sie so unauffällig wie möglich die Treppen nach unten in Richtung Keller führe.
Weil ich dich mag. Das war nie eine Lüge. All die Jahre habe ich mich alleine gefühlt, irgendwie von der Welt verraten, weil meine Eltern mich abgeschoben haben, als wäre ich lästiges Übergepäck. Und dann kamst du und hattest was Ähnliches erlebt.

Der Gang im Keller ist sicherlich nicht zufällig so spärlich beleuchtet. Von den nackten Glühbirnen an der feuchten Decke über uns funktioniert nicht mal die Hälfte und taucht alles, was vor uns liegt, in dunkle Schatten.

Keine Ahnung, es war schön, zu wissen, dass ich mit meiner Geschichte nicht alleine bin. Auch wenn ich dir eine liebevolle Familie gewünscht hätte.

Wieder drückt sie meine Hand, aber ich wage es nicht, sie anzusehen, weil sie in meinem Gesicht noch viel mehr lesen könnte als nur in meinen Gedanken.

Aber du hast deine Misfits und das ist auch irgendwie eine Familie. Und diesen Flare.

Es fällt mir schwer, den Namen ohne Neid auszusprechen. Denn er hat es geschafft, Junes Herz zu erobern, und das stelle ich mir schwer und wunderschön zugleich vor.

Und du hast recht. Blaine zu töten wäre ein Fehler. Ich habe diese Dinge nie genug hinterfragt. Keine Ahnung, vielleicht war ich einfach verbittert, weil die Welt mir nie eine Familie oder meine eigenen Misfits geschenkt hat.

June bleibt stehen und zwingt mich, es ihr gleichzutun, obwohl wir wirklich keine Zeit für einen weiteren Streit haben.

Ich weiß, dass du mir nicht vertraust und –

Sie schlingt die Arme um meinen Hals und drückt mich fest an sich, hält mich einen kurzen Moment fest. Ihre Worte sind leise und krächzend, klingen so, als wäre sie unheimlich weit weg, obwohl sie direkt hier bei mir ist, aber June erobert sich ihre Stimme zurück.

»Du bist ... herzlich eingeladen ... ein Misfit zu sein.«

KAPITEL 67

DYLAN

Die Wucht des Aufpralls ist heftig und schleudert mich zu Boden, wo ich hart aufschlage und einen kurzen Moment brauche, um zu verstehen, was gerade passiert ist. Der Kerl unter mir sieht mich panisch an und ich spüre die Hitze, bevor ich die Flammen sehe, die wie aus dem Nichts aus dem Boden um uns herum schießen, uns einkesseln, näher rücken.

Die Hitze, der Geruch, das Gesicht des jungen Mannes, alles kommt mir so bekannt vor, so vertraut, und ich sehe mich hektisch um, erkenne Taylors Körper in einer unnatürlichen Position einige Meter von mir entfernt auf dem Boden liegend. Sorge schießt durch meinen Köper, begleitet von einem lähmenden Schmerz. Kurze Erinnerungsfetzen fluten mein Kopfkino, rauschen durch alle Zellen, und viele helle Punkte tanzen vor meinen Augen, als ich von dem Kerl unter mir rolle und schnell aufstehe.

Zu schnell, mir wird schwindelig, ich taumele zurück, doch die Hitze in meinem Rücken treibt mich wieder nach vorne.

Feuer.

Ein Labor, alles viel zu steril.
Taylor, Fionn und ich.
Dichter schwarzer Rauch.
Und Dr. Diane Flare.

Erinnerungen, die viel zu bunt und grell durch meinen Kopf zucken, Schmerzen in meinem Nacken, die Tests, die sie an mir durchgeführt hat. Meine Hoffnung, diesen verdammten Skill endlich loszuwerden. Kurz sehe ich zu dem dunkelhaarigen Jungen, der sich langsam berappelt, ein Lächeln zuckt auf seinen Lippen.

»Ziemlich gutes Timing, Dylan.«

Fionn. Ich kenne seinen Namen, ich kenne sein Gesicht und ich kenne unsere gemeinsame Geschichte. Wir beide im Tunnelsystem unter Guernsey auf der Suche nach Jeremy.

Als hätte jemand die Vorspultaste gefunden, sausen Erinnerungen ungefiltert durch mich hindurch, die alle mal meine waren.

Und wieder meine sind.

Dad, der betrunken und wütend nach Hause kommt.
Dad, der betrunken und wütend auf mich losgeht.
Schläge, Beleidigungen, Angriffe aus dem Nichts.
Sein nach Alkohol riechender Atem zu dicht vor meinem Gesicht, die Drohungen, die er mir ins Gesicht gebrüllt hat.
Meine Verzweiflung, meine Wut, mein Skill.
Sein Treppensturz und mein Versprechen, den Skill nicht mehr zu nutzen.

Fionn berührt meine Schulter, rettet mich aus der Erinnerungsflut, in der ich zu ertrinken drohe, und grinst breit.

»Ich hätte nie gedacht, dass ich mal so froh bin, dich zu sehen, Pollack.« Er reißt mich in eine Umarmung, die sich zu fest, zu eng und zu heiß anfühlt. Doch ich schlinge meine Arme um ihn, während sich alles um uns herum zu drehen beginnt. Es fühlt sich an, als ob jemand die Dinge in mir wieder an den richtigen Platz schiebt, wo sie hingehören und zu lange nicht mehr standen.

Fionn macht sich als Erster aus der Umarmung frei, sein Blick ist ernst. »Ich trete dir nachher noch in den Arsch, weil wir uns so viele Sorgen um dich gemacht haben, aber jetzt …«, er deutet auf das Feuer um uns herum, »kümmern wir uns um diese Shitshow.«

Und ich mich um Taylor, zu der ich jetzt eile und die sich langsam auf den Rücken dreht, eine Wunde an der Stirn, blass und erschöpft.

»Alles okay?«

Sie nickt etwas benommen und sieht sich dann um, bemerkt das Feuer und weiß, dass sie es geschafft hat. Wo Feuer ist, da ist auch Fionn. Ein unglaublich erleichterndes Gefühl, das nun zu *wissen* und nicht nur erzählt zu bekommen. Vorsichtig lege ich meine Hand an Taylors Wange. »Du hast es geschafft. Du hast uns zu Fionn teleportiert.«

Ihr Blick verändert sich, als sie versteht, dass sie es wirklich geschafft hat, und Erleichterung schleicht sich in ihren Blick, als sie ihre Arme um meinen Hals legt. Diese Umarmung fühlt sich anders an, nicht mehr fremd und ungelenk, und ich halte sie einen kleinen Moment fest, blende alles um mich herum aus. Das war es, dieses Gefühl, wann immer ich gespürt habe, dass ich etwas vermisse, ohne zu wissen, was es war. Sie löst sich ein bisschen von mir und sieht mich an, als würde auch sie den Unterschied merken. Zärtlich streiche ich ihr eine Haarsträhne aus der Stirn, bedacht darauf, ihre Wunde nicht zu berühren.

»Hi.«

»Du erinnerst dich?«

Langsam nicke ich, betrachte ihr Gesicht, präge mir jedes noch so kleine Detail ein, damit mir nie wieder irgendjemand diese Erinnerung nehmen kann. Sie legt ihre Hände an meine Wangen, da ist es, das Lächeln aus meinen Träumen, und ich schließe die Lücke zwischen unseren Lippen, nur um zu wissen, ob mir auch dieses Gefühl vertraut vorkommt.

»Ich störe euch Turteltauben wirklich ungerne, aber ich könnte hier wirklich Hilfe brauchen!« Fionns Stimme durchbricht den Moment, den wir sicher zu einem späteren Zeitpunkt fortsetzen werden.

»Am Timing arbeiten wir noch.« Damit helfe ich Taylor zurück auf die Füße, froh zu sehen, dass sie okay zu sein scheint. Trotzdem achte ich darauf, in ihrer Nähe zu bleiben, denn sobald Fionn die Flammen so weit zurückgehen lässt, um uns einen freien Blick auf den Rest der Szene zu geben, schaltet mein Adrenalin einen Gang höher.

Mr McAllister, im festen Griff einiger sehr dunkler Schatten, steht wutentbrannt da, Mr Morgan – *wie schön, sich an all die Gesichter einfach so erinnern zu können* – hält die Stellung mit knapp fünfzig anderen Schülern, die alle eine Art schwarze Uniform und schwere Stiefel tragen und bereit für den Kampf scheinen. Taylor und ich wechseln einen kurzen Blick, als wir verstehen, dass dies hier keine normale Academy ist. Einige der Lehrer stehen wie Zinnsoldaten da, die nur darauf warten, ihren nächsten Auftrag zu bekommen. Einer von ihnen ist mitten in der Bewegung erstarrt und Mr Morgans Schatten halten Mr McAllister noch immer in Schach. Die Schüler wirken verunsichert und misstrauisch. Fionn steigt nun über die letzten knöchelhohen Flammen weiter in den Innenhof.

»Mr Morgan, wie schön Sie hier zu sehen.« Mr Morgan, der gerade einen der Schüler im Schwitzkasten hält, schenkt Fionn ein Grinsen. »Hätte ich gewusst, was hier vor sich geht, wäre ich schon früher gekommen.«

Der zappelnde junge Mann in Mr Morgans Griff brüllt sich die Seele aus dem Leib, als würde er Schmerzen aushalten müssen.

»Mr Walker, wir sind in Gefahr! Wir sind alle in Gefahr!« Er klingt wie eine Warnsirene der nervtötenden Sorte. Fionn schüttelt den Kopf und sieht zu den anderen Schülern.

»Ihr habt inzwischen alle mitgekriegt, was wirklich hier passiert. Die meisten von euch haben beeindruckende Skills und es wird Zeit, dass ihr euch entscheidet, was ihr damit anfangen wollt!«

Taylor und ich behalten alles so gut es geht im Auge, ich spüre meinen Skill bereit zum Einsatz. Auch wenn ich ihn nicht leichtsinnig nutzen will, werde ich doch all meine Freunde hier beschützen, wenn ich muss.

»Es ist zu spät, Mr Flare! Es gibt noch zahlreiche andere solcher Academys.« Mr McAllisters Stimme dringt nur gedämpft durch die Schatten, die ihn umstellen. »Ihre Mutter können Sie nicht mehr retten und auch für June wird es inzwischen zu spät sein.«

Grell leuchtende Flammen erscheinen in Fionns Händen, während er Mr McAllister ansieht. »Ich hoffe für Sie, dass dem nicht so ist.«

»Du bist zu spät. Du bist nicht der Held, für den du dich hältst, und selbst, wenn du versuchst, mich zu töten, kannst du den Aufstieg der Skillz nicht mehr aufhalten!«

»Ihnen geht es doch gar nicht um uns Skillz. Sie wollen einfach nur noch mehr Macht und Geld. Dafür haben Sie Mr Cooper, Zayne und Eric doch geopfert.«

Eric. Eric mit den bunten Haaren. Kurz lasse ich meinen Blick über die Gesichter der Schüler hier wandern, hoffe, Erics bunten Haarschopf oder sein freches Lächeln irgendwo zu finden, aber von ihm fehlt jede Spur. Kein gutes Zeichen.

Mr McAllister hingegen sind die Opfer seines Machthungers offensichtlich gleichgültig und er starrt Fionn nur weiter an. »Da täuschst du dich, Flare. Ich werde beweisen, dass wir die besseren Menschen sind. Dass wir an die Spitze der Nahrungskette gehören und nicht wie Abschaum behandelt werden sollen.«

Fionn geht langsam auf Mr McAllister zu und ich ahne, dass das hier noch richtig hässlich enden kann. Doch meinen warnenden Blick ignoriert er und bleibt direkt vor den Schatten stehen, fixiert Mr McAllister durch die Dunkelheit, die sie trennt.

»Sie werden Ihren ganzen Plan offenlegen. Alle Standorte der anderen Academys, Ihrer Labore und Ihrer Komplizen.«

Mr McAllister starrt Fionn unverändert stur an, bis er wie in Zeitlupe nickt. »Ich werde meinen ganzen Plan offenlegen, alle Standorte der anderen Academys, meiner Labore und Komplizen.«

»Und Sie werden keinen Widerstand leisten.«

»Und ich werde keinen Widerstand leisten.«

»Geben Sie mir den Umschlag.«

Mr McAllister greift in seine Jacketttasche und reicht Fionn durch die Schatten hindurch den Umschlag, sein Lächeln verändert sich, wird fast teuflisch.

»Sie wird sich gewiss freuen, endlich die Wahrheit zu erfahren.« Er schnappt nach Fionns Hand, hält sie fest umklammert und ich mache einen Schritt nach vorne, ziele gedanklich auf seinen Solarplexus und entscheide mich dann doch für einige Rippen, die ich brechen lasse. Sofort lässt er Fionn los und sackt auf die Knie.

Ich kann meinen Skill nicht wild bei jeder Gelegenheit einsetzen, aber ich habe ihn nun mal und werde die Menschen, die mir etwas bedeuten, beschützen.

Fionn geht vor Mr McAllister in die Hocke, greift sich den Umschlag und lässt ihn in seiner Hosentasche verschwinden.

»Wenn Sie June wehgetan haben, sehen wir beide uns wieder. Und dann werde ich Dylans Hilfe nicht brauchen, um Ihnen wehzutun.«

KAPITEL 68

ERIC

Mr Blaine hat die Krawatte gelockert und das Jackett ausgezogen, irgendwie lässt ihn das jünger wirken, aber die Ernsthaftigkeit in seinem Blick bleibt von alledem unberührt, als er sich ein Glas Wasser einschenkt und fragend zu Zayne und mir sieht. »Möchten Sie auch etwas trinken?«

Mein Mund ist so trocken wie die Wüste Gobi an einem besonders heißen Tag, aber nachdem man uns schon ungefragt irgendwelche Medikamente in den Körper gepumpt hat, traue ich hier nicht mal mehr einem harmlosen Glas Wasser, und so schüttele ich den Kopf.

Zayne steht mit verschränkten Armen neben mir und denkt nicht mal daran, dieser Frage oder Mr Blaine seine Aufmerksamkeit zu schenken.

»Ganz wie Sie wollen.« Mr Blaine gönnt sich einen großen Schluck, lässt uns dabei aber nicht aus den Augen. Wir wurden von Dr. Malcolm Flare in dieses Büro geführt, in Begleitung zweier Herren, die Taserwaffen in der Hand halten und deutlich gemacht haben, dass sie nicht zögern werden, diese auch einzusetzen.

Wir sind in einem sehr großzügigen mit dunklem Holz

getäfelten Raum. Sogar einen Kamin gibt es hier, Ölgemälde an den Wänden, gepolsterte Ledersessel und eine Bar, die im Moment verlassen scheint. Der weinrote Teppich unter meinen Füßen fühlt sich selbst durch meine Schuhe edel an. Es würde mich nicht wundern, wenn gleich Sherlock Holmes höchstpersönlich durch die Tür kommen würde, aber je genauer ich mich umsehe, desto mehr Hinweise finde ich, die darauf hindeuten, dass wir uns in einem der Räume eines Gentlemen's Club befinden. Einer dieser Orte, an denen sich Politiker und Geschäftsleute in Großbritannien, aber auch aus anderen Teilen der Welt, treffen, um hier – von der Öffentlichkeit abgeschieden – aktuelle politische und gesellschaftliche Themen zu diskutieren.

»Sie fragen sich bestimmt, wieso Sie hier sind und nicht etwa wie Ihre Kollegen in Haft.«

»Ehrlich gesagt frage ich mich nur, wie ich Ihnen einen kräftigen Schlag ins Gesicht verpassen kann.« Zayne ist noch immer unendlich wütend, aber Mr Blaine übergeht seinen Einwurf einfach.

»Ich möchte Ihnen gerne ein Angebot unterbreiten, von dem beide Seiten profitieren könnten.«

Ganz sicher wird Mr Blaine deutlich mehr davon profitieren, als wir es tun werden, aber ich will es mir dennoch zumindest anhören.

»Wie Sie wissen, ist es nur noch eine Frage der Zeit, bis ich zum Premierminister werde.« Sein Lächeln verrät deutlich, wie stolz er darauf ist.

Diese Leute haben vielleicht meinen Skill lahmgelegt, aber sie haben keine Ahnung, wie gut ich die Emotionen anderer Menschen auch ganz ohne deuten kann. Zu genau verraten mir das die leuchtenden Augen, ein Lächeln, das sich nicht aufhalten lässt, oder eine stolzgeschwellte Brust.

»Wenn ich dieses Land regieren werde, ist es wichtig, dass die Menschen verstehen, dass ich nicht per se gegen Skillz bin.«

Zayne kann sich ein hämisches Lachen nicht verkneifen, aber auch davon lässt sich Mr Blaine nicht aus der Bahn bringen. Ein Politikprofi durch und durch.

»Ich würde gerne einige Skillz in meine Regierung holen. Dr. Flare wird sich um das Gesundheitswesen kümmern, aber Sie beide wären gute Vorbilder für die jüngere Generation.«

»Wir sollen in die Politik?«

»In meinen Beraterstab.«

Zayne sieht zu mir, als hätte er sich verhört, und ehrlich gesagt kann auch ich kaum glauben, was Blaine da gerade von sich gibt.

»Warum?«

»Erstens, weil es mir sicher noch mehr Unterstützer einbringen wird, und zweitens, weil so auch Skillz mir zuhören werden.«

»Sie wollen uns doch aber loswerden.«

Mr Blaine wiegt einen Moment nachdenklich den Kopf, als hätte er diesbezüglich noch keine endgültige Entscheidung getroffen. »Ich will, dass Skillz sich anpassen, unterordnen und an Regeln halten. Ganz einfach. Sie beide wären gute Vorbilder.«

»Wo ist der Haken?« Denn es gibt einen, da mache ich mir nichts vor. Weder Mr Blaine noch Dr. Flare würden so ein Angebot unterbreiten, ohne im Gegenzug etwas zu verlangen. Mr Blaine mustert mich einen Moment, sein Lächeln wird etwas milder.

»Sie nehmen die Medikamente. *Immer*. Sie unterdrücken Ihre Fähigkeit und zeigen, wie gut dieses Leben sein kann, Sie werden quasi wandelnde Botschafter für die Medikamente und meine Politik.«

Zayne schüttelt sofort den Kopf, hat seine Entscheidung binnen Sekunden getroffen.

»Mit anderen Worten, wir verraten alles, was wir sind.«

»Dafür bekommen Sie ein gutes Leben. Kommen an eine gute Schule und nicht diese lächerlichen Skillz-Academys. Werden voll in unserer Gesellschaft integriert und wir sorgen dafür, dass Sie Ihre Wunschkarriere verfolgen können.«

»*Wunschkarriere?*«

»Was immer Sie wollen.«

Ich müsste lügen, wenn ich behaupten würde, dass es nicht verlockend klingt. Sogar zurück nach Hause könnte ich gehen, Mom würde es nicht mehr so schwer haben und Dad könnte mich vielleicht sogar akzeptieren.

»Aber wir wären noch immer Skillz?«

Mr Blaine nickt, auch wenn ich an seinem Gesicht ablesen kann, dass er davon nicht begeistert ist. Ein Teil von mir möchte so gerne wissen, woher seine Abneigung gegen uns rührt, aber vermutlich würde ich nur die gleichen Antworten bekommen, wie damals von meinem Vater, der grundsätzlich skeptisch ist, wenn ihm etwas fremd erscheint.

»Wieso ausgerechnet wir? Wieso nicht Felix und Ollie?«

»Weil Sie, Eric, ein Misfit waren. Sie wären ein tolles Beispiel, dass eine Resozialisierung gelingen kann.«

Resozialisierung – als wäre ich ein Schwerverbrecher, der langsam zurück in die Gesellschaft geführt werden muss.

Mr Blaine wendet sich nun an Zayne, der noch immer mit verschränkten Armen dasteht. »Und Sie sind ein großer Kritiker meiner Politik.«

»Ich halte Ihre *Politik* für Bullshit.«

»Trotzdem haben Sie sich mir angeschlossen.«

»Habe ich nicht.«

»Werden Sie aber.«

»Wieso sind Sie sich da so sicher?« Zayne von diesem Plan zu überzeugen, wird nicht so einfach, bisher hat er nicht einmal genickt oder sich positiv geäußert.

»Weil es die bessere Alternative ist.« Mr Blaine winkt Dr. Flare zu sich, der einen kleinen silbernen Metallkoffer in der Hand hat, der mir schon vorhin aufgefallen ist und dessen Inhalt nichts Gutes sein wird.

»Sollten Sie sich entscheiden, das Angebot abzulehnen, dann werde ich Sie –«

»Töten, schon klar.«

»Halten Sie mich wirklich für einen solchen Menschen, Mr Nieves?« Mr Blaine sieht ehrlich gekränkt aus, und ob ich will oder nicht, spüre ich so etwas wie Sympathie für diesen Mann in mir aufkeimen. Was, wenn er gar nicht so verkehrt ist, wie man uns hat glauben lassen? Was, wenn sein Ansatz nicht so verkehrt ist und uns Skillz das Leben tatsächlich erleichtern kann? Wenn ich nur an Dylan denke, wie schwer ihm seine Fähigkeit das Leben gemacht hat.

»Sie gehen über Leichen.«

»Sie müssen mich mit der Leiterin der Future-Skill-Clinic verwechseln.«

Dr. Flare wirft seinem Kollegen einen kurzen Blick zu, bevor er den Koffer aufklappt und das Innenleben offenlegt. Eine Art Metallpistole liegt auf dem dunklen Schaumstoff und ich ahne, dass die Alternative, von der er spricht, nicht so harmlos ist, wie er sie klingen lassen will. Doch daneben liegen keine Patronen, nur eine Art Microchip.

»Alle Skillz im Königreich werden registriert.« Fionns Vater nimmt die Waffe aus dem Koffer und dreht sie in seiner Hand. »Ein kleiner Chip und schon wissen wir, wo sie sind, ob sie sich in der Nähe von Tatorten befunden oder Versammlungen anderer Skillz beigewohnt haben, solche Dinge.«

»Komplette Überwachung, also.«

»Eine Sicherheitsmaßnahme.«

»Es wird doch möglich sein, diesen Chip wieder zu entfernen.« Zayne hat noch nichts von seinem Selbstbewusstsein eingebüßt und grinst Dr. Flare direkt ins Gesicht.

»Möglich vielleicht. Aber unwahrscheinlich. Dieser Chip ist so konzipiert worden, dass er durch den Körper wandern kann, ohne Organe zu tangieren. Mit anderen Worten, Sie werden nie so genau wissen, wo er sich gerade befindet. Sie werden ihn gar nicht bemerken.«

»*Dare to be normal*, nicht wahr.« Die Worte fühlen sich sperrig an, noch bevor ich sie ausspreche, immerhin war mein Motto bisher stets *Dare to be different*. Ich sehe zu Zayne, der nicht mehr ganz so breit grinst und jetzt nur die Schultern zuckt, bevor ich mich Dr. Flare zuwende. »Sie waren in Ihrer Abwesenheit ja richtig umtriebig.«

»Einige Forschungsergebnisse meiner Frau waren sehr hilfreich. Wie schade, dass sie den Fokus verloren hat.«

Seine Augen funkeln mich an, sein Grinsen verrät mir seine wahre Intention hinter alldem hier. Die Rache an seiner Frau, das Zurückerobern des Rampenlichts. Typen wie ihm geht es immer nur um sich selbst.

Zaynes Frage durchbricht meine Gedanken radikal. »Ist das denn überhaupt legal?«

»Wird es, sobald ich Premierminister bin und Dr. Flare mein Berater im Gesundheitswesen ist.« Mr Blaine lehnt sich entspannt zurück, sein Lächeln ist dabei nicht so überheblich, wie ich erwartet hätte. »Es ist Ihre Entscheidung, aber Sie sehen, es wird Ihnen nichts geschehen, egal, wie Sie sich entscheiden.«

Das ist für mich vermutlich die größte Überraschung. Keine Ahnung, wieso ich felsenfest davon überzeugt war, dass ich hier nicht lebend rauskomme.

»Ihre Zukunft liegt alleine in Ihrer Hand.« Mr Blaine lässt seinen Blick zu mir wandern. »Entscheiden Sie also weise.«

KAPITEL 69

NEO

Ihre Hand in meiner zittert ein bisschen und ich halte sie noch fester, während meine Gedanken rasen, und ich versuche, einen Plan zusammenzuschustern, der sie heil und am Stück von hier weg und in Sicherheit bringt. Der Hubschrauber ist unsere beste Chance, aber der Pilot hat einen klaren Auftrag von Professorin Anderson erhalten und ich werde meinen Skill nutzen müssen, um ihn davon zu überzeugen, dass wir ein anderes Ziel ansteuern sollen.

Der Gang ist unglaublich lang, denn er führt unter dem gesamten Hauptgebäude der Academy hindurch. Über uns in all den uralten Stockwerken tummeln sich Skillz, die keine Ahnung haben, was hier wirklich vor sich geht oder dass ihre Direktorin ein falsches Spiel spielt.

Schritte sind zu hören, aber ich kann nicht genau sagen, von wo sie kommen, denn hier hallt alles scheinbar endlos wider. June und ich werden langsamer, horchen in den dunklen Gang vor uns und ich deute auf eine der Türen, hinter denen sich Kellerzellen befinden, die mit unnötigem Kram vollgestellt sind. Die meisten Türen sind nicht abgeschlossen, weil das Schloss entweder zu rostig ist oder niemand mehr weiß, wo der passende Schlüssel sein könnte.

Mit einem viel zu lauten Knarzen schiebt June die Tür auf und wir schlüpfen ins Innere, wo es eng, feucht und dunkel ist. Kein Fenster, kein Licht, nur Holzkisten, in denen was auch immer gelagert wird. Wir stehen dicht voreinander, ich kann ihren Blick auf mir ebenso deutlich spüren wie die unangenehme Kühle der Waffe in meinem Hosenbund.

Wir müssen irgendwie von hier verschwinden, bevor Professorin Anderson checkt, dass ich nicht auf ihrer Seite spiele.

Junes Stimme gehorcht ihr noch immer nicht so richtig und es kostet Kraft, sich gegen Professorin Andersons Skill zu stellen, also nickt sie nur.

Ich werde sehen, ob draußen die Luft rein ist, und du bleibst erst mal hier.

Sofort schüttelt sie den Kopf und drückt meine Hand fester.

Keine Sorge, ich komme wieder. Aber es ist zu gefährlich für dich. Wenn Professorin Anderson hier die Fäden zieht, dann wird sie das kaum alleine machen. Jede der anderen Lehrkräfte könnte auch für Mr McAllister arbeiten.

Genau genommen tun sie das ohnehin alle, immerhin ist er der Leiter der Schulbehörde, nur bezweifle ich, dass er seinen Plan, die Macht an sich zu reißen, mit allen geteilt hat. Mit einigen aber bestimmt.

Du bleibst hier, okay? Rühr dich nicht von der Stelle und –

Aber sie lässt mich den Gedanken nicht zu Ende denken und macht ein entschlossenes Geräusch, während sie nur noch heftiger den Kopf schüttelt.

Sieh an, Clarke, du wirst dir doch nicht etwa ernsthaft Sorgen um mich machen?

Dieser Kommentar bringt mir ein entnervtes Augenrollen ein und ich verkneife mir ein Grinsen. *Okay, okay. Ich habe einen Plan. Oder so was wie einen Plan.* Entschlossen greife ich nach der Waffe, die sich schwer und fremd in meiner Hand anfühlt, und gebe sie June.

Du behältst die hier, zum Schutz. Wenn ich in zehn Minuten nicht zurück bin … Ich sehe sie eindringlich und ernst an – meine kurz, frische Tränen in ihren Augen zu erkennen – und fahre deshalb breit grinsend fort. *… wartest du einfach ein bisschen länger. Ich komme zurück und hole dich.*

Sie verpasst mir einen Schlag gegen die Schulter, aber zumindest ist das Funkeln in ihren Augen zurück. Den Helden zu spielen, das stand eigentlich nicht auf meiner To-do-Liste für den Tag, aber wenn ich June hier rauskriegen will, dann sollte ich endlich mal beweisen, dass ich als New-Skillz auch was wert bin. Es wäre allerdings leichter, wenn ich nicht so viel Angst hätte. Bisher war das alles einfach für mich, ein bisschen Abchecken, ein bisschen Recherchieren und immer mit der Gewissheit, dass mir schon jemand den Rücken freihalten würde. Doch jetzt sind es nur noch June und ich gegen den Rest der Welt.

Falls das hier alles schiefgehen sollte – und machen wir uns nichts vor, die Chancen stehen gar nicht mal so schlecht –, will ich vorher unbedingt noch ein paar Dinge loswerden.

Nicht nachdenken, Neo.

Ich nehme ihr Gesicht in meine Hände und sehe sie an.

Jetzt, da du gezwungen bist, die Klappe zu halten, nutze ich meine Chance und sage dir, dass ich dich mag, Clarke. Mehr, als ursprünglich geplant. Für den Fall, dass wir hier nicht lebend rauskommen, finde ich, solltest du das wissen.

Sie sagt nichts. Wie auch. Sie kann nicht und ich merke jetzt erst, dass der ohnehin schon sehr enge Raum gerade noch etwas kleiner wird, während sie mich einfach nur ansieht, ich ihren Blick aber nicht deuten kann.

Okay. Cool. Gut, dass wir das geklärt haben. Du wartest hier und ich ... Damit deute ich zur Tür und will auch schon raus, als sie nach meiner Hand greift und sie nicht loslässt, als hätte ich etwas vergessen. Sie kennt mich besser, als ich geglaubt habe, denn tatsächlich gibt es da noch etwas, das ich erledigen wollte.

Nicht nachdenken, Neo.

Ich beuge mich zu ihr, zögere keine Sekunde, weil die Zeit nicht auf unserer Seite ist, und küsse ihre Lippen. Im ersten Moment glaube ich fast, sie würde zurückzucken, aber dann zieht sie mich das letzte Stück an sich und erwidert den Kuss, für den wir keine Zeit haben und vielleicht niemals werden fortsetzen können.

KAPITEL 70

FIONN

Taylors Schnelldurchlauf der Ereignisse der letzten Tage und Wochen birgt so viele Informationen, dass ich nur benommen nicken kann, als sie fertig ist, und ich zwischen ihr und Dylan hin- und herschaue. Meine Mutter, Taylors Zeit mit June auf Skye, sogar Mr Morgans wenige Neuigkeiten zu Professor Sculder, all das droht gerade mein Informationszentrum zu sprengen. Und doch brennt mir eine Frage mehr als alle anderen auf der Seele.

»Aber June geht es gut, ja?«

»Ja. Sie ist mit Neo auf Skye. Und genau da müssen wir jetzt hin.«

Zum Glück ist hier die Lage inzwischen so weit unter Kontrolle. Einige der Lehrer, die offensichtlich nicht wussten, welchen Plan Mr Walker und Mr McAllister hier wirklich verfolgten, halten zusammen mit Mr Morgan die Stellung. Mr McAllister trägt das Skill-Armband, das Rowan mir verpasst hatte und sich bis vorhin in meiner Hosentasche befunden hat. Somit können wir zumindest sicher sein, dass seine Skills unter Kontrolle sind. Gemeinsam mit Mr Walker hat man ihn in eines der Büros gesperrt,

Mr Morgan hat die Skill-Inspection informiert und auch einige der alten Misfits Lehrer sind unterwegs nach Lundy.

Taylor, wenn auch etwas blass, sieht mich entschlossen an. »Ich nehme dich und Dylan mit. Das müsste klappen.«

Ich würde alles dafür geben, June endlich wieder in meine Arme zu schließen. »Okay.« Ich stehe auf, achte darauf, dass der Umschlag sicher in meiner Hosentasche verstaut ist, und nicke Taylor zu. »Wie stellen wir es an?«

»Ihr denkt alle an sie. Sie vermisst dich schrecklich, Fionn, also werde ich mich auf dieses Gefühl konzentrieren.«

Sie vermissen, das ist mir bestens vertraut und ich muss nur an June denken, da krallt sich eben dieses Gefühl in meine Brust, während Taylor ihre Hand um meine legt und Dylan ihre andere nimmt. Es wäre sicherlich leichter für Taylor, wenn nur wir beide reisen würden, aber da ich nicht weiß, was uns auf Skye wirklich erwartet und ob Mr McAllister seiner Drohung auch Taten folgen lässt, fühle ich mich wohler, wenn Dylan an unserer Seite ist. Auf seinen Skill möchte ich in einer solchen Situation nicht verzichten.

Taylor schließt einen Moment die Augen, bevor sie uns der Reihe nach ansieht. »*Sie vermissen*, konzentriert euch darauf.« Sie lächelt mir kurz zu. »Und auf June.«

June, die ich schon so lange nicht mehr gesehen oder gehört habe und um die sich die meisten meiner Gedanken gedreht haben. Nicht aufgeben, weitermachen, alles, damit wir uns wiedersehen. Auf Guernsey.

Der Wind um uns herum nimmt zu, die Farben beginnen zu flackern und ich halte Taylors Hand fester, will mir die Angst vor dieser Teleportation nicht anmerken lassen. Es ist immerhin schon eine Weile her, dass ich mit ihr unterwegs war.

Dylan zieht uns näher zusammen, sodass wir fast eine Gruppenumarmung hinlegen – und der Wind greift nach uns, will uns mitnehmen, als ich noch etwas anderes nach mir greifen spüre.

Jemand anderes.

Rowan schlingt von hinten beide Arme um mich, klammert sich an mich und bevor ich reagieren oder ihn abschütteln kann – sind wir weg.

Und nehmen ihn mit. *Mit nach Skye, mit zu June.* Ich versuche ihn loszuwerden, wage es aber nicht, Taylors Hand loszulassen.

Die Landung mit Rowan im Gepäck ist hart, und kaum prallen wir auf den Boden auf, rammt er mir sein Knie in den Rücken, sodass mir kurz die Luft wegbleibt.

»Ich mache dich fertig, Flare!« Er steht auf und verpasst mir einen heftigen Tritt in die Seite, bevor er aufsteht und direkt neben mich spuckt. »Dich und deine Scheißmisfits!«

Die Tür hinter ihm geht auf und ein Typ tritt zu uns auf den Flur, den ich noch nie gesehen habe. Rowan hingegen schon, denn sein Blick verändert sich.

»Neo?«

Die beiden kennen sich, was zumindest im Moment dafür sorgt, dass Rowan von mir ablässt.

Neo, der Typ, den ich nicht kenne, kommt auf uns zu, einen fragenden Ausdruck auf dem Gesicht. »Was zum Henker machst du hier, Rowan?«

Langsam rappele mich auf die Knie, versuche, den Schmerz in meinem Körper in Schach zu halten, als Rowan mir mit voller Wucht in den Magen tritt, wodurch ich wieder zu Boden gehe.

»Ich kümmere mich um Fionn Flare, wie du sehen kannst. Wir haben seinetwegen nämlich richtig Probleme auf Lundy!«

Schritte sind hinter Neo zu hören, dann tritt eine zweite Person aus der Tür.

»June?«

»Fionn?«

Ihre Stimme zu hören ist das Schönste überhaupt und ich richte mich auf, sehe sie an und mein Herz wagt endlich wieder einen normalen Herzschlag. Sie steht einfach so da, ohne Mütze und mit einem überraschten Ausdruck auf dem Gesicht. Ich habe keine Ahnung, wo wir hier sind, es ist alles viel zu dunkel, um wirklich weit genug zu sehen. Aber das ist mir auch egal, ich will nur noch zu ihr und will sie umarmen. Ich versuche aufzustehen, aber Rowan ist schneller, schubst mich wieder zurück, tritt vor und strahlt June an.

»Du musst die großartige June Clarke sein. Ich habe schon so viel von dir gehört.«

Wo zum Henker ist Dylan, wenn ich ihn brauche?

Doch Dylan liegt nur wenige Meter von mir entfernt auf dem Boden, offensichtlich nicht bei Bewusstsein und auch Taylor rappelt sich gerade erst auf, diese Teleportation hat sie mehr Kraft gekostet, weil wir einen ungebetenen Reisegast dabeihatten. Aber auch sie entdeckt nun June und ruft ihr besorgt zu: »Wir müssen dich in Sicherheit bringen.«

Aber June weicht ohnehin schon vor Rowan zurück, hat längst verstanden, dass sie ihm nicht trauen kann.
Er ist gefährlich, June!
Da sie keine Mütze trägt, kann sie ungehindert meine Gedanken lesen und ich hoffe, sie versteht meine Warnung. Endlich komme ich ganz auf die Beine, versuche, mich in Rowans Kopf zu denken.
Du lässt sie in Ruhe, Arschloch!
Doch der Versuch sorgt nur für eine Art Blitzeinschlag in meinen Gehirnwindungen, als wäre da oben gerade alles reichlich überhitzt, und ich sacke wieder in die Knie, während ich nach Rowans Schulter greifen will. Ich kriege meinen neuen Skill nicht zu fassen, komme nicht an ihn ran, mir fehlt noch die Erfahrung damit. Das Adrenalin, das gerade durch meinen Körper rauscht, trägt auch nicht gerade zu einem kontrollierten Umgang damit bei. Alles dreht sich ein bisschen und ich sehe auch noch doppelt.
Allerdings nur June. *Was zum Teufel ist hier los? Und wo ist dieser Typ, Neo, auf einmal hin?*
Eine der beiden Junes tritt vor, zückt eine Pistole und richtet sie auf Rowan. Mein verwirrter Blick wandert Hilfe suchend zu Dylan, der sich aber gerade erst rührt. Wir anderen verharren in Schockstarre.
Nur Rowan nicht, er hebt unbeeindruckt grinsend die Hände und sagt: »Neo, glaubst du wirklich, ich durchschaue deine kleine Metamorphosenummer nicht?«
Aber June schüttelt nur knapp den Kopf. »Ich bin nicht Neo.«
Rowan sieht kurz irritiert zwischen den beiden Junes hin und her, die sich zum Verwechseln ähnlich sehen.

Mein Kopf schwirrt angesichts der Szene, aber zumindest bin ich endlich wieder auf den Beinen, will nach Rowans Arm greifen, als er einen Satz nach vorne macht, nach der Pistole greift und ein Handgemenge entsteht.

»Du wirst ihr nicht wehtun!« Ein Befehl, den ich direkt in Rowans Hirn hämmere, auch wenn meines dafür fast den Geist aufgibt, der stechende Schmerz brennt direkt hinter meinen Augen, die ich schnell schließe.

Dann fällt ein Schuss und ich reiße sie wieder auf. Dylan steht neben mir, seine Konzentration auf Rowan gerichtet, der sich vor Schmerz krümmt und zu Boden geht, eine Hand an die Brust gepresst.

Ich fange Junes Blick auf, der auf mich gerichtet ist. Erleichterung flutet meinen Körper, als ich schnell über Rowans Körper steige, die Arme um sie schließe und sie fest an mich drücke. Sie sackt gegen mich, ihr Körper so warm, der Blick unstet. Sie will etwas sagen, öffnet den Mund, aber statt Worte kommt Blut über ihre Lippen.

Nein, nein, nein!

Kurz glaube ich, sie nickt, dann streckt sie die Hand nach meiner aus und ich umklammere sie fest, spüre das Blut an den Fingern und entdecke die Einschusswunde an ihrem Bauch. Meine Beine geben nach und wir sinken gemeinsam in die Knie, wo ich, so fest ich kann, meine Hand auf die Wunde presse. Mir wird schwindelig, ich kann nicht glauben, was hier passiert.

Mr McAllisters Worte schießen mir durch den Kopf. *Deine Mutter hat die Zukunft gesehen, sie weiß, dass June sterben wird, und hat dich nicht gewarnt.*

June wird sterben.

Doch sie schüttelt nur knapp den Kopf, lässt den Blick an mir vorbeiwandern und ich spüre, wie jemand neben mich tritt. Es ist June. *Die andere June.* »Ich verstehe nicht ...«

Zwei Junes, nur eine ist die echte, meine June. Mein Herz rast noch schneller als meine Gedanken, als die blutende June schwach lächelt, dann läuft ein Schauer durch ihren Körper und ihr Gesicht verändert sich vor unseren Augen.

Ich verstehe nichts mehr, als ich Sekunden später in das Gesicht des jungen Mannes blicke, der auf den Namen Neo hört, und dessen Atmung flach und rasselnd klingt.

»Neo, bleib bei uns! Hörst du?« June neben mir klingt panisch, dreht sich zu Taylor. »Taylor! Hilf mir, bring ihn in Sicherheit!«

Taylor ist schon neben mir, Tränen in den Augen, während sie nickt, mit zitternden Fingern nach Neos Hand greift, den anderen Arm um Junes Hüfte legt und alles so schnell abläuft, dass ich nicht verstehen kann, was hier gerade passiert ist. Taylor schließt die Augen, ich spüre, wie der Wind stärker und stärker wird. Mit angehaltenem Atem sehe ich zu June, die ihren Blick aber nicht von dem blutenden jungen Mann nehmen kann – und dann sind Taylor, Neo und June weg, als wären sie nie hier gewesen.

Rowans kalte Stimme durchbricht die plötzliche Stille, in der ich nur noch meinen Herzschlag hören kann. »Du wirst sie nicht retten können. Es wird euch alle erwischen, Flare!«

Ich kann nicht mal reagieren, starre nur betäubt auf das Blut an meinen Händen.

KAPITEL 71

DYLAN

Fionn knallt neben mir auf den Boden, Taylor fällt auf mich und kurz wird alles schwarz.

Diesen Rowan haben wir – nicht ohne einige heftige Schmerzen als Erinnerung an mich – zurückgelassen, als Taylor uns abgeholt hat. Doch das hat Taylor offensichtlich ihre letzte Kraft gekostet, denn am Ende dieser Teleportation sind wir praktisch aus der Luft an den neuen Ort gefallen.

Das Zimmer hier ist mir nicht mehr fremd, ich erkenne all die Details an den Wänden und die Gesichter um mich herum. Doch an Aufatmen ist nicht zu denken, nicht angesichts des verwundeten jungen Mannes auf Junes Bett, der jetzt schwach die Hand hebt.

»Hi.«

Anders als wir braucht June keine Erklärung für das, was hier passiert, greift nur schnell nach seiner Hand. »Neo, wieso hast du das gemacht?«

Neo also, dessen Lächeln blasser und blasser wird.

»Weil er dich nicht töten durfte.« Sein Blick wandert zu uns. »So hatte ich mir das Treffen mit den Misfits nicht vorgestellt.« Seine Stimme versagt, er hustet wieder, und June nimmt sein Gesicht zärtlich in ihre Hände.

»Du musst durchhalten. Bitte, halte durch.« June sieht zu Taylor, ignoriert die Erschöpfung in ihrem Blick. »Hol Dr. Gibson. Hol einen Arzt, irgendwen!«

Taylor nickt, auch wenn sie genauso wie ich ahnt, dass es dafür zu spät sein könnte. Ich will ihr sagen, dass sie sich erst kurz erholen soll, aber sie schüttelt nur stumm den Kopf und schon spüre ich den Wind, der alles in diesem Zimmer durcheinanderwirbelt. Dann ist Taylor wieder weg.

»Hey, Flare.« Neo dreht den Kopf ein bisschen in Fionns Richtung, der jetzt ebenfalls auf das Bett zukommt. »Du bist ein echter Glückspilz.«

Fionn nickt, schafft es aber nicht so richtig, seinen Blick zu erwidern.

»Pass gut auf sie auf, hörst du?«

June, der die Tränen nun über die Wangen laufen, schüttelt den Kopf. »Das kannst du selbst machen, Quick. Du bist doch jetzt auch ein Misfit.«

»Wirklich?« Seine Stimme klingt verdammt dünn und ich spüre ein erdrückendes Gefühl, als würde es den ganzen Raum einnehmen, bis ich verstehe, dass es Neos Körper ist, den ich da wahrnehmen kann, so deutlich, als wäre es meiner. Zögernd taste ich danach, versuche, meinen Skill diesmal anders zu nutzen, ihm keine Schmerzen zuzufügen, sondern seine Nervenenden zu beruhigen. Sofort entspannt sich sein Gesicht etwas, bleibt aber unverändert blass.

June hält seine Hand so fest in ihrer, dass ihre Fingerknöchel sich weiß färben und obwohl ich ihr den Schmerz am

Gesicht ablesen kann, ist das keiner, den ich lindern könnte, also konzentriere ich mich auf Neo, versuche alles, um ihn durchhalten zu lassen, bis Taylor hier mit einem Arzt auftaucht.

Neos Blick wird langsam leerer. Er schaut June an. »Vergiss mich nicht zu schnell, okay?«

Sie kann nur den Kopf schütteln, schluchzt jetzt hemmungslos und es bricht mir das Herz, meine Freundin so zu sehen.

Ich habe zusehends Schwierigkeiten, Neos Schmerzen einzudämmen, er wütet im ganzen Körper, der kurz vor dem Kollaps steht, und ich kämpfe gegen die Zeit.

Taylor, mach schon, beeile dich.

Und als habe sie mein stummes Flehen gehört, spüre ich endlich einen Windstoß, der zuerst meine Haare durcheinanderbringt, dann an meinem Pullover zerrt und schließlich lose Blätter vom Schreibtisch weht.

Taylor landet in diesem Zimmer, einfach so und mit einer Wucht, die kurz alles wackeln lässt.

Doch sie ist nicht alleine. Wir alle sehen zu der Person, die Taylors Hand hält und reichlich derangiert von der Teleportation aussieht.

Fionns Augen spiegeln all unsere Fragen wider. »Mum?«

Doch Dr. Diana Flare sieht weder zu mir noch zu ihrem Sohn, sondern zu Neo, der blutend und sterbend auf dem Bett liegt. Den Blick kenne ich an ihr, nur trägt sie dazu sonst einen weißen Kittel und ist in ihrem Labor, vertieft in ihre Forschung. Es ist ohnehin merkwürdig, sie in Jeans und einem schlichten grauen T-Shirt außerhalb der Future-Skill-Clinic zu sehen.

»Ich brauche eure Hilfe.«

Sie geht neben June in die Hocke und ich sehe zu Taylor, die sich erschöpft an den Schreibtisch lehnt, weil ihre Beine nachzugeben drohen. Mit schnellen Schritten bin ich bei ihr, lege meinen Arm um ihre Hüfte und spüre, dass sie glüht. »Du hast dich überanstrengt.«

»Es geht schon.« Sie lächelt gequält und nickt zu Diane, die sich nun daranmacht, Neos Leben zu retten. »Ich wollte zu jemandem, der uns helfen kann, und dann war ich plötzlich bei ihr.« Taylor zuckt entschuldigend die Schultern.

»Sie war in einem Glaskubus eingesperrt und ziemlich verzweifelt, außer ihr war niemand mehr in diesem Labor. Das ganze Gebäude war wie leer gefegt.«

»Was?«

Bevor Taylor mich weiter aufklären kann, meldet sich Diane zu Wort.

»Dylan! Ich könnte deine Hilfe bei der Narkose ganz gut gebrauchen!«

KAPITEL 72

TAYLOR

June sitzt auf dem Boden neben mir, den Rücken an die Wand gelehnt, Fionn ist mit seiner Mutter und Neo hinter der Tür zur Krankenstation verschwunden und wir anderen warten auf dem Flur davor. Dylan sitzt neben mir, die Beine ausgestreckt, und ich habe den Kopf an seine Schulter gelehnt. Noch immer kann ich nicht glauben, dass er nicht nur wieder hier ist, sondern auch meine Hand hält. Es fühlt sich vertraut und gut an, auch wenn ich weiß, dass sich Dinge zwischen uns allen verändert haben, bin ich für den Moment dankbar. Dankbar und erschöpft.

Junes Augen sind gerötet, ihr Blick stur auf die Tür vor uns gerichtet, ohne Mütze sitzt sie da und schüttelt immer mal wieder den Kopf, als könne sie noch immer nicht glauben, was gerade passiert ist. »Ich müsste eigentlich da drinnen liegen.«

»Unsinn, es hätte uns alle treffen können.« Das stimmt nicht ganz, aber ich behalte es für mich, dass June laut Dylan weit oben auf der Liste der potenziellen Opfer stand.

»Neo hat mein Aussehen angenommen, um mich zu schützen, und jetzt ...«

Ich greife nach ihrer Hand und drücke sie sanft, versuche, ihre Gedanken zu uns zurückzuholen, aber sie schüttelt noch immer den Kopf. »Wenn er es nicht schafft, dann ...«

»Er wird durchkommen.« Dylan klingt so überzeugt, dass seine Worte auch meine Zweifel zerstreuen, und ich nicke zustimmend. »Siehst du, er wird es schaffen und Dr. Flare kümmert sich um ihn.«

June lacht kurz bitter auf, sieht dann endlich zu mir. »Ausgerechnet Dr. Flare. Von all den Menschen, die du hättest holen können, musste es ausgerechnet Dr. Diane Flare sein?«

Zum Glück ist da kein Vorwurf, nur Verwunderung in ihrer Stimme und ich kann sie verstehen. »Wie es aussieht, kann ich meinen Skill wohl doch nicht so gut kontrollieren, wie ich dachte. Seitdem ich mich dabei mehr auf Gefühle konzentriere, lande ich an den wildesten Orten zur wildesten Zeit.«

June drückt meine Hand zurück. »Ich glaube, du landest genau dort, wo du auch landen sollst, Taylor.«

»Wenn dem so wäre, wieso bin ich dann nicht bei Eric? Immerhin ist er doch auch irgendwo da draußen, vielleicht alleine und voller Angst, fühlt sich einsam und vermisst uns.«

»Weil du erschöpft bist. Du musst dich ausruhen.«

Sie hat recht, meine Körpertemperatur ist erst jetzt wieder mehr oder weniger im Normalbereich, aber alleine die Vorstellung, eine Teleportation durchführen zu müssen, sorgt für hämmernde Kopfschmerzen. Dennoch zieht sich mein Magen zusammen, wenn ich daran denke, dass Eric nicht bei uns ist.

»Er *sollte* bei uns sein.«

Dylan führt meine Hand an seine Lippen und küsst sie kurz. »Wir finden Eric und egal, wo er ist, wir holen ihn da raus. Aber es bringt uns nichts, wenn du dich und deinen Skill verheizt.«

Just in diesem Moment öffnet sich die Tür vor uns und June springt auf die Füße, als Dr. Flare mit Fionn zu uns nach draußen tritt.

»Wie geht es ihm?« Die Sorge um Neo lässt Junes Stimme ordentlich wackeln.

»Er wird durchkommen.«

Und dann passiert etwas, von dem ich nie gedacht hätte, dass es mal passiert. June Clarke fällt Dr. Diane Flare um den Hals und drückt sie kurz ungelenk an sich. Nicht nur mich scheint dieser Anblick zu überraschen, denn auch Fionns Gesichtsausdruck verrät seine Gefühle. Und noch viel mehr. Langsam schiebt er die Hände in die Hosentaschen und sieht von June zu uns.

»Zum Glück hat Dr. Gibson die Krankenstation upgraden lassen. Er sollte trotzdem in ein voll ausgestattetes Krankenhaus, und ich befürchte, eine Narbe wird auch bleiben. Es ist schon eine Weile her, dass ich eine Operation durchgeführt habe. Aber mein Sohn ist eine verdammt große Hilfe gewesen.«

June löst sich von seiner Mutter und umarmt jetzt auch Fionn, der ihre Umarmung aber nur sehr halbherzig erwidert. »Danke. Ihr habt Neos Leben gerettet.«

Das haben sie, und auch wenn Fionn ein kurzes Lächeln

zustande bringt, so kann ich doch den Schmerz in seinem Blick erkennen, weil er das spürt, was ich schon bemerkt habe. June entgleitet ihm.

»Kann ich ihn sehen?«

Oder sie entgleiten einander.

Dr. Flare schüttelt den Kopf. »Er braucht jetzt etwas Ruhe. Und eine vernünftige Intensivstation.«

Dylan hilft mir, aufzustehen, weil ich mich ziemlich schlapp fühle und mich nach einer Mütze voll Schlaf sehne. Fionn bemerkt die Vertrautheit, die zwischen Dylan und mir noch immer herrscht und das, obwohl ihm die Erinnerung an mich und uns genommen wurde, er sie sich erst zurückerkämpfen musste. Fionn schenkt mir ein kurzes Lächeln, das ich erwidere, bevor Dr. Flare zwischen uns hin- und hersieht und sich schließlich räuspert.

»Wollen wir den Elefanten im Raum ansprechen oder schweigen wir eine Weile, bis ihr alle wieder zu Kräften gekommen seid?« Sie lächelt uns an, aber da ist eine Spur Unsicherheit in ihrem Blick, als sie sich schließlich an Fionn wendet. »Ich habe viele Fehler gemacht und weiß, dass ihr alle berechtigte Gründe habt, um mich zu hassen.« Eine kurze Pause, um uns die Chance zu geben, ihrer Annahme zu widersprechen, aber wir schweigen und so redet sie schließlich weiter. »Aber ich habe eingesehen, dass ich auf dem gänzlich falschen Weg war.« Ihr Blick bleibt an Fionn hängen, wird weicher. »Es tut mir leid.«

»Schon klar. Aber was genau tut dir leid? Dass du uns Skillz missbraucht hast, um Millionen zu machen?« Okay, Fionn hat also noch jede Menge ungeklärte Dinge, die seine Mutter betreffen, auf der Seele und sie drohen hier und jetzt rauszuplatzen. June versucht nach seiner Hand zu greifen, ihn zu beruhigen, aber er weicht ihrer Berührung aus. »Oder die Tatsache, dass du Dylan entführt hast?«

»Das war eine Notfallentscheidung. Er wäre sonst in den Flammen da unten gestorben.«

»Ach so, wir sollten dir also dankbar sein, ja?«

»Nein. Aber ich habe gesehen, was uns blühen würde, wenn ich diesen Weg weiter verfolgt hätte.«

»Und das wäre?«

Sie will auf Fionns Frage antworten, etwas Dunkles zuckt durch ihren Blick, und sie entscheidet sich offensichtlich für eine andere Version der Geschichte. »Keine Zukunft, die ich euch oder uns wünsche.«

»Wieso sollte ich dir noch irgendwas glauben, Mum? Du lügst mich schon an, seitdem ich denken kann!« Die Wut in Fionns Stimme lässt die Funken zwischen seinen Fingern nur noch heißer sprühen. Er will sich gerade in Rage reden, als June zwischen die beiden Flares tritt.

»Weil sie die Wahrheit sagt.« June ohne Mütze ist in der Lage, Dr. Flares Gedanken zu lesen und wenn ich hier jemandem vertraue, dann ist es June.

Fionn will etwas sagen, ich kann die Funken höherschlagen sehen, aber er ballt die Hände schnell zu Fäusten, erstickt die potenzielle Flamme. »Also vergessen wir jetzt einfach alles, was geschehen ist? Fangen ein neues Kapitel an, weil dann alle so tun können, als wäre nichts passiert?« Zwar hat er die Flammen unter Kontrolle, aber sein brennender Blick ruht nun auf June, die tapfer vor ihm steht und nur den Kopf schüttelt.

»Nein. Ich finde nur, wir sollten alle einmal durchatmen und dann –«

»Sie wird dir deinen Skill wegnehmen!«

»Wird sie nicht.« June ist sich da so sicher, dass sogar ich ihr glauben will, aber trotzdem einen Blick zu Dylan werfe, der darauf achtet, zwischen mir und Diane zu stehen, auch wenn ich nicht glaube, dass sie gerade einen Angriff auf uns plant. Dafür sieht nämlich auch sie viel zu erschöpft aus.

»Mr Morgan ist schon unterwegs hierher, er wird wissen, was zu tun ist.« Denn in Professor Sculders Abwesenheit hat er mehr oder weniger die Leitung der Academy übernommen, auch wenn er sich jetzt noch auf Lundy befindet.

Fionn reißt endlich seinen Blick von June los und sieht zu mir, als würde er Unterstützung erwarten, merkt aber schnell, dass es besser wäre, einfach mal eine kleine Pause einzulegen. Selbst Dylan schüttelt den Kopf und legt ihm beruhigend die Hand auf die Schulter.

»Ich weiß, das ist alles gerade ziemlich viel. Aber wichtiger ist doch, dass wir alle unversehrt wieder hier sind.«

Fionn kratzt sich am Nacken, sieht an uns allen vorbei den Flur entlang, und als sein Blick zu uns zurückkehrt, ist er dunkel. »Es sind nicht *alle* hier. Eric ist irgendwo da draußen und Professor Sculder ist in Haft und wir sind hier mit meiner Mutter und …« Er bricht ab, weil seine Stimme nun zu sehr zittert und Tränen seine Augen fluten.

Fionn Flare, der immer so tut, als hätte er alles unter Kontrolle, verliert sie gerade völlig, und es ist seine Mutter, die ihn nun in eine Umarmung zieht und festhält.

KAPITEL 73

ERIC

Das Blitzlichtgewitter blendet mich, die Rufe der Journalisten dröhnen in meinen Ohren, und Mr Blaines Hand auf meiner Schulter fühlt sich tonnenschwer an. Ein Wunder, dass ich keinen sofortigen Haltungsschaden erleide.

»Lächeln, Catalano. Es soll doch nicht so aussehen, als hätten wir Sie zu irgendwas gezwungen.« Sein Flüstern ist über das Klicken der zahlreichen Kameras fast nicht zu hören und ich blinzele gegen das fast schon stroboskopartige Licht, fahre mit dem Zeigefinger über das Smiley-Tattoo an meinem Daumen, als müsste ich mich daran erinnern, dass es noch da ist. Doch dann knipse ich mein Lächeln wie gewünscht an und lasse mich sogar zu einem kurzen Winken hinreißen, wobei ich mir dann aber albern vorkomme und den Arm schnell wieder sinken lasse.

Die Journalisten brüllen Fragen und Aufforderungen in unsere Richtung und ich sehe zu Zayne, der wenig begeistert neben mir steht, die Arme demonstrativ vor der Brust verschränkt, seine kühlen Augen unbeirrt direkt ins Blitzlichtgewitter gerichtet, als würde ihn das alles nicht interessieren.

Mr Blaine und Dr. Malcolm Flare hingegen genießen diesen Moment und die Aufmerksamkeit, auch wenn sie diesmal eher Zayne und mir zu gelten scheint. Es dauert einige Minuten, bis die erste Aufregung sich legt und Mr Blaine die Anwesenden um etwas Ruhe bittet.

»Ich freue mich sehr über das Vertrauen meiner Parteigenossen und habe die Nachricht über meine Wahl zum neuen Premierminister mit großer Freude entgegengenommen.«

Robert Blaine ist also gewählt worden, auf legalem und offiziellem Weg. Das wird einige Menschen da draußen sehr freuen, andere verunsichern, und mein Job wird es jetzt sein, die Skillz davon zu überzeugen, dass er es nur gut mit uns meint.

»Im Laufe des Tages werde ich mich in Buckingham Palace mit dem König treffen und Sie können sich sicher vorstellen, wie nervös ich bin.« Das unterstreicht er mit einem *nervösen* Lachen, das zumindest mich aber nicht täuschen kann. Er ist *kein bisschen* nervös, weil bisher alles nach Plan für ihn gelaufen ist. So breit wie Dr. Flare neben ihm strahlt, ist auch jetzt schon klar, wer sein engster Vertrauter und Berater bleiben wird. Auch wenn es die Welt noch nicht weiß, beginnt jetzt eine neue Zeitrechnung für uns Skillz.

Dr. Flare rückt zu mir auf, zufrieden legt er den Arm um mich. »Bist du nicht froh, dich für unsere Seite entschieden zu haben?«

Bin ich das? Ein Teil von mir atmet tatsächlich erleichtert auf, aber ich würde lügen, wenn ich behaupten würde, der andere Teil empfinde keinen Schmerz, weil ich die Misfits so vermisse. Vor allem Fionn.

»Doch.« Keine echte Lüge, nur eben auch nicht die ganze Wahrheit. Während ich den Blick über all die Journalisten vor uns wandern lasse, die sofort die Arme in die Höhe recken, sobald Mr Blaine eine weitere Frage beantwortet hat, kann ich ihre Aufregung zwar sehen, aber nicht *spüren*. Das Medikament wirkt noch immer in meinem Köper und zum ersten Mal seit Jahren ist es einfach ruhig, fast still in mir und ich frage mich, ob es so nicht vielleicht immer sein sollte. Ein Raum voller Menschen, ohne die Versuchung, ihre Laune zu verbessern, ohne sofort wissen zu müssen, wie sie sich fühlen. Heute bin ich ganz bei mir und meinem zu schnellen Herzschlag.

Dr. Flare drückt meine Schulter, als ihm mein Lächeln auffällt. »Wir werden ein gutes Team sein, Eric.« Er sieht zu Zayne, dessen sturer Blick auf nichts und niemanden Bestimmtes gerichtet ist. »Und deinen Freund überzeugen wir auch noch.«

Wie er das allerdings schaffen will, kann er mir nicht mehr verraten, weil Mr Blaine ihn zu sich nach vorne bittet, wo die beiden Männer sich gegenseitig Zucker in den Hintern pusten, lobende Worte finden und von einer genialen Zusammenarbeit faseln werden.

Zayne und ich werden zu absoluten Statisten der Szene und ich nutze die Gelegenheit, drehe mich zu ihm und versuche es mit einem Lächeln. »Ich bin froh, dass du dich entschieden hast, zu bleiben.« Denn das bin ich wirklich, aber er nickt nur, ohne Blickkontakt zu mir aufzunehmen. »Wir können vielleicht wirklich ein paar Skillz helfen, indem wir –«

Sein eiskalter Blick trifft mich abrupt, fast will ich einen Schritt zurückweichen, tue es aber nicht.

»Der einzige Grund, wieso ich hier bin, ist, damit wir Infos sammeln können.« Dann wird sein Ausdruck minimal weicher, als er mich mustert. »Außerdem muss ja jemand auf dich aufpassen.«

»*Auf mich?*«

»Klar. Ich werde sicher nicht zusehen, wie sie dich zu ihrem Werkzeug machen.« Kurz erscheint ein Lächeln auf seinen Lippen, das im nächsten Augenblick schon wieder verschwunden ist. »Freunde tun so was füreinander.«

Freunde. Sofort sind meine Gedanken bei den Misfits, die sich auf verschiedenen Inseln befinden und für die sich mit Blaines Wahl zum Premierminister einiges ändern wird. Habe ich sie im Stich gelassen?

»Wie ich versprochen habe, will ich ein Miteinander schaffen und habe dafür auch schon den ersten Schritt getan. Diese beiden jungen Herren sind Teil meines Beraterstabs, denn es ist mir ein dringendes Anliegen, auch die Jugend mit ins Boot zu holen.« Mr Blaine winkt uns zu sich, aber plötzlich fällt es mir schwer, einen Fuß vor den anderen zu setzen, ich stehe unsicher da, während sich der Fokus auf Zayne und mich verschiebt, der jetzt den Arm um meine Schulter legt und mich mit sich nach vorne zieht. Sein Lächeln bleibt kühl, aber seine Berührung fühlt sich angenehm warm auf meiner Schulter an.

»Begrüßen Sie mit mir Mr Eric Catalano und Mr Zayne Nieves.«

Irgendwie hätte ich nie gedacht, dass ich mich mal auf der politischen Bühne, als Teil dieser Partei wiederfinde. Tief in mir drinnen bin ich doch noch immer ein Misfit, der sich hier gerade ziemlich fehl am Platz fühlt. Das Einzige, was sich irgendwie richtig anfühlt, ist Zayne an meiner Seite, und ich kann nur hoffen, dass er dort auch bleibt. Dann prasseln die ersten Fragen auf uns ein, die zum Glück nicht wir beantworten müssen. Das übernimmt Dr. Flare für uns.

Zayne und ich lächeln in die verschiedenen Kameralinsen, während sich dieses merkwürdige Gefühl in meinem Inneren weiter und weiter ausbreitet, das ich nicht kontrollieren kann, nicht ohne meinen Skill.

Einige der Journalisten mustern uns zweifelnd und ich frage mich, wie wir wohl aussehen. In diesen schicken Klamotten, die zwar wie angegossen passen, in denen ich mich aber nicht wie ich selbst fühle. Eine beige Bundfaltenhose, ein blassblaues Hemd und ein blauer Pullover, dazu braune Lederschuhe, die zu meinem Gürtel passen. Zayne trägt eine andere Farbkombination, aber den identischen Look, und wenn nicht alles so absurd wäre, würde ich vielleicht darüber lachen. Doch zu lachen gibt es gerade wenig.

»Handelt es sich bei den beiden *Gentlemen* auch wirklich um natürliche Skillz?« Eine der Fragen schlägt quasi direkt vor uns ein, und ich befürchte, gleich wird der ganze Laden hier ausrasten, aber Mr Blaine behält die Kontrolle über die Situation und nickt.

»Sind sie und werden sie bleiben. Wir sind sehr froh und stolz über die zukünftige Zusammenarbeit.«

Zayne drückt kurz meine Schulter, wo sein Arm noch immer liegt, und grinst mich breit an.»Wenn die nur wüssten, worauf sie sich mit uns eingelassen haben.« Es ist ein leises Flüstern, aber ich ahne, dass unser gemeinsames nächstes Kapitel um einiges spannender werden wird, als ich es mir vorgestellt habe.

Ich sehe von ihm direkt in eine TV-Kamera, die diesen Beitrag sicherlich live sendet, und hoffe, dass irgendwo da draußen Fionn sitzt, das hier sieht und weiß, dass ich ihn nicht vergessen habe.

KAPITEL 74

FIONN

»Das kann nicht sein Ernst sein.«

Wir stehen gemeinsam in Professor Sculders Büro, starren auf den Bildschirm, auf dem gerade die Rede unseres neuen Premierministers läuft, und schütteln den Kopf. Sogar meine Mutter, die wohl eher vom Anblick meines Vaters angewidert ist, der sich als neues Mitglied des Beraterteams feiern lässt.

Aber ich starre ungläubig auf den jungen Mann in den schicken Klamotten mit den viel zu kurzen Haaren, der gerade den Blick direkt in die Kamera richtet, als würde er mich ansehen.

»Er fällt uns allen in den Rücken! Wie kann er das nur tun?« June sieht schockiert vom Bildschirm zu Taylor, die mit Dylans Unterstützung neben ihm steht. Die Teleportationen haben ihre Energie so schnell gefressen wie zu viele Spiele-Apps die Akkuleistung eines iPhones. »Ich kann das nicht glauben.«

Doch je mehr sich die anderen in Rage reden, desto genauer betrachte ich Erics Gesicht, das mir vertrauter ist als die meisten anderen Gesichter. Wir haben so viel Zeit zusammen verbracht und ich kenne ihn in- und auswendig. Noch immer, auch wenn er das zum Ende auf Lundy nicht mehr glauben wollte.

»Er macht das für uns.« Mein Kommentar sorgt für verwirrte Blicke, die jetzt alle zu mir wandern, sogar der meiner Mutter.

»Für uns? Er hat sich Mr Blaine und deinem Vater angeschlossen!«

Wenn sie das wirklich glauben, dann kennen sie meinen besten Freund nicht so gut, wie sie dachten.

»Nein. Er und Zayne machen das, damit wir einen Vorsprung bekommen.«

»Woher willst du das wissen?«

Eine gute Frage, und ich wünschte, eine Antwort darauf zu haben, aber gerade kann ich nur die Schultern zucken und hoffen, dass mein Bauchgefühl mich nicht täuscht.

»Weil er mein bester Freund ist.«

Die anderen tauschen Blicke, aber ich lasse mich davon nicht beeindrucken und drehe mich schließlich zu ihnen.

»Eric würde sich *niemals* meinem Vater anschließen. Nicht ohne Grund.«

»Was für einen Grund könnte er denn haben?«

»Das gilt es herauszufinden.«

»Und so lange schauen wir einfach dabei zu, wie er bei Mr Blaines Spiel mitmacht und ihm dabei hilft, Skillz ins Abseits zu drängen?«

»Für den Moment.« Eric mag sich auf Lundy verändert haben, aber in mir ist noch immer diese unumstößliche Gewissheit, dass er der Eric ist, der bei *König der Löwen* weint, der lostanzt, wenn sein liebster Song läuft, und der immer für mich da war. Bevor ich mir überlegen kann, was wir als Nächstes unternehmen sollten, klopft jemand an den Türrahmen. Wir alle fahren herum, die Skills einsatzbereit, und die Funken zwischen meinen Fingern fliegen schon. Doch das Gesicht des Mannes, der uns da entgegenlächelt, kennen wir.

»Sieh einer an, da bin ich mal einige Zeit abwesend und schon kapert ihr Misfits mein Büro.« Dann bemerkt Professor Sculder meine Mutter und sein Lächeln wird etwas kühler. »Diane.«

»Dominic.« Sie klingt nicht unbedingt freundlich, aber auch nicht so angespannt, wie ich es erwartet hätte. Kaum habe ich mich von der Überraschung erholt, eile ich um den massiven Bürotisch auf ihn zu, schlinge meine Arme um ihn und drücke den Direktor etwas fester als nötig.

»Ich freue mich auch, dich zu sehen, Fionn.«

Da stürmen auch schon die anderen auf uns zu, überfallen ihn mit einer Gruppenumarmung, die er leise lachend über sich ergehen lässt, aber uns kann er nichts vormachen, seine Erleichterung wieder hier zu sein, ist größer, als er zugeben will. Abgenommen hat er, denn ich spüre seine Rippen deutlich, während ich gefangen in der Umarmung der anderen, fest gegen seinen Oberkörper gedrückt werde.

»Schön, euch alle wohlauf zu sehen.« Sanft befreit er sich von uns, stellt den nötigen Abstand wieder her und streicht seinen schwarzen Anzug, der jetzt eine Nummer zu groß wirkt, wieder glatt. »Wir haben einiges an Arbeit vor uns.« Jetzt wandert sein Blick zu meiner Mutter, die unverändert hinter dem Schreibtisch steht und gar nicht mehr wie die

Leiterin der Future-Skill-Clinic wirkt. Sie sieht sogar wieder fast ein bisschen wie meine Mutter aus, wie ich sie aus meiner Kindheit kenne.

»Dr. Flare, wir müssen uns unterhalten.«

Die beiden kennen sich lange, aber diesen kühlen Abstand zwischen ihnen habe ich noch nie so deutlich gespürt.

»Ich werde kooperieren und mich der Skill-Inspection stellen. Auch all meine Forschungsergebnisse werde ich übergeben.«

Professor Sculder will sich seine Verwunderung über die Worte nicht anmerken lassen, aber dafür ist es zu spät. »Das ist eine ziemlich überraschende Meinungsänderung.«

»Ich weiß. Aber sie ist ernst gemeint.«

Langsam tritt Professor Sculder auf sie zu, erobert sich mit jedem Schritt mehr und mehr sein altes Büros zurück. Und Mum weicht kein bisschen zurück, als hätte sie mit so was schon gerechnet.

»Verraten Sie mir, woher das rührt?«

Mum will etwas sagen, verkneift es sich dann aber und sieht an ihm vorbei zu mir. Die Wärme und Liebe in ihrem Blick habe ich schon viel zu lange nicht mehr so deutlich gesehen, aber dafür umso mehr vermisst.

»Wenn Sie sehen könnten, was ich sehe, würden Sie es verstehen, Professor.«

Professor Sculder nickt, als hätte er sehr wohl verstanden, bevor er nun in seine Hosentasche greift und ein Skill-Armband daraus hervorzieht.

»Darf ich Sie bitten, sich das hier umzulegen?« Er reicht es ihr einfach so rüber und Mum legt es sich um das Handgelenk. Wir alle sehen dabei zu, wie es zuschnappt, und erst jetzt entspannen sich Professor Sculders Schultern ein bisschen. »Die Skill-Inspection ist unterwegs, ebenso wie einige der Lehrkräfte dieser Academy.« Professor Sculder sieht zu uns. »Mr Morgan hält auf Lundy so lange die Stellung, bis Mr McAllister ein Geständnis abgelegt hat und die Jungs dort in Sicherheit gebracht wurden.« Er nimmt auf seinem Bürostuhl Platz und komplettiert dieses Bild wieder, lässt es vertraut wirken. »Professorin Anderson wird, während wir sprechen, auf Skye verhaftet.«

Zum ersten Mal nehme ich seine Erschöpfung bewusst wahr, habe keine Ahnung, was er in den letzten Wochen erlebt hat, und wenn ich mir die leicht bläuliche Färbung unter seinem linken Auge anschaue, will ich das vielleicht gar nicht so genau wissen. Er kratzt sich am Kinn, wo sein sonst so perfekt gestutzter Bart inzwischen etwas wild wuchert, bevor Professor Sculder zu einem Lächeln ansetzt.

»Danke für all die Infos, June. Ohne deine Recherche und die Videoanalyse wäre ich wohl noch immer in Haft.«

June natürlich. Ich will sie umarmen, ihr danken und sie küssen, sie von hier wegbringen und das Gespräch in Ruhe suchen, aber sie nickt nur knapp, ihr Blick noch immer sorgenverhangen und ich muss nicht lange nachdenken, um zu wissen, wem die Sorge gilt.

Auf der Krankenstation liegt dieser Neo, der ihr ohne mein Wissen viel zu nahe gekommen ist und für den sie Gefühle entwickelt hat, auch wenn sie das nicht zugeben will.

Junes Blick schießt zu mir, ihre Augenbrauen fragend zusammengezogen, denn ich Idiot habe total vergessen, dass

sie ihre Mütze noch immer nicht trägt und daher ungefiltert meine Gedanken lesen kann.
Shit.
»Wenn ich kurz mit Dr. Flare alleine reden könnte? Ihr seht alle so aus, als ob ihr eine Pause gebrauchen könntet.«

Ohne Widerworte folgen wir der freundlich verpackten Aufforderung, das Büro zu verlassen, und ich ziehe anschließend hinter uns allen die Tür ins Schloss. Taylor sieht so aus, als würde sie auf der Stelle einschlafen können und Dylan hakt sich bei ihr unter, wirft uns einen Blick über die Schulter zu. »Ich bringe sie auf ihr Zimmer.«

Bevor ich mich also darauf vorbereiten kann, sind June und ich allein, mein Herz schlägt schneller. Sie greift nach meiner Hand, lächelt mich an und zieht mich mit sich, raus aus dem Sekretariat, hinaus in den Flur, führt uns schließlich in die Aula, wo sonst niemand ist. Hier, wo normalerweise Hunderte von Schülern in ihre Gespräche vertieft sind, auf dem Weg zu ihren Zimmern oder dem nächsten Kursraum, komme ich mir mit ihr allein plötzlich so klein vor.

Klein und unbedeutend, weil June sich in einen anderen Typen verknallt hat und ich –
»Hör auf damit, Fionn.«

Ertappt sehe ich zu ihr, aber sie lächelt unverändert, wenn auch ein bisschen traurig, schüttelt sachte den Kopf, meine Hand noch immer in ihrer.

»Ja, ich mag Neo und glaub mir, das wollte ich nicht.«
Aber du magst ihn.
»Ja.«

Ein Wort, das mich härter trifft, als ich vermutet hätte. Ein Gefühl wie Seitenstechen begleitet die nächsten Atemzüge.

»Aber er ist nicht du.«

Manchmal kann das ja auch was Gutes sein.

»Hör auf, so was zu denken.« Sie lehnt sich im Gehen gegen mich und ich lasse meinen Arm um ihre Taille wandern. *Ich dachte, ich würde dich verlieren. Als ich all das Blut gesehen habe, die Schmerzen in deinem Blick und dachte, du würdest sterben, da ...*

»Ich bin hier.«

Zum Glück, denn eine Welt ohne June Betty Clarke will ich mir nicht mal vorstellen.

»Da habe ich gute News für dich, Fionn. Ich plane nämlich nicht abzutreten.«

Das ist auch besser, denn so wie hier gerade alles im Chaos versinkt, weiß ich nicht, wie ich alleine damit umgehen soll.

June schubst die Tür nach draußen auf und zieht mich mit sich in den mir bestens vertrauten Innenhof der Academy, der so leer zwar merkwürdig aussieht, dessen Anblick mir aber dennoch ein Lächeln auf die Lippen zaubert. Hier habe ich so viel Zeit verbracht, mit June.

Und Eric.

Er fehlt mir. Ihn an der Seite meines Vaters zu sehen, war ein wuchtiger Schlag in die Magengrube – aber Erics Blick direkt in die Kamera, der galt mir und mir alleine.

»Du vermisst ihn.«

June, die uns zu einer Bank im Schatten eines Baumes geführt hat, sieht mich nachdenklich an und ich nicke, weil es keinen Sinn ergibt, vor ihr zu lügen.

»Ich muss dir was gestehen.« Weil ich nicht will, dass sie manche Dinge in meinen Gedanken findet, atme ich tief durch und nehme ihre Hand in meine, sehe ihr direkt in die Augen. »Auf Lundy war es ziemlich wild und ich habe etwas vor dir verheimlicht.«

Junes Blick verändert sich, wird misstrauisch, aber ich schüttele nur den Kopf und lege ihre Hand auf meinen Unterarm, dort, wo Mr McAllister die Narbe hat verheilen lassen.

»Ich bin jetzt ein Multi-Skill.«

Dann erzähle ich ihr alles.

KAPITEL 75

TAYLOR

Einige Wochen später ...

Noch immer sind nicht alle Schüler wieder da und Gerüchte besagen, es werden auch nicht alle zurückkommen. Einige wollen nicht mehr, andere haben Angst. Der neue Premierminister Robert Blaine hat neue Gesetze für uns Skillz durchgeboxt und die ersten Medikamente mit dem klingenden Namen *Skill Control* sind inzwischen auf dem Markt frei verfügbar. Natürlich haben einige Skillz-Familien vor allem für ihre Kinder zugeschlagen, was für diese bedeutet, dass sie nach regelmäßigen Kontrollen, die mehr oder weniger wie ein Drogentest ablaufen, an ganz normale öffentliche Schulen gehen dürfen.

Wer allerdings inzwischen wieder mit uns im Schatten des Baumes sitzt, ist Ivy, die sich bei der ersten Möglichkeit von der Blumeninsel im Mittelmeer verabschiedet hat, um zu uns zurückzukehren. Noch immer bringen wir sie auf den neuesten Stand der Dinge und erklären ihr, wieso Erics Gesicht in Zeitungen oder kurzen TV-Interviews auftaucht –, was uns allen nach wie vor irgendwie zusetzt.

Fionn hingegen liegt wohl noch einiges mehr auf der Seele, sagt mir mein Gefühl. Ohne seinen besten Freund an seiner Seite bleibt er oft still und beteiligt sich nicht wirklich an unseren Gesprächen, hängt seinen Gedanken hinterher und selbst June kann ihn kaum erreichen.

Wir sitzen zusammen mit Blick auf den fast leeren Innenhof, Professor Sculder beschert uns heute erneut einen sehr sonnigen Tag, vielleicht seine Art, sich dafür zu bedanken, dass June die nötigen Beweise für seine Unschuld geliefert hat und er wieder der Direktor dieser Schule ist. Außer uns ist nur eine Handvoll Misfits auf dem Campus verteilt, die Klassen sind um einiges kleiner geworden, aber das ist uns egal. Die Misfits Academy ist offiziell wieder eröffnet und selbst Mr Blaine hat das nicht verhindern können.

»*Mein Leben führen zu können, ohne die Dauerbelastung, einen gefährlichen Skill kontrollieren zu müssen, ist eine enorme Erleichterung. Dabei habe ich meine Identität, meine Besonderheit nicht verloren.*« Dylan liest uns einen Auszug aus Erics neuestem Interview vor. »*Ich bin stolz darauf, ein Skillz zu sein, und kann nur hoffen, dass sich viele jugendliche Skillz der Verantwortung stellen, wie sie mit ihren Fähigkeiten umgehen wollen.*«

Fionn, der seine Augen heute hinter einer Sonnenbrille versteckt, schüttelt den Kopf und atmet schwer aus. Junes Kopf lehnt an seiner Schulter, sie hält die Augen geschlossen und trägt, wie schon seit einigen Tagen, wieder ihre Mütze.

»*Die Verurteilung des ehemaligen Leiters der Schulbehörde Mr McAllister und dessen Geständnis, verschiedene*

Skillz-Academys für seine Zwecke missbraucht zu haben, bestärkt mich nur in meiner Annahme, dass es besser wäre, Skillz an normalen Schulen aufzunehmen, natürlich unter der Bedingung, dass sie die Medikamente einnehmen.«

»Klar. Wir an normalen Schulen. Damit wir nichts mehr über unsere Fähigkeiten und unsere Geschichte lernen. Denn ich glaube kaum, dass sie den Lehrplan für uns anpassen.« Ivy verdreht genervt die Augen, denn sie hat Eric das Überlaufen ins gegnerische Team nicht verziehen, auch wenn Fionn nach wie vor glaubt, dass Eric einen bestimmten Plan verfolgt.

Dylan liest unbeirrt weiter. »*New-Skillz und Multi-Skillz, wo soll das nur hinführen? Es wird Zeit, dem jetzt einen Riegel vorzuschieben und einen alternativen Weg zu finden, mit besonderen Fähigkeiten umzugehen.*« Dylan deutet auf das abgedruckte Foto von Eric, auf dem er wieder wie ein reicher Schnösel aussieht, seine Haare trägt er unverändert kurz, sein Lächeln strahlend und überzeugend. »Wer ist dieser Typ überhaupt?«

»Die *Dare to be normal*-Version von Eric. Vermutlich muss er diesen Müll auswendig lernen und dann einfach abspulen.«

»Vielleicht sind das alles auch nur Nebenwirkungen dieser Medikamente, mit denen mein Vater ihn füttert.«

»Die Frage ist aber doch, wie kommen wir an ihn ran? Er hat immer Security-Typen um sich und dieser Zayne ist auch ständig an seiner Seite.«

Dylan blättert eine Seite weiter und ein freches Grinsen erscheint auf seinem Gesicht. »Nun, vielleicht kriegen wir dafür ja bald die Chance. Er geht auf Tour.«

»Was?«

»*Jap.* Er tourt auch durch einige Schulen. Vielleicht kriegen wir Professor Sculder dazu, ihn zu uns Misfits einzuladen.«

Fionn schiebt sich die Sonnenbrille ins Haar, seine Schultern wirken angespannt, aber er hört Dylan nicht mehr zu, sieht an uns allen vorbei in Richtung des großen gusseisernen Tores mit dem stolzen Wappen dieser Schule. »Was zum Henker …?«

Wir alle folgen seinem Blick zum Tor, das sich gerade öffnet und durch das nun ein schwarzer Wagen auf den Innenhof rollt. Keine Besonderheit, immerhin trudeln ab und an noch Familien mit ihren Kindern hier ein, die sich doch dazu entschieden haben, hier ihre Ausbildung zu absolvieren. Aber dieser Wagen sieht irgendwie offizieller aus, und das letzte Mal, als die Skill-Inspection hier vorgefahren ist, ging danach das Chaos los.

»Was wollen die denn schon wieder hier?«

Die Tür zum Hauptgebäude öffnet sich und Professor Sculder, gefolgt von Mr Morgan, tritt heraus. Seine Körperhaltung ist entspannt, sein Lächeln allerdings knapp, als die Männer aus der Limousine steigen und neben dem Wagen stehen bleiben.

»Ich habe gerade ein ganz mieses Gefühl.« Fionn richtet sich etwas auf, wir alle wollen nun wissen, was hier vor sich geht. Die Vergangenheit hat uns gelehrt, dass immer dann, wenn es vermeintlich gut läuft, irgendwas passiert. Kaum hat Professor Sculder die Männer erreicht, öffnet einer von ihnen die Tür zum Rücksitz und Fionn atmet scharf ein, als wir alle sehen, wer da aussteigt.

Sie sieht fast so aus, wie bei meinem ersten Treffen mit ihr, die Haare sitzen perfekt, der Hosenanzug in kräftigem Blau ebenso, ihr Lächeln ist entspannt und das massive Skill-Armband funkelt im Sonnenlicht, als wäre es ein Schmuckstück und nicht etwa eine Strafe.

»Was macht denn deine Mutter wieder hier?«

Wir alle haben die Nachrichten verfolgt, wissen, dass Dr. Diane Flare sich gestellt hat und in allen Anklagepunkten schuldig gesprochen wurde. Sie hier zu sehen, passt nicht in die Geschichte, wie wir sie verstanden haben. Nur sieht Professor Sculder nicht im Ansatz überrascht aus, begrüßt Diane Flare mit einem herzlichen Händeschütteln und ich sehe zu Dylan, der nur die Schultern zuckt.

Professor Sculder, Mr Morgan und Dr. Flare unterhalten sich einen kurzen Moment, dann verabschieden sich die Männer von der Skill-Inspection, steigen zurück in den dunklen Wagen und fahren – ohne Fionns Mutter – wieder vom Hof. Einen Moment lang sagt niemand etwas, dann spüre ich kurz die Wärme, die von Fionn ausgeht, bevor er unvermittelt aufsteht und auf die kleine Gruppe zugeht. Wir anderen folgen ihm sofort, vielleicht auch, um im Notfall einschreiten zu können.

»*Mum?*«

Sie wendet sich lächelnd zu ihrem Sohn, breitet die Arme zu einer Umarmung aus, aber Fionn bleibt mit genügend Abstand und verschränkten Armen stehen, funkelt sie an, hält die Funken aber zurück.

»Fionn! Ich hatte versucht, dich anzurufen, aber ich scheine nicht durchzukommen.«

»Ich habe deine Nummer blockiert.«

Das lässt Dianes Lächeln ein bisschen verrutschen, auch wenn sie sich nicht anmerken lassen will, wie sehr sie die Ablehnung ihres Sohnes wirklich trifft.

»Verstehe. Nun, dann erfährst du es eben jetzt.«

»Erfahre ich was?« Sein Blick schießt zu Professor Sculder, dessen Lächeln nach wie vor entspannt ist, mich aber nicht wirklich beruhigt. Es sind Momente wie diese, in denen ich nach Dylans Hand greife, froh darüber, ihn wieder bei uns zu haben, und er verhakt sofort unsere Finger, eine kleine Geste, die mich wissen lässt, dass er hier ist.

Professor Sculder räuspert sich kurz. »Wir wollten es euch nachher mit all den anderen in der Aula verkünden, aber wenn wir schon mal hier sind.« Ein Blick zu Mr Morgan, dann wieder zu uns. »Dr. Flare wird Lehrerin an der Misfits Academy.«

»**Was?**« Fionn sieht so aus, als ob sein Kopf gleich explodiert.

»Wir haben Sicherheitsvorkehrungen getroffen, sie trägt verstärktes Skill-Steel, und wir sind der Meinung, dass sie eine gute Ergänzung für unser Lehrerkollegium darstellt.«

»Die Frau, die Skillz entführt und deren Skill geklaut hat?«

Professor Sculder kann Fionns Einwurf nicht einfach abtun, immerhin ist das die Wahrheit.

»Die Frau, die Fehler gemacht und sie eingesehen hat und deren Erfahrungen uns hier gerade bei den Misfits weiterhelfen können, ja.« Professor Sculders Stimme bleibt gefasst und klar, er lässt keinen Zweifel daran, dass er hinter dieser Entscheidung steht.

»Weiß die Schulbehörde hiervon? Haben die das einfach durchgewinkt?«

Professor Sculder sieht wieder zu Mr Morgan, der ihm fast unmerklich zunickt, und jetzt erkenne ich doch einen Anflug von Nervosität in Professor Sculders Bewegung, als er sich durch das Haar fährt. »Die Schulbehörde, unter ihrem neuen Leiter, hält das für eine sehr gute Idee und steht zu hundert Prozent hinter dieser Entscheidung.«

Fionn sieht zu seiner Mutter, dann zu June und schließlich zurück zu Professor Sculder. »Ich werde dem neuen Leiter sagen müssen, dass er ein Vollidiot ist, wenn er das glaubt.«

Damit will er auch schon an Professor Sculder vorbei ins Innere der Academy, als der Direktor nach seinem Arm greift und ihn ernst ansieht.

»Fionn, *ich* bin der neue Leiter der Schulbehörde.«

Stille tritt ein, während diese Information langsam bei uns einsickert und wir verarbeiten, was er da gerade gesagt hat. Fionn findet als Erster seine Stimme wieder, auch wenn sie eine Spur zu schrill klingt.

»Sie gehen weg?«

»Ja. Aber ich komme immer mal wieder, um zu sehen, ob ihr euch auch alle anständig benehmt.«

»Wir bekommen einen neuen Direktor?« Fionn kann die Enttäuschung darüber nicht wirklich verbergen.

»Allerdings.«

»Dann werde ich mich bei ihm beschweren!«

Professor Sculders Lächeln wird breiter, als er einen kleinen Schritt zur Seite macht und auf Mr Morgan zeigt.

»Dann reiche deine Beschwerde bei Direktor Lucas Morgan ein.«

Mr Morgan, dem der neue Titel offensichtlich noch etwas unangenehm ist, nickt Fionn zu. »Melde dich gerne bei mir, Flare. Du weißt ja, wo mein Büro ist.«

Professor Sculder geht also weg, Mr Morgan aber bleibt. Und Dr. Flare?

Die steht fast schüchtern daneben, beobachtet ihren Sohn und ich erkenne eine Sehnsucht in ihrem Blick, die mehr über ihre Gefühle für Fionn verrät, als er gerade gewillt ist zu akzeptieren.

»Dr. Flare wird das Unterrichtsfach Skill-Zukunft unterrichten. Und Skill-Biologie, aber das liegt nahe.«

»*Skill-Zukunft?*«

»Ja. Wie du weißt, kann deine Mutter manche Versionen der Zukunft sehen. Wieso sollte uns das nicht helfen?«

»Eine Multi-Skillz an der Academy, von der sie Schüler entführt hat.«

Fionns Mutter macht einen Schritt nach vorne, hat wohl genug gehört, und ich spüre, wie Dylan sich neben mir anspannt. Doch sie legt Fionn nur sanft die Hand auf die Schulter.

»Wir sind beide Multi-Skillz und hier genau am richtigen Ort. Die Misfits Academy ist das Zuhause der Außenseiter. *Dare to be different.*«

Mr Morgan nickt zustimmend, rückt auf und kommt direkt neben Professor Sculder zum Stehen, sieht Fionn genau in die Augen.

»Erinnerst du dich daran, dass ich gesagt habe, dieser Ort ist mein Zuhause?«

Fionn nickt.

»Wir werden auch New-Skillz aufnehmen und ihnen

hier ein Zuhause bieten, wenn sie gewillt sind, wirklich zu lernen, wie sie ihre neue Fähigkeit vernünftig nutzen können.«

»New-Skillz?« Fionn klingt nicht gerade begeistert, aber Mr Morgan nickt so zufrieden, dass er damit Fionn den Wind aus der nächsten Beschwerde nimmt.

»Dein neuer Mitbewohner ist ein New-Skillz und ich erwarte, dass du ihm den Einstieg hier so leicht wie möglich machst.«

KAPITEL 76

FIONN

»Dahinten sind die Waschräume, auf warmes Wasser musst du ein bisschen warten, weil die Rohre hier echt alt sind.«

Er folgt mir langsam, seine Schritte noch etwas schwach, auch wenn ich extra nicht so schnell gehe, wie ich könnte.

»Die Cafeteria hat nach dem Abendessen keine warmen Speisen mehr, aber es gibt zwei Automaten, da kann man sich Snacks ziehen.«

Den Gebäudeflügel mit den Unterrichtssälen und der Sporthalle habe ich ihm bereits gezeigt, dann haben wir eine kurze Pause im Innenhof gemacht und jetzt führe ich ihn zurück in mein – unser – Zimmer. Noch immer tue ich mich schwer damit, einzusehen, dass Eric nicht mehr ist. Auch wenn ich genau weiß, dass er zurückkommen wird. Keine Ahnung, woher ich die Gewissheit nehme, denn anders als meine Mutter kann ich nicht in die Zukunft sehen.

»Das hier ist es.« Vor der Tür bleibe ich stehen, bilde mir ein, Erics Lachen auf der anderen Seite zu hören, und muss die Erinnerung daran weit von mir schieben, während ich mich zu ihm drehe, wie er in Jeans und einem grauen Pullover vor mir steht, Kaugummi kaut und dabei nach Zimt riecht. Blass wirkt er, Augenringe untermalen die Tatsache, dass er wohl schlecht schläft, aber sein Grinsen will mir weismachen, dass er fit ist. Schnell öffne ich die Tür und gehe als Erster rein, habe mich noch nicht daran gewöhnt, dass es hier so leer ist, obwohl das Zimmer noch immer so aussieht, als könnte Eric gleich reinschneien.

Aber es ist nicht Eric, der mir folgt, sondern Neo, der seinen Rucksack jetzt neben sich abstellt und den Blick durch das Zimmer wandern lässt.

»Chic.«

Darauf sage ich nichts, deute nur auf Erics Zimmerseite und sehe ihm dabei zu, wie er rübergeht, sich erschöpft auf das Bett sinken lässt und dann zu mir schaut, offensichtlich froh über das Ende meiner Führung.

Mr Morgan hat mich darum gebeten, freundlich zu sein, ihm das Einleben leicht zu machen, aber es war die Begrüßung zwischen ihm und June, die mir wirklich zugesetzt hat. Auch wenn sie mir versichert hat, dass es keinen Grund gibt, eifersüchtig zu sein, kann ich den bitteren Geschmack, der sich verdächtig nach Eifersucht anfühlt, nicht ganz loswerden.

»Ich weiß, dass du nicht gerade scharf darauf bist, dir mit mir ein Zimmer zu teilen, Fionn.«

Ist es wirklich so offensichtlich? Immerhin gebe ich mir große Mühe, höflich, ja sogar freundlich zu sein. Denn mir ist klar, dass Neo zu einem Teil unserer Clique werden wird, alleine schon, weil Taylor und June ihn kennen – und mögen.

»Das hat nichts mit dir zu tun.«

»June hat mir erzählt, dass Eric dir sehr nahe stand, und ich will nur sagen, ich will ihn nicht ersetzen oder so was. Ich bin nur verdammt froh, hier zu sein.«

Das glaube ich ihm sogar, denn die Erleichterung, als er nach seinem Krankenhausaufenthalt hier gelandet ist, war ihm deutlich anzusehen. Jetzt hebt er beide Hände, wobei mir wieder sein Skill-Armband auffällt. Mr Morgan – Direktor Morgan – hat es ihm direkt bei der Ankunft verpasst, zusammen mit einem Einlauf, wie er sich hier zu benehmen hat. Ich muss schon sagen, Mr Morgan hat durch seine neue Position an dieser Academy noch mal an Selbstbewusstsein dazugewonnen und ist einschüchternder denn je.

»Und ich will auch nicht zwischen dich und June treten. Es ist sehr offensichtlich, dass ihr beide glücklich seid.« Das geht ihm nicht so leicht über die Lippen, aber ich bin dennoch froh, dass er es sagt, und nicke ihm zu.

»Du bist hier willkommen, Neo.« Er ist ein New-Skillz, ich bin ein Multi-Skillz, wenn auch einer, der seine neue Fähigkeit nicht ohne mirgräneartige Kopfschmerzen nutzen kann. Vielleicht ist das der Grund, wieso ich ihn nicht mehr eingesetzt habe, auch wenn ich manchmal mit dem Gedanken gespielt habe, es zum Beispiel bei meiner Mutter anzuwenden, nur um zu erfahren, was sie wirklich vorhat.

»Kommst du nicht mit?«

So sehr bin ich in meine Gedanken versunken, dass ich nicht bemerkt habe, dass Neo aufgestanden und zur Tür gegangen ist. »Wohin?«

»Die anderen warten unten, wir wollen zusammen essen. June sagte was von Schokowaffeln.«

»Ach so. Ich muss noch was erledigen. Aber ich komme dann nach.«

Neo sieht mich einen Moment prüfend an, will etwas sagen und ich komme ihm rasch zuvor. »Halt mir einen Platz frei, okay?«

»Du kriegst den neben June.« Er zwinkert mir zu, öffnet die Tür und lässt mich in unserem Zimmer alleine, wo ich einen Moment einfach nur dastehe und versuche, die Dinge zu verarbeiten.

Professor Sculder ist jetzt bei der Schulbehörde, Mr Morgan der neue Chef der Misfits, meine Mutter unterrichtet hier, während mein Vater da draußen seinen Plan weiterverfolgt und wieder der gefeierte Dr. Malcom Flare werden will – und Eric ist eine der wichtigsten Spielfiguren dabei geworden.

Als wäre das nicht genug, kriege ich ausgerechnet Neo als neuen Mitbewohner, den Typen, den meine Freundin zumindest *wirklich* gerne hat.

Doch das ist es nicht, was mich seit Tagen schlecht schlafen lässt.

Kurz horche ich in den Flur, aber die letzten Schritte der wenigen Schüler hier sind verhallt, vermutlich sind alle schon beim Essen und ich sollte mich beeilen, wenn ich auch noch eine Schokowaffel abgreifen will. Statt in die Cafeteria gehe ich zu meinem Schrank, wo ich nach meiner alten Trainingsjacke mit dem Riss im Innenfutter suche. Noch ein Blick zur Tür, dann greife ich in den Riss und ertaste irgendwo im Inneren der Jacke den Umschlag, den ich dort versteckt halte. Langsam ziehe ich ihn hervor und spüre ihn schwer in meiner Hand liegen. Als ich die Seiten herausnehme, hoffe ich inständig, dass sich die Worte darauf auf mirakulöse Art und Weise verändert haben und vielleicht nun etwas anderes dort steht – aber natürlich hat sich rein gar nichts verändert.

Sowohl die Uhrzeit der Geburt als auch das Datum sind dieselben.

Aber mein Blick bleibt jedes Mal beim eingetragenen Geburtsnamen hängen.

June Betty Blaine.

Vater: Robert Mick Blaine.

Mutter: Stephanie Kristine Buckingham.

Robert Mick Blaine. Fast auf den Tag genau siebzehn Jahre, bevor er Premierminister Robert Blaine wurde, wurde er Vater einer gesunden Tochter, die er mit seiner damaligen Freundin Stephanie Buckingham gezeugt hatte. Da wusste er nur noch nicht, dass die Frau an seiner Seite eine Skillz war. Möglich, wenn auch unwahrscheinlich, dass Stephanie es selber nicht wusste.

Meine Recherche hat ergeben, dass Junes Mutter kurz nach der Geburt verschwunden ist und bis heute nicht wieder aufgetaucht ist. Vermutlich wird sie das auch nicht mehr, denn wenn ich Blaine richtig einschätze, wäre ein Skillz-Kind der karrieretechnisch ultimative schwarze Fleck auf seiner damals noch sehr frischen Politikerweste gewesen. Nach dem Verschwinden der Mutter wurde das Kind zur Adoption freigegeben und von dem Ehepaar Clarke adoptiert.

June Betty Clarke ist die leibliche Tochter von unserem Premierminister und bekennendem Skillz-Hasser.

Hastig, fast wütend, stopfe ich alles zurück in den Umschlag, den Mr McAllister mir auf Lundy überreicht hat, und lasse alles zurück in das Innenfutter meiner Trainingsjacke wandern. Keine Sekunde zu früh, denn hinter mir wird die Tür aufgerissen und June taucht im Türrahmen auf.

»Hier steckst du!«
»Ich war schon unterwegs zu euch …«
Ich kann es ihr nicht sagen.
Sie kommt ins Zimmer, lässt die Tür aber offen und greift nach meiner Hand, ihr Lächeln wirkt besorgt.
»Ist alles okay?«
»Sicher.«
»Zwing mich nicht, die Mütze abzunehmen.«
Sie sagt es scherzhaft, aber mein Herz macht einen hysterischen Sprung gegen meine Rippen. »Ich mache mir nur Sorgen um Eric, das ist alles.« Ist es nicht, aber es ist ein Teil davon.

»Und deine Sorgenfalte hat rein gar nichts mit dem Auftauchen eines gewissen Neo Quick zu tun?«

Unschlüssig wiege ich meinen Kopf hin und her, versuche, mir Zeit zu verschaffen, aber June ist schneller, legt ihre Hände an meine Wangen und sieht mich ernst an.

»Fionn Flare, in meinem Herzen ist nur Platz für dich, okay? Krieg das in deinen sturen Schädel und schwing deinen ziemlich knackigen Hintern in die Cafeteria, bevor es keine Schokowaffeln mehr gibt.« Sie stellt sich auf ihre Zehenspitzen und drückt mir einen Kuss auf die Lippen.

Ich kann es ihr nicht sagen. Noch nicht.
Also lasse ich meine Arme um ihre Taille wandern und

halte sie einen kleinen Moment länger fest. »Ich habe dich vermisst.«

Sie lacht gegen meine Lippen. »Das sagst du jetzt schon seit Wochen, dabei stehe ich direkt vor dir. Und ich gehe auch nicht mehr weg.«

»Versprochen?«

Statt zu antworten, küsst sie mich erneut. Diesmal nachdrücklicher, inniger und ich halte sie nur noch fester.

Der Geruch von frischen Waffeln verrät ihr Kommen, noch bevor ihre Schritte zu hören sind und sie ihre Köpfe ins Zimmer stecken.

Taylor hält einen Teller in der Hand, auf dem sich ein beeindruckend hoher Turm aus Waffeln türmt. Dylan balanciert einige Tassen auf einem Tablett, Ivy hat Servietten und Besteck dabei und Neo, an dessen Anblick in dieser Gruppe ich mich gewöhnen sollte, trägt nichts außer dem breiten Grinsen in seinem Gesicht.

»Wir wollen nicht stören, aber wir dachten, bevor alles kalt wird, legen wir das Essen und die Einweihungsfeier direkt zusammen.«

Jeder schnappt sich eine Waffel und eine Tasse, bevor sich alle im Zimmer auf die verschiedenen Sitzmöglichkeiten verteilen und June neben mir auf meinem Bett Platz nimmt. Es wird gekaut, gescherzt und getrunken, während alle durcheinanderreden und das Zimmer wieder mit Leben füllen.

So vieles hat sich verändert. Ich sehe auf den leeren Stuhl an Erics altem Schreibtisch, wünschte mir, er wäre jetzt auch hier bei uns, weil nur dann die Misfits wirklich komplett sind.

June lässt ihre Hand in meine wandern.
»Er wird wiederkommen.«
»Wieso bist du dir so sicher?«
June hält meinen Blick, lässt keinen Zweifel zu.
»Weil die Misfits Acadamy auch sein Zuhause ist.«

EPILOG

ROWAN

Es sind viele Menschen hier.

Mehr als ich erwartet habe, aber das spielt mir nur in die Karten, während ich mich unter die Menge mische und dabei trotzdem versuche, so unauffällig wie möglich zu sein.

Dabei ziehe ich meinen Kapuzenpullover etwas tiefer in die Stirn, hoffe, dass niemand hier ist, der mich erkennen könnte.

Manche Bewegungen verursachen noch immer Schmerzen und ich werde das Gefühl nicht los, dass meine Rippen nicht richtig verheilt sind. Aber den Schmerz nehme ich in Kauf, denn er hat mich auch bis jetzt nicht davon abgehalten, bis hierher zu kommen.

Nachdem Fionn und die anderen durch die Teleportation verschwunden waren – mich einfach so zurückgelassen haben –, lag ich eine ganze Weile unten in diesem engen Gang. Bis ich mich nach oben geschleppt habe, war die Skill-Inspection schon da und hat die Schüler der Academy in Sicherheit gebracht. Das war meine Chance und ich habe sie genutzt. Sie haben nicht mal nachgefragt, mich mit all den echten Elite-Skillz einfach in kleine Busse gepackt und in das nächstgelegene Hostel verfrachtet.

Von da an war es dann einfach. Niemand hat nachgezählt, niemand hat sich für mich interessiert in all dem Chaos. Auf Lundy wurden Mr Walker und Mr McAllister verhaftet und sind inzwischen sogar verurteilt.

Und während sie im Gefängnis sitzen, stehe ich nun in dieser Menschenmenge.

Wenn Fionn Flare und seine verfluchten Misfits glauben, den Plan vereitelt zu haben, werde ich sie enttäuschen.

Mr McAllister hat mich zu etwas Besonderem gemacht, einem New Skillz, der nicht nur begabt, sondern auch gerissen ist. Ich spüre das letzte Stück Skill-Steel in meiner Hosentasche, das ich von Lundy mitgenommen habe. Es schmiegt sich an meine Finger, während ich es streichele und an Fionns Gesicht denke.

Mr McAllister mag für den Moment aus dem Verkehr gezogen sein, aber das bedeutet nicht, dass niemand seinen Plan zu Ende bringen kann. Wenn ich es Fionn Flare dabei auch noch heimzahlen kann, verheißt das nur doppelte Freude.

Die Menge wird unruhig, es dauert sicher nicht mehr lange, und ich suche mir einen Platz am Rand, von wo aus ich die kleine Bühne gut im Blick habe. Keine Ahnung, ob die anderen hier auch alle Skillz sind oder einfach nur die Veranstaltung besuchen wollen, aber ich bin aus einem ganz bestimmten Grund hier.

Ich will Mr McAllisters Plan in die Tat umsetzen, auch wenn ich weiß, dass es nicht leicht wird und seine Zeit braucht. Aber es ist immer besser, wenn man genau weiß, wie der Feind tickt, was er vorhat und wie man ihn an der schmerzhaftesten Stelle treffen kann. Wieder streiche ich mit den Fingern über das Skill-Steel in meiner Hosentasche, eine Erinnerung an meine Zeit auf Lundy, an all die Versprechen auf eine Zukunft, in der wir Skillz die Anführer sein werden.

Aber jetzt und hier spiele ich das Spiel mit, bin nur ein interessierter junger Mann, der sich diesen Unsinn über Medikamente und Unterdrückung der Skills anhören wird. Das Sicherheitsaufgebot für Dr. Flares Rede ist nicht zu verachten. Männer in schwarzer Uniform, Ear Pieces und konzentriertem Blick stehen an der Bühne, sicherlich sind auch einige in Zivil verteilt zwischen den Besuchern, aber die Stimmung ist entspannt und fast freudig, als wären wir alle nur Fans.

Aber Dr. Flare wird nicht alleine hier sein. Dr. Malcom Flare kommt natürlich in Begleitung von Eric Catalano, Posterboy der ganzen Kampagne für Skill-Control.

Eine junge Frau betritt die Bühne und die Gespräche um mich herum verstummen, als alle ihre Aufmerksamkeit nach vorne richten.

»Ladys und Gentlemen, wir freuen uns sehr, dass Sie alle so zahlreich erschienen sind. Bitte begrüßen Sie mit mir unsere Gäste.«

Dr. Flare trägt einen grauen Anzug, seine obligatorische Brille und ein breites Grinsen, winkt in die Menge und deutet dann auf seine Begleitung.

Eric lächelt ebenfalls breit, sieht unscheinbar aus in seinen Klamotten, die er sich sicherlich niemals selbst ausgesucht hätte, und ich schüttele fast angewidert den Kopf. Er ist eine Schande für die Skillz, unterdrückt seine Fähigkeit mit einem Medikament, als würde er sich für seine Besonderheit schämen.

Mr McAllister hatte einen ganz anderen Plan und ich werde ihn zu Ende bringen, komme, was wolle.

Danach werde ich all die Verräter töten.

Und mit Eric Catalano fange ich an.

DANKSAGUNG

Mams, danke für jede Umarmung, deine endlose Unterstützung und jeden Anruf, wann immer ich dich und deinen Ratschlag brauche.

Paps, danke für jede Abendrunde, den besten Musikgeschmack und den letzten Zugwagon, wann immer ich ihn gebraucht habe.

Marc, auch wenn du dich nicht teleportieren kannst, überbrückst du jede Entfernung für mich.

Meine Monkeys, Sabine, Notker und Corvin, ihr wolltet Fantasy, ihr kriegt Fantasy! Ich bin übrigens Abenteurer und habe keinen Schatz, aber eine Feuerfalle.

Aurel, ob auf dem Brezelfest, als Jedi auf Dathomir oder beim Diamond Painting, ich freue mich auf weitere gemeinsame Abenteuer.

Der andere Aurel und Anni, auch auf unsere Abenteuer freue ich mich natürlich, vor allem bei den legendären Spieleabenden.

Marco, einmal idealer Leser, immer idealer Leser. Egal in welchem Genre, dafür bin ich dankbar. Noch mehr aber für deine Freundschaft seit Block 8!

Kelly, Anne, nur du kriegst 20 Minuten Sprachnachrichten und nur mit dir trinke ich den besten Kräuterschnaps im Steak Train. Prost, Puppe, auf alles, was noch kommt!

Never ever last oder gar least: Martina, zehn Jahre, zehn Bücher und noch immer planen wir in die Zukunft. Ich hoffe, wir tragen dann zusammen beige und beenden die Sätze der jeweils anderen. Danke für das Aufspüren aller Denkfehler, Verirrungen und der Phiole. Auf die nächsten zehn Jahre?

Alle Leser*innen, Buchhändler*innen, Blogger*innen und Misfits, die meine Buchabenteuer mitmachen, mit mir durch Genres wandern, jede Figur ins Herz schließen und noch immer Lust auf mehr haben. DANKE!

ADRIANA POPESCU, in München geboren, liebt Geschichten in allen Formen und Farben – ob als Fernseh-Drehbuchautorin oder als Autorin mehrerer renommierter Buchverlage. Mit den »Misfits« lebt sie ihre Begeisterung für das Fantasy-Genre zum ersten Mal schreibend aus und entführt ihre Leserschaft in ein atemberaubendes Abenteuer. Wenn sie nicht gerade ihre Finger über die Tastatur sausen lässt, träumt sie von einem Haus am Lago di Garda oder verliert bei Spieleabenden, um weiterhin Glück in der Liebe zu haben. Sie lebt mit Mann, Hund und großer Begeisterung in Stuttgart.

Von Adriana Popescu sind bei cbj erschienen:

Misfits Academy – Als wir Helden wurden (Band 1: 16684)
Ein Sommer und vier Tage (40337)
Paris, du und ich (40366)
Paris, Clara und ich (21593)
Mein Sommer auf dem Mond (31198)
Schöne Grüße vom Mond (22178)
Morgen irgendwo am Meer (31272)
Ein Lächeln sieht man auch im Dunkeln (31337)
Wie ein Schatten im Sommer (31439)
Unsere Zukunft flirrt am Horizont (31476)
Der Sommer, als wir träumen lernten (31536)

Mehr zu unseren Büchern auch auf Instagram

Adriana Popescu
Der Sommer, als wir träumen lernten

448 Seiten, ISBN 978-3-570-31536-1

Vier »Systemsprenger« auf einem
schwedischen Boat-Trip der besonderen Art

Leo, Grete, Alex und Jannis haben schon mal eines gemeinsam: Ihre Familien halten es einfach nicht mehr aus mit ihnen, weshalb sie auf eine Therapie-Camp-Tour geschickt worden sind. Alex hasst es, ohne ihre Freunde zu sein, aber dann ist sie eben eine One-Girl-Gang. Für Jannis ist das Camp die letzte Chance. Also macht er genau das, was er immer macht: Er schlägt um sich. Gar nicht Leos Art, aber seit sie ihn im Camp auf Digital-Entzug gesetzt haben, ist er selber kurz vorm Ausflippen.

www.cbj-verlag.de

Adriana Popescu
Große Gefühle, bewegende Held:innen und brisante Themen

Mein Sommer auf dem Mond
400 Seiten, ISBN 978-3-570-31198-1

Cooler Sportler, niedliche Träumerin, lässiger Underdog und freche Sprücheklopferin – alles nur Fassade …

Morgen irgendwo am Meer
480 Seiten, ISBN 978-3-570-31272-8

Der perfekte Roadtrip nach dem Abitur – oder doch nicht?

Ein Lächeln sieht man auch im Dunkeln
464 Seiten, ISBN 978-3-570-31337-4

Drei Jugendliche, die Spuren der Vergangenheit und die Frage nach der Zukunft

Wie ein Schatten im Sommer
480 Seiten, ISBN 978-3-570-31439-5

Ein Sommer auf dem Land, die erste große Liebe und ein schrecklicher Verdacht

www.cbj-verlag.de